近代文学　性の位相

秋山公男
Akiyama Kimio

翰林書房

近代文学　性の位相——目次

緒言　5

緒言

改めて述べるまでもなく、近代・現代の文学作品に形象された性の世界は多岐にわたっており、また多様な相を呈している。小著においては、それらの多様な作品世界を、「性と愛の諸相」、「性と異常心理」、「性の饗宴」、「性の閉塞」の四項目に区分し、各々の視点から性の位相の検証・考察を試みた。こうした整理の仕方が適切か否かはともかく、個々の作品を漫然と論ずるよりも、性の表現史のおおよその傾向および特質を多少なりとも明確にしうると考えるゆえである。なお、上記の四項目の内実に関していささか解説を要すると思われるため、以下にその企図するところを略述しておきたい。

Ⅰ章　性と愛の諸相

性と愛を不可分なものとして、その両要素をモチーフにした小説は現代の文学にもないわけではない。しかし、おおむね現代文学にあっては愛が捨象され、性だけが単独で取りあげられる傾向にあるといえよう。性と愛の両要素をモチーフとした事例は、いわゆる近代文学と概括される時期の作品に多く見出せるように思われる。むろん、一口に性と愛といってもその描かれ方は一様ではない。両者が融合した形で表出される作品もあれば、対立的な位相において形象されたものも存在する。

『或る女』には、大正期の小説とは思えないほどの濃密・大胆な愛と性の表出がみうけられる。のみならず、その内質は常識的な概念を越えたもののようにみえる。倉地三吉に対する早月葉子の愛には死への衝動が内在しており、その性にも自己破壊的な情念が看取される。中勘助『犬』のモチーフは、愛と性との葛藤・相克にあると察せられる。性に対する愛の優位性を描いた典型的な作品といえる。同じく『暗夜行路』にも、性に対して愛を優位に置く想念が読みとれる。母と妻の性的過失が表象する性の暗夜を、生母に象徴される愛を求めて彷徨する行路の表出に、この小説のモチーフがあるものと考えられる。外村繁の『澪標』、伊藤整の『変容』は共に戦後期の小説であるが、前者の『澪標』は性と愛の全き融合を描いた近代文学史上でも稀な作品であり、後者の『変容』では性と愛は必ずしも融合されていないものの、人間の生涯における愛および性の重さが深く追尋されている。

Ⅱ章　性と異常心理

性そのものの形象をモチーフとするわけではないにせよ、何らかの異常心理との相関のなかで性を描いた一群の小説が存在する。同性愛、サディズム・マゾヒズムなどの異端の性を特色とし、作中人物の心的損傷・コンプレックス等を背景に形象される事例が多い。時期的には、昭和二十年代から三十年代にかけてそうした作品が集中しているようにみえる。性が単独で文学的主題とされるにいたる、いわば過渡期といえるかもしれない。

『仮面の告白』の「私」は性倒錯者である。自身が病弱かつ貧血症のゆえもあって、「死と血潮と固い肉体」に対して性的衝動を覚える。空想裡の「殺人劇場」における若者の殺戮に性の歓びを感受するが、そこには「血潮と固い肉体」を拒まれた「私」の屈折した復讐の情念が類推される。川端康成

『みづうみ』作中の桃井銀平にも、母の喪失に起因する心の損傷がみうけられる。そこに表出される美女追跡を含む魔的なエロスと、銀平の心の病とは無縁ではない。コンプレックスを内蔵した異常心理と性との結合は、遠藤周作の『白い人』にしても同様だろう。「私」が内包する「悪」の思想、およびサディスティックな性衝動の基底には、少年時に両親によって強いられた心的損傷が伏在している。同性愛者のゆえに妻を自殺させた負い目をもつ、『性的人間』の作中人物Jの痴漢行為にも、異常心理と性との相関性が認められる。谷崎の『鍵』では、夫婦のあいだに第三者を介在させるといった異常な設定と心理を通して、性の深淵が追尋・形象されている。

Ⅲ章　性の饗宴

昭和四十年前後を境界として、性の形象に変化が認められるように思える。それ以前、愛や異常心理との相関のなかで描かれてきた性が、性それ自体で単独に文学的課題として提示されるにいたる。それだけではない。秘すべきものとされてきた性の露呈、つまりその日常化も変化の一端といえるだろう。これは、現代社会にみる性モラルの崩壊、あるいは性の自由化と無関係ではない。性は愛なし倫理から切り離され、遊戯的な快楽享受の営為として白日のもとに晒される。標題の〈性の饗宴〉とはそうした意である。

『砂の上の植物群』作中の伊木一郎と津上京子とのあいだに愛はない。ひたすら快楽の具としての性が追求されている。『ベッドタイムアイズ』に描出されるそれは、精神的な虚飾を剝奪した原初の性とでもいえようか。肉体のみの本能の性が、純潔なまでに無垢な形で表出される。比留間久夫の『ＹＥ

S・YES・YES』にも、遊戯・享楽の性が形象されている。男娼のジュンを語り手に、現代の性の風俗を照射してみせた快作といえる。男女を問わず、被虐を性的悦楽の本質とみる思想において、村上龍の『エクスタシー』は前掲の『YES・YES・YES』に近接する。多種の薬物を媒剤に用い、性的悦楽の極北を描出した小説と評せよう。谷村志穂の『ナチュラル』には性とともに愛も形象されている。しかし、その愛は裏切られ、むしろ愛を欠いた男との性に充足を得ている。その点で、〈性と愛の諸相〉の項で取りあげた作品とは逆の位相にある。

Ⅳ章　性の閉塞

この章で対象とする性の閉塞をうかがわせる一連の小説は、前章〈性の饗宴〉で扱った作品の創作時期にほぼ重なる。そこには、時代的・社会的な閉塞感の投影も想定されるが、その主たる要因は、性の露出と日常化に伴う副作用としての閉塞感に求められると考える。言い換えれば、〈性の饗宴〉に内在する閉塞感である。前章で取りあげた作品にしても、その〈饗宴〉の推移のうちに、早くも憔悴感・脱力感といった閉塞の兆候を示していることが注目される。

『砂の女』にみる仁木順平の妻との性は、自意識の呪縛下にあり閉塞している。〈砂の女〉に「野性の恋」を夢想するものの、それも錯覚にすぎない。『枯木灘』における性の閉塞感は、複雑な血縁を背景にした近親相姦のモチーフにみてとれる。『ノルウェイの森』に表出される性もまた、閉塞感が濃厚である。キズキと直子、直子とワタナベの性など、すべて閉ざされた性と評しうる。松本侑子『植物性恋愛』の視点人物沙江子は少女期のレイプ体験がトラウマとなり、恋人シンとのあいだに性交渉をもてない。沙江子に似た過去をもつ光もそうであるが、両者にみる「植物性」を、現代社会における性の閉塞の象徴的現象と解することも可能だろう。小池真理子『欲望』作中の、事故で性機能を失った正巳は性の閉塞感の象徴といえようし、類子が志向する観念上の「精神の交合」にしても、肉体と性の捨象のうえに成立している。

Ⅰ章　性と愛の諸相

『或る女』（有島武郎）――愛と性の特質

『暗夜行路』を小林秀雄のいうように恋愛小説とみうるとすれば、『或る女』（大八・三〜六、叢文閣）もまたそうした角度から捉えることができよう。ただし、両作にうかがわれる〈愛〉の観念・内質は対蹠的な位相にある。『或る女』に表出される〈愛〉には、〈悪〉および〈死〉への衝動が内包されている。ヒロインの早月葉子に形象される〈性〉も、そうした〈愛〉の内質と密接に相関していると考えられる。すなわち、自己破壊的なタナトスの性をそこにみることが可能である。上述の特質を含めた、『或る女』における〈愛〉と〈性〉の内実を以下に探ってみたい。

一　極限の愛への希求

平穏な、その代り死んだも同然な一生が何んだ。純粋な、その代り冷えもせず熱しもしない愛情が何んだ。（中略）愛する以上は命と取り代へつこをする位に愛せずにはゐられない。さうした衝動が自分でも如何する事も出来ない強い感情になつて、葉子の心を本能的に煽ぎ立てるのだつた。（二十四）

婚約者木村の懇請を拒否して日本に帰還した葉子は、苔香園に隣接した隠れ家で、絵島丸の事務長倉地三吉と同棲生活をはじめる。それを、「旧友達の通つて来た道筋にひた走りに走り込まうとしてゐた」（二十七）と評する語り手の言説もみえるが、それは形のうえでのことにすぎまい。倉地との鎖された同棲生活の設定は、「彼らを男と女の究極の関係に連れ出そう」(1)と企図する作意にもとづくものと推測される。いい換えれば、「愛する以上は命と取り代へつこをする位に愛せずにはゐられない」という、極限的な〈愛〉実践の場の設定と理解される。

「二人は、初めて恋を知つた少年少女が世間も義理も忘れ果てゝ、生命さへ忘れ果てゝ、肉体を破つてまでも魂を一つに溶かし度いとあせる、それと同じ熱情を捧げ合つて互々を楽しんだ」（二十八）。ここに語られる、「生命さへ忘れ果てゝ、肉体を破つてまでも魂を一つに溶かし度い」と望む「熱情」の様態を、「冷えもせず熱しもしない」「旧友達」の「愛情」と同一視することはできない。上記以外にも、「その肉の厚い男らしい胸を噛み破つて、血みどろになりながらその胸の中に顔を埋めこみたい」（二十六）といった言説がみうけられる。そこに、「命と取り代へつこをする位に愛せずにはゐられない」と希求する、狂おしいまでの〈愛〉への情念が読みとれよう。しかしながら、そうした極限的な〈愛〉を、その灼熱した熱度のままに維持するのは不可能である。

ある夕食の後倉地は二階の一間で葉子を力強く膝の上に抱き取つて、甘い私語を取り交はしてゐた時、葉子が情に激して倉地に与へた熱い接吻の後にすぐ、倉地が思はず出た欠伸をぢつと噛み殺したのを逸早く見て取ると、葉子はこの種の歓楽が既に峠を越した事を知つた。（二十八）

心血を注いで「築き上げた永遠の城塞」が、「瞬時の蜃気楼のやうに見る〳〵崩れて行く」（同）。しかし、「不休の活動を命としてゐるやうな倉地」(同)の退屈に、事の本質があるとは思えない。その「城塞」の崩壊は、「命と取り代へつこ」を志向する極限的〈愛〉の、いわば不可避な宿命と理解される。極限の愛の刹那性――。それが、語り手の認識であったと察せられる。だが葉子に、そのような認識はない。「平穏な、その代り死んだも同然な一生」を拒否する葉子は、「自分の恋には絶頂があつてはならない」、「絶巓のない絶巓ばかりが見えてゐたい」(三十四)と願う。しかし、そうした願望とは裏腹に、倉地の妻子への嫉妬は募り、猜疑心を制止できない。焦燥と絶望感に追いつめられた葉子は、自己の分身ともいえる定子および貞世をも、倉地の愛をつなぎとめるための犠牲に供しようとさえする。

最後の犠牲……今までとつおいつ捨て兼ねてゐた最愛のものを最後の犠牲にして見たら、多分は倉地の心がもう一度自分に戻つて来るかも知れない。葉子は荒神に最愛のものを生牲として願ひを聴いて貰はうとする太古の人のやうな必死な心になつてゐた。(三十七)

娘の定子と「断然縁を切る」という葉子の決意は、「胸を張り裂くやうな犠牲」(同)とあるごとく、身勝手なエゴイズムとはいいきれない。「え、、一層の事死んでくれ。この血祭りで倉地が自分にはつきり繋がれてしまはないと誰れが云へよう。人身御供にしてしまはう」(四十一)との、貞世の「犠牲」にしても同様である。それは妄執であっても、我執とはいえない。血を分けた娘の定子はもとより、「骨肉の愛着」(二十四)をいだく妹の貞世もまた自己の分身にほかならない。そのような定子・貞世の「犠牲」は、葉子にとって己の命を削るに等しい所業といえる。こうした定子・貞世の「犠牲」にも、「命と取り代へつこ」を象徴する、極限の〈愛〉の一端を読みとることができよう。

二　愛と死の重層性

『或る女』に表出される葉子の〈愛〉には、〈死〉との重層性が看取される。これは、おそらく、その〈愛〉の極限性・利那性と無関係ではない。

殺すなら殺すがいゝ。殺されたつていゝ。殺されたつて憎みつゞけてやるからいゝ。私は勝つた。何んと云つても勝つた。こんなに悲しいのを何故早く殺してはくれないのだ。この哀しみにいつまでも浸つてゐたい。早く死んでしまひたい。……（十五）

右記は、絵島丸の船室で倉地と結ばれた折の葉子胸中の叫びである。愛する男と結ばれた直後の反応としては、異様かつ不可解な心理といわなければならない。

葉子は、「殺されたつて憎みつゞけてやるからいゝ」という傍ら、「私は勝つた」とも称する。こうした矛盾した感懐の背後には、「生の喜びの源を、まかり違へば生そのものを蝕むべき男といふものに求めずにはゐられないディレンマ」（十六）の内在が想像される。倉地への恋と性愛は、「男に束縛を受ける危険」（同）、つまり「生そのものを蝕むべき男」の手に落ちたことを意味しよう。「憎みつゞけてやるからいゝ」との言葉は、そこから発せられたものと推察される。他方、「私は勝つた」とは、「妖力ある女郎蜘蛛」（同）の「蠱惑力《チヤーム》」（五）によって、愛する倉地を「その美しい四手網にからめ取つた」（十六）征服感を指示する言葉とうけとれる。しかし、そう解釈しても疑問は残る。「こんなに悲しいのを何故早く殺してはくれないのだ」、「早く死んでしまひたい」とある。葉子の〈愛〉の基底には、〈死〉への衝動が想定される。

唯自分の心が幸福に淋しさに燃え爛れてゐるのを知つてゐた。唯このまゝで永遠は過ぎよかし。唯このまゝで眠りのやうな死の淵に陥れよかし。とう〳〵倉地の心と全く融け合つた自分の心を見出した時、葉子の魂の願は生きようといふ事よりも死なうと云ふ事だつた。（二十八）

ここでも、「倉地の心と全く融け合つた」「幸福」のなかに、葉子は「淋しさ」「悲し」（同）さを感受している。〈愛〉と〈死〉とが重層しているゆえと考えられる。「倉地の心と全く融け合つた自分の心を見出した時、葉子の魂の願は生きようといふ事よりも死なうと云ふ事だつた」――。上記の言説には、「最も深い『生の歓び』とは、『愛』の極点における『死』だという背理《パラドックス》が隠されて(2)」いよう。同時に、極限的な〈愛〉の〈死〉との不可分性、あるいは宿命性が示唆されているように思える。「命と取り代へつこ」を欲する〈愛〉は、字義通り「命」＝〈死〉を代償としなければならない。

漱石の『それから』に、「天意には叶ふが、人の掟に背《そむ》く恋は、其恋の主《ぬし》の死によつて、始めて社会から認められるのが常であつた」（十三）という、主人公長井代助の感懐がみえる。『或る女』における葉子のそれは、「人の掟」はむろんのこと、「天意」にも背いた恋といわざるをえない。したがって、「其恋の主の死によつて」も、「社会から認められる」期はありえない。だが、「命と取り代へつこ」を願うその物狂おしい〈愛〉への情念には、『それから』の「恋」に匹敵する「熱情」の奔騰が認められる。極限的な〈愛〉という内質において、『或る女』は『それから』と類縁性を有しつつ、対極的な観点から作為された『それから』の陰画的な小説と評することも可能だろう。

さうだ生まれてからこのかた私が求めてゐたものはとう〳〵来ようとしてゐる。（中略）この幸福

の頂上が今だと誰れか教へてくれる人があつたら、私はその瞬間に喜んで死ぬ。(二十六)

葉子は「幸福」の「頂上」における〈死〉を望む。けれども、その〈死〉は、極限の〈愛〉の儚さを意味しない。「唯このまゝで永遠は過ぎよかし。唯このまゝで眠りのやうな死の淵に陥れよかし」とある。そこには、「至福の瞬間を永遠のものにしよう[3]」と願う、葉子の祈りがこめられている。それは葉子のみならず、語り手の想念でもあるに相違ない。極限の〈愛〉は瞬時性・刹那性を宿命とする。そうした刹那性を逆手にとった、語り手の逆説がそこに透視される。

三 悪と愛の結合

「始めてアダムを見たイブのやうに葉子はまじ〱と珍らしくもない筈の一人の男を見やつた」(十)。葉子が倉地を目にした折の叙述である。これは、単なる比喩にとどまらない。『或る女』を、罪を犯し楽園から追放された男女の愛と生を追尋した物語と捉えることも不能ではない。

あの無頓着さうな肩のゆすりの蔭にすさまじい desire の火が激しく燃えてゐる筈である。葉子は禁断の木の実を始めて喰ひかいだ原人のやうな渇慾を我れにもなく煽りたてゝ、事務長の心の裏を引繰返して縫目を見窮めようとばかりしてゐた。(十三)

アダムとイブが手にしたとされる「禁断の木の実」は断るまでもなく智恵の木の実である。対して、葉子と倉地が「喰ひかいだ」「禁断の木の実」は、智恵の木の実とはいえない。倉地・葉子ともに、智恵・知性とは無縁な存在として描かれているように思える。「母の胎を出るとそのまゝ何んの訓練も受けずに育ち上つたやうなぶしつけな、動物性の勝つた」（十四）、「野獣」（十五）とも形容される倉地はあえて検証するまでもない。葉子はどうか。葉子を知的な女性とみる論考もみうけられるが疑問である。

「絵と云はず字と云はず、文学的の作物などに対しても葉子の頭は憐れな程通俗的」（二十七）――とみえる。「ヴァイオリンの稽古を始めてから二ケ月程の間にめき〱上達して、教師や生徒の舌を捲かした」（二）という才はじけた一面を紹介しながら、語り手は一方で、「文学的の作物などに対して」「憐れな程」無知な葉子像を伝えている。妹の愛子が手にする『みだれ髪』を引きあいに出しつつ、「文学に親しむ事の大嫌ひな葉子」（三十五）といった言説も散見される。

　こうした葉子の造型は、文学にたずさわる木部への嫌悪を描くうえでも必然であったと察せられるが、おそらくそれだけではない。倉地と同じく、知的生活とは対蹠的な、「本能」に生きる存在として位置づけられ形象されたものと考えられる。別言すれば、「『理性によつて統御している本能』を解放し、勇気をもって『醜にも邪にもぶつかつて見』ようと試みる」[4]、この小説の理念に即した人物造型と解される。葉子と倉地が口にした「禁断の木の実」は、智恵の木の実ならぬ、「醜」であり「邪」でもある〈悪の木の実〉であったとみることができよう。葉子の〈悪〉の最たるものとして、婚約者木村に対する冷酷きわまる対応があげられる。

　葉子は何んと云ふ事なしに、木村を困らして見たい、いぢめて見たいといふやうな不思議な残酷な心を、木村に対して感ずるやうになつて行つた。事務長と木村とを目の前に置いて、何も知らない木村を、事務長が一流のきび〱した悪辣な手で思ふさま翻弄して見せるのを眺めて楽し

むのが一種の痼疾のやうになつた。（二十）

恋する女性の心底を見抜けないでいる木村に向けて、葉子は、「あなたは丑の刻参りの藁人形よ」（同）とまで嘲弄する。木村への愚弄は葉子ばかりではない。「事務長が一流のきび〳〵した悪辣な手で思ふさま翻弄して見せるのを眺めて楽しむのが一種の痼疾のやうになつた」と語られている通り、倉地と葉子との〈悪〉の共同作業といってよい。葉子は倉地に、「あなた見たいな残酷な人間は私始めて見た」といい、「悪党」（二十一）と呼ぶ。これに対して、倉地もまた葉子を「悪党」（同）と称する。葉子と倉地とは互いの裡に〈悪〉の匂いをかぎ取り、それを媒介にして相互の〈愛〉を確認し合う。〈悪〉が、両者の〈愛〉のエネルギー源になっているといっても過言ではない。

私は生れるとから《(ママ)》呪はれた女なんですもの。神、本当は神様を信ずるより……信ずるより憎む方が似合つてゐるんです……（二十一）

木村を前に「生れるとから呪はれた女」とつげる葉子は、己が「悪人」（同）であることを自覚している。そうした、「神様を信ずるより」「憎む方が似合つてゐる」と述べる葉子に、〈悪の木の実〉を「喰ひかいだ」イブの設定をみることができる。「神様は私見たいなものを如何しなさるか、しつかり眼を明いて最後まで見てゐます」（同）。事実、その後葉子は、「呪はれた女」として、自己に課した〈悪〉の生をひたすら生き抜く。「正直な人間」木村を「たぶらかして」、「なけなしの金を搾り取る」「俗に云ふ『つゝもたせ』の所業」（三十）もその一環である。

然し最後に落着いたのは、その深みに倉地を殊更ら突き落して見たい悪魔的な誘惑だつた。（中略）倉地が自分の為めにどれ程の堕落でも汚辱でも甘んじて犯すか、それをさせて見て、満足しても満足しても満足し切らない自分の心の不足を満たしたかつた。そこまで倉地を突き落すことは、それだけ二人の執着を強める事だとも思つた。（三十三）

右の、「そこまで倉地を突き落すことは、それだけ二人の執着を強める事だとも思つた」という言説に、両者の愛の内実、つまり〈悪〉をエネルギー源とする〈愛〉の様態が読みとれる。もともと〈悪〉を内在させていた倉地は、葉子との暮らしのなかで「売国奴」（同）にまで身を堕とす。倉地は葉子を、葉子は倉地を、互いに無明の煉獄的世界へと誘引する。「毒も皿も喰つてくれよう」とうそぶき、「悪魔のやうな顔をしてにやりと笑」う倉地と、「妖婦にのみ見る極端に肉的な蠱惑の微笑」（同）を浮かべる葉子との凄絶な魂の交歓に、〈悪〉と結合した魔的な〈愛〉の白熱が看取される。『或る女』において、最も魅力的な一節と評せよう。

その後、葉子は、「懺悔の門の堅く閉された暗らい道」（三十三）を一途に突き進む。時に、「かう世の中を歩いて来るんぢやなかつた」（四十七）と悔いるものの、倉地への〈愛〉を後悔しているわけではない。「凡てが空しく見える中に倉地だけが唯一人本当に生きた人のやうに葉子の心に住んでゐた」（同）と叙せられている。それだけではない。手術台に上り、混濁した意識のなかで「如何してももう一度その胸に……」（四十八）と倉地を求め、さらに手術後の激痛に襲われながらも、「もう一度倉地に会つて唯一眼その顔を見たい」（四十九）と念じつづける。たとえ、その生が「間違つてゐた」（四十七）にせよ、「倉地との生活を選ぶという内部要求に従ったその事だけは、充分肯定されあくまで葉子の栄光として描かれている」[5]と思われる。葉子は、「命と取り代へつこ」をするという倉地への〈愛〉を、その生の終局まで貫きえたといえるだろう。

四　女性性とセクシュアリティ

『或る女』が大正期の小説であることを思うと、葉子になされる大胆な性表現に驚きを禁じえない。それも、女性の側からのものであることが注目される。ここでは、葉子の女性性とセクシュアリティの相関の観点から、その〈性〉の特質について考えてみたい。

横浜で倉地の後に続いて船室への階子段を下る時始めて嗅ぎ覚えたウヰスキーと葉巻とのまじり合つたやうな甘たるい一種の香が、この時幽かに葉子の鼻をかすめたと思つた。それを嗅ぐと葉子は情熱のほむらが一時に煽り立てられて、人前では考へられもせぬやうな思ひが、旋風の如く頭の中をこそいで通るのを覚えた。（十七）

葉子が倉地に魅せられ、関係をもつにいたる要因として、嗅覚を通じた性感の刺激を軽視できない。上掲文中にいう、「人前では考へられもせぬやうな思ひ」「情熱のほむら」が、官能的・性的衝動を指示することは断るまでもない。葉子は倉地の内面・精神を知る以前に、まず「この男固有の膚の匂」（十）に魅せられ、囚われていたといえる。それが、葉子にとっていかに決定的なものであるかは、「倉地の胸からは触れ慣れた衣ざはりと、強烈な膚の匂ひとが、葉子の病的に嵩じた感覚を乱酔さす程に伝はつて来た」（四十二）という一文にもうかがい知れる。これは、貞世の入院以後の記述であり、すでに倉地との性的交渉は断たれ、ヒステリーも昂じている。そうした状況にあってなお、葉子の「感覚」は倉地の「膚の匂ひ」を慕ってやまない。

（葉子の感情を最も強く煽り立てるものは寝床を離れた朝の男の顔だつた。一夜の休息に凡ての精気を十分に回復した健康な男の容貌の中には、女の持つ総てのものを投げ入れても惜しくないと思ふ程の力が籠つてゐると葉子は始終感ずるのだつた）葉子は倉地に存分な軽侮の心持を見せつけながらも、その顔を鼻の先に見ると、男性といふもの、強烈な牽引の力を打込まれるやうに感ぜずにはゐられなかつた。（十五）

葉子は、「一夜の休息に凡ての精気を十分に回復した」倉地に接して、「女の持つ総てのものを投げ入れても惜しくないと思ふ程の力」、「男性といふもの、強烈な牽引の力」を感受する。こうした性感の様態も、「膚の匂ひ」と同様、女性特有のセクシュアリティといえるだろう。「火と燃え上らんばかりに男の体からは desire の焔《ほむら》がぐん〳〵葉子の血脈にまで拡がつて行つた。葉子は我れにもなく異常な昂奮にがた〳〵震へ始めた」（同）。女性の官能は、男性の「desire」を感知し、それに触発される形で増進する。受動的な女性の〈性〉の的確な形象と評しうる。ほかに、「冷えて行く衣物の裏に、心臓のはげしい鼓動につれて、乳房が冷たく触れたり離れたりするのが、なやましい気分を誘ひ出したりした」（十三）——等の叙述もみうけられる。女性固有の性感覚、セクシュアリティの一例といえる。

がつしりした肩をゆすつて、勢よく水平に延ばしたその腕からは、強く烈しく海上に生きる男の力が迸つた。葉子は黙つたまゝ、軽くうなづいた、胸の下の所に不思議な肉体的な衝動をかすかに感じながら。（十）

男性が女性のしなやかな肢体にエロスを感取するとすれば、「強く烈し」い「男の力」にその官能を刺激されるのは女性の「本能」といってよいかもしれない。倉地が野性的な「大きな体軀」（九）の男に造型されているのも、葉子の「本能」とセクシュアリティを描出するうえで不可欠であったと解される。葉子は、「恐しい敵は男」（十六）「憎いのは男」（十三）であるという。だが、その反面、「大砲《おほづゝ》のやうな大きな力の強い人がゐて」「心臓でも頭でも摧けて飛んでしまふ程折檻をしてくれたらと思い、「強い男の手で思ふ存分両肩でも抱きすくめて欲しいやうな頼りなさを感じ」（五）てもいる。そこに、その思想や観念と背馳する、葉子内部の女性性をみることができよう。

横浜の桟橋に繋がれた絵島丸の甲板の上で、始めて猛獣のやうなこの男を見た時から、稲妻のやうに鋭く葉子はこの男の優越を感受した。（中略）無条件的な服従といふ事も事務長に対してだけは唯望ましい事にばかり思へた。この人に思ふ存分打ちのめされたら自分の命は始めて本当に燃え上るのだ。（十六）

「まかり違へば生そのものを蝕むべき男」と意識し、「人に犯されまいと身構へてゐたその自尊心」も、倉地を前にして「木葉微塵」（同）にくだけ去る。「倉地を得たらばどんな事でもする。どんな屈辱でも蜜と思はう」、「今まで知らなかつた、捕擄の受くる蜜より甘い屈辱！」（同）――。このような葉子の被虐的な姿勢は、「個の解放を願う人間としては」「旧めかしい望み」[6]といえようし、「自身の時代の男性神話、ジェンダー中心に動く制度的なセクシュアリティに搦め捕られている」[7]と解することも可能である。だが、この小説の語り手は、葉子が望む倉地への「無条件的な服従」なり「蜜より甘い屈辱」を、「旧めかしい望み」とも「制度的なセクシュアリティ」とも捉えてはいまい。「屈辱」的ともみえる葉子の心理・願望を通して、女性に内在する普遍的な「本能」の表出が企図されているものと推察される。

五　タナトスの性

倉地に対する葉子の姿勢には、女性特有の「本能」的な愛ないしセクシュアリティが認められる。とはいえ、そうした一般論に解消できない側面もないわけではない。極端に被虐的な性衝動がそれである。

倉地の心が荒めば荒む程葉子に対して要求するものは燃え爛れる情熱の肉体だつたが、葉子も亦知らず識らず自分をそれに適応させ、且つは自分が倉地から同様な狂暴な愛撫を受けたい欲念から、先きの事も後の事も考へずに、現在の可能の凡てを尽して倉地の要求に応じて行つた。（三十五）

倉地の「荒」んだ「要求」に呼応して、葉子も「狂暴な愛撫を受けたい欲念」を募らせていく。女性のセクシュアリティが被虐性を内包しているにしても、葉子の嗜虐的な性感には、「荒」み「爛れ」た退廃的な要素が感取される。これに先立って、「葉子は自分の不可犯性〈女が男に対して持つ一番強大な蠱惑物〉の凡てまで惜しみなく投げ出して、自分を倉地の眼に娼婦以下のものに見せるとも悔いようとはしなくなつた」（三十四）とも語られている。ここにみる女性の「不可犯性」の破壊、また「娼婦以下のものに見せる」といった叙述には、単なる被虐を越えた背徳のイメージが籠められていよう。「肉慾の腐敗」（同）、すなわち〈性〉と〈悪〉との結合がそこに認められる。

いつもならば真赤に充血して、精力に充ち満ちて眠りながら働いてゐるやうに見える倉地も、その朝は眼の周囲に死色をさへ注してゐた。（中略）泳ぎ廻る者でもゐるやうに頭の中がぐら〳〵する葉子には、殺人者が兇行から眼覚めて行つた時のやうな底の知れない気味悪さが感ぜられた。（三十三）

竹柴館で過ごした一夜は、「葉子の希求が十全に遂げられた瞬間であった」[8]。倉地と葉子の肉体および魂が、最高度に燃焼した一夜といえる。しかるに、その翌朝、倉地の「眼の周囲に死色をさへ注してゐた」とされ、葉子の側も、「殺人者が兇行から眼覚めて行つた時のやうな底の知れない気味悪さが感ぜられた」と描かれている。葉子の〈愛〉が〈悪〉を内包し、それと照応して〈性〉にも背徳＝〈悪〉の内在が認められるように、〈愛〉と〈死〉との重層性に対応する形で、〈性〉と〈死〉もまた重層化されているものと推測される。「魂ばかりになつたやうな、肉ばかりになつたやうな極端な神経の混乱、而してその後に続く死滅と同然の倦怠疲労」（三十五）――。ここにも、〈性〉に伴う「死滅」のイメージが表出されている。しかし、〈性〉と〈死〉との結合は、必ずしも「倦怠疲労」の深化を前提にしているわけではない。次のような一文がある。

眼の周りに薄黒い暈の出来たその顔は鈍い鉛色をして、瞳孔は光に対して調節の力を失つてゐた。軽く開いたまゝの唇から漏れる歯並みまでが、光なく、唯白く見やられて、死を連想させるやうな醜い美しさが耳の附根まで漲つてゐた。（十六）

絵島丸の船内で、倉地と結ばれた直後の葉子の姿である。愛を得たよろこびの頂点にあるはずの葉子が、「死を連想させるやうな醜い美しさ」と描出されている。異様な形容といわねばならない。「眼の周りに薄黒い暈の出来た」とされる表現にしても、先に引いた倉地にみる「眼の周囲」の「死色」

を想わせる。語り手の内部で、〈愛〉と〈死〉さらに〈性〉と〈死〉とが、それぞれ重層化されていたことの証左といえよう。

フロイトの精神分析学では、人間にはエロスとタナトスの本能があるとされる。前者のエロスは愛を、後者のタナトスは破壊・死をその内質とする。それに即していえば、葉子に形象された〈性〉はタナトスに傾斜した性ということになる。「人でなければ動物、動物でなければ草木、草木でなければ自分自身に何かなしに傷害を与へてゐなければ気が休まなくなつた」、「同じ衝動は葉子を駆つて倉地の抱擁に自分自身を思ふ存分虐げようとした」(三十八)とある。すでに、「抱擁によつての有頂天な歓楽を味ふ資格を失つて」(同)いるにもかかわらず、葉子は「倉地の抱擁に自分自身を思ふ存分虐げようと」する。それはもはや、「歓楽」のための、エロスとしての性ではない。「自分自身に何かなしに傷害を与へてゐなければ気が休まなくなつた」と語られているように、自己破壊的な〈性〉というしかない。葉子の性を〈タナトスの性〉と評する所以である。

六　心象のリアリティ

『或る女』の形象をめぐって、「すぐれたリアリズム」[9]をみる所説と、「リアリティの貧困」[10]を指摘する対照的な評言が存在する。「リアリズム」の語を自然主義的な写実性と解するなら、そうした意味でのリアリティは乏しいといえるかもしれない。しかし、喩えていえば、印象派のゴッホの人物画や風景画にもリアリティがないわけではない。写実派の絵画とは別次元の、強烈な迫真性が感取される。

『或る女』にしても然りである。そこには、ゴッホの狂熱的な絵画にも似た、心象的リアリティともいうべき真実性・迫真性が感得される。とりわけ、葉子の矛盾した心理の交錯、思考・心意の劇的な反転、さらに、狂的な嫉妬とそれが惹起する妄想の描出等にそれがうかがわれる。

> 倉地が、死骸になつた葉子を見て歎かうが歎くまいが、その倉地さへ幻の影ではないか。（中略）生きると云ふ事がそれ自身幻影でなくつて何んであらう。葉子は覚め切つたやうな、眠りほうけてゐるやうな意識の中でかう思つた。しん／＼と底も知らず澄み透つた心が唯一つぎり／＼と死の方に働いて行つた。（三十九）

倉地の愛を疑い絶望感に陥った葉子は、ついに「自殺」（同）を考えるにいたる。「倉地の心にもまだ自分に対する愛情は燃えかすれながらも残つてゐる。それがこの最後によつて一時なりとも美しく燃え上るだらう」（同）――と期待してのことである。ところが、死に場所と定めた倉地の下宿で「妻の写真」（同）を発見し、その心意は反転する。「この女はいつまでも倉地に帰つて来ようと待ち構へてゐるのだ。而してまだこの女は生きてゐるのだ」、「何が幻だ、何が虚無だ」（同）。その直前まで抱懐していた、「生きると云ふ事がそれ自身幻影でなくつて何んであらう」といった諦観は、一転して「嫉妬の情と憤怒」（同）とにぬりつぶされる。

自他の一切を「幻影」「虚無」と観ずる諦念から、嫉妬・憤怒に表象される煩悩への急転直下の激変――。こうした葉子の思考・心理の劇的な変転は、この小説においてきわめて多い。「ヒステリー症」（三十八）の一端と理解されるが、『『或る女』の中では、こうした葉子のヒステリーの表現が最も優れている」[11]と評しうる。その「優れている」ゆえんは、リアリティの深さ厚さに求められよう。

途中から取つて返して風呂をつかつた、……何んの為めに？　そんな馬鹿な事をする筈がない。でも妹達の手拭が二筋濡れて手拭かけの竹竿にか、つてゐた、（葉子はさう思ひながら自分の顔を撫でたり、手の甲を調べて見たりした。而して確かに湯に這入つた事を知つた。）それならそれでい、。それから雙鶴館の女将の後をつけたのだつたが、……あの辺から夢になつたのか知らん。（三十九）

自殺を決意して倉地の下宿へ向かう途中、「この三四日湯に這入らない事を思ひ出すと、死んだ後の醜さを恐れてそのま、家に取つて返」（同）す。入浴ののち再度倉地の下宿に向かうが、その近くで「雙鶴館の女将らし」（同）い中年の女性の姿を見かける。「あの女を仲人に立て、先妻とのよりを戻さうとしてゐるに決つてゐる。それに何の不思議があらう」（同）。ところが、「居るに違ひないと独り決めをした」（同）倉地の姿が見当たらない。「何処までが真実で、何処までが夢なんだらう……」（同）。葉子は、「如何しても自分のして来た事にはつきり連絡をつけて考へる事が出来なかつた」（同）――。

普通、いかに嫉妬に囚われているにせよ、「真実」と「夢」の境界が無くなることはありえない。その意味で、上引の葉子の心意の表出にリアリズムをみることはできないともいえる。だが、文学作品としてこれを読むとき、現実と非現実とが交錯・重層した葉子の「妄想」（同）の形象に、鬼気迫るリアリティ・迫真性が感得されるのも事実である。それを、文学的レトリックによる心象のリアリティと捉えたい。しばしば論及される、語り手と作中人物との同化もしくは一元化の弊害とみなすより、語り手の意識的な技法に帰すべきものと考える。すでに指摘があるごとく、「ときには語り手が葉子に全く没入したような語りがあるからといって、語り手が主人公に一体化して対象化を怠っているとはいえない」[12]。たとえば、左記のような一節がある。

自分がこれ程骨を折つてしてやつたのに、義理にももう少しは食べてよささうなものだ。何んと云ふ我儘な子だらう（葉子は貞世が味覚を恢復してゐて、流動食では満足しなくなつたのを少しも考へに入れなかつた）。（四十四）

これは、「少しも考へに入れなかつた」とあるように、葉子の思惟の限界・錯誤を指摘した語り手の言説である。『或る女』において、葉子は視点人物ではあるが語り手ではない。視点人物葉子の無自覚なり無意識の剔出は、ほかに、「葉子自身が結局自己を銷尽して倉地の興味から離れつゝある事には気附かなかつたのだ」（三十四）といった語りにもみることができる。

語り手による葉子の相対化は、無意識の剔出に見出せるばかりではない。「葉子は痛ましく痩せ細つた、眼ばかりどぎつい純然たるヒステリー症の女になつてゐた」（三十八）、「そこにはもう女の姿はなかつた。依体の分らない動物が悶え藻掻いてゐるだけだつた」（四十九）――などの言説には、非情といえるほどの語り手のまなざしがみてとれる。なお、無意識の剔出も含めて、以上にあげた事例はすべて「後篇」からのものである。「後篇」の語り手に葉子への接近は否めないとしても、その相対化の視線が消失することはない。錯乱した葉子の狂態・妄想、現実と非現実の交錯等の描出にしても、語り手による対象化の視線のなかでなされている。

と、ふつと葉子は山内の家の有様を想像に浮べた。玄関側の六畳で、もあらうか、二階の小供の勉強部屋で、もあらうか、この夜更けを下宿から送られた老女が寝入つた後、倉地と愛子とが話し続けてゐるやうな事はないか。（中略）若しさうなら、今頃は、このしめやかな夜を……（四十

三）

病院で貞世を看病しながら、葉子は家に残してきた愛子と倉地に対する嫉妬の念に苛まれる。こうした嫉妬とそれによる「妄想」の形象は、この小説の心理的リアリティを支える枢要な要素の一つであるが、その背後に『クロイツェル・ソナタ』の受容が想定される。作者有島のトルストイへの親炙は詳述するまでもない。『或る女』作中でも、木村が葉子に『復活』（三十）を読むようにと勧めている。しかし、葉子はそれに従わない。木村を介した『復活』の提示には、それに対する反措定の意味合いがこめられていよう。神を「信ずるより憎む方が似合つてゐる」と称する葉子は、罪の自覚から改悛への道を辿る『復活』の主人公とは逆コースを歩む。そうした愛への絶望、嫉妬と憎悪、さらに罪の深化といったモチーフにおいて、『或る女』は『クロイツェル・ソナタ』に近似している。

『クロイツェル・ソナタ』の『或る女』への投影については、「『クロイツェル・ソナタ』の結婚観および男女観を通して、明治の自我高揚期に生きた葉子を見返した」[13]とする考察がある。しかし、『或る女』の語り手が、「葉子の肉欲」「非人間的な悪魔性の心」[14]を、否定的に形象し「見返し」ているといえるかどうか。むしろ、その生きざまに身を寄せているように思える。『クロイツェル・ソナタ』の主人公ポーズヌィシェフは、「女性をいやしめ、男性と対等の権利を女性からとりあげた」男性社会の専横を指弾し、「女性はわれわれの肉感にはたらきかけ、われわれを網にかけることによって、復讐をしている」[15]（九）と説く。こうしたポーズヌィシェフの男女観と、葉子の「女を全く奴隷の境界に沈め果てた男」に対する憎悪、および「肉慾の牙を鳴らして集つて来る男達」を「一人残らずその美しい四手網にからめ取」（十六）るという復讐心とは、その男女認識において多くの類似点を有する。

両作の類似性はそれにとどまらない。『クロイツェル・ソナタ』との相似性は、思想上の近似性以上に、作中人物の嫉妬とそれが生成する「妄想」の狂おしさの形象、さらにそのリアリティの深さに認められる。

わたしの想像力は、異常な鮮明さをもって、次から次へとひっきりなしに、わたしの嫉妬をあおり立てるような光景、しかもますます破廉恥になって行く光景をえがきはじめました。いずれもみな、わたしの留守中に家で起こったできごと、つまり妻がわたしを裏切る行為を犯す場面でした。(中略)そうした想像上の光景に見入れば見入るほど、ますますその現実性を信ぜずにはいられないのです。[16](二十五)

ポーズヌィシェフは、「留守中に家で起こっ」ているであろう「できごと」、すなわち妻と愛人が「わたしを裏切る行為を犯す場面」を、「異常な鮮明さをもって」想像する。これは、現実に目に見えないだけに、家に残した愛子と倉地との交情を鮮烈に想い描かざるをえない、葉子の心理描写と重なるだろう。妄想による、「憤怒と憎悪」(『クロイツェル・ソナタ』二十五)の増幅にしても同断である。「愛子一人位を指の間に握りつぶす事が出来ないと思つてゐるのか……見てゐるがいゝ。葉子は苛立ち切つて毒蛇のやうな殺気立つた心になつた」(四十三)。嫉妬が惹起する「妄想」、妄想による「憤怒」の増殖、「毒蛇のやうな殺気」の奔騰——。理性が嫉妬心に飲み込まれ、「妄想」が〈現実〉へと転化していく心理叙述は、『クロイツェル・ソナタ』と同工といえる。『或る女』の成立に影響を及ぼした作品として『アンナ・カレーニナ』をあげるのが通例であるが、むしろ『クロイツェル・ソナタ』の方に根源的な影響をみたいと考える。

注

（1）山田俊治「『或る女』の方法」『有島武郎〈作家〉の生成』（平一〇・九、小沢書店）、一九八頁。

（2）渡邊凱一「『或る女』論」『晩年の有島武郎』（昭五三・七、渡辺出版）、一三〇頁。

（3）田辺健二「孤独の魂・早月葉子――近代的自我の明暗――」『有島武郎試論』（平三・一、溪水社）、一一〇頁。

（4）（2）に同じ、一〇七頁。

（5）外尾登志美「『或る女』後篇の内部構造」『有島武郎――「個性」から「社会」へ』（平九・四、右文書院）、一六三頁。

（6）菊地弘「『或る女』」『有島武郎』（昭六一・一〇、審美社）、一二一頁。

（7）江種満子「愛／セクシュアリティ――『或る女』の場合――」有島武郎研究叢書第六集『有島武郎　愛／セクシュアリティ』（平七・五、右文書院）所収、一八頁。

（8）（1）に同じ、二〇九頁。

（9）西垣勤「『或る女』再論――後篇について――」『有島武郎論』（昭五三・六、有精堂）、一五七頁。

（10）大里恭三郎「観念の空転」『『或る女』の悲劇』（昭六三・九、審美社）、一七八頁。

（11）生井知子「『或る女』論」有島武郎研究叢書第二集『有島武郎の作品（中）』（平七・五、右文書院）所収、一六五頁。

（12）（1）に同じ、一九二〜一九三頁。

（13）江頭太助「『クロイツェル・ソナタ』との比較考察」『有島武郎の研究』（平四・六、朝文社）、一一六頁。

（14）（13）に同じ。

（15）『クロイツェル・ソナタ』木村彰一訳。世界文学大系84『トルストイ』（昭三九・六、筑摩書房）、三〇六頁。

（16）（15）に同じ、三三八～三三九頁。
『或る女』本文の引用は、『有島武郎全集第四巻』（昭五四・一一、筑摩書房）による。

『犬』（中勘助）――性と愛の相克

一　『犬』のモチーフ

『犬』はその初出誌（大一一・四『思想』第七号）が発禁処分をうけ、単行本出版（大一三・五、岩波書店）の際にも多くの伏字を余儀なくされた経緯が物語るように、当時としては過激な性的描写を多く含んでいる。だが、そこにみうけられる性表現は自然主義文学の作風とは趣を異にしており、語り手の性と愛に関わる想念が付託された一種の寓意小説と理解される。そうした、この小説の寓意性については、富岡多恵子に「人間社会での結婚制度の寓意」[1]とする論評がすでにある。しかし、そこに「結婚制度の寓意」をみうるにしても、「『提婆達多』から「生殖の罪」という主題がひきつがれて」[2]いるといえるかどうか。作中の「娘」は、身ごもった恋人「ジエラル」の子供のみならず、嫌悪する「僧犬」とのあいだに生まれた子犬にも等しく深い愛情を示している。そこに、「生殖の罪」が問われているようにはみえない。

『犬』の作意に関しては、作者の中勘助に、「頗る陳腐な問題をとりあつかつてゐる」[3]という自作解説の言がある。上記以外に、踏み込んだ言及はなされていない。だが、『犬』の作品世界を概観するなら、「頗る陳腐」とされる「問題」の内実を、〈性〉と〈愛〉との対比およびその相克と捉えることが可能だろう。同時に、それが、この小説のモチーフでもあると思われる。そうした作品のモチーフを形成する〈性〉は、「五十前後」の「印度教の苦行僧」に、他方〈愛〉は「十七の春を迎へようとしてゐる」「百姓娘」に、それぞれ寓喩され具象化されている。

草庵のそばにはすばらしい檬果樹があつてあたりに枝をひろげてゐる。その逞しい幹に這ひあがつたおそろしく太い葛蘿は、ちやうど百足《むかで》の足のやうに並列した無数の纏繞根《てんぜうこん》を出してしつかりと抱きついてゐる。その二つの植物の皮と皮、肉と肉がしつくりとくひあつてゐる様子がなんだか汚しい手足と胴体とが絡みあつてゐるやうないやな感じをあたへる。

苦行僧の「草庵のそば」の「檬果樹」と、それに絡みつく「太い葛蘿」とは、草庵の住人である苦行僧を象徴するものとうけとれる。二本の樹木を形容する、「汚しい手足と胴体とが絡みあつてゐるやうないやな感じ」との叙述には、苦行僧が内包している「情慾」の「汚し」さが暗喩されていよう。「草庵のそば」の樹木ばかりではない。その住人の僧もまた、厭わしく醜悪きわまる姿に造型されている。「蚊虻その他の毒虫の刺傷のために全身疣蛙みたいになり」、「腫物と瘡蓋《かさぶた》と蚯蚓《みみず》腫《ば》れとひつつりだらけで、膿汁と血がだら〳〵と流れてゐる」――とある。こうした醜怪な苦行僧の造型に、〈性〉に対する語り手の、「いやな感じ」＝強烈な忌避感の内在が透視される。

丸々した長い腕、くぼんだ肱、肉のもりあがつた肩、甘い果のやうにふくらんだ乳房、水々しい股や脛、きゆつと括れた豊かな尻……その色と、光沢と、あらゆる曲線と、それは日々生気と芳醇を野の日光と草木の薫から吸ひとつて蒸すやうな匂をはなつ一匹の香麞のやうに見える。〈性〉を象徴する苦行僧が徹底して醜悪な人物像として語られるのに対して、〈愛〉を表象する娘は、それと対照的に美しく汚れない存在として形象されている。「一匹の香麞」に比喩される野性的で「水々しい」肢体はむろんのこと、恋人ヂエラルに寄せる一途な思慕に、その〈愛〉の美しさ可憐さが読みとれる。加えて、恋い慕う「邪教徒の隊長」ヂエラルも娘の愛の対象にふさわしく、「美しい若い騎士」とされている。さらにいえば、「小高いところに一本の巨大な榕樹が無数の気生根を立て丶美しい叢林をなしてゐる」という、ヂエラルの「天幕」周辺の「榕樹」の描写も見逃せない。この「榕樹」の「美しい叢林」と、苦行僧の草庵の傍らに位置する「汚しい手足と胴体とが絡みあつてゐるやうな」「檬果樹」「太い葛蘿」とは、その美醜において対蹠的といえる。むろんこれは偶然でありえず、語り手の〈性〉と〈愛〉に対する好悪の念の反映と解される。

彼女は暴力に対する動物的な恐怖に負けてしまつた。（中略）神意によつて結ばれた夫婦の交りは邪教徒の凌辱よりも遥に醜悪、残酷、且つ狂暴であつた。

語り手の〈性〉と〈愛〉に対する好悪の念は、前途のごとく苦行僧と娘との対極的な造型にみてとれる。その性の内質にしても然りである。娘とヂエラルとの情交はいわば凌辱に近い。しかるに、ヂエラルに対する憎悪はみられず、その後ひたむきな〈愛〉へと浄化され昇華されていく。対して、僧犬と化した苦行僧との「夫婦の交りは邪教徒の凌辱よりも遥に醜悪、残酷、且つ狂暴であつた」。等しく〈性〉であっても、その美・醜の差違は歴然としている。「畜生の慾といふものは人間よりはなんぼうきついかしれぬ。それだけ楽しみも深いのぢや」。僧犬の性は、「情慾」「獣慾」の「満足」にある。

そうした醜悪な性への「嫌悪」感が深まるにつれ、娘のヂエラルに対する恋しさが募る。「私はガーズニーへゆかう」――。そこが恐怖に満ちた「邪教徒」の地であれ、また我が身が犬の形に変わっていようとも、「夢に見た人が恋しくて矢も楯もたまらなくな」る。

ものがいへなくても、私だといふことがわからなくても、私はそばにゐさへすればいゝ。顔を見るだけでも、声をきくだけでもいゝ。私は尾を振つて、あまえて、あの人の手をなめよう。私はこの姿でせいいつぱいのことをしよう。

「ものがいへなくても、私だといふことがわからなくても、私はそばにゐさへすればいゝ」、「私はこの姿でせいいつぱいのことをしよう」。上掲の熱く一途な恋心に、娘の〈愛〉の純潔さ美しさが看取される。しかし、その時点においてすでに恋人が亡き者になっていることを娘は知らない。邪教徒に「穢された」罪を「七日のあひだ」「湿婆にお詫び」の祈願をすべく命じられた、その「第六日」目の夜に、ヂエラルは苦行僧の「毘陀羅《びだら》法」によって呪い殺されていた。娘がそれを知ったのは、二度目の脱走にも失敗し、もはや恋人がこの世にないことを僧犬に言い聞かされた折のことであった。ヂエラルの死を知った娘は、「相手の喉くびと思ふところへ」喰らいつき、これまで怯えつづけていた僧犬を噛み殺す。「嫉妬」による苦行僧のヂエラルの呪殺、それを知った娘の怒りと僧犬の殺害。こうした小説の推移、プロットにも、〈性〉と〈愛〉との相克のモチーフを読みとることが可能である。

「湿婆の神様、私をあはれと思召すならば、この身の穢を浄め、今一度もとの姿にして、どうぞあの人のそばへやつてください」

獣人の祈は神にとゞいた。彼女は突然五臓六腑がひきつるやうな苦痛を感じて背中を丸くしてぎやつと吐いた。わる臭い黒血がだく〳〵と出た。それは体内をめぐつてゐた僧犬の血であつた。娘の祈りは神に届き、「人間の声」「女の姿」を取りもどす。「体内をめぐつてゐた僧犬」の「わる臭い黒血がだく〳〵と」流れ出し、心身ともに浄化される。これは、「わる臭い黒血」に表象される苦行僧の〈性〉の敗北・消滅を意味しよう。〈性〉と〈愛〉との相克は、〈愛〉の勝利をもって閉じられる。「その時大地がくわつと裂けて彼女は倒に奈落の底へ堕ちていつた。闇から闇へ、恋人のそばへ」。小説『犬』の末節である。「奈落の底」「闇」とあるものの、それは凶兆を指示する言説ではあるまい。「恋人のそばへ」——。この最終の一句には、冥界におけるヂエラルとの恋の成就が含意されているものと推察される。

二　性の呪縛力・根源性

これまで検証してきたように、『犬』のモチーフは〈性〉と〈愛〉の相克、ひいては〈愛〉の優位性の主張にあると考えられる。しかし、そこには、語り手の企図を越えて、〈性〉の強大な呪縛力あるいは根源性も表出されているように思える。語り手の〈性〉に対する忌避感が、逆説的にその呪縛力・根源性を浮上させる結果を招いたといえようか。

彼は足どめにかゝつたやうに立ち竦んで思案しはじめたが首をふつてもと来た流のはうへ歩きだした。と、またひつかへした。そして二足三足歩いたとおもふとくるりと身をめぐらした。で、そのまゝ地から生えたやうに立つて苦しげに溜息をついた。彼は脇腹の疵を爪で掻きさばいた。

髪の毛をひき搔《むし》つた。が、終に万力で捩られるやうにじり〳〵と向きなほつた。さうして餌をねらふ獣の形に足音をぬすんで草庵のはうへ忍びよつた。

右記の一節に、己の「情慾」との葛藤に苦悶する僧の姿がみてとれる。次いで、自己の「情慾」に屈した苦行僧は、「明りの漏れる小孔を見つけ」草庵内部の娘の裸身を「覗きはじめ」るのであるが、それをことさら「いやな恰好に四つ這ひになつて」とする形容に、〈性〉に対する語り手の打ち消しがたい嫌悪感の内在が察知される。しかしながら、「夢遊病者のやうに逍」い逡巡・懊悩する苦行僧の描出は、自ずとそこに〈性〉の呪縛の熾烈さを浮かび上がらせずにおかない。これに似た設定を、トルストイの小説『神父セルギイ』にみることができる。「修道僧」（三）として信仰心の篤いセルギイもまた、己の「色欲」（五）との戦いに敗れ、神父の身でありながら女犯の罪を犯す。

けれども、彼の耳にはなにもかもきこえていたのである。彼女が着物をぬいだときの衣ずれの音も、素足で床の上を歩く音も、手で足をさすする音も彼はきいた。そして自分の弱さを感じ、すぐにも堕落してしまうかもしれないと思った。（中略）セルギイもまた、危険が、破滅が頭上にも周囲にもせまっていること、それをのがれるためにはただの一瞬間もそのほうを見てはいけないことを感じている。ところがどうあっても見たいという欲望が突然彼をおそった。[4]（五）

隣室で着物を脱ぎ、濡れた体をふいている若い女性の裸身を覗き「見たいという欲望」を、セルギイ神父は押しとどめることができない。自らの指を斧で切断することによってようやくその窮地を脱しえたほどに、その「欲望」との闘争は凄絶をきわめる。しかし、その場の危機こそ脱したものの、再度訪れた試練は乗り越えることができず、ついに女犯の過ちを犯すことになる。その後、神父セルギイは己の罪を悔い、再び信仰の道に復帰する。対して、『犬』における苦行僧はますます〈性〉の泥沼にのめり込む。両作の間にプロットの相違は認められるが、共に〈性〉の強大な呪縛力が表出されていることに変わりはない。

　彼ははじめて女の味を知つた。彼は今弄んだばかりの女のだらしなく横はつた身体を意地汚くしげしげと眺めてその味を反芻した。（中略）
「わしはもうなにもいらぬ。わしはもう苦行なぞはすまい。なにもかも幻想ぢやつた。これほどの楽しみとは知らなんだ。罰もあたれ。地獄へも堕ちよ。わしはもうこの娘をはなすことはできぬ」

失神した娘を見つめながら、僧は「もう苦行なぞはすまい。なにもかも幻想ぢやつた」と呟く。長年の「苦業」も湿婆神への信仰も「幻想」と想わせるほどに、「はじめて」「知つた」「女の味」＝〈性〉の魔力は甚大であった。かりそめにも、苦行僧は「婆羅門の権威と清僧の誉」を負う身である。だが、性の悦びを知った今、そうした栄誉は空無な幻影でしかない。「罰もあたれ。地獄へも堕ちよ」。〈性〉の呪縛の裡にある苦行僧にとって、もはや神罰も地獄も恐るるに足りない。こうした苦行僧の変貌に、〈性〉の人間にとっての根源性がうかがい知れる。作品『犬』が、「人間の性を風俗として描かずに、あくまで根源的に書いている」[5]という指摘に異存はない。ただし、それは、語り手の作意と捉えるよりも、〈性〉への激しい嫌悪感が結果的にそれを可能にしたと解する方が妥当と思える。

「わしは此娘をひとにとられぬ様にせにやならぬ。若い男はいくらも居る。あゝ」（中略）
「さうぢや。わしはこれの姿をかへてしまはふ。ふびんぢやがしかたがない。わしらは畜生になつて添ひとげるまでぢや。よもやまことの畜生に見かへられもすまい。若い男も寄りつかぬぢやあろ」

苦行僧は、〈性〉の魅惑の前に、「婆羅門の権威」「清僧の誉」を投げうつだけではない。娘を「ひとにとられぬ様に」するために、己と娘を犬に化す。すなわち、人間であることすらも放棄する。すさまじい執念というほかはない。「毘陀羅法」による、ヂエラルの呪殺にも同様なことがいえる。苦行僧の説明によれば、「屍骸」にとり「憑」いた「鬼」は、「相手に行力でもあつて殺せぬ時は戻つてきて呪法の行者を殺す」のだという。つまり、「呪法」をかける者とその相手とのいずれかが死なねばならない、「命がけの呪法」ということになる。僧は娘を得るために、文字通り己の「命」をその「呪法」に賭けた。それを促す動力源が、〈性〉への執着にあることは断るまでもない。ここにも、人間存在にとっての〈性〉の根源性・魔的な力が看取される。

彼はその死骸から睾丸をくひちぎつてきたのであつた。

「わしらはどこぞほかの町へ行かにやならぬ。（中略）それにあれはえらい根の薬ぢや。そなたは程なうもとの身体になるぢやあろ。犬の寿命は短いものぢや。そのうへわしは年よつとるで、わしらは根を強うしてせいぐ〳〵楽しまにやならぬ」

犬となった苦行僧は、人間の死骸から奪ってきた「睾丸」を「根の薬」と称し、「わしらは根を強うしてせいぐ〳〵楽しまにやならぬ」と、産後衰えのみえる娘にもその服用を勧める。そうした僧犬の〈性〉への執着を、娘は「浅まし」く思い、「嫌悪」の念を禁じえない。上述の娘にみる反応は、そのまま語り手の感懐でもあろう。「一般に他の動物の性慾は最だらしなく発達した人間のそれよりも寧ろ淡白且合理的である」という、語り手の言説がそれを裏づける。
たしかに、「交尾期」に限られた動物の「性慾」は、「だらしなく発達した人間のそれ」に比較して「淡白且合理的」といえよう。だが、これを逆にいうなら、〈性〉は人間にとってより深い業であり、根源的な欲望とも評しうる。老齢で衰弱しつつも、「たゞ猛烈な獣慾ばかりが命をつないでゐる」という凄絶な僧犬の姿が、人間存在にとっての〈性〉の比重の大きさを如実に伝えている。「根の薬」への執着にしても、その意味で「浅まし」いと一笑に付すわけにはいかない。古来から、人類は種々の強精剤なるものを探し求め、現在もなおそうした薬剤を開発し用いつづけているからである。〈性〉の呪縛力・根源性は、僧犬の「情慾」を通して表出される。しかし、別の形ではあるが、娘の側にもそれをみることが可能と思える。

彼女は自分の肉体が僧犬の肉体の接触のために自分の意志に反して性的な反応をひき起すのが情なかつた。さうしてそれが「あの人」に対してしんからすまなかつた。

「ゆるしてください。私の身体はこんなだけれど、心は決してさうぢやないんです」

右のほかにも、「それはまつたくせうことなしのおつきあひにすぎなかつた。性的な反応が起るのさへ不思議なくらゐであつた」という記述がみえる。「せうことなしのおつきあひ」にも拘らず起こる「性的な反応」、「自分の意志に反して」生ずる「身体」の変化。こうした「肉体」上の反応を、生理的なものにすぎないと解することは可能である。娘の内言が示唆するように、それによって「心」まで左右されることはない。とはいえ、これも逆の角度から捉えるなら、「心」がいかに反抗しようと、「意志に反して性的な反応をひき起す」「情な」さもまた否定できない。自らの「意志」で制御しえない不条理性、ないし不可抗性、そこに人間の〈性〉の業の深さをみることができよう。

三　愛と性の相関

『犬』においては、〈性〉と〈愛〉とは相容れないものとして形象されている。〈性〉の醜と〈愛〉の美との対比は明瞭であり、前者に対する後者の優位性の強調にこの小説の主意があるものと推測される。しかしながら、そうした語り手の認識は別として、苦行僧と娘の双方に、〈性〉と〈愛〉の重層性あるいは不可分性が読みとれるように思われる。まず、娘の〈愛〉と〈性〉から吟味してみたい。

彼に対する彼女の信頼は目のまへに無慙に裏ぎられた。とはいへ不思議にもそれについて彼女の心に驚きや怒りの痕跡さへもなかつた。（中略）さきに「信頼」と見えたところのものは実は「信頼」の仮面を被つた「許容」であつたのかもしれない。

ヂエラルの兵に捕われた娘は、その「天幕」の中で「凌辱」される。「甘い、い、匂のする、きつい酒」を飲まされてのうえであり、むろんそこに合意はない。しかるに、「彼女の信頼は目のまへに無慙に裏ぎられた」にもかかわらず、「不思議」なことに「それについて彼女の心に驚きや怒り」は生じなかった。むしろ、日を経るに従い、屈辱であったはずの性の記憶は恋心へと転化していく。

ヂエラルとの性は、愛の深化の結果ではない。逆に、性を起点にして愛が育まれている。つまり、娘の〈愛〉と〈性〉とは不可分といってよい。「さきに『信頼』と見えたところのものは実は『信頼』の仮面を被つた『許容』であつたのかもしれない」とある。「十七の春を迎へようとしてゐ」た娘には、精神的な〈愛〉のみならず〈性〉をもうけ入れる用意があったといえるだろう。下掲の一節がそれを示唆している。

彼は彼女を穢した、それが穢したのならば。とはいへ彼の抱愛はいかばかり熱烈なものであつたか。それは彼女が未だ曾て夢想だもせずして、しかも我知らず肉と心の底の底から渴望してゐたところのものであつた。彼女はその思ひ出すも恐しい、奇怪な、しかも濃に、甘く、烈しく狂酔させたところのそれを思ふのであつた。それは恐しく、奇怪であつたがためにます〳〵不思議な魅力のあるものとなつた。

娘が「我知らず」「渴望してゐたところのもの」とは、単に精神上の愛のみを意味しない。「肉と心の底の底から」と語られているように、性に対する「渴望」も内蔵されていたとみなしうる。先に語られていた、「『信頼』の仮面を被つた『許容』」の内実がそれである。娘の無意識裡の「許容」には、〈性〉の牽引力が作用している。上記にいう「肉と心」および「底の底」との表現は、〈性〉と〈愛〉の一体性もしくは不可分性を暗示する。

娘の「許容」が性への「渴望」と不可分であることは、「思ひ出すも恐しい、奇怪な、しかも濃に、甘く、烈しく狂酔させたところのそれを思ふのであつた」という一文にも明らかである。処女の娘にとって、初めての性は「恐しい、奇怪な」体験であるに相違ない。しかし、それは、「奇怪であつたがためにます〳〵不思議な魅力のあるもの」として想起される。「恐しい、奇怪な」体験でありながら、それが同時に「甘く、烈し」い「狂酔」でもあったのは、たとえ無自覚であるにせよ、「肉と心の底の底から渴望してゐた」ゆえだろう。娘の性への「渴望」は、初回の「抱愛」にかぎらない。「彼女は恋人に抱かれたかつた」、「またあめぐりあひさへすればいつでも抱愛されるものと思つてゐた」とみえる。娘はヂエラルを想う都度、熱い「抱愛」を夢想している。

「それにしてもわしは年よつてゐる。さうして醜い。これからさきこの娘はわしと楽しんでくれるぢやらうか。いや〳〵、とてもかなはぬことぢや。あゝ、わしはあの男のやうに若う美しうなりたい。さうしたなら娘も喜んで身をまかせてくれるぢやらうに」

生涯ではじめて知った「女の味」に、苦行僧は狂喜する。そこに享受した性の悦楽と、娘がヂエラルの「抱愛」で知った「狂酔」とのあいだに本質的な違いはない。だが、苦行僧に関わる〈性〉は、この小説において一貫して醜悪な相のもとに表出される。その理由はといえば、僧が「年よつて」おり「醜い」ためである。苦行僧の、「あの男のやうに若う美しうなりたい。さうしたなら娘も喜んで身をまかせてくれるぢやらうに」との嗟嘆はもっともといえる。

娘が「夫婦」となった僧犬をうとましく思い、ひたすらヂエラルを恋い慕うのは、ヂエラルが「美しい若い」異性であるからにほかならない。別言すれば、「背のすらりと高い、品のいゝ、強さうな」異性とのあいだに子孫を残そうと欲する、娘の本能がそこに作用している。その点において、動物と人間とに本質的な差違はないといえよう。人間の恋の法則も、自然の摂理すなわち性の法則の埒外ではありえない。それに対して、苦行僧の「情慾」は、「楽しまにやならぬ」という言説が示すように性そのものの享楽にある。生殖以外の、享楽としての性が人間に固有のものとするなら、自然の摂理に即した娘の〈愛〉に比して、僧犬のそれをより人間的な〈性〉と評することも不能ではない。

そなたがわしを嫌ふのも尤ぢや。わしは醜い。それにこのとほり年よつてもゐる。が、の、こ、をようき、わけてくりやれ。いやなものを無理難題をかけると思ふかしらぬがの、それが恋ぢや。どうでも思ひきれぬのぢや。わしは気のちがふほどに思ふてゐる。可愛い、いとしいと思はぬ時はないのぢや。今までは黙つてゐたが、わしはそなたをひと目見た時から恋ひ慕ふてゐたのぢや。

『犬』では、苦行僧は醜悪な〈性〉の象徴として造型されている。しかし、その娘への執着には、「情慾」の観点のみでは説明しきれない要素が認められる。「人身御供にあがつた気持で」「身をまかせ」ている娘に、「夫婦らしうしてくりやれ」「わしはつらいのぢや。ふるふほどせつないのぢや」と訴えかける、「せつな」さ悲しみもその一つである。僧犬が口にする、「つら」さ「せつな」さのすべてが偽りとは考えにくい。また、「そなたをひと目見た時から恋ひ慕ふてゐた」という口説にしても、娘の気を引くためだけの方便とは思えない。

娘と関係をもった翌年、クサカの町に野営したヂエラルは、「とにかく可愛い、い、奴だつた」と、「慰んだ娘のことを思ひ出し」ている。一時の慰みであったとはいえ、ヂエラルにも娘に対する情愛がないわけではない。けれども、「わしは気のちがふほどに思ふてゐる。可愛い、いとしいと思はぬ時はないのぢや」と「せつない」「恋」を訴える僧犬の方が、娘への「愛着」は格段に深いといえるだろう。娘のヂエラルへの〈愛〉がその〈性〉体験と不可分であるように、僧犬の娘に対する執着にも〈愛〉の要素が皆無とはいいきれない。

彼は暖かい屍骸を抱いてるやうなものであつた。それが真実屍骸であつたなら、それが性慾をみたす器となる限り相当な満足を得たであらうけれど、生憎それは生きた女であつた。（中略）さう思へば彼は狂的な抱擁の最中に於てさへうち消しがたい無味、不満を覚えた。それは彼の情慾が熾烈であるだけ大きかつた。

「せうことなし」に「身をまかせ」ている娘への失望と不満を、語り手は僧犬の貪欲かつ「熾烈」な「情慾」に帰しているようにみえる。しかし、単に「情慾」を満たすだけなら、娘が「温かい屍骸」であろうと「従順」でさえあれば、そこに「無味、不満」は覚えないはずと考えられる。苦行僧が「自分たちを犬にしてしまう」動機は「たんなる肉欲から」[6]であるにしても、それのみをもってその後の娘への執着を説明することはできまい。僧犬が、「それではあんまり情がうすいといふものぢやぞえ」、「察してくりやれ」「あはれと思ふてくれ」と「手を合はせぬばかりにしてかきくどい」ていることからして、娘とのあいだに「夫婦らしし」い情愛の交流を求めているのは確かである。

それに対して娘は、「それほどまでに思つてくれるのをありがたいとも思」い、「そんな苦しみをさせるのはすまないとも思」うものの、「どうにもしようがなかつた」。夫婦となった僧犬に〈性〉を許すことはできても、〈愛〉を捧げることはできない。それは、おそらく、恋人ヂエラルに対する潔癖さだけではない。『犬』においては、〈性〉と〈愛〉とは終始相容れないものとして対極に位置する。それがこの小説の内的法則であり、また語り手の認識でもあるゆえと推測される。

注(1)「愛と家族制度──『堤婆達多』から『犬』へ」『中勘助の恋』(平五・一一、創元社)、一九四頁。
(2)(1)に同じ、一九六頁。
(3)和辻哲郎宛書簡(大一一・一一・一五)。
(4)『神父セルギイ』世界文学大系84『トルストイ』(昭三九・六、筑摩書房)、木村彰一訳。三九六頁。

（5）富岡多恵子「解説」岩波文庫『犬他一篇』（平元・九、第一〇刷）、一二七頁。
（6）（5）に同じ、一三〇頁。
『犬』本文の引用は、『中勘助全集第二巻』（平元・一一、岩波書店）による。

『暗夜行路』（志賀直哉）――性の暗夜・愛の行路

『暗夜行路』（大一〇・一～昭一二・四、『改造』）の作中人物時任謙作の苦悩の多くは、生母と妻直子の性的「過失」（四―十七）を淵源としている。謙作自身、「今日《こんにち》までの生涯はそれに祟られとほして来たやうなものだつた」（同）と告げる通りである。加えて、この小説では、「主人公自身の」「デカダンスな『性』の遍歴」(1)が詳述され、大きな位置を占める。標題の『暗夜行路』の「暗夜」とは、〈性の暗夜〉の意と解することも不能ではない。そのような〈性の暗夜〉を、「六歳《むつつ》の時」に母を亡くした主人公が、母とともに喪失した「愛」（「序詞」）を求めて彷徨する。失われた〈愛〉への希求と〈性〉の呪縛との相克・葛藤の軌跡、それが標題に託された「行路」の内実と理解される。以下に、〈愛〉と〈性〉の相克の観点から、この小説を読み解いてみたい。

一　性への傾斜

謙作の回想によれば、「母は何方《どちら》かと云へば私には邪慳だつた」（「序詞」）という。だがそれは、愛の不在を意味しない。「何といつても母だけは本統に自分を愛して居てくれた、私はさう思ふ」（同）とみえる。そうした母を、謙作もまた深く愛していた。「同じ事が他《た》の同胞《きやうだい》では叱られず、私の場合だけでは叱られるやうな事がよくあつた」にもかかわらず、「私は心から母を慕ひ愛してゐた」（同）と語られている。義父と犯した「過失」への、いわば贖罪とも想像される母の「邪慳」な取り扱いをうけながらも、謙作は誤りなく子供の直感で「本統」の「愛」の内在を感知していたといえるだろう。謙作にとっての生母は、〈愛〉そのもの、〈愛〉の象徴と称しても過言ではない。

母の死によって、その愛と愛の対象を失った謙作は、それを奪回すべく、母の縁に繋がる愛子に求婚する。「謙作の母方の祖父母を養父母として、其処から其漢方医に嫁入つた」という愛子の母は、謙作の生母とは「幼馴染で特に親しかつた」（一―五）と語られている。そのような事情からして、謙作が、「亡き母の面影を愛子の母に見て居た」（同）としても不思議はない。母の死後、「愛子の家《いへ》へよく出入《ではい》りをした」のも、愛子に魅かれてというより、「愛子の母に会ひたかつたから」（同）であった。「愛子を通し、彼女の母を通して、彼の母との家族的な繋がりの中に留まろうと[2]」欲したものと考えられる。とはいえ、それを、「彼の無意識の中での近親相姦的願望として、愛子と彼の母は結びついてしまつた[3]」とみることはできまい。

「彼はさう云ふ時代から知つてゐるだけに愛子が相当の年になつても妙に異性としては強く来なかつた」（一―五）とある。「異性として」性的衝動を覚えない愛子に対して、「近親相姦的願望」はありえない。肉親的〈愛〉にとどまるものと思われる。「異性としては強く来なかつた」という愛子への求婚は、〈愛子〉の名が象徴するように、それが、喪失した〈愛〉奪還への営為であることをうかがわせる。この小説において、〈愛〉と〈性〉とは対極的な位相にある。愛子に対する〈性〉衝動の欠落も、その証左の一つといえよう。愛子にまつわるエピソードの眼目は、のちに明かされる「呪はれた運命」(二―六)の伏線的な役割という以上に、謙作の〈愛〉に対する切実な希求およびその挫折の表出にあると推測される。

幼時の様々な記憶が甦つて来た。(中略)彼は此処でも屋根に乗つた時の記憶を想ひ浮べ、涙ぐんだ。然し母の床に深くもぐつて行つた時の事を憶ふと、彼は不意に何かから突き返されたやうな気がした。(二―七)

謙作の母に関わる記憶は、「屋根に乗つた時の記憶」と、「母の床に深くもぐつて行つた時の事」との二点に集約される。端的にいえば、その内質を〈愛〉と〈性〉とにそれぞれ要約することが可能だろう。こうした、母にまつわる〈愛〉と〈性〉との対蹠的な記憶は、そのまま小説『暗夜行路』のモチーフの所在を示している。すなわち、〈性〉と〈愛〉との相克である。〈愛〉の記憶が母への思慕を喚起するのに対して、他方の〈性〉の記憶はいまわしい過去として謙作を呪縛しつづける。

のちに、兄信行から出生の秘密を明かされた折、謙作は「母の床に深くもぐつて行つた」己の所業を、「罪の子なるが故に生れながらにして、さう出来てゐたのではなかつたか」(二―七)と反芻している。客観的にみるなら「罪の子」とは無縁なその行為をも、己の出生の経緯と重ね合わせて、「呪はれた運命」の徴証とうけとめざるをえない。そこに、〈愛〉と拮抗する形でこの小説のモチーフを形成する〈性〉の提示をみることができよう。

愛子への求婚が不首尾に帰したあと、謙作は芸者遊びをはじめ、登喜子に魅せられる。無意識裡に、喪失した〈愛〉の補塡・代償をそこに求めたものと察せられる。しかし、「登喜子を好きながら、それが熱情となつて少しも燃え立たない」（一—七）。これに続けて、「実は愛子に対する気持が既にかうであつた」（同）と述懐されている。そこに、愛子にも登喜子に対しても、自然な「熱情」つまり〈愛〉の衝動を欠いていながら、喪失した〈愛〉の埋め合わせとしてこれを求める謙作の姿が浮かびあがる。だが謙作は、「熱情」の欠如を自覚しつつ、登喜子をはじめ、千代子、お加代などとの接触を断とうとはしない。なぜか。〈愛〉は不在でも、「答へる事のいやな、然し答へる事の出来る」（同）、〈性〉の衝動が謙作をつき動かしているからである。

登喜子と云ひ、電車で見た若い細君と云ひ、今日の千代子と云ひ、彼は近頃殆ど会ふ女毎に惹きつけられて居る。そして今は中でも、そんな事を云つたと云ふお加代に惹きつけられて居る。（一—七）

謙作の関心は徐々に登喜子を離れ、お加代へと推移する。その関心の焦点は〈性〉にある。お加代と「接吻する真似」をして「意識の鈍るやうな快感」（一—八）を覚え、その入浴の話題に触発されて、「肉づきのいい此大きな女が留桶を抱へて風呂の中で泳ぐ様子」を「肉感的」に「想像」（一—十）する。それが〈愛〉とは無縁な欲求と自覚しながらも、〈性〉衝動の牽引を抑止できない。その後、謙作は、娼婦を相手にした「放蕩」（一—十二）へとのめり込む。「電車で見た若い細君」に表象される〈愛〉の対象に、いまだ謙作の手は届かない。『暗夜行路』の「第一」部を要約するなら、〈愛〉を求めてそれが得られず、逆に〈性〉へと傾斜していくプロセスと捉えることが可能である。

二　お栄の位相

謙作にとって、お栄が母性と異性の両義的な存在であることは改めて細説するまでもない。いい換えれば、そうした両義性を有つお栄の形象にも、〈愛〉と〈性〉の相克を企図するこの小説の作意が透視される。しかし、〈性〉への傾斜を深める「第二」部においては、お栄も性的対象としての側面が強調されているようにみえる。

淫蕩な悪い精神が内で傍若無人に働き、追い退《の》けても〳〵階下《した》に寝てゐるお栄の姿が意識へ割り込んで来る。さう云ふ時彼は居ても起つてもゐられない気持で、万一の空想に胸を轟かせながら、階下《した》へ下りて行く。（中略）彼の空想では前を通る時に不意に襖が開《あ》く。黙つて彼は暗い部屋に連れ込まれる。（二―十二）

自己の裡の性衝動を「淫蕩な悪い精神」と称するものの、謙作は自らの〈悪〉を直視しようとしていない。「道徳堅固にしてゐる彼に対し、お栄の方から誘惑して来る場合」（同）を妄想する。しかも、「さう云ふ事が如何に恐ろしい罪であるか」を、お栄に「諄々《じゆんじゆん》と説き聴かす真面目臭い青年」（同）に自己を擬している。明らかな自己欺瞞といえる。お栄との結婚を望む動機にしても、そうした欺瞞性が認められる。「心にお栄を穢《けが》して居る事からすれば、実際の関係に進まない前に」（二―五）とあるが、これは自己の欲望の合理化ないしすりかえにすぎない。「お栄との結婚」の「予想」が「肉情を刺激」し、「実際」「放蕩」（二―六）に走らせているのがその証左といえる。

謙作のお栄との結婚願望は、愛子に対して欠落していた「熱情」を実感してのことではない。「熱情」の欠如は愛子の場合と同列である。愛子への求婚の動機が母の〈愛〉の代償であったのに対して、お栄へのそれは〈性〉的衝動の促しによる。もっとも、謙作は直子との結婚の直前にも「放蕩」を経験している。お栄の場合も含めて、「淫蕩」な〈性〉の呪縛の根深さを示唆したものと解される。

ところで、謙作にとってお栄が母性的側面を有することから、「お栄への性的接近には、不可避的に近親相姦的な要素が付随する[4]」、「近親相姦的な性に向かうもの[5]」——等の所説がみうけられる。謙作がお栄に、「肉親の近さ」(二—五)を感じているのは事実である。しかし、「殆ど会ふ女毎に惹きつけられて居る」この期の謙作が、同居している異性のお栄に性的衝動を覚えたところで、それを直ちに近親相姦的な性とみなすことはできない。形のうえでそうなるというにすぎず、そこに近親相姦的な衝動の内在は想定しがたい。愛子の場合もそうであるが、この小説では、「肉親」・母性に繋がる〈愛〉と〈性〉の衝動とが重層化されることはない。別言すれば、〈愛〉は光明を、〈性〉は暗黒を表象する。お栄への欲望に必然性があるとするなら、それは近親相姦的衝動ではなしに、「祖父の長い間の妾だったお栄」(一—十一)に感受される、頽廃的な〈悪〉の蠱惑性・牽引力に求められよう。

然し此女は未亡人ではなく、其頃大学で歴史を教へて居た或る年寄つた教授の細君で、此女の甥が嘗てお栄と同棲して居た、(中略)其甥と云ふ男は大酒飲みで、葉巻のみで、そして骨まで浸み貫《とほ》つた放蕩者で、たうとう其二三年前に殆ど明かな原因なしに自殺して了つたと云ふ事を私は二十年程してお栄から聞いた。(「序詞」)

お栄は、いわゆる堅気の女性ではない。「祖父と酒を飲むと、其頃の流行歌《はやりうた》を小声で唄つたりした」

（同）姿も紹介されている。また、前掲の一節で語られているように、「明かな原因なしに自殺して了つた」という「骨まで浸み貫《とほ》つた放蕩者」の男と「同棲して居た」過去をもつ。その後、やはり放蕩者で「自堕落」（同）な謙作の祖父（実父）の妾になったお栄には、そうした相手と親和する頽廃的・背徳的な〈悪〉の影を否定できない。

その意味で、謙作が「放蕩を始めてから変にお栄を意識しだした」（一―十一）というのも故ないことではない。「放蕩」に身を浸した謙作は、今や「嘗てお栄と同棲して居た」「放蕩者」の男、および「自堕落」な実父と近接した地点にある。無意識であれ、お栄に秘められた頽廃・背徳の匂いを感知し、それに誘引されたとしても不思議はない。「祖父の長い間の妾だつたお栄とのさう云ふ関係は何かの意味で自分を破滅に導くだらうと云ふ」（同）、危惧の念もそこから生ずる。こうした危惧の念と、お栄に感受する磁力とは表裏の位相にある。「自分を破滅に導」きかねない〈悪〉の蠱惑性が、謙作の「淫蕩な悪い精神」とその「跳梁」（同）を誘発しているものと推察される。(6)

三　悪と性の相関

『暗夜行路』の主人公時任謙作は、「蠟燭は変つても、その火は常燈明のやうに続いて行く」（一―二）――のごとく、〈愛〉の不変性を確信する人物である。だが、その反面、悪の魅惑に囚われがちな側面を併せ有つ。〈愛〉と〈性〉の相克・葛藤を具現する、この小説のモチーフに即した人物造型といえるだろう。

古い事では生れたての赤児をきり〳〵と押し殺したとか、そして今も其男と離れられずにゐるのだとか、（中略）

兎に角、昔の栄花、今の桃奴が芸者の中でも最も悪辣な女になつてゐて、仲間でも甚だ評判の悪い女である事がわかつた。（二―十二）

芸者仲間でも「甚だ評判の悪い」「悪辣な女」栄花に、謙作は強い興味を示すのみならず、栄花を主人公にした小説の構想に執着する。時に、「栄花を『救う』ことをいたずらに夢想しはするが、実のところ彼女の暗く逃れ難い過去との結びつきこそが彼を惹きつける」(7)要因と考えられる。さらにいうなら、「赤児」を男のために殺害したという罪の影、悪女の匂いが謙作を誘引しているものと察せられる。そのような栄花と、同棲中の「放蕩者」の男が謎の「自殺」を遂げたとされるお栄の過去には、その男遍歴および仄暗い生のイメージにおいて一脈の相似性が認められよう。〈栄花〉と〈お栄〉の名の類似性も、全くの偶然とはいいきれない。

あの女は今もあの病院に居るかしら？（中略）そしてさう思ふ裏に、彼は知らず知らず其女に対する漠然とした下等な興味を起してゐた。その女に不良性のある所に起る興味であつた。（二―十）

謙作の〈悪〉への囚われは、栄花にみうけられるだけではない。「不良性」のある「T病院」の「看護婦」（同）に対しても、「下等な興味を起して」いる。だが、謙作はここでも、自己の〈悪〉への嗜好性を直視しようとはしていない。「所謂不良性のある女だつたと思つて、一寸いやな気がした」（同）といった物言いに、その欺瞞性がみてとれる。謙作は、「不良性」ゆえに「下等な興味」をいだく、己の心底の欲望に気づいていない。しかし、語り手は別である。「彼は知らず知らず其女に対する漠然とした下等な興味を起してゐた」と語られているように、謙作の〈悪〉に牽かれる〈性〉衝動と、それに目を塞ごうとする自己欺瞞とを明確に剔出している。

　阪口は淫蕩の為めにはあらゆる刺激を求めて来たが、到頭其播摩まで堕ちたかと思ふと謙作は身内が寒くなるやうな異様な感動を覚えた。（中略）

「播摩と云ふのはどうするのだ」謙作はもう少しでかう訊きかけて口を噤《つぐ》んだ。聴けば屹度自分もやる。此考で彼はぞつとした。（一―十二）

前述したお栄への欲望、さらに「不良性」のある看護婦に向けられた「下等な興味」の表出に、〈悪〉と〈性〉との結合あるいは重層性がうかがわれる。阪口が実践したという「播摩」に関する夢も、その一環として注目される。この夢において謙作は、珍しく〈悪〉への衝動を自覚している。「聴けば屹度自分もやる」という感懐にそれが読みとれよう。ただし、その言説が夢裡の想念であることに留意を要する。

夢の後半で、謙作は「淫蕩な精神の本体がこんなにも安つぽいものだと思ふ事」によって、「清々《すが〱》しい気持」（一―十二）を得ている。しかし、これによって、「悪い精神の跳梁の実体を把握した[8]」といえるかどうか。語り手の視点に即すなら、むしろ逆説と捉えたい。『暗夜行路』の〈性の暗夜〉は、この先もなお続くからである。次いで描かれる、直子との〈愛〉と〈性〉の検証がなされなければならない。

四　直子との愛と性

京都に移り住んで間もなく、謙作は、「大柄」で「豊かな頬」の「健康さうな」（三—一）直子を知り魅せられる。「自分の心が、常になく落ちつき、和らぎ、澄み渡り、そして幸福に浸《ひた》つて居る事を感じた」（同）との表現に、それまで求めつづけてきた〈愛〉の感触がみてとれる。以後、多少の曲折はあるものの、謙作と直子の心は接近していく。

「悪い事は大概不快な感じで、これまで自分に来た。が、今、自分は毛程の不快も悪意も感じて居ない。これは不思議な事だ」と思つた。（中略）彼はその事があつて、反つて嘗つて感じなかつた程に深い愛情を直子に感じて居た。（三—十四）

花札で「猾《ず》る」をしたと疑っているにもかかわらず、「彼には堪らなく直子がいぢらし」（同）く感じられた。断るまでもなく、妻直子に対する「深い愛情」のゆえである。これに続けて、「彼は黙つて直子の手を握り、それを自分の内懐《うちふところ》に入れてやつた」、「そして痛切に今は直子が完全に自分の一部である事を感じた」（同）と叙せられている。上記文中にいう「自分の一部」とは、しばしば言及される謙作の自己本位性をつげるものではなく、二人の心の一体化、もしくは〈愛〉の深化を指示する言葉とうけとれる。〈愛〉は、謙作の側にのみ存在するわけではない。「直子は媚びるやうな細い眼つきをし、その頬を彼の肩へつけ、一緒に歩いた」（同）とみえる。心身ともに夫に委ねきった、新妻の甘えがそこに読みとれる。母の死以来求めて得られなかった〈愛〉を、謙作はようやく掌中にしえたといってよい。
「もう茶はいいよ。早く寝るといい」謙作は直ぐ寝間着に更え、寝室に入つた。直子は彼の着物を畳みながら、妙に亢奮して居た。（中略）謙作は枕に頭をつけ、其方を向いて其晩の話をしたが、亢奮して居る直子はそれを聞かうともしなかつた。（三—十五）
右記は、友人と深夜までつき合い帰宅した謙作に示す、新妻直子の官能的ともいえる描写である。「この夜の直子の『亢奮』は、『暗夜行路』中最も健康なエロティシズムを感じさせる」(9)。〈悪〉に傾斜しがちなこの小説の〈性の暗夜〉のなかで、〈愛〉と〈性〉とが結合した唯一の例と評せよう。やがて、そうした〈愛〉の証として、長子直謙が誕生する。「直子の直と謙作の謙とを取つて、直謙《なほのり》とした」（三—十八）というその命名は、二人の〈愛〉の融合を象徴するものと解される。だが、謙作の〈愛の行路〉は平坦ではない。直謙の急死は夫婦の〈愛〉の危機を意味すると同時に、〈性の暗夜〉再突入の予兆でもある。なお、予兆といえば、結婚直後に末松・水谷を交えた会話の場で、「従兄《いとこ》」の要《かなめ》の名を耳にして「直子は故《わけ》もなく赤い顔をした」（三—十四）という伏線的言辞も見逃せない。
直子と要との関係は最初から全く無邪気なものとは云へなかつた。それはそれ程深入りした関係ではなく、単に子供の好奇心と衝動からした或る卑猥な遊戯だが、それを二人は忘れなかつた。色々な記憶の中で、それだけが寧ろ甘い感じで直子には憶ひ出されるのだ。（四—五）
幼児期の〈性〉にまつわる体験は、謙作ばかりでなく直子にもあった。のみならず、その内質も近似している。「炬燵で抱合つて居る間《あひだ》に直子は嘗て経験しなかつた不思議な気持から、頭のぼんやりして来るのを感じた」（同）。これは、謙作がお栄に「抱き締め」られて、「何かしら気の遠くなるやうな快感を感じた」（「序詞」）とあるのと照応する。直子の場合もまた、その体験が「甘い感じ」として心に残る。

しかし、「甘」さだけではない。直子は「兄の顔をまともに見られぬやうな、わけの解らぬ恥かしさを覚えた」（四—五）とある。これは、母の「床の中に深くもぐつて行つた」幼児期の謙作が「自分のした事を恥ぢ」る、その「恥づべき記憶」（二—三）と相似している。謙作の裡で、そうした過去の〈性〉の記憶がその後呪縛として作用したように、直子においてもその潜在意識のなかに生きつづけた。「幼ななじみの従兄『要』との事件は、遠い『卑猥な遊戯』の惹起したもの(10)」とみなしうる。

妻の過失がその儘肉情の刺戟になるといふ事は此上ない恥づべき事だ。彼はさう思ひながら、二人の間に感ぜられる空隙がどうにも気になる所から、そんな事ででも尚、直子に対する元通りなる愛情を呼起こしたかつたのである。病的な程度の強い時には彼は直子の口で過失した場合を精しく描写させようとさへした。（四—八）

直子の過失は、むろん謙作自身の「淫蕩な精神」によるものではない。しかし、それが引き金となって、「悪い精神の跳梁」（一—十二）をよび醒ます。「妻の過失がその儘肉情の刺戟になるといふ」、「此上ない恥づべき」事態に陥り、「病的な程度の強い時には彼は直子自身の口で過失した場合を精しく描写させようと」するにいたる。「直子に対する元通りなる愛情を呼起こしたかつた」とあるが、そうした「病的」な営為によって「愛情を呼起こ」しうるはずもない。「病的に惹き合ふ事が強ければ強い程、あとは悪かつた」（四—八）のは当然だろう。かつて夢のなかで「滑稽な感じのする魔物」とみなし、あなどっていた自らの「悪い淫蕩な精神」（一—十二）に、思いがけない形で手厳しい復讐をうけたと解することも可能である。〈愛〉の〈性〉への敗北とも評しうる。

「直子に対する元通りなる愛情を呼起こしたかつた」との自覚は、倫理的であろうと努める謙作の表層の意識に属する。だが、そうした意識の下層には、頽廃的・背徳的な〈性〉への衝動が伏在していよう。「直子自身の口で過失した場合を精しく描写させよう」とする行為が、〈悪〉の〈性〉の牽引力を暗示している。阪口が実践して死んだとされる「播摩」とは肉体的な危険を伴う性技を想わせるが、直子の過失を機に謙作が陥った「病的」な〈性〉の様態を、その背徳性と精神の麻痺とにおいて「播摩」に類するものとみなしてよいかもしれない。謙作はこの時、〈性の暗夜〉の底にあったといえる。

五　性から愛への転移

夜の闇は、夜明け前が最も深いという。〈性の暗夜〉の底に堕ちた謙作は、直子の過失への赦しと夫婦の〈愛〉の回復を期して、「天台の霊場」（四―十）大山へと旅立つ。『暗夜行路』はそれ以降、「亡者が、仏様になつて帰つて来るんだ」（四―十一）という主人公の予告通りに、予定調和ともいうべき推移を示す。換言すれば、それを、〈性の暗夜〉を通過した〈愛〉獲得の「行路」と捉えることもできよう。

大山登山道の「分けの茶屋」で、謙作は連れの車夫から「恐ろしい爺《おやぢ》」の話を聞き、併せて、「風雨にさらされた山の枯木のやうな」「白髪頭の老人」（四―十三）を目にする。前者の「老盗賊」については、「謙作は自分の過ぎ来し方を重ねてみているのかもしれない(11)」という考察がすでにある。謙作自身の自覚はともかく、語り手の示唆は確かと思える。罪深い業を背負った「恐ろしい爺《おやぢ》」が、「呪はれた」

宿業を生きてきたこれまでの謙作の寓喩であるとすれば、「枯木」を想わせる「静寂な感じ」（同）のもう一人の老人には、この先変貌をとげる謙作像が寓意されていよう。「分けの茶屋」とは、俗界と聖域だけでなく、過去と未来の時間を「分」かつ象徴的意味をも内包する。しかし、謙作は一足飛びに変貌をとげるわけではない。

覚めて妙な夢を見たものだと思つた。（中略）夢ではさう感じなかつたが、今思ふと、それには性的な快感が多分に含まれてゐたやうに思ひ返され、彼は変な気がした。そんな事とは遠い気分でゐる筈の自分がそんな夢を見るのは可笑《をか》しな事だと思つた。（四―十五）

上引のお由に関する夢には、その時点での謙作の心的位相が正確に反映されている。お由の「生神様」（同）への変位は、「臨済録」を読み「高僧伝」（四―十四）に涙する心意の投影とみなしうる。だが他方で、そこに「性的な快感」も感受している。これは、無自覚であれ、お由に対する「淫蕩」な欲望の内在を物語る。「そんな事とは遠い気分でゐる筈」という自覚に反して、謙作はいまだに〈性の暗夜〉を脱しえてはいない。

そのような状況のなかで、謙作は竹さんに遭遇する。「生来の淫婦」（四―十五）を妻にもつ竹さんの逸話は、謙作が〈性〉の呪縛から脱し〈愛〉を獲得するにいたる道程において不可欠な位置を占める。しかし、当初謙作は、「男が来て嫁さんと奥の間《ま》にゐる間《あひだ》、竹さんは台所で御飯拵へから汚れ物の洗濯まですると云ふ」話を耳にして、「一種の変態としか考へられな」（同）かった。ところが、一方で、「彼にもさう云ふ変態的な気持は想像出来ない事はなかつた」（同）とも述べられている。「妻の過失がその儘肉情の刺戟になるといふ」、「病的」すなわち「変態的」ともいえる自らの心的体験が、そこに重層化されているものと考えられる。

彼はその朝、お由から竹さんの話を聴き、竹さんが多少、変態なのではないかしらと思つたが、今はそれより、竹さんのはその女房を完全に知る為の寛容さであつたかも知れぬと思つた。性質と、これまでの悪い習慣を完全に知る事で、竹さんは自分の感情を没却し、赦してゐたのだ。（四―十七）

お由の伝えるところによれば、「女房が痴情の争で、情夫と一緒に重傷を負」ってもなお、竹さんは「そんな悪いおかみさんでも少しも憎んでゐない」（同）のだという。謙作は、竹さんの「寛容」さ、「自分の感情を没却」し尽くした「赦し」の心をそこにみる。「ゆるしということがなかなか実行できない謙作にとって、竹さんは彼の目を開かせる[12]先達であったといえようし、「自分の場合と比べ、いかにも『運命』を超越している人のようにも思え[13]」たに違いない。そこに、〈性〉の呪縛からの脱出と、〈愛〉獲得にいたる契機が認められる。しかしながら、上述の省察はいまだ観念の次元にとどまる。謙作が自己の「感情を没却」し、妻の過失および「呪はれた運命」への拘泥から脱却するためには、「芥《け》子《し》粒程に小さい彼を無限の大きさで包んでゐる」（四―十九）大自然の懐のなかで、その大いなる慰藉を身をもって体感する必要があった。

謙作は黙つて、直子の顔を、眼で撫でまはすやうに只観てゐる。それは直子には、未だ嘗て何《なに》人《びと》にも見た事のない、柔かな、愛情に満ちた眼差《まなざし》に思はれた。（四―二十）

直子が謙作に感受する「愛情に満ちた眼差」には、竹さんから学んだ「寛容さ」「赦し」の心が反映していると思われる。しかし、おそらくそれだけではない。「空が柔かい青味を帯びてゐた。それを彼は慈愛を含んだ色だと云ふ風に感じた」と語られる、大山の「自然」（四―十九）から得た「慈愛」の心の投影でもあろう。「自然」から享けた無私な〈愛〉の、妻直子への還元をそこにみることが可能である。のみならず、それと呼応するように、「自分は此人を離れず、何所までも此人に随いて行くのだ」（四―二十）という、深く熱い直子の〈愛〉をも謙作は得ている。消滅したかにみえた、二人の〈愛〉の再生である。これを、「最初の蠟燭」から「第二の蠟燭」（一―三）への点火と読みとることも不能ではない。〈愛〉を希求しながら〈性〉に呪縛され、「呪はれた運命」を辿らざるをえなかった謙作の「行路」は、〈性の暗夜〉からの離脱と〈愛〉の曙光とを示唆して閉じられている。

注（1）紅野敏郎「『暗夜行路』（志賀直哉）」『解釈と鑑賞』第五二巻一〇号（昭六二・一〇）。
（2）ジャネット・ウォーカー「『暗夜行路』「第二」の基調――性的自我の自然主義的探究」平川祐弘・鶴田欣也編『『暗夜行路』を読む　世界文学としての志賀直哉』（平八・八、新曜社）所収、一七七頁。
（3）（2）に同じ。
（4）大嶋仁「世界文学の傑作は近親相姦を扱う――『暗夜行路』の場合」、（2）と同書に所収、二七二〜二七三頁。
（5）（2）に同じ。一九五頁。
（6）ちなみに、天津へ発つ前に京都を訪れたお栄と同室で就寝した折、「自分の腕をドサリとお栄の方へ投げ出したり」（三―九）するのも、いかがわしい「従妹《いとこ》」（三―三）のお才への連想もあって、謙作の想念がお栄の過去に及んでいたことと無関係ではあるまい。
（7）スーザン・ネイピア「『暗夜行路』における女性と自己」、（2）と同書に所収、一四四頁。

（8）荒井均「暗夜行路論――時任謙作の自意識――」『志賀直哉論』（昭六〇・一二、教育出版センター）、一四一頁。

（9）石原千秋「反転する感性――「暗夜行路」論――」池内輝雄編『日本文学研究資料新集21　志賀直哉　自我の軌跡』（平四・五、有精堂）所収、一二四〇頁。

（10）町田栄「志賀直哉の「夢」を読む――「イヅク川」から『暗夜行路』――」紅野敏郎・町田栄編『志賀直哉『暗夜行路』を読む』（昭六〇・七、青英社）所収、四六頁。

（11）宮越勉「『暗夜行路』における原風景とその関連テーマ――「序詞」の形成とその遠心力――」『文芸研究』第八五号（平一三・一二）。

（12）鶴田欣也「もう一つの成熟」、（2）と同書に所収、一一二頁。

（13）（4）に同じ、一二九四頁。

『暗夜行路』本文の引用は、『志賀直哉全集　第五巻』（昭四八・六、岩波書店）による。

『澪標』（外村繁）——性と愛の二重奏

一　被虐的性感

『澪標』（昭三五・七『群像』）の主人公新村晋は、生まれつき「色の白い、女の子のやうな弱弱しい子であつた」と自らを語っている。主人公＝語り手「私」が「女性的な感情」を有し、「異常な性欲癖」を形成するにいたるのも、そうした「色の白い、女の子のやうな」外貌および肉体的与件と無関係とはいえないだろう。生家や境遇などの後天的影響というよりも、先天的な資質と考えられる。「幼年期」の記憶として語られる、「地獄絵の中にゐる女亡者の姿」に対する反応がそれをうかがわせる。

その時、女亡者の姿に女らしさを感じたのは事実であらう。極度の恐怖が、私に初めて女の女らしさを感じさせたとすれば、私の体内に潜在してゐる性が、マゾヒズム的刺戟によつて、一瞬、発現したのではないか。

幼年時の「私」は地獄絵に描かれた女亡者に、「女の女らしさ」と「性」を感知したという。それも、女亡者を加虐的にみるサド的な視点ではなしに、「マゾヒズム的刺戟」を感受していることが注目される。これは、「私」が女亡者の側に身を置き、被虐的「刺戟」を分有したことを意味しよう。その際、「極度の恐怖」に襲われたとあるものの、そうした「幼児期の地獄極楽絵図体験によって、女性や性欲なるものが罪悪であることを刷り込まれた」[1]とは考えがたい。それ以後の「私」の叙述に、「女性や性欲なるものが罪悪である」とする想念はみうけられないからである。少年期に接した幾人かの女中、淑子をはじめとして、のちに妻となるとく子・貞子など、女性に対する「私」の視線は例外なく優しく柔らかい。「性欲」を含めて、そこに「罪悪」の翳りは認められない。前引の地獄絵に関わる感懐は、「マゾヒズム的刺戟」を介した女性への同化願望を示唆する行文と理解される。

しかし私の男性の肉体と女性的な感情とは互に倒錯し、鬱屈して、かなり異常な性欲癖を作つたやうである。強い羞恥を感じる時、ひどく無念な時、私の性欲は昂進する。

成長するに及んで、「私」は自らの裡の「異常な性欲癖」を自覚するにいたる。「ひどく無念な時」の事例としては、三高受験の際の体験があげられている。数学の難問が解けないことから、「私の性欲が昂奮し、一瞬のうちに下着を汚してしまつた」とされる。「異常な性欲癖」の他の一つが、「強い羞恥」に伴う性欲の昂進である。その一例として、「徴兵検査」の折の経験が語られる。

性器の検査の次ぎは、肛門の検査である。床板の上に、手足を置く位置が示されてゐる。それに従つて、甚しく屈辱的な姿勢を取らなければならない。(中略)

後日、私はあの無惨な自分の姿を思ひ出すだけで、私の性欲は昂奮することを知つた。私の性欲が少しく変つてゐるのではないかと私は疑ひ始める。

医者によって強いられる「屈辱的な姿勢」が羞恥を誘発し、同時に「私の性欲は昂奮する」と説明される。「屈辱」「羞恥」が性的昂奮に転化するという心的機制は、男性よりも女性に多くみうけられるマゾ的な心性といえるだろう。なお、徴兵検査の折に示される「私」の反応には、地獄絵図の女亡者に対すると等質な性感が認められる。つまり、被検者の「私」と地獄絵の「女亡者」とは相似した位相にある。語り手自身認めているように、「私」は「女性的な感情」および被虐的な性感の所有者とみなしうる。

私は先生の手を拒むことはできない。私は先生の蒲団の中に入れられる。先生は私を強く抱き締める。（中略）私は先生の腕の中で、自分はこんなに愛されてゐたのかと、そんな自分を幸福に思つた。

以来、日曜日の朝の一刻を、私は先生のごつい木綿の蒲団の中で過すやうになる。先生の腕の中で、私は極めて快活に甘つたれることも覚える。

小学校以来敬愛している脇村先生に蒲団の中で「強く抱き締め」られ、「私」は「そんな自分を幸福に思」うとともに、自らも「快活に甘つたれることも覚え」たとみえる。もともと「女性的な感情」と被虐的な性感を有する「私」であってみれば、こうした脇村先生との体験を機に、ホモセクシュアルに傾斜しても不思議ではない状況にあったといえよう。しかし、「私」の性愛のベクトルが男性に向けられることはない。脇村先生に対しても「それだけのことに過ぎなかつた」のであり、中学の同級生から手渡された「艶書」にも「罪悪的なものを感じ」ている。その被虐的な性向が男性を対象とする愛なり性に転化されることはなく、「私」の「女性的な感情」は、もっぱら女性の羞恥と性感を共有する繊細な触媒として機能している。

二　女性的エロスへの憧憬

ともすると私の目は美保子の体を追ひたがる。私の目は既に美保子が縁側に上る時、その脹脛に白い力瘤が入るのを知つてゐる。また美保子は風呂場に入る時、必ずガラス窓を締める。が、私の目は既に消しガラスに映る、美保子の肩の丸さを覚えてゐる。

新村家で「預つてゐる」「親戚の娘」美保子に対して、「私」は淡い「好意」「愛情」をいだく。だが、それにとどまらない。「ともすると私の目は美保子の体を追ひたがる」。風呂場のガラス戸越しに「美保子の肩の丸さ」を覗きみる「私」の視線は、少年とはいえども紛れもなく男性のそれである。しかしながら、中学から高校にかけての「私」は、「色欲の厭らしさ」「男の性欲」を自覚しつつも、純潔に「女といふものの神秘を、ひたすらに求めてゐた」といえよう。いい換えれば、女性的エロスへの憧憬である。

若い娘達も滝湯に打たれてゐる。腰には手拭をまとつてゐるが、その肢体には、肩のあたりといいはず、腰のあたりといいはず、柔かい曲線を描いてゐる。殊に二つの乳房は形よく均斉美を保つて隆起してゐる。美しい、と思ふ。白膩を盛る――そんな言葉も浮かぶ。初心な私には、世にも貴重なものに思はれ、色情的な視線は向け難い。

三高の友人を訪ねて長野を旅した際に、「私」は温泉の浴場で「若い娘達」の裸身を眼にする。「二つの乳房は形よく均斉美を保つて隆起してゐる。美しい、と思ふ。白膩を盛る――そんな言葉も浮かぶ」とある。そこに、「色欲の厭らしさ」はみられない。若い異性の裸体への清潔な感銘と、そのエロスを美として感受する澄明な感性が読みとれる。『伊豆の踊子』作中の一高生「私」が踊子の裸身を「若桐」(三)と称するのと同様な、汚れない清澄なまなざしが看取される。

中の庭に面して、離れの間がある。女中部屋になつてゐる。ふと見ると、とよが一人で昼寝をしてゐたが、その着物の前が乱れ、赤い腰巻の間から膝法師が僅かに覗いてゐる。私は見てはならないものを見たと思ひ、かなり動揺する。急いで視線をそらし、軒下伝ひに歩いて行く。

右の一場は、少年期の「私」の「仄かな色情」の証例として描出されている。だが、「色情」の提示そのものに力点があるわけではない。「とよの羞恥が目を覚ました時、とよは果してどんな顔をするか」、「女の示す羞恥の姿は、ひどく甘美な匂ひを放つ。私は心にもなく、いつかその匂ひに誘はれて行く」と続けられている。すなわち、「女の示す羞恥」が放つ「甘美な匂ひ」の表出に主眼があると推察される。「羞恥」の情感もまた「女といふものの神秘」につながり、「甘美な匂ひを放つ」官能的刺激・エロスとして、「私」の憧憬の対象になっているものと考えられる。

赤いのもある。鴇色のもある。新しいのもある。洗ひざらして、色の褪せたのもある。とよのであるか。たつのであるか。まるで若い女の秘密が曝されてゐるやうである。私は女中達のつつましい羞恥を感じる。殊に森閑とした裏庭で、その色に白壁を染めながら、落日の斜陽に照り映えてゐるやうな時、私はむしろ哀しみにも似た感情に襲はれる。しかしそれは虚空に笛の音を聞いてゐるやうな、遥かに遠い感情のやうにも思はれる。

少年時における「私」の「色情」の発芽は、女中達の「腰巻」によるといってよいかもしれない。

何も、少年期にかぎらない。性的不能に陥る老年期にいたるまで、「私」は女性の腰巻に異様ともいえるほどの愛着を示している。けれども、それは必ずしも「性欲」の対象としてではない。「私」にとって腰巻が、「虚空に笛の音を聞いてゐるやうな」「哀しみにも似た感情」をいざなう、「女の秘密」の象徴であるからだろう。

「私」の「腰巻」に対する執着の淵源は、幼年時に目撃した「地獄絵」に求められるように思われる。「生れて初めて女を感じた」という絵図の中の女亡者は、「赤い腰巻をしてゐる」と語られていた。前引の、昼寝をしていた女中とよのそれも、同じく「赤い腰巻」である。おそらくこの「赤」には、単なる色情的刺激を超えた、女性の羞恥の情あるいは「哀しみ」を表象する象徴的な意味がこめられていよう。「虚空に笛の音を聞いてゐるやうな、遥かに遠い感情」が誘発されるのも、それゆえであると解される。

三　「羞恥」の転移と共有

中学二年生になって、「私」は「よくない行為」、すなわち自慰行為を行うようになる。その自慰行為にも、特異な「性欲癖」が反映している。

しかしこの時ほど、自分といふものが完全に二つに分裂してゐることを自覚させる場合は少い。さうして一方の自分が次第にもう一方の自分に征服されて行くのを意識する。（中略）つまり何ものかが私の手で私の羞恥を裸にすることを命じる。私の羞恥は狼狽する。が、命令者は極めて執拗である。私は被虐的な快感を伴つて、遂にその命令に服するより他はない。

「私」の自慰行為にみる「被虐的な快感」の内質は、「徴兵検査」におけるそれと同一といえる。つまり、「屈辱」が「羞恥」を増幅し、増殖された「羞恥」によって「私の性欲は昂奮する」という心的機制を、その自慰行為にもみることが可能である。「一方の自分が次第にもう一方の自分に征服されて行く」、「何ものかが私の手で私の羞恥を裸にすることを命じる」とある。ここにいう、「私の羞恥を裸にすることを命じる」「命令者」とは、徴兵検査でいえば「屈辱的な姿勢」を命じる「医者」に重なり、「征服されて行く」「一方の自分」は、「思ひ切り脚を開いて、四つ這ひになる」「無惨な自分」に相当する。要するに、その自慰行為において「私」は二人の「自分」を演じ、「被虐的な快感」を創出していることになる。こうした「私」の心的機制は、単独で行う自慰行為ばかりでなく、女性を対象にした性欲の発動にもみることができる。

　私は淑子の悔しさがよく判る。身に染みて判る。私が一人の女性徒にこんな強い気持を抱いたのは初めての経験である。楽書《ママ》のせゐかも知れないが、自分のことのやうに恥しい。（中略）それにも関らず、何故、私は先刻あのやうな恥づべきことを期待したのか。しかもあの一瞬の、淑子の羞恥の姿は、私の淑子の丸いお尻を幻覚させるに十分であつた。つまり私の恥づべき期待は満されたわけである。しかしこれを逆に言へば、もしも淑子が羞恥の表情を示さないとすれば、女生徒の臀部などに興味があらうはずがない。

小学生当時に流行ったという、「お尻まくり」をめぐる感懐である。「もしも淑子が羞恥の表情を示さないとすれば、女性徒の臀部などに興味があらうはずがない」――。ここに、「私」の「興味」の焦点が明瞭に示されている。淑子の「臀部」そのものに、「私」の「興味」があるわけではない。屈辱的な犠牲者となった「羞恥の表情」が、「私に淑子の丸いお尻を幻覚させる」。しかし、それは、羞恥を示す淑子へのサディスティックな性感とはいえない。「私は淑子の悔しさがよく判る」「自分のことのやうに恥しい」とあるように、被害者淑子の屈辱・羞恥に同化したマゾヒスティックな「幻覚」と推測される。

淑子の被害に関わる、「奇怪なことに、私も窃かにそれを期待してゐたのではないか」、「何故、私は先刻あのやうな恥づべきことを期待したのか」との言説もまた、同様な観点から解釈できよう。「私」は、淑子の犠牲を加虐的な視線で「期待」していたわけではなく、屈辱・羞恥の共有への願望がその「期待」の内実と察せられる。「羞恥の表情」を媒介に「幻覚」される淑子像は、「私」内部の「一方の自分」にほかならない。

私がとく子の体を求めると、とく子は決して拒みはしない。しかしひどく羞恥の表情をする。表情だけではない。体全体が恥しがつてゐるやうである。するとそれが更に強く私を刺戟する。私は惨酷に、まるでとく子の羞恥をあばかうとするかのやうに、とく子の着物を開く。すると却つて強い羞恥が私の方へ跳ねかへつて来る。最早、私は激情の跳梁に任せるより他はない。

とく子との性行為においても、淑子に対すると同様な心的機制がみうけられる。「私は惨酷に、まるでとく子の羞恥をあばかうとするかのやうに、とく子の着物を開く」とあるが、それは嗜虐的かつサディスティックな欲望を意味しない。「とく子の羞恥をあばかうとする」「惨酷」な「私」は、自慰行為の際に「私の手で私の羞恥を裸にすることを命じる」と説明される、「もう一方の自分」に等しい。

「すると却つて強い羞恥が私の方へ跳ねかへつて来る」という言葉がそれを証している。「とく子の羞恥をあばかうとする」深層の動機は、とく子と自己との羞恥の情感の強化にある。いい直せば、とく子の羞恥への同化、ないしその共有にあるといえる。

　とく子は着物を合はせ、医者の方に背を向ける。医者がその背中を裸にする。（中略）しかし私はとく子の肌を男達の視線に曝さして、嗜虐的な快感を感じたのではない。とく子のそんな姿に私自身が強い羞恥を覚えたのである。さうして私の性欲が女性的であることを、その時はつきり意識した。つまり私自身を女性の位置に転置することによつて、私の性欲はより強い刺戟を受けるやうである。

語り手自ら、「とく子の肌を男達の視線に曝さして、嗜虐的な快感を感じたのではない」と述べる通り、「私」に加虐的な性感は認められない。「とく子のそんな姿に私自身が強い羞恥を覚えた」とみえる。医者に肌を曝して「羞恥」に「堪へてゐる」のは自分ではなく妻であるが、「私」にとってそうしたとく子の姿は、徴兵検査の折に屈辱と羞恥を余儀なくされた自己の姿と異なるところはない。受動的という意味合いにおいて、たしかに「私の性欲」は「女性的である」といえよう。このような受動的な「性欲」と、「女性的な感情」とは無縁ではない。一般に、こうした受動的な「性欲」の所有者の衝動は男性に向けられるのが普通と思われるが、先にも述べたように「私」の性愛の衝動が同性に発動されることはない。その「女性的な感情」は、女性内部の「羞恥」を感知する繊細なセンサーとして機能し、さらに、「私自身を女性の位置に転置」せしめる触媒として作用しているものと考えられる。

「私」の「性の目覚め」にふれて、「女中などの奉公人も含めての〝家〟の中で受動的に目覚めさせられた性欲(2)」とする所説がある。「私」の性欲が「受動的」であるのは疑えないが、「受動的に目覚めさせられた」とは思えない。「女中などの奉公人も含めての〝家〟」にその要因があるとするなら、「私」の長兄も次兄も同一の境遇にあったはずである。幼年時の記憶として、「箱の中に蹲つて、卵を抱き続ける」雌鶏を「まるで苦行者の姿のやう」と捉え、「自分を抱き鳥の身に代へて、その苦痛を想像してみた」というエピソードが紹介されている。地獄絵図の「女亡者」に対する視線と同じく、幼少期からしてすでに、雌鶏の「身に代へて、その苦痛」を自身のものに「転置」していることがそこに読みとれる。「私」の「女性的な感情」も受動的な「性欲」も、先天的な資質もしくは体質とみるよりほかにない。

四　性と愛の融合

語り手「私」は、「女性の位置に転置する」自己の心性を、「倒錯した羞恥」「性欲が女性的」と表現している。上述の認識に誤りはない。しかし、そのような「私」の「性欲癖」を、単純に異常として片づけるわけにはいかない。「女性の位置に転置する」その「倒錯した羞恥」「性欲」の基層には、女性に対する優しさ、あるいは純潔な愛が内在しているように思われる。「愛情を感じない女性の位置に自分を転置することは」「困難」という「私」の言も、それを裏づける証左の一つといえる。

最早、私は色情を懐いて、女を見るやうなことはなかつた。ひたすらに恋愛の純化を願つて、色情そのものを忘れてゐた、とも言へなくない。私はとく子に対しても極めて正確にいつて、性的欲望を感じたことはなかつた。

のちに妻となるカッフェの女給とく子と邂逅した折、「私」は「一見して、ここに私の妻がゐる、と直感」したという。「性的欲望を感じ」ず、「ひたすらに恋愛の純化を願つ」たとある。こうしたとく子への「性的欲望」の欠落は、そこに「友人」の言葉が引かれているように、「不自然」かつ「惨酷」ともいえるだろう。だが、「私」の場合、性的欲望の欠落と愛の内在とは矛盾しない。

カッフェ「レーヴン」の女給玲子を「私の下宿」に泊めた際にも、「性欲的刺戟は少しも感じることはなかつた」と述べられている。この一節を、「〈私〉の性欲は積極的で能動的な行為としてはなかなか発動することがない[3]」――のごとく、単に受動的な性欲を告げる事例と理解してよいかどうか。玲子における「性欲的刺戟」の欠如は、「愛情を感じない女性の位置に自分を転置することは」「困難」という言と、同質の位相にあるものと考えられる。とく子への「性的欲望」の欠落と、玲子の場合の「性欲的刺戟」の欠如とは、おそらくその内実を異にする。玲子に対しては愛の欠如がそうさせており、とく子においては、「愛情」の比重が「性的欲望」をはるかに凌駕していたためと推察される。

その後のある夜、とく子が急に乱れ初める。日頃の羞恥も、つつしみも、自らかなぐり捨てたやうな激情を発した。さうして友人に教へられた、オルガスムに達したらしい。（中略）

とく子に対する私の感情は一変した。最早、そんなとく子に献身者の姿はない。むしろ共犯者の、等しく浅ましい姿である。が、奇妙なことに、とく子に対する親愛感は急に一段と増した。二人は互に肉体の深奥の秘密を知りつくしたわけである。直接、肉体に繋がる、夫婦だけが抱き得る感情であらう。

当初、「とく子は行為中も私のやうな激情」をみせなかった。ところが、やがて、「日頃の羞恥も、つつしみも、自らかなぐり捨てたやうな激情を発」するようになる。とく子は「私」の性愛の「共犯者」となり、「等しく浅ましい姿」を示す。『出家とその弟子』に感化をうけた「清教派的」な愛の観念からみるなら、まさに「浅ましい姿」に違いない。だが、「私」はそうした「浅ましい」「共犯者」になったとく子に失望するどころか、深い「親愛感」と「猛烈な愛情」を覚える。「互に肉体の深奥の秘密を知りつくした」、性と愛との濃密な融合をそこにみることができよう。『出家とその弟子』から『歎異鈔』への推移に表象される、「恋愛の純化」から性愛の深化への軌跡がそこに読みとれる。

しかし昂奮が鎮まると、私は急に腹が立つて来た。さうして惨酷な感情が湧いた。私は電燈を点じ、とく子に同じ姿勢を取ることを強ひる。とく子は肯じない。しかし私は承知しない。仕方なく、とく子は四つ這ひになる。徴兵検査の時の屈辱感を思ひ出すまでもなく、再び私の性欲は猛烈に昂進する。私はとく子の着物を剝ぎ取り、仰向けにして、その体にしがみつき、自分の着物も捨てた。一瞬不思議なことに、ひどく神妙な気持が起つた。静かな喜びを伴つた幸福感とさへ言へなくもない。

とく子の、「同僚の財布が無くなり、警察署に連行され、取調を受けた」という「自虐的な告白」を聞いて、「私」はそれと「同じ姿勢を取ることを強ひる」。それを「私」は「惨酷な感情」と称するものの、サディスティックな所為とはいえない。「徴兵検査の時の屈辱感を思ひ出すまでもなく」とあるように、「屈辱」と「羞恥」を媒介にした、とく子との被虐的な性感の共有・享受と評しうる。

ところで、妻に「自虐的な告白」を迫る類例は、『暗夜行路』の時任謙作にもみいだせる。「病的な程度の強い時には彼は直子の口で過失した場合を精しく描写させようとさへした」(四―八)――とみえる。謙作の場合にしても、そうした「肉情の刺戟」(同)への耽溺は、加虐的な欲望というよりも自虐的な衝動にもとづくものと察せられる。しかしながら、『澪標』と『暗夜行路』とでは、「性欲」への認識および「肉情の刺戟」の受容において大きな差違が認められる。己の営為を「病的」と捉えている謙作に対して、『澪標』の「私」は自己の「醜行」を、「静かな喜びを伴った幸福感」に導く契機としている。

あの時、私は自分の醜行に呆れはてた。私はそんな自分の正体を自分の手であばかうと、自分の着物を脱ぎ捨てたのではないか。さうして人間の愛の愚かさを直視し、更にそれに徹することによつて、あの不思議な幸福感が湧いたのではなかつたか。

「私」は、「自分の醜行に呆れはてた」といいながらも、そうした「愛の愚かさを直視し」「徹する」ことによって、「不思議な幸福感」に到達する。むろん、『暗夜行路』の場合妻の「過失」が前提になっており、『澪標』とは事情が異なる。しかし、両作の差違はそれのみで説明できない。謙作が自己の性をネガティブに捉え、直子の過失をも自己の意志で超克しようとしているのとは逆に[4]、『澪標』の「私」は、「男にとつても、女にとつても、性欲は人倫の世界を超越して存在する。人間の分別の及ぶところではない」と把握しており、己の意志や力の範囲を超えたものと認識している。「私」が「自分の醜行」を、「不思議な幸福感」に昇華しえたゆえんである。そこには、「悪人成仏」「絶対他力」を説く『歎異鈔』の受容が想定される。

近来、私はこの不思議なものを頻りに想ふやうになる。「賜りたる性」かとも、思つてみる。さうして妻とのあまり恰好のよくない姿を、その不思議なものの中におくことによつて、私は浅ましい姿のまま、つつましい歓びを感じるやうになつた。親鸞のいふ「自然法爾」の歓びといつてもさしつかへないのではなからうか。

とく子を病で喪ったあと、「私」は貞子と再婚する。「貞子の体を知つて、私の性欲は急に蘇生した」、「私が最も好色的であつた時期と言へるかも知れない」と語られている。とく子との性愛と同じく、それを「浅ましい姿」と表現するが、「人間の愛がいかに愚かで、利己的で、無力であるかといふことも」識った「私」は、貞子との「浅ましい」性の営みをも「つつましい歓び」として受けとめる。「『賜りたる性』として自然な形で喜びをもって受容するに至った[5]」といえる。人間の最大の煩悩ともいうべき「浅ましい」性の欲望を、「親鸞のいふ『自然法爾』の歓び」へと昇華せしめたとも評しうる。ともすれば、性（肉体）と愛（精神）とは分離しがちな位相にある。『澪標』は、近代文学にあって例外的に、性と愛との優しく美しい二重奏を形象しえた作品と称することができよう。

五　性の深淵

『澪標』における性は、愛と融合された二重奏の形で表出される。しかし、そうした側面ばかりではない。時には、退廃・痴情に近接した性の深淵をも垣間みせているように思える。

既にとく子の体は欠落状態を呈し始めてゐる。私も妻の妊娠を恐れる。しかし私はやはり妻の体を求めないわけにはいかない。妻も拒むことはできない。しかし以前のやうに素朴な感慨は起きない。肉体だけの快楽である。が、事後はとく子も目立つて機嫌がよい。肉体だけの快楽も軽蔑できないものか、と私は恐しく思ふ。

すでに四人の子供を出産したとく子の体は、「欠落状態を呈し」ている。当然、「以前のやうに素朴な感慨は起きない」。にもかかわらず、「私はやはり妻の体を求めないわけにはいか」ず、「妻も拒むことはできない」。とく子も「私」も「妊娠を恐れ」とあるから、「肉体だけの快楽」を求めての営為である。それを、「私」は「恐しく思」わざるをえない。「性欲は人倫の世界を超越して存在する。人間の分別の及ぶところではない」と承知しつつも、性の呪縛の「恐し」さを否応なしに自覚させられるゆえであろう。性の呪縛は、「私」が性的「不能者」になって以後もつきまとう。

自分ながら呆れるほど、私は好色的になつてゐる。道を歩いてゐても、着物の裾から覗く女の脛を、私の目は見逃しはしない。スカートに包まれた女の尻が、歩くにつれて、左右交互に動くのを、私の目は直ぐに捉へて離さない。女の裸足も好色的なものである。小指の跳ね返つたの、親指のまん丸いの、土ふまずの深いのは清楚な感じであるが、却つて擽つてみたくなる。土ふまずの浅いのはいかにも鈍臭いが、げてもの的好色をそそる。

性的不能者となった「私」は、むしろ以前にも増して「好色的になつてゐる」自己に直面する。それも、妻以外の女性に対しての「色情」である。以前の「私」にはない、痴人的好色性といえよう。「着物の裾から覗く女の脛」「スカートに包まれた女の尻」を、「好色」的に見つめて倦むことがない。「女の裸足も好色的なものである」、「土ふまずの浅いのはいかにも鈍臭いが、げてもの的好色をそそる」というに至っては、かの『瘋癲老人日記』の主人公をさえ彷彿せしめる。性的不能に陥ることによって、「私」は性の測り知れぬ深淵を覗きみたといえるかもしれない。

　更に、妻の肉体の歓喜といふ貴重な代償が得られるならば、私は妻の不倫行為も少しも厭ふものではない。決して私の虚勢ではない。妻に対する、むしろ私の愛である。（中略）

　むしろ妻のそんな行為を想像するだけで、私は強烈な好色的興味を抱くのである。性欲的不能者の懐く色情がいかに不潔であるか、言葉の限りでない。

性の機能を失った「私」は、貞子への「贖罪感情」もあって、「妻の肉体の歓喜といふ貴重な代償が得られるならば」、「妻の不倫行為も少しも厭ふものではない」と述べる。それは、「妻への信頼度の強さ」と「私の愛」の証であるとされる。だが、その一方で「私」は、「妻のそんな行為を想像するだけで」「強烈な好色的興味を抱くのである」、「性欲的不能者の懐く色情がいかに不潔であるか、言葉の限りでない」ともいう。「嫉妬といふ」「感情は不感症に近い」と断言する「私」にあっては、妻への「愛」「信頼」と、「好色的興味」「不潔」な「色情」との間に撞着はない。これは、しかし、自己の性欲が「受動的、女性的」と自認する「私」にかぎらず、男性一般に妥当する心理ともいえるだろう。「妻の不倫行為」が「好色的興味」を惹起・増幅するといった性の機制は、谷崎の『鍵』の主人公にもみいだせる。『澪標』における「私」の「不潔」な「色情」を、一概に特殊扱いすることはできまい。

　改めて左の男が鵝ペンのやうなものを持つて、貞子の腋の下を緩くり擽り初める。暫く貞子は必死に堪へてゐる風であつたが、急に体をくねらせ、極めて煽情的な姿態を作る。

　左の男が何かを話しかけてゐるらしく、貞子はまた幾度か頷いてゐる。今度は二人の男が左右から貞子を擽る。貞子はいきなり体を仰反らせる。が、その体の部分部分は勝手勝手に悶え苦しんでゐるかのやうである。そのアンバランスがひどく好色的に見える。

「極めて煽情的な姿態を作る」貞子の映像は、「妻の体についての私の煩悩が、無意識の裡に、こんな夢を構成させた」と語られているように、「妻の不倫行為」を夢想する「私」の「強烈な好色的興味」の産物と理解される。貞子に先立って「私」も「二人の男」に擽られるが、「全然、無感覚」であった。これは、「私」の性的不能の暗喩と読める。他方、妻を擽る「男」とは仮想の「不倫行為」の相手であろうが、「好色」な「私」の分身にすぎない。すなわち「私の煩悩」の象徴といえる。

「二人の男と親しげに話し合つたり、頻りに頷いては、含羞の微笑をうかべたり」していた貞子が、男にいざなわれてカーテンの影に消える。「急いで妻の後を追はうとする。が、私の足は動かない」。この「夢」のなかの情景は、妻への「嫉妬」なり良心の反映と解せなくもないが、おそらくそうではない。「羞恥」と並んで、「ひどく無念な時、私の性欲は昂進する」という、被虐的な「性欲癖」の投影と推測される。つまり、「私」の「好色的興味」の一環とうけとれる。

「『性』が人間愛のあらわれの一つであるとしても、その告白の調べはもう少し制御すべきところがあっていいのではないか。突き放す目があってもいいのではないか(6)」——。上掲の荒川洋治の指摘に対して、久保田暁一はこれに「同意できない」とし、「赤裸々に性の営みを描けるのは、自己の行為を業《ごう》として突き放して見ることができるから(7)」であるとする。同感である。「告白の調べ」を「制御」すれば、『澪標』のモチーフ「性欲史」が底の浅いものにならざるをえない。また、「突き放す目」にしても十分に機能していると思われる。たとえば、「欠落状態を呈し始め」たとく子との「肉体だけの快楽」への言及、貞子の「不倫行為」を妄想する自己の「不潔」な「色情」の表出――などにそれがうかがわれよう。己を相対化する「突き放す目」の存在が、自己の「異常な性欲癖」のみならず、夫婦の性の奥処をも洞見させているものと考えられる。

癌の治療を終え退院したのち、「私」は失われていた「性欲的機能が回復してゐる」のに気づく。コバルト照射をうけ、その機能を喪失していたはずの「私の性器」は、目覚めの床で「隆隆と勃起してゐた」。それまで、自身の「性欲史に恰好の終止符が打たれた」と諦観していた「私」であったが、「しかしそんな生優しいものでは更にない」ことを思い知らされる。「隆隆と勃起」する「私の性器」は、老年にいたってなお衰えない煩悩と性の深淵をそのままに象徴するシンボルとみなせよう。

注（1）北川秋雄「外村繁の文学――五個荘というトポス――」『日本近代文学』第五五集（平八・一〇）。

（2）川村湊「解説　夢幻と光芒」文芸文庫『澪標・落日の光景』（平四・六、講談社）、二七七〜二七八頁。

（3）（2）に同じ、二七九頁。

（4）『暗夜行路』の謙作も作品の終幕において大自然の懐に包摂され、「自然法爾」ともいえる心境への接近が暗示されている。ただし、そこでは性が捨象されており、『澪標』の「私」とは異なる。

（5）久保田暁一「性欲史」『外村繁の世界』（平一二・一一、サンライズ出版）、一一八頁。

（6）荒川洋治「外村繁・人と作品」『昭和文学全集　第十四巻』（昭六三・一一、小学館）、一〇六六頁。

（7）（5）に同じ。

『澪標』本文の引用は、『外村繁全集第四巻』（昭三七・三、講談社）による。

『変容』（伊藤整）――性と愛の閲歴

一　変容と原形

時の推移は外界に変化をもたらすだけではない。人間の姿・形、さらにその内界の変容をも余儀なくさせる。小説『変容』（昭四二・一～四三・五『世界』）は、時の流れのなかに移り変わる人間の生の様相を、愛と性の閲歴を縦糸にして織りなした作品と捉えることが可能だろう。この小説の視点人物龍田北冥も含めて、「男女両様に性の変容を描いた作品[1]」といえようが、その変容の焦点は、龍田がそれまでの生涯で接してきた幾人かの女性に合わされていると思われる。

戦後になって四度逢った前山夫人は、逢うたびにその形が変っていた。十年以前にはたくましい中年の未亡人であった。二年前に見たその人は、ほとんど打ちひしがれたように、痩せて色の黒ずんだ老女であった。それがいま目の前にいるその人は、いよいよ髪は白くなったものの、再びその血が若やぎ、生命が満ちあふれるような女に変っていた。（三）

学生時代、二十二歳の龍田が目にした折の前山咲子は、「どこか淋しそうな、どこか放恣な感じ」を与える二十七歳の「人妻」(一)であった。その後、龍田が泉川市を訪れる度に、咲子は著しい変貌をみせる。そうした咲子の変貌と、その愛と性の閲歴とは密接に相関している。たとえば、「妙に私にそっけない態度を見せた」(同)当時の咲子は、「地唄舞い」(三)の師匠広川武太夫との恋に全身を傾けていた時期にあたり、「打ちひしがれたように、痩せて色の黒ずんだ老女」と目に映った折の姿は、情人武太夫を病気で喪った直後のものであった。倉田満作の記念碑の除幕式で目にした咲子が、「再び」「生命が満ちあふれるような女に変っていた」のは、「地唄舞い」への精進もさることながら、龍田との再会に期するところがあったためと推察される。

咲子ほど顕著とはいえないが、小淵歌子も変貌をみせている。龍田が絵のモデルに用いていた頃の歌子は、「やんちゃなところはあったが、娘らしく、素直に、受身に振舞」(十一)う女性であった。それが、十数年を経て再会した折の歌子は、「目のふちはたるんで来ており、その口の隅には細いたて皺がよりかけ、額には一本の目立った横筋ができていた」とあるように、「その年齢を示す衰え」(七)を隠しきれない。とはいえ、龍田はそこに「衰え」のみを見ているわけではない。「頬がふっくらと張り出して、痩せぎすの二十歳代、三十歳代とはちがった、おっとりした色白」(十四)の歌子に、以前とは異なった中年女性の魅力を見出している。今や老女となった咲子に対しても同様である。「地唄舞い」を舞う咲子の物腰に、「色気と呼ぶほかない誘惑的な動き」(三)、すなわち老女のエロスをそこに感取している。そこが、同じく画家であっても、女性の美の頂点=美の原形に固執する岩井透清との相違といえる。

ところが君、今日三十年ぶりぐらいでやって来たそのかみさんは、ずん胴で尻が真四角になり、頬がそのまま首へつながっているんだ。それでも自分は昔と同じ自分だと本人の思っているところが悲しいじゃないか。見せないでほしかったよ、そんな変形した姿を。（十二）

「女の命のさかりにある魅力の無限感」に固執する透清は、「そういう美しさの無限感のなくなった同じ女を見たくはない」（同）と龍田につげる。自己の「古稀祝いのカクテル・パーティー」で見かけた、「昔のモデル」（同）の「変形した姿」に触発されての感慨である。透清にとって、女性の肉体上の「変形」は美から醜への〈変容〉にほかならない。それに対して龍田は、「女の命のさかり」「無限感」を、むしろ年輪を加えた老齢のなかに見ようとする。これは、老年の性と愛の表出をモチーフとする『変容』の作意に即したものといえようが、事はそれほど単純ではない。老齢の女性のなかに「女の命」と美を感受する龍田にも、やはり美の〈原形〉への執着がみうけられる。「いま四十を過ぎ、頬や首筋のたるんだ歌子に何故近づこうとしているのか、という疑問」（十二）――への自答がそれを示している。

人の抱く現実とか真実というものは、決して一つではない。私の場合はあの昔の歌子に揺り動かされた自分の古い情感を追い求めていたのであって、それだけに、今の歌子は、その情感を再生する手がかりとして存在していたようなものだったのだ。（十三）

右記の龍田の述懐によれば、「今の歌子」に対する執着は、「昔の歌子に揺り動かされた自分の古い情感を追い求めて」の所為ということになる。「昔の歌子」とは、現在の歌子の〈原形〉と言い換えうる。のみならず、龍田が「追い求めて」いる本体は、歌子当人という以上に「自分の古い情感」にある。上記のほかにも、「ただ今も私の中に生きているのは、その歌子に引かれた自分の情感の思い出である。その自分の情感の思い出が私を歌子に近づかせたのだ」(同)といった言説がみえる。

先に引用した、「四十を過ぎ、頬や首筋のたるんだ歌子に何故近づこうとしているのか、という疑問」に対する龍田自身の言説を要約するなら、「昔の歌子」=〈原形〉への執着、および、そうした〈原形〉にまつわる己自身の「思い出」への拘泥ということになろう。つまり、「今の歌子」に感受される魅惑の基底部には、「昔の歌子」を「追い求め」る龍田自身の「古い情感」が伏在している。こうした〈変容の逆説〉とでも称すべき心的機制は、前山咲子の広川武太夫への恋にもみうけられる。

年とり、髪が半分白くなり、あちこちに皺がよっている人でも若い時にはっと思って心に刻みつけられた面影の人というものは、ふしぎなもので、今のは仮りの姿で、その昔の姿が本当のその人であるように思われるのです。この気持も上手には言えませんが、今のお顔のずっと奥に昔のあの輝くような若い顔があり、その魅力に動かされたあのときの自分の思いを同じこの人によって満たしたい、という心の働きでしょうか。(六)

咲子が出逢った当時の武太夫は、「二十歳を出たばかり」の、「身体がそのまま踊りとでもいうような素晴らしい若手」(同)であった。しかるに、戦時中の工場で再会を遂げた時には、「営養不良で黄色いしなびた顔」の「見ばえのしない五十男になって」(同)いたという。断るまでもなく、戦後愛と性を捧げたその対象は、〈変容〉後の「見ばえのしない」武太夫である。だが、咲子には、現在の武太夫は「仮りの姿で、その昔の姿が本当のその人であるように思われ」た。換言すれば、「若い時にはっと思って心に刻みつけられた面影の人」=〈原形〉が、咲子の恋を支えていたといえる。咲子のいう、「その魅力に動かされたあのときの自分の思い」「心の働き」と、龍田が「昔の歌子に揺り動かされた自分の古い情感を追い求め」る心理とは、ほとんど同一といえるだろう。

私はこの家の玄関のあたりが改築される以前のことを思い出していた。（中略）すると、私が腰を下しているその応接間よりも、その昔の粗末な玄関の板敷きの感触が、もっと現実のものとしてよみがえった。今の建物はまぼろしで、昔の、なくなった玄関の板敷きが私にとって、消えることのない真実のものだった。（十五）

咲子が息をひきとった直後、龍田は前山家の応接間で、「この家の玄関のあたりが改築される以前のこと」に想いを馳せる。それに伴い、「咲子が二十七、八歳の若々しい、色白の肉づき豊かな人妻であり、私と満作が二十二歳で、夏の日、砂ぼこりにまみれた足で入っては、白い雑巾で足を拭いた」（同）――遠い過去が想いうかぶ。しかし、その遠い過去は「まぼろし」ではない。「まぼろし」は改築後の「今の建物」の方であって、「なくなった玄関」に表象される過去の姿こそが「消えることのない真実」として心に映る。龍田にみる、こうした〈原形〉と〈変容〉との心的位相は、「今のは仮りの姿で、その昔の姿が本当のその人」と述べる前山咲子の武太夫への想いと異なるところはない。

二　愛の連鎖

この小説の標題にもなっている〈変容〉は、〈原形〉との乖離を意味しない。〈変容〉の裡には〈原形〉が内蔵されており、龍田の歌子に対する執着にせよ咲子の武太夫に寄せる愛にせよ、それぞれの〈変容〉後の姿の背後に〈原形〉が透視されている。そこには、現在から過去へと遡及する、逆説的とも称すべき〈変容〉の連鎖が認められる。そうした連鎖とは別の形ではあるが、『変容』にはもう一つの連鎖が形象されているように思われる。清子を原点とする愛の連鎖がそれである。

私の中に住んでいる女性の原イメージは、私が十四歳の中学二年のときに同居していた叔父の娘の清子という十六歳の少女だった。（中略）私は彼女においてはじめて、女の肉体を見、またそれにこわごわと触れた。その後、私は清子のイメージのまわりをぐるぐるめぐりながら、女性を求めて来たような気がする。（二）

龍田がその生涯において深く関わった女性は、妻の京子、モデルであった歌子、倉田満作の姉咲子の三人といえるだろう。それらの三人の女性に、直接的な接点は見出せない。しかし、愛の連鎖の観点からみるとき、龍田の心裡には一種の必然性が内在しているように思える。「中学二年のときに」、「彼女においてはじめて、女の肉体を見、またそれにこわごわと触れた」と語られる、従姉の清子がそうした連鎖の原点に位置する。清子は龍田の、「女性の原イメージ」を形成した。上記にいう「女性の原イメージ」とは、主に清子の容貌を指しての言と解される。「私が青年時代に教員をしたとき同僚だった妻も清子の顔の系統だった」（二）とある。これを言い直せば、「清子の顔の系統だった」ゆえに京子を妻に迎えたともうけとれる。龍田が、「清子のイメージのまわりをぐるぐるめぐりながら、女性を求めて来た」ことの証左といえよう。

そしてその頃になってから私は、ずっと昔、少年時代に自分は歌子に似た女に逢っていたことが分った。私の中学生時代にはじめて女の身体を見たあの清子が歌子に似ているところは、その眉と目の淋しげな表情であった。（二）

清子を起点とする愛の連鎖は妻の京子にとどまらない。小淵歌子もまた、そうした連鎖の一環を形成している。「私の中学生時代にはじめて女の身体を見たあの清子が歌子に似ているところは、その眉と目の淋しげな表情であった」とみえる。龍田が歌子との初会の際に、「少年期に戻って女の顔に初めて感動したような、妙に切ない気持になった」(二)のも、無自覚であれ、清子の「眉と目の淋しげな表情」をそこに連想したからであると推測される。「今の歌子」の〈原形〉として「昔の歌子」が存在し、さらにその「昔の歌子」の原点に清子が位置すると捉えることが可能だろう。

「歌子の下唇をあけている投げやりな表情は倉田の姉のあの咲子に似ているのだった」(二)――。上掲の一文に明らかなように、清子に発する愛の連鎖は、歌子を媒介にして咲子にまで及んでいることが理解される。歌子と咲子との相似性は「下唇をあけている投げやりな表情」にあるが、咲子の「どこか淋しそうな」印象は、清子の「眉と目の淋しげな表情」と共通している。「私は清子のイメージのまわりをぐるぐるめぐりながら、女性を求めて来たような気がする」という龍田の言は、京子、歌子、咲子の三者を結ぶ連鎖によって立証される。

「主人公は」「みずからの過去にガンジガラメにしばられている[2]」という指摘がある。これは「浮世のシガラミ」を指しての言及であるが、愛の連鎖に即していうなら、「ぬけでることができない[3]」のではなく、「ぬけでること」を欲しないと解する方が妥当と思える。清子の「原イメージ」を媒介にした愛の連鎖――。これもまた、龍田の〈原形〉への執着とみなしうる。

ところで、愛の連鎖といえば、母から娘への連鎖も見逃せない。咲子の娘章子、および歌子の娘柾子に対する龍田の視線が注目される。

唇の内側と舌がふれると同時に、火のような突発的な欲求が私に起った。だが私がその頭をおさえた手に力を入れて、一層強く抱きよせると、章子もまた、私との接触におぼれた。（十五）

「あら」と章子が口の中でもぐもぐ言い、唇を離そうともがいた。だが私がその頭をおさえた手に力を入れて、一層強く抱きよせると、章子もまた、私との接触におぼれた。（十五）

咲子の死を見とどけたあと、龍田は娘の章子を抱擁し接吻する。「章子もまた、私との接触におぼれた」とある。母の咲子に寄せる娘としての情愛が、同じく母咲子を愛する龍田の抱擁をうけ入れさせたものと考えられる。母に対する娘と情人との愛の共有――。それに似た事例を、川端康成の『千羽鶴』にみることができる。太田夫人が亡くなったあと、残された娘の文子と三谷菊治とは、太田夫人への共通の愛に引きよせられ、ついに肉体的な関係をもつにいたる。しかし、『変容』においては、龍田と章子が結ばれることはない。龍田を襲った「悪魔のような衝動」（十五）は、過ちにいたらないまま消滅する。背徳性の深い『千羽鶴』に比して、良くも悪くも『変容』は倫理的な作品と評せよう。

しかし、このおれという人間が、全く清潔なことだけの衝動で、今度のような思い切ったことをするだろうか、という疑いを私は自分自身に対して持っていた。しばらくは姿を見せないとしても、このおれという人間は油断できないのだぞ、と私は自分に言った。そしてその心の室の扉をしめた。（十七）

母歌子を喪った娘の柾子を、龍田は養女に迎え入れようと考える。だが、己の「色好み」（同）を承知している龍田は、「このおれという人間が、全く清潔なことだけの衝動で、今度のような思い切ったことをするだろうか」と懐疑せざるをえない。実際、歌子にやった「ダイヤモンド」を「いずれ君が大人になるときには、これは君にあげるからね」（同）などと、柾子との将来を示唆するかにみえる言説もないではないが、おそらくそこに本旨はない。

「私は悪意をもって、自分の心の中に少しでもあやしいものの影がないかと探しまわった。そこに不審なものの影はなかった」（十七）。これが、龍田の自省の結論である。「このおれという人間は油断できないのだぞ」との言葉にしても、自戒に力点をおいた逆説として読むべきものと思われる。龍田は己を懐疑し、自己の「心底をのぞきこむが、すぐ蓋をしてしまう」(4)。つまるところ、咲子と章子、歌子と柾子といった母から娘への愛の連鎖は、未発のままに封じられたといえるだろう。これは、作中人物龍田のみならず、倫理的であろうと欲する作者の姿勢の反映と理解される。

三　前山咲子の愛と性

小説『変容』は視点人物龍田北冥によって物語られる。ただし、五章・六章の全文は前山咲子による語りになっており、そこに聞き手であるはずの龍田の言説がいっさい排除されていることから、形式上咲子の「一人称独白(5)」体とみることができる。こうした咲子の独白は、性と愛の閲歴をモチーフとするこの小説において、龍田による語りを補完しているだけでなく、そこに奥行きと絶妙な陰翳を付与している。老女咲子が物語る秘めやかで艶やかな愛と性の閲歴は、しっとりとした情感を湛えつつも、一方で自他の過去を曇りなく見据えるその視線には、年輪を重ねた女性の人間洞察への深さ確かさが看取される。二晩にわたってなされるその寝物語りを、「圧巻の出来ばえ(6)」と評することに異論はない。

女の心は一つのものに集中すると申しますが、いかがでしょうか、私の心にはいくつもの面影が心の中の壁画のように並んでおります。弟の満作が弟でありながら男の最初の姿ではじめにございます。それにあなた様が重なりながら並びますが、そのほかにも小学校の同級生の男の子たち、それから武太夫さまの若いときの舞台姿が、常の生活に現われた男と違う芸の輝きに包まれて並んでおります。（六）

咲子によれば、「女にはそれぞれ、ある時期にその胸に宿った男の姿が消えずに残っている」（同）のだという。そのような「心の中の壁画」として、弟の満作、龍田、広川武太夫の名が挙げられる。そこに、鮎田、「松茸狩りの男たち」（同）、夫前山儀右衛門の名前はない。性的な接触があったとはいえ、そのいずれも「残酷な手術のようなもの」にすぎず、「本当の情愛」（同）が伴っていないためと察せられる。これを逆にいうなら、咲子の「心の中の壁画」に残る「面影」とは、愛と性とが融合された男性像ということになろう。弟の満作もその例外ではない。小学生の満作が「甘えて、胸に手を入れる」のを制止しきれずに、「本に熱中するふりをして」「乳をいじらせて」いたという経緯もあって、咲子は弟を「自分の分身のように」（五）意識していた。夫の部下の鮎田と関係をもった折に、「夫よりも弟を裏切ったという気持」（同）が生じたという一事からも、満作に対する性と愛を内包した濃密な情念がうかがい知れる。

それだから、と弁解がましく言うのではありませんが、あなた様が二十二歳で弟と一緒に私の家にいて下さった頃、私は、弟に対するような忌み怖れのない気持で、自然にあなた様に向ったのだ、と、そのように自分に言い聞かせました。（五）

咲子が学生時代の龍田を誘惑した動機として、異常な性体験による「放恣」な衝動が内在していただろうことは疑えない。だが、当時の咲子に、「弟に対するような忌み怖れのない気持」、すなわち弟満作との重層化がなされていたことも確かと思える。その折の接触を、咲子は「年上の女の夏の夜のたわむれ」と表現すると同時に、「私はあなた様をいとしいと思いました」（同）と述懐している。こうした龍田への「いとし」さは、弟満作に対する情愛が転化された結果と考えられる。満作の「面影」と「あなた様が重なりながら並」んでいると語られる、咲子胸中の「壁画」がそれを暗示しよう。龍田が咲子の「面影の人」に残りえたのは、単に満作と同年齢の友人であったからではない。性の記憶と共に、弟と重層化された「いとし」みの情がそこに内在していたゆえである。

なお、咲子胸中の「壁画」に「並んで」いる武太夫が、「若いときの舞台姿」と語られていることも見落とせない。武太夫との性愛が後年のものであるにもかかわらず、「若いときの舞台姿」が〈原形〉のままに保持されている。龍田の「面影」にしても同様だろう。咲子の胸中に蔵されている龍田の「壁画」のイメージは、「夏の夜のたわむれ」とともに刻まれた若き日の青年の姿と想像される。

自分が進んでしたことでありながら、人を裏切り、罪を犯しているという感じが、身体の喜びにつながり、道ならぬことをするという気持なしには喜びも十分でない。（中略）夫婦の間ですら人目からは隠して行われるそのことが、自分の恋い求める人との間に起ってならないと決められているときは、一層秘められた宝を手に入れるという気持になるのではないでしょうか。（六）

前山咲子は、「道ならぬことをするという気持」をいだきつつ、禁断の「ひめごと」（同）の愛と「身体の喜び」とを体験する。しかし、咲子の「裏切り」は、広川の妻夏子に対してなされただけではない。夫儀右衛門への裏切りでもある。夫への裏切りということでいえば、若き日の龍田との過ちもそれに等しい「罪」といえる。人妻咲子との性体験は龍田にも、「裏切りのしびれるような快感」、「罪悪感と性の刺戟の融合した強烈な味い」（一）をもたらした。そのような、龍田が感受した「裏切り」に伴う「しびれるような快感」「強烈な味い」と、咲子が「罪を犯しているという感じ」のなかで享受した「身体の喜び」「ひめごとの極み」（六）とのあいだに、質的な差違はないといえよう。

その意味において、咲子と龍田との接触は、単なる「夏の夜のたわむれ」として見過ごせない重みを有する。「裏切り」に伴う、「罪悪感と性の刺戟の融合した」甘美な性体験を共有するゆえに、わずか一夜の「たわむれ」であったにもかかわらず、遠く時間と距離を隔てながらも相互を引きつけ合う心的牽引力として、両者に作用しつづけていたものと理解される。そこに、老齢にいたって再度二人が結ばれる内的な必然性が認められる。

「夫は気づかずにこの世を去りました」（五）。上記の言葉は、直接的には武太夫との「ひめごと」を指示するが、龍田との姦通にも気づかぬまま咲子の夫は「この世を去」った。しかしながら、武太夫との密通は、妻の夏子に完全に「見すかされて」（六）いた。つまり、「ひめごと」は「ひめごと」たりえず、夏子が残した遺書によって「秘められた宝」は無惨に破壊される。咲子が、「恥かしさと口惜しさ」のみならず、「鬼のような心」（同）を余儀なくされるゆえんである。

愛とは何か、本当は私には分りません。愛と言うのは、執着という醜いものにつけた仮りの、美しい嘘の呼び名かと、私はよく思います。しかし執着が悟りを経て浄化したときに、そこに漂う清らかな空気の中に浮ぶ心が愛であるのか、と思うことがあります。（五）

妻の「裏切り」を知らずに亡くなった夫儀右衛門に関して、咲子は、「その人の心に手ひどい疵を与えるような事実は分らせずに死なせたい、という心が働くのは、それはやっぱり愛と呼ぶべきことかも知れない」（同）と述べている。そのような「心」の「働」きも、「愛」の一種に相違ない。だが、ここで口にされる「愛」は、「愛とは何か」以下に語られる「愛」の内実と異質であるように思われる。まず、何よりも、咲子胸中の「壁画」に夫の「面影」はとどめられていない。

咲子は、「執着という醜いものにつけた仮りの、美しい嘘」、さらに、「執着やねたみや憎しみ」（同）が「浄化」された想念を「愛」と称している。咲子に、夫への「執着」はみられない。「執着やねたみや憎しみ」を「こやしとして」「咲き出」（同）た「愛」の事例は、愛憎が複合された弟満作に対する情念、それと重層化された龍田、および「その人の妻に復讐するようなすさまじい気持」（六）でなされた武太夫との恋にかぎられる。しかし、そうした激烈な「執着」も年月を経て「浄化」され、語りの現在、「清らかな空気の中に」「愛」としてうけとめられ回顧されている。そこに、年輪を重ねた老女咲子の、深く聡明な人間・人生・愛に関わる思念を読みとることができよう。

そして私の年になりますと、どなたかに、本当のことを全部聞いて頂いて、これが自分の人生やった、ということを自分にも確かめ、それがあなたの人生でしたか、と分って、言って頂きたくなります。もし誰かに聞いて頂かないことには、あれは夢まぼろしだった、自分は本当に生きていたのだろうか？　というはかない心で死ななければならぬようにも思われます。（五）

一人の人間の生涯は、むろん単純なものではありえない。六十歳を越えた前山咲子も、多様な経験を閲してきたに違いない。しかし、龍田の前に開陳してみせるその人生の閲歴は、数人の男性との愛と性の記憶に限定される。これは、『変容』のモチーフ・作意に添うものであろうが、女性の人生における愛と性の比重の大きさをも伝えている。咲子は、「これが自分の人生やった、ということを自分にも確かめ」るために、龍田に自己の生涯を語るのだという。いわば、自己の人生の確認である。だが、そこには、死後においても自己を異性の他者の胸中に残しとどめたいとする、秘められた願望も内在していたと考えられる。

それと同様な営為を、「結核」で「死のうとしている」(九)清子にもみることが可能と思える。病床の清子は、多感な「中学二年」の龍田少年に、「襦袢」(同)を着換えさせてくれるよう依頼する。少年を翻弄するいたずら心がそうさせたとは考えがたい。それを依頼する側の清子も、多感な十六歳の少女である。羞恥心がないはずがない。清子は、あえて裸身を少年の目にさらすことにより、自己の生と性の記憶を、異性の他者の内部に残しとどめるべく願ったものと推測される。結果的に、龍田がその記憶をもちつづけ、さらに「女性の原イメージ」をそれによって形成していることを思えば、死を前にした清子の哀切な希求は十分に叶えられたと解することができよう。

四　老年の性

龍田は青年時代に、「六十をすぎた老人たちが、よくはしたない色話をしているのを」、「みっともないと思って見ていた」(三)という。しかし、己自身がその年齢に達しようとしている現在、「老人」をそうした眼でみることはできない。それどころか、「困るほど好色になっている」(同)己を自覚している。上述の、自己の「好色」性への自覚には、「死と衰滅に向っての下り坂を歩いている私の年齢」（七）への認識、「自分の死もまた遠くないうちにあり得る」（二）という予感がうながす焦燥感も内在していると察せられる。

戒律、律義さ、道徳、羞恥心、そんなのが我々をだまし、我々の手から永遠の美を押しのけ、奪い、あっという間に滅びさせたのだ。君、この岩井透清にしてそうなんだよ。触れることなしには描かなかった、と自分でも言ったりした。しかし私も本当は決して無茶をした訳でない。躇い、尻込みし、我慢し、見送った場合の方がはるかに多いのだ。（十三）

用いたモデルに「触れることなしには描かなかった」と噂される岩井透清にして、「戒律」「道徳、羞恥心」に妨げられ、「我慢し、見送った場合の方がはるかに多いのだ」と告白する。内気で、「異性に対する道徳的な意識の固い殻があっ」（一）たと昔時の己を回顧する龍田が、透清以上に臆病な青春期を過ごしたであろうことは想像に難くない。事実、龍田は、「実に長い間、私の人生の大部分を、私は世の約束ごとを怖れ、それに服従して、自分を殺して生きてきた」（十五）と述懐している。そのような龍田にとって、古稀を迎え悔恨の繰りごとを並べるしかない岩井透清は、残余の人生を悔いなく生きるうえで反面教師的な存在となる。「岩井が喪失感の中から過去形で語ったものをいま、龍田は実行[7]」に移しつつあると評することも可能だろう。透清の告白と時間的には前後するものの、歌人の伏見千子との情交もその一端とみなしうる。小淵歌子との性の復活にしても、伏見千子への接近の動機と径庭はない。「道徳のまやかしに左右されて失ったものへの復讐の念」（四）が、その動機の深部に想像される。

そういう、言わば淫蕩という言葉がぴったりするような色白の中年の女なる歌子のあり方は、男性としては最上の性の相手である。色情をもとめて色好みの女に逢ったという気持になる。（十三）

龍田は、歌子とよりを戻す際、「僕は君の恋人にも旦那にもなる気はないよ。僕は思いちがいをされたくないよ」（十一）などと述べ、臆病なほどの慎重さをみせている。けれども結局は、歌子との「色情」にのめり込み、「ドイツから輸入される女王蜂の蜜の最も高価なゼリー」（同）を購入するなど、その「好色」性を露呈するにいたる。「失ったものへの復讐の念」もあろうが、同時に、老齢に至ってなお衰えることのない強力な性の呪縛力をうかがわせる。しかしながら、歌子との性を重ねるにつれ、「私のような男性の色情は、女性の好色さだけで満足できるものではない」（十三）ということが、次第に理解されてくる。上引文中の「私のような男性」の意には、老齢はむろんのこと、画家としての美意識も合意されていると考えられる。

前山咲子が、昔を語ってはいま抱かれる喜びに陶酔するさまは、ほとんど芸のようだった。舞踊というものは、身体の行為を最も心に近いものとして表現する術なのだろう。陶酔から羞恥の形を経て日常の形にもどる咲子の顔や姿勢には、私の方が酔うような心と挙動の調和があった。（十三）

歌子との性があきたらなくなるに従い、龍田は千子および咲子との情交を想起し比較する。歌子のそれが、「野育ちの女」（十一）の欲望本位の性であるのに対して、咲子との場合には、「私の方が酔うような心と挙動の調和があった」。そこに龍田は、「芸」「舞踊」によって培われた優美な「人柄」（同）

の反映をみる。千子との場合も同列である。
私は、歌子に満足できない理由を、その比較から考えた。抑制衝動の強い千子の場合の方がもっと余韻と余情があり、その誘いは強く、その情感は深いのだ。（中略）教養と人格を持った女性の性感こそ本当の性感であり、そのつつしみ、その恥らい、その抑制と秘匿の努力にもかかわらず洩れ出で、溢れ出る感動が最も人間的なのではないか？（十三）
伏見千子の性の「つつしみ」「恥らい」、「抑制と秘匿の努力」、これらは前山咲子にみうけられる、奥深く秘められたエロスの様態とほとんど同一といってよい。また、千子にみる「忘我の形の恥かしさをも歌作によって受けとめようとする気配」、「歌びととしての姿勢」（同）にしても、咲子における「芸」「舞踊」の性への反映に重なるだろう。共にそこには、日本画家龍田北冥の美意識の投影が想定される。上述の龍田の性認識に関して、「絵、舞踊、短歌という様式の中で自己の生命感を純粋に把握できる者達こそ、おなじ方法の体現者との交渉において、よく自己の性を解放し昂揚し味わう術を知っている」(8)――とする考察がある。妥当な見解といえようが、「その性の交渉は様式からの解放」(9)というよりも、むしろ性を「様式の中」に封じこめようとするもののように思われる。性と芸術との一体化、あるいは融合――。観念的な傾きは否定しえないものの、醜悪な印象を与えかねない老齢の性を彩るべく、性と芸術との重層化が図られたものと推察される。

注（1）佐々木冬流「『変容』」『解釈と鑑賞』第六〇巻一一号（平七・一一）。
（2）平野謙「第10巻解説――性と死・性と老年」、伊藤整全集付録（昭四七・九、新潮社）、一一三頁。

（3）（2）に同じ。
（4）早川雅之「美意識による救済は可能か――『変容』をめぐって――」『伊藤整論』（昭五〇・五、八木書店）、一三三頁。
（5）桶谷秀昭「芸の理論と我執三部作」『伊藤整』（平六・四、新潮社）、三四一頁。
（6）（4）に同じ、一三一頁。
（7）（4）に同じ、一二六頁。
（8）亀井秀雄「再び「芸」について――果された自己救出――」『伊藤整の世界』（昭四四・一二、講談社）、二三一頁。
（9）（8）に同じ。

『変容』本文の引用は、『伊藤整全集　第十巻』（昭四七・九、新潮社）による。

Ⅱ章　性と異常心理

『仮面の告白』（三島由紀夫）——復讐の性

従来なされてきた『仮面の告白』（昭二四・七、河出書房）論には二つの傾向がみうけられる。その一つは、視点人物「私」と作者との重層化、ないし「『仮面の告白』ノート」（書下し長篇小説月報5、昭二四・七、河出書房）をはじめとする三島の言説との整合を求める読解であり、他の一つは、「私」の「ホモセクシュアルを二義的と見る視点」[1]、すなわちその「性倒錯」（二）に何らかの寓喩をみる解釈である。前者に関していえば、作者の言説に小説本文を引きよせる演繹的な解釈に陥りかねない懸念があるといえよう。作者を排除した作品論を絶対視するわけではないが、「先入観などによる穿鑿」を排して「素直にこの作品に対すべき」[2]と考える。これは、単に方法論としての潔癖性の問題ではなく、小説本文に即した精密な読解のみが『仮面の告白』の実相を明らかにしうるはずだからである。

上述の後者、「私」の「性倒錯」の軽視、あるいはその象徴的解釈についても同じことがいえる。たとえば、「『人間ならぬ何か奇妙に悲しい生物』の存在論」[3]という評言がある。しかし、そう評してみたところで、「人間ならぬ何か奇妙に悲しい生物《いきもの》」（四）の内実は、ホモセクシュアルつまり性的異端者以外ではありえない。「性的倒錯者・性的異常者のヴィタ・セクスアリス」を越えた「存在の形而上学」[4]——とする所説もまた同様である。「私」の与件といっていい「性倒錯」を切り離した、抽象的

「形而上学」は成立しえないと思われる。「私」の存在なり属性に「何ものかの暗喩《メタファー》」(5)を読みとるにしても、作者ではなく小説本文に即した検証が不可欠な前提となろう。小稿では、「私」に課せられた性的異端性の解析を主眼としつつ、それと〈愛〉〈自己欺瞞〉〈背理〉といった命題との相関性の考察を課題とする。

一　タナトスの性

性にまつわる「私」の悩みは中学生時代にはじまる。その時点で、「この玩具にはすでに一定の確たる嗜好」(二)が備わっていたとされる。「死と血潮と固い肉体」(同)に対する「嗜好」である。具体的な事例として、「腹を切つてゐる若侍の絵」、「弾丸《たま》を受けて歯を喰ひしばり」「血を滴《したた》らせてゐる兵卒の絵」(同)――等が、その性的衝動の対象に挙げられている。こうした「私」の性衝動は、すでに指摘があるように、「古来からの稚児さん趣味などとは全く異なる」(6)。つまり、「いかにも特異」(7)といえようが、それは単に「倒錯者」「男色家」(四)のゆえではない。「私」の性衝動の特異性は、「固い肉体」にとどまらず、凄惨な「死と血潮」への「嗜好」に認められる。

死は血に溢れ、しかも儀式張つたものでなければならなかつた。私はあらゆる形式の死刑と刑具に興味を寄せた。拷問道具と絞首台は、血を見ないゆゑに敬遠された。(中略)苦悶を永びかせるためには腹部が狙はれた。(二)

空想裡における「私の殺人劇場」(同)は、酸鼻ともいえる「死と血潮」に溢れている。その「殺人」

の儀式にあって、「拷問道具と絞首台は、血を見ないゆゑに敬遠され」、しかも「苦悶を永びかせるために」「腹部が狙はれ」る。そうした死の儀式に「私」は「歓喜」を覚えるのであるが、それを「古代の人たちの狩猟の歓喜」（同）と同列にみうるかどうか。「私」にとって、「死と血潮」に満ちたその儀式は「自瀆」（同）を行うための手段にすぎない。加えて、「私」は、「レエルの一方に刑架が固定され、一方から短刀が十数本人形《ひとがた》に植つた厚板がレエルを辷つて迫つてくる刑具」などを「発明」（同）している。こうした「刑具」の使用といい、「殺人劇場」といった言説といい、「古代の人たちの狩猟」のイメージにそぐわない。「私」の性的衝動の基底には、「狩猟の歓喜」とは別種な秘められた動機の内在が想像される。

倒錯が現実のものとなりにくいのも、私の場合はただそれが肉の衝動、いたづらに叫び、徒らに喘ぐ暗い衝動にとどまつてゐたせゐだつた。私は好もしい ***Ephebe*** からも、ただ肉慾をそそられるに止まつた。（四）

「私」は、自己の「イオニヤ型の青年の裸像」への偏執を「倒錯愛」（三）と称している。しかし、「倒錯」は明らかであるものの、そこに「愛」は見いだしがたい。（近江への「愛」については別に後述する）。「愛とは求めることでありまた求められることだ」（二）という自身の定義に反して、「私」は処刑する若者達に何も求めず、また求められようとも欲していない。前引の一節にもあるごとく、「好もしい ***Ephebe*** からも、ただ肉慾をそそられるに止ま」り、それを「暗い衝動」と表現している。前掲の「倒錯愛」にいうところの「愛」は、「嗜好」とほぼ同義と解しうる。

フロイトの精神分析学によれば、人間には「二つの基本本能 **Zwei Grundstrieb**」[8] があるとされる。エロスの本能と死の本能がそれである。「統一」「結合」を志向するエロスの本能は「愛の本能Liebestrieb」と言い換えられ、「死の本能Todestrieb」は「破壊本能」[9]とも表記される。性のリビドーはエロスの本能に属するが、『仮面の告白』にみる「私」の性衝動に「愛」は読みとれない。「死と血潮」に象徴されるように、むしろ「死の本能」「破壊本能」に近く、タナトスの性と評せよう。「私」は、自己の「サディスティックな衝動」を、ヒルシュフェルトの学説に従い「先天的な倒錯者」（二）の特性と思惟している。しかしながら、「先天的な倒錯者」のすべてが「死と血潮」を必須要件としているわけではない。「私」の場合、「私」に固有な心因が伏在していると考えられる。次いで、それを検証してみたい。

二　復讐――憧憬の逆説

「私」が掲げる「第一の前提」のなかに、「糞尿汲取人」（一）に対する憧憬がある。それを踏まえて、「悲劇的なもの」への「定義」（同）が下される。

> 私の感じだした「悲劇的なもの」とは、私がそこから拒まれてゐるといふことの逸早い予感がもたらした悲哀の、投影にすぎなかつたのかもしれない。（一）

「私」が定義する「悲劇的なもの」の内質は、「そこから私が永遠に拒まれてゐるといふ悲哀」（同）と捉えることが可能だろう。「私は私自身の悲哀を通して、そこに与《あづか》らうと」（同）夢みるとはいえ、所詮達しえない羨望にとどまる。その特異な「死と血潮と固い肉体」に発動される性衝動を、単純な憧憬の所産ではなく、「破壊」を志向するタナトスの性と解しうる契機がそこにみいだせる。「なほ語られねばならない前提」として付加される、「タイツを穿いた露はな身装《みなり》」の「王子たち」に対する「残酷な死」への「空想」（同）も、おそらくそれと無縁ではない。上記の「残酷な死」に関わる「空想」は、次いで「私の殺人劇場」を物語るための「前提」とうけとれる。推測するに、その血塗られた「殺人劇場」の基底には、裏返された憧憬、すなわち「拒まれ」た「固い肉体」に対する復讐の念が伏在していると察せられる。

　お前は生贄に近づいて、引締つた脇腹の皮膚を刃の先で軽くくすぐつて愛撫してやる。生贄は絶望の叫びをあげ、刃を避けようと身をよぢり、恐怖の鼓動を高鳴らせ、裸かの脚はがたがたとわなないて膝頭をぶつけ合つてゐる。（三）

『仮面の告白』の記述者「私」は、「ひ弱な生れつき」（二）の「病弱」（一）な人物である。そのような「私」が、「固い肉体」の若者に憧憬の念をいだくのは自然といえる。だが「私」の場合、その羨望が「愛」に昇華されることはない。その証言に明らかなごとく、「ただ肉慾をそそられるに止ま」る。前掲の一節も、それを裏書きしよう。「私」は「生贄に懇ろな死の暗示を与へ」、「刺された腹の筋肉を痙攣させ」（三）ている姿を目にして「歓喜」を覚えている。「好もしい ***Ephebe***」を「生贄」と称し、その「恐怖」の表情に歓喜する「私」に「愛」を読みとることはできない。「苦悶を永びかせるためには腹部が狙はれた」という言説にしても同列である。「固い肉体」を所有しえない、あるいは「拒まれてゐる」ゆえの潜在意識下の憎悪、ひいては復讐の情念がそこに透視される。

　しかし、誰が知つてゐたらう。私の血の欠乏が、他ならぬ血の欲求と、異常な相関関係を結んでゐたことを。
　生れながらの血の不足が、私に流血を夢みる衝動を植ゑつけたのだつた。(二)
自己の「貧血症」(同)と「自瀆」との相関性について、「私」は、「生れながらの血の不足が、私に流血を夢みる衝動を植ゑつけた」と説明する。だがこれも、単純な羨望とはいえない。「固い肉体」の欠如と同じく、「拒まれ」た「血潮」への欲求が裏返された憧憬として、破壊・復讐の性へと導いたものと考えられる。「エロティシズムの本質は、欠乏の自覚にあつて、欠乏に基づく愛なのである[10]」とする論考もあるがいかがか。「死刑の工場があつて人間を貫ぬく旋盤がしじゆう運転してをり、血のジュースが甘味をつけられ罐詰にされて発売された」(同)――と語られている。こうした、「死刑の工場」「血のジュース」等の言説を、「欠乏に基づく愛」の観点から説明するのは困難と思える。「私」が己の「殺人劇場」を「残忍非道な幻影」(四)と称するのも、その「生贄」の「殺戮」(二)が復讐の情念によるものであることを類推させる。
　次第に「私の殺人劇場」の「刺戟は強められ」、「同級生で、水泳の巧みな・際立つて体格のよい少年」がその「犠牲」(二)に供される。「私は心臓にフォークを突き立てた。血の噴水が私の顔にまともにあたつた」(同)とみえる。「際立つて体格のよい」という条件と共に、「水泳の巧みな」少年とされているのを見逃せない。「水泳」もまた、「私」に欠落し、「拒まれてゐる」要素の一つである。「小児結核を患つ」て以来、「強烈な紫外線に当ることを」医師に禁じられた「私」は、「学校の水泳演習にも出られ」ず「今以て泳ぎを知らない」(同)という。「水泳の巧みな」同級生が、処刑の対象に選ばれたのは偶然ではない。ここにも、憧憬の逆説、復讐へと反転した心的機制の一例をみることが可能である。

　　私は自分が戦死したり殺されたりしてゐる状態を空想することに喜びを持つた。そのくせ、死の恐怖は人一倍つよかつた。（一）

「私」が性衝動を覚える「死と血潮と固い肉体」のうちで、「死」だけは唯一「拒まれて」いない要素といえる。幼少期に「自家中毒」（同）で臨死体験をして以降、「病弱」な「私」に死はつねに身近なものとして意識されていた。そうした、現実的な「死の恐怖」に対して、「戦死したり殺されたりしてゐる状態を空想すること」は、観念上の擬死にすぎない。「何か甘い期待で死を待ちかねてもゐた」と言いながら、「サイレンが鳴ると、誰よりもはやく防空壕へ逃げこむ」（三）「私」の姿がそれを証している。

　だとすれば、そのような「私」に、なぜ「死」が「血潮」「固い肉体」と並んで性衝動の要件となるのか。端的にいうなら、「死の恐怖」を「生贄」に転化しうるからであると推察される。加えて、「破壊本能」を他者を対象にして充足できるゆえでもあろう。「苦痛であるがゆえに、死は甘美なのだ[11]」という所説もみうけられるが、その「苦痛」も「死」も「生贄」＝他者に属する。「私」は、「生贄」の苦痛・死によってもたらされる「歓喜」、「甘美」さのみを享受しうる立場にある。この小説に「死」の観念が頻出するとはいえ、それは他者の死であって、「私」の死ではない。「『仮面の告白』からは『死』の基調音が響いて来ない[12]」との印象は、上述の事情に由来すると考えられる。

　これまで、「私」の特異な性衝動について検証してきた。その、「死と血潮と固い肉体」に対する「嗜好」の基層には、いずれの要素においても「私」に固有な屈折した心因が認められる。「固い肉体」

と「血潮」は、それが「拒まれてゐる」ゆえに、「死」に関しては身近で現実的なそれへの「恐怖」を拒みたいがために、「生贄」を対象とした破壊衝動へと転化される。「死」だけは拒まれているわけではないが、逆説的な心理を背景にしていることに変わりはない。「私」にみる性衝動は「愛の本能」とは無縁であり、「破壊本能」を淵源とする復讐の性といえるだろう。

三　近江——反逆者の美学

近江に対する「私」の衝動が、「肉の欲望にきづなをつないだ恋」(一二)、すなわち倒錯的な性愛であることは疑えない。とはいうものの、「肉慾をそそられるに止ま」る「好もしい *Ephebe*」、つまり幻想裡の「殺人劇場」で処刑される「固い肉体」の若者達とは、「恋」の感情の有無において決定的な差違がある。「自瀆による『私』の貧血・貧血が求める流血・級友を試食するという人肉試食の場面は、物語の展開として、セバスチャン物語・近江物語との連結がなく」、「違和感は払拭しようがない」[13]という論評も、前述の差違に起因するものと思われる。図式化していえば、「固い肉体」の若者は〈性〉の、近江は〈愛〉の対象と要約できよう。

彼はもう二三回落第してゐる筈で、骨格は秀で、顔の輪廓には私たちを抜ん出る何か特権的な若さが彩られてゐた。彼の故ない侮蔑の天性は気高かつた。彼にかかつては侮蔑に価ひしないものは何一つなかつた。(一二)

近江は「精悍」な「見事な体軀」(同)の所有者である。そこまでは、「固い肉体」を有する若者達とさして変わりはない。だが、近江にはほかに、「気高」い「侮蔑の天性」、「悪」「傲岸な眼差」——といった、「反逆者」の「美学」(同)が付与されている。等しく「理智に犯されぬ肉の所有者」といっても、「与太者・水夫・兵士・漁夫など」(同)に対しては、そうした「美学」への言及はみられない。極言するなら、「私」の近江に対する「恋」の本質は、「反逆者」=「悪」の「美学」への憧憬にあるといえる。近江の「見事な体軀」に「肉の欲望」を覚えるとはいえ、「この恋においては、私はほんたうに、無邪気な肉慾を翼の下に隠し持つた小鳥と謂つた風だつた」(同)——のも、その「恋」の核心が「反逆者」の「美学」に対する憧憬ないし羨望にあったことをうかがわせる。

私の腋窩には夏の訪れと共に、もとより近江のそれには及ばぬながら、黒い草叢の芽生えがあつた。これが近江との共通点だつた。この情慾には明らかに近江が介在した。(二)

右記は、自己の「腋窩」と近江のそれとを重層化しつつ、はじめて屋外での「自瀆」を行うにいたる叙述である。この場における自瀆には、「死と血潮」にまみれた「殺人劇場」の「空想」はない。「私の殺人劇場」にあっては、自己と「生贄」とが重層化されることはなく、つねに切断されている。その意味でも近江は別格といえよう。近江に向けられる性のリビドーは、「結合」を志向する「愛の本能」に発するものと解される。

……するとこの「悪」の意味は私の内部で変容して来た。それが促した広大な陰謀、複雑な組織《システム》をもつた秘密結社、その一糸乱れぬ地下戦術は、何らかの知られざる神のためのものでなければならなかつた。彼はその神に奉仕し、人々を改宗させようと試み、密告され、秘密裡に殺されたのだつた。(二)

近江に形象される「悪」の「美学」は、セバスチャンに対する「私」の感慨と完全に合致している。「反逆者」「倨傲」「侮蔑の表情」（同）などの形容にしても、近江の登場に先立って、すでにセバスチャンの属性として語られていた。『私』が近江にみたものはセバスチャンの肉体の幻影であった(14)と同時に、その「反逆」の「美学」の投影でもあったといえる。「反逆」の末路もまた然りである。「彼はその神に奉仕し、人々を改宗させようと試み、密告され、秘密裡に殺された」という「私」の近江への想念は、聖セバスチャンにみる「殉教」（同）の「美学」にそのまま重なる。

「秘密裡に殺された」と語られる近江像に、「死」の影をみることは可能だろう。だが、それは、「神のため」のいわば殉教である。しかも、その殉死は「私」の観念上のものであり、現実に近江が死んだわけではない。さらにいえば、近江は「密告」によって他者に「殺された」のであって、「死と血潮」を求めて「私」が「固い肉体」の若者を「殺戮」するのとは本質的に異なる。近江に関わるすべての逸話を通じて、「生贄」としての「死と血潮」のイメージは見出せない。

「死と血潮」の欠落は、セバスチャンの「殉教図」（二）においても同断である。「篦深《のぶか》く射された矢がなかつたなら、それはともすると羅馬《ローマ》の競技者が、薄暮の庭樹に凭《よ》つて疲れを休めてゐる姿かとも見えた」（同）——とある。「殉教図」にもかかわらず、あえて死の影を消去していることが注目される。のみならず、そこに「流血はゑがかれず」（同）とあるのも見落とせない。「私」の「殉教図」への「*ejaclatio*」は、近江の豊饒な「腋窩」に触発された「*erectio*」と同様に、「死と血潮」に対してではなく、その「香り高い・青春の肉」（同）に向けてなされたものと察せられる。

四　園子――純粋性への愛

『仮面の告白』には二様の愛が描かれている。「反逆者」近江に体現される「美学」への愛と、園子に対する肉欲を捨象した愛とである。そうした両者への愛の結節点として、美少年八雲の造型を軽視できない。「高等学校へ入つたばかりのまだ十八歳の美しい少年があつた。色白の、やさしい唇となだらかな眉をもつた少年だつた」(三)。近江への「恋」は、「私」が中学生の折のことである。園子との邂逅は大学生になって以後になる。美少年八雲の設定は、丁度その中間点に位置する。高等学校に進学して以後、「私」の愛に「推移」が生じ、「野蛮な愛に都雅な愛をも加へるやうになつてゐた」(同)と説明されている。八雲はその「都雅な愛」の対象であるが、近江と同じく、「死と血潮」に飢えた「生贄」の対象とされることはない。

八雲は、「イオニヤ型の青年」という点において近江に重なる。同時に、「色白」「やさしい唇」といった、女性的ともいえる「都雅」な「美し」さにおいて園子に近接する。ちなみに、その後出逢うことになる園子も、八雲と等しく「十八歳」(三)である。さらに、「このヒアキントスの頬は赤らみやすかつた」と叙せられる八雲の初心性も、「私」の前で度々「顔を赤らめ」(同)る園子のそれと相似している。近江から園子へと「愛」の移行を図る結節点として、八雲に対する「都雅な愛」が形象されたものとみなしうる。

およそ何らの欲求ももたずに女を愛せるものと私は思つてゐた。これはおそらく、人間の歴史がはじまつて以来もつとも無謀な企てだつた。（中略）ともすると私が信じてゐたのは、この対象ではなく、純粋さそのものではなかつたらうか？（三）

園子は「私」の目に、「優雅な均整のとれた上体と、美しい脚」（同）をもつ美少女として映ずる。だが、そうした外面的な美にのみ「私」は魅せられたわけではない。「稚なげな丸顔は、お化粧を知らない無垢な魂の似顔のやうであつた」（同）とみえる。「私」の園子に対する愛を約言すれば、「無垢な魂」「純粋さそのもの」の美に寄せる憧憬と評せよう。

しかし、園子への愛が「純粋さそのもの」に対する「プラトニック」（三）なものであるにせよ、観念的な次元にとどまるとはいいきれない。「私は女性にこれほど心をうごかす美しさをおぼえたことがなかつた。私の胸は高鳴り、私は潔らかな気持になつた」（同）とある。上記にみえる「私の胸」の「高鳴」りは、痼疾と化した「自己欺瞞」（同）で出来ることではない。単なる観念ではなく、心臓に根ざした情感といえる。のちに、「私」は「園子の熱情にあふれた手紙」にふれて、それを「本物の愛」と称し「嫉妬」（同）を覚える。しかし、「倒錯者」としての欲望を別にすれば、「私」の園子に対する「熱情」も紛れもなく「本物の愛」といってよい。その限りで、『仮面の告白』を、「逆説的な一種の清純な恋愛小説として読むこと」(15)に異論はない。

昨夜お前は眠りにつくまへにちよつとした因襲に身を委せたつけな。（中略）だが、あのときお前が心に浮べたのは断じて園子ではなかつたやうだね。とにかく奇妙奇天烈な幻影で、横で見てゐる身は毎度のことながら肝をつぶすのだ。（三）

園子との交際中においても、「私の殺人劇場」が閉鎖されることはない。「純粋さ」の美に憧れながら、同時に「例の邪教の儀式」(同) もその脳裡で営まれる。「私」の内部に、「園子への心の一途な傾倒」と、「常規を逸した肉の欲情」(同) とが同居していたといえる。こうした対極的な心性の共存は、この小説の巻頭に掲げられているエピグラフの一節、「美といふ奴は恐ろしい怕《おつ》かないもんだよ！」、「美の中では両方の岸が一つに出合つて、すべての矛盾が一緒に住んでゐるのだ」――との言辞に契合しよう。

> まだ〳〵恐ろしい事がある。つまり悪行《ソドム》の理想を心に懐いてゐる人間が、同時に聖母《マドンナ》の理想をも否定しないで、まるで純潔な青年時代のやうに、真底から美しい理想の憧憬を心に燃やしてゐるのだ。

「私」が夢想する血塗られた「邪教の儀式」は、右のエピグラフにある「悪行《ソドム》の理想」に対応し、園子の「無垢な魂」「純粋さ」への憧憬は「美しい」「聖母《マドンナ》の理想」に照応する。まさに、『仮面の告白』の「私」は、「悪行《ソドム》の理想を心に懐いてゐる人間が」、他方で「真底から美しい理想の憧憬を心に燃やしてゐる」状況にある。禁断の「血なまぐさい幻想」に浸る「私」は文字通り「ソドムの男」(四) にほかならず、対して園子には「聖母《マドンナ》の理想」が仮託されているように思われる。園子は、「美しい魂」(三) の所有者にとどまらない。「清教徒風な草野の家庭」で育ち、「メダイヨン」を胸に下げ、「毎晩神《エス》さまにお祈りしてゐる」(同) という園子の造型に、「聖母《マドンナ》の理想」の寓意性が読みとれよう。「私」の、園子の「純粋さ」に寄せる愛の深層には、「邪教の儀式」を余儀なくされている「ソドムの男」の哀しみが想定される。

五　「正常」への希求

念のために申し添えねばならぬが、私がここで言はうとしてゐることは、例の「自意識」の問題ではない。単なる性慾の問題であり、未《ま》だそれ以外のことをここで言はうとしてゐるのではない。（三）

前掲の一文は三章の冒頭近くに記されており、「私がここで言はうとしてゐること」にいう「ここ」とは、三章全体を覆う言葉と理解される。「私」の告げるところによれば、「ここで言はうとしてゐること」は、「単なる性慾の問題」であるという。それはおそらく、この章に限定されない。「未《ま》だそれ以外のことを」との言から判断するに、それ以前の一章・二章でも「性慾の問題」だけが語られていたことになる。「未《ま》だ」という示唆に従えば、後続の四章はその枠外と考えられるが、実際三章の末節にいたるまで、「私」は「性慾の問題」＝自己の性倒錯と無関係な事柄は何一つ語ろうとしていない。園子の「純粋さ」に対する愛も例外ではなく、己自身の性倒錯と表裏をなす命題として提示されている。「私」特有の「自己暗示」「自己欺瞞」（三）にしても同様である。それらが「自意識」の角度からではなしに、「性慾の問題」に密着して追尋されていることに留意したい。

肉慾に関する私の漠たる不安が、およそ肉の方面だけを私の固定観念にしてしまつた。知識慾と大して逕庭のないこの純粋な精神的な好奇心を、私は私自身に「これこそ肉の慾望だ」と信じこませることに熟練し、はては私自身がほんたうに淫蕩な心をでももつてゐるやうに私をだます

ことに習熟した。（三）

自己の「常規を逸した欲望」への自覚は、「わけのわからぬ異様な不安」（二）を「私」にもたらす。そうした「不安」解消のために、「自己暗示」「自己欺瞞」が要請される。己の性衝動の異常を自覚しつつも、「皆と同じ人間」「正常な人間」と信じたい「私」は、以後ひたすら「演技」（三）の習得に心をくだく。「第二の前提」として語られていた、「松旭斎天勝とクレオパトラ」に関わる「扮装慾」（一）の命題は、こうして三章以降になされる「演技」の実践へと接続される。幼年時の「扮装慾」が外面的な「演技」とするなら、上述の「自己暗示」「自己欺瞞」は内的・心理的な「扮装」ということになろう。

かくして、「私」は「人生といふ」「舞台」（三）に立つわけであるが、その「演技」の観衆は周囲の他者ではない。「私をだまかすことに習熟した」とあるように、己自身を標的とする。「私に見せるための私の仮面劇」（同）と自解される通りである。それは、園子に対しても例外ではない。園子を欺くというよりも、「私に見せるため」の「仮面劇」として演じられる。「全く正常な人間として恋をしてゐるといふ」（同）実感の獲得が、その「仮面劇」「演技」の目的でありまた痛切な願いでもある。

その時こそ、私は可能である筈だつた。天来の霊感のやうに、私に正常さがもえ上る筈であつた。まるで憑きものがしたやうに、私は別人に、まともな男に、生れかはる筈であつた。（三）

「常規を逸した肉の欲情」を恐れながらも、「私」は、自己の「正常さ」を園子との接吻に確認すべく試みる。それによって、少年期以来いだきつづけてきた「疑惑と不安は隈なく拭はれ」（同）、「私は別人に、まともな男に、生れかはる筈であつた」。こうした言説にも明らかなように、『私』の性に対する観念はきわめて正常であり」、「男であるならば女性と恋愛をし、肉体の交わりを交わすことができなくてはならないという、強迫観念を彼が抱いていること[16]」が窺い知れる。けれども、それを、「ごく月並みな恋愛観に左右される人間[17]」と断ずることはできまい。「月並みな恋愛観に左右され」ているわけではなく、性的倒錯者であるゆえに「人間の根本的な条件」(三)にさえ「不安」を禁じえない「私」の、「正常」に対する祈りにも似た哀切な希求ないし悲願と解される。

「私」は、「対象がどうあらうとも、お前は肉体の深奥から発情し、その発情の正常さに於て、他の男たちと少しのかはるところもない」(三)と、自らに言い聞かせる。むろん、「*Ephebe* の裸体」(同)への「発情」を「正常」とみなす「自己欺瞞」が奏功するはずもない。だが、「私」は園子との接吻の賭けに敗北したのちもなお、「正常さ」への「一縷の希み」(四)を捨てきれない。その後、大学の友人から「悪所通ひ」を勧められ、「いたましい秘密な練習」(同)を開始する。「例によつての悪習に際して」、「女のもつともみだらな姿態を心にうかべることから自分を馴らさうと試み」(同)る。いじらしいほどの執念といえる。しかし、そうした営為も、「心の砕けるやうな白々しさ」(同)によってその無効性を思い知らされる。

『お前は人間ではないのだ。お前は人交はりのならない身だ。お前は人間ならぬ何か奇妙に悲しい生物《いきもの》だ』(四)

第三者の目からすれば、女性と性交渉をもてないからといって、ただちにそれを「人間ではない」「何か奇妙に悲しい生物《いきもの》」とする断案は過剰にすぎるともみえよう。だが、それはやはり、傍観者の感想にとどまる。男性である「私」の、肉体をもって女性を愛せない悲しみは第三者の想像の埒外にある。

この小説に「存在論」「形而上学」を読む観点から、「性倒錯者であることがその比喩であり象徴であり仮面であるような何ものか――自分についての或る高次な真実の告白」(18)を指摘する論がある。しかし、「或る」「何ものか」とされるその内実は明瞭ではない。『仮面の告白』本文に即して読むかぎり、その「性倒錯」を「何ものか」の「比喩」「象徴」とみる読解は不能と思える。また、そうした「形而上学」を求める解釈が、「高次な真実」を読み解くことになるとも思えない。「私はただ生れ変りたかつたのだ」(三)との言も含めて、『仮面の告白』の全章は、「人間ならぬ何か奇妙に悲しい生物《いきもの》」と己を認定せざるをえない、性倒錯者の悲痛な告白に貫かれている。

六　背理の崩壊

園子への接吻の挫折、さらに娼婦との接触で「不可能が確定」(四)したことにより、「私に見せるための私の仮面劇」は終焉をむかえる。「私」はもはや、「私に見せるため」の「仮面」を着けることはできない。だが、小説はそこで終わらない。「ソドムの男」であることを最終的に認めざるをえなくなった「私」に、園子との再会の場が設定されている。「私」は自身に、「まだ園子を愛してゐるわけはない」、「女を愛することなんかできない筈だ」(四)と反問してみる。けれども、自らの裡の「感動の潔らかさ」(同)を否定しえない。離別後もなお、「無垢な魂」に表象される「霊的なものへの愛」(同)は、「私」の裡に生きつづけていたといえよう。

そもそも肉の慾望にまつたく根ざさぬ恋などといふものがありえようか？　それは明々白々な背理ではなからうか？
　しかしまた思ふのである。人間の情熱があらゆる背理の上に立つ力をもつとすれば、情熱それ自身の背理の上にだつて、立つ力がないとは言ひ切れまい、と。（四）

　過去に園子への接近を試みた折には、自己の「正常」さを確認したいという願望が内在していた。だが、今や、女性に対して「些かの肉の慾望もないこと」が「明らか」（同）になっている。しかるに、「園子に逢ひたいといふ心持は神かけて本当」（同）であり、その「情熱」は疑いようもない。「肉の慾望にまつたく根ざさぬ恋」、すなわち「背理の上に立つ」「恋」の可能性への試行が、四章のモチーフの一つと考えられる。

　こうした命題の追尋と、小説の劈頭に語られていた、「生れたときの光景を見たことがある」（一）という「背理」への言及とは無関係ではない。「私」にとって、背理への確信は詩的真実に寄せる賭けでもある。「いかに夜中だらうとその盥《たらひ》の一箇所にだけは日光が射してゐなかつたでもあるまいと考へる背理」（一）には、あえて理性に反逆しこれを超えようと庶幾する「私」の美学が看取される。「背理の上に立つ」園子への恋の挑戦は、その延長上に位置するものと思われる。

　再会を果たしたのち、「私」と園子は、「何事もなく逢ひ何事もなく別れるやうな機会をいくつか持」（四）つ。そのような逢瀬のなかで、「私」は「神秘な豊かさ」「清潔な均整」「静かな幸福」（同）を享受する。「肉の慾望にまつたく根ざさぬ」「背理」の恋が、そこに成就したかにみえる。しかし、それも永くはつづかない。両者ともに、「すでに大人の部屋の住人」（同）だからである。

私は人工的な「正常さ」をその空間に出現させ、ほとんど架空の「愛」を瞬間瞬間に支へようとする危険な作業に園子を誘つたのである。（四）

かつて「私」が求めた「正常さ」は、園子に対する「演技」という以上に、自己の正常を確信したいと欲する「私に見せるため」の「仮面劇」として演じられた。現在の「私」にそうした渇望はない。というより、「正常」でありえない己を思い知らされている。再会後に偽装される「人工的な『正常さ』」は、〈園子に見せるための仮面劇〉と評しうる。「正常」ならぬ自己を隠蔽し、〈正常な男女の恋〉を装う演出といえる。「私」はそのような「危険な作業に園子を誘」い、園子もまた、「知らずしてこの陰謀に手を貸して」（同）いたことになる。

上述の「人工的」な「恋」による「精妙な毒」（四）は、徐々に園子の内部を犯しはじめる。「何一つ恥かしいことをしてゐないのに、あたくしどうかすると怖い夢を見るの」、「精神的には穢《けが》れてしまつた悪い女としか自分を思へないの」といった園子の言葉が、「私」に仕掛けられた「精妙な毒」「清潔な悪徳」（同）の浸潤を証している。「私」は、「肉の欲望にまつたく根ざさぬ恋」のなかで、肉体による不倫以上に「悪魔的」（同）な背徳の世界へと園子を導く。正常な「肉欲」が「拒まれて」いる「私」の、「正常さ」に対する（園子に対してではない）意識的な復讐劇と解される。しかし、事態は一挙に反転する。

この瞬間、私のなかで何かが残酷な力で二つに引裂かれた。（中略）私が今まで精魂こめて積み重ねて来た建築物がいたましく崩れ落ちる音を私は聴いた。（四）

ダンス・ホールの中庭で、「引締つた筋肉」の若者を目にした途端、「私」は激烈な「情慾に襲はれ」

（同）る。この章の冒頭に伏線としておかれていた、「宿命が私に強ひる」「ありうべき復讐」の一端をそこにみることができよう。右記文中の「宿命」とは、逃れえない性的異端性以外でありえない。「私」の「死と血潮と固い肉体」に対する性衝動には、前述したように、裏返された憧憬、すなわちそれを「拒まれ」た復讐の情念が伏在している。そうした「破壊本能」に密接した「情慾」に、「牡丹の刺青」を施した「粗野な」（同）若者を介して、逆に手厳しい「復讐」をうけたといえる。「私は園子の存在を忘れてゐた」（同）とある。「あの汚れた腹巻が血潮で美しく彩られることを。彼の血まみれの屍が戸板にのせられて又ここへ運び込まれて来ることを。……」（同）。例の「邪教の儀式」への狂想が、「私」の全存在を呑み尽くす。その直前まで「積み重ねて来た建築物」、「肉の慾望にまつたく根ざさぬ」「背理」の「恋」の崩壊である。

「私といふ存在が何か一種のおそろしい『不在』に入れかはる刹那を見たやうな気がした」（四）――。こうして閉じられる『仮面の告白』を、「男色家の哀しみや苦しみの告白ではなく、男色家になろうとした決意の告白とその確認[19]」と読むのは無理と思える。小説中の「私」は、「不在」と化した己を「力尽きてゐた」（同）と表現している。なお、ここにいう「不在」とは、それまで「私」を支えてきた詩的真実＝「背理」の美学消滅の意と理解される。

「永いあひだ、私は自分が生れたときの光景を見たことがあると言ひ張つてゐた」（一）。断るまでもなく、これは過去形の言説である。いい換えれば、「現在の〈私〉は『言ひ張つて』はいない[20]」ものと推察される。なにゆえ、そうした「背理」への信念を喪失したのか。園子に賭けた「背理」の「恋」の崩壊を、身をもって知ったからに違いない。小説の終幕、若者が去ったテーブルに真夏の陽光が「ぎらぎら」(四)と照りつけている。出生時の「盥のふち」にゆらめいていたという、「背理」の「夜」の「日光」(二)がそこに射し込む余地はない。

注(1) 跡上史郎「最初の同性愛文学――『仮面の告白』における近代の刻印――」『文芸研究』第一五〇集(平一二・九)。
(2) 菅原洋一「禁忌と悲劇的なものと――「仮面の告白」『三島由紀夫とその海』(昭五七・一二、近代文芸社)、一一八頁。
(3) 野口武彦「仮面の双面神――『仮面の告白』論――」白川正芳編『批評と研究　三島由紀夫』(昭四九・一二、芳賀書店)所収、二二二頁。
(4) 田坂昂「「仮面の告白」――三島文学の礎石――」『増補　三島由紀夫論』(昭五二・四、風濤社)、九五頁。
(5) (4)に同じ、二六頁。
(6) 奥野健男「『仮面の告白』――三島文学の核」『三島由紀夫伝説』(平五・二、新潮社)、二三五頁。
(7) (6)に同じ。
(8) フロイド選集第一五巻『精神分析療法』(昭四二・三、日本教文社)、三二二頁。古澤平作訳。
(9) (8)に同じ、三二三頁。
(10) 松本徹「生の回復術――『仮面の告白』――」『三島由紀夫――失墜を拒んだイカロス』(昭四八・一二、朝日出版社)、六七頁。
(11) (4)に同じ、三九頁。
(12) (3)に同じ、二一八頁。

(13) 竹原崇雄「少年時代」『三島由紀夫　仮面の告白の世界』(平七・一〇、風間書房)、七二頁。
(14) (4) に同じ、五八頁。
(15) 田中美代子「仮面の告白」『鑑賞日本現代文学第二十三巻　三島由紀夫』(昭五五・一一、角川書店)、六三頁。
(16) 柴田勝二「叙述される「仮面」——三島由紀夫『仮面の告白』論」『敍説』第八号(平五・七、敍説舎)、九〇頁。
(17) (16) に同じ。
(18) (3) に同じ、二一三頁。
(19) 光栄堯夫「『仮面の告白』論——非在の告白」『三島由紀夫論』(昭五〇・一、五月書房)、七九頁。
(20) 杉本和弘「『仮面の告白』覚書——記述する〈私〉を視座として——」『名古屋近代文学研究』第六号(昭六三・一二)。

『仮面の告白』本文の引用は、『三島由紀夫全集第三巻』(昭四八・一一、新潮社)による。

『みづうみ』（川端康成）――魔界とエロス

『みづうみ』（昭三〇・四　新潮社）の作中人物桃井銀平は、自ら「魔界の住人」と称している。銀平のいう「魔界」の内実を『みづうみ』本文から抽出することは可能であろうが、ほぼ同時期に成立した『山の音』および『千羽鶴』との比較・考察も無益ではないと思われる。両作との照合によって、よりその「魔界」の内質が明確になると考えられるからである。

『千羽鶴』の視点人物三谷菊治は、幼少時に、父の愛人栗本ちか子の胸にある「黒紫のあざ」（「千羽鶴」一）を目撃する。それは、単に醜悪な印象を残したにとどまらず、菊治の「生涯を支配」（同）する魔的な記憶として刻印される。菊治におけるその「あざ」は、銀平にとっての「醜い足」にも相当しよう。共に、「生涯を支配」する心の病という意味において、両者の間に相違はない。いわば銀平は、自らの身に醜い「あざ」をもつ菊治ともみなしうる。『山の音』の主人公尾形信吾も、過去に由来する「暗点」（「栗の実」二）を内蔵する人物である。少年時以来憧れつづけた美しい保子の姉を、「美男の義兄」（「山の音」四）に奪われ喪失した心の傷がそれにあたる。こうした、過去の「古疵」（「雲の炎」二）に支配され、「異常が生涯の底を流れて」（「冬の桜」三）いると自覚する信吾もまた、菊治・銀平の同類といえる。『みづうみ』の銀平は、『千羽鶴』の菊治と『山の音』の信吾との両要素を併せもつ人物像として造型されていると評せよう。

　上述の信吾・菊治をも参照して勘案するなら、銀平のいう「魔界の住人」とは、美醜に関わる心の傷ないし心の病を内蔵している人物と捉えることが可能である。銀平に即していえば、自己の裡の醜の自覚（刻印）と美しい女性への憧憬とが表裏の形で内包されている。のみならず、そこには背徳的な匂いがつきまとい、それに伴う濃厚なエロスが感取される。「魔界」の構成要素として、そうした背徳性とエロスを軽視しえない。小稿の主眼は、「魔界」の内実の分析とともに、背徳性・エロスとの相関性の考察にある。

一　母の位相

　銀平の玉木久子・水木宮子への追跡に、喪失した母を希求する母性思慕の念をみる論考が少なくない。「彼が女のあとを追う時、それは現実の女の美しさへの『あくがれ』にそそのかされての故ではあっても、その時の彼の脳裏には常に母の面影を追う気持が強く働いていた」(1)、「銀平の美女追跡は、すなわち母を求めての彷徨である」(2)などの所説がみうけられる。これに異議を唱えるつもりはないが、その「母の面影」に現実の母の投影はないと推測される。いい換えれば、「求め」られるその「母」は、現実を捨象し抽象化された観念としての〈母性〉と考えられる。いうなれば、一種の美の抽象体であって、そこに母の実体はない。

　銀平は、「美貌の母」をたびたび回想している。だが、母を思慕するに足る具体的な記憶は何一つ語られていない。「母の美しさ」が強調されるばかりで、暖かさ・優しさなど母の愛に関わる記述は皆無である。銀平は「十一の時」に父を亡くし、次いで母も婚家を離れ生家に戻る。しかし、その年齢であれば、母の記憶が残らないということはありえない。母にまつわる具体的な記憶が一切語られないというのは異様なことといわねばならず、語るに足るほどの優しく暖かな愛の記憶の欠如を暗示するものとうけとれる。

やよひの家、銀平の母の里は昔から、みづうみのほとりの名家として知られてゐた。それが格のちがふ銀平の家と縁ぐみしたのには、母になにかがあつてのことだらうかと、銀平が疑念をいだくやうになつたのは、それから幾年か後だつた。その時はもう母は銀平と別れて里に帰つてゐた。

銀平に残された母への記憶は、愛とは逆に非情なものといわざるをえない。「母は彼を捨てた人であり、銀平の家を蔑む側の人である(3)」ことを忘れるわけにはいかない。父の死後婚家を離れ、自分を捨てた人、それが銀平にとっての現実の母である。折にふれて銀平は、不可解な「赤子」の幻覚に襲われる。この「赤子」にまつわる幻覚は、おそらく母に捨てられた心の傷と無関係ではない。

銀平の這ふ地の裏側から、赤子が銀平につれて這つてゐるのだ。鏡の上を這ふのに似て、銀平は地の裏側の赤子と掌を合はせさうになつた。冷たい死人の手だ。

町枝の恋人水野に「突き落され」た土手下の道で、「赤子」の幻影が蘇る。「鏡の上を這ふのに似て」「掌を合はせさうになつた」と叙せられるその「赤子」は、「鏡」に投影された銀平自身にほかなるまい。「地の裏側の赤子」という表現にしても、裏返された銀平のイメージを類推させる。

ところで、銀平には、大学生時代に捨てたという「赤ん坊」の記憶がある。その折に同行した西村という「悪友」の名まで記されていることから推して、現実の出来事とうけとるよりほかにない。その「赤ん坊」は、「女の子であつた」と明記されている。それに対して、銀平を追跡しつづける「その子の幻は、不思議と性別が明らかでない」という。銀平を追跡しつづけるこの幻影裡の「赤子」は、かつて捨てた「赤ん坊」から派生した「幻」であるにしても、そこには母に捨てられた銀平自身の心の傷が投影されているものと察せられる。「性別が明らかでな」く、「のつぺらぼうのお化け」と表現される「幻」の「赤子」とは、母を喪失した銀平の癒えざる悲しみの表象と考えられる。

「その幼い子の手が墓場の底で、おしかぶさる土の壁をもの狂はしく打つてゐた」――とある。一見、捨てた「赤ん坊」への罪障感のようにみえなくもないが、「爽快な逃走をした」銀平に罪意識は考えがたい。「おしかぶさる土の壁をもの狂はしく打つて」いるという「その幼い子の手」には、少年時に母を失った銀平の、「もの狂はし」い愛への飢渇感と悲しみとが仮託されていよう。また、その「赤子」が「墓場の底」に在り、「冷たい死人の掌」とされていることから、母に捨てられた銀平の心の死滅が想像される。銀平自身の心の死ばかりではない。現実の母もまた、その胸底で衰滅したものと推察される。銀平が内包する悲しみの淵源はそこにあろう。

「なぜ銀平ちやん、ぐみの実を取つてくれないの。銀平ちやんの猿みたいな足は、お父さんそつくりだわ。うちの方の血筋ぢやないわ。」とやよひは上目づかひに銀平をにらんだ。（中略）

土手の土のなかを赤子が銀平をつけて来たのも、銀平の足がけだもののやうに醜いからにちがひなかつた。

やよいが口にする「うちの方の血筋」、つまり母に関わる言説に次いで、「土のなか」の「赤子」の幻覚が描かれている。銀平の母に対する想念と、「土のなか」の「赤子」の幻覚とは不可分な位相にある。銀平は少年時に母に捨てられた。しかし、それによって母の愛を喪失したわけではない。もともと、母の愛は不在であった。幼児期から、銀平は母の愛を知らない。「けだもののやうに醜い」と意識せざるをえないその「足」は、母の愛の空白・欠如に発するコンプレックスが外在化された肉体的表象とうけとれる。すなわち、その心の病の徴憑と理解される。

「銀平ちやんの猿みたいな足は、お父さんそつくりだわ。うちの方の血筋ぢやないわ」――。上記のやよいの言説は、少年銀平に畏怖にも似た衝撃を与えたに違いない。銀平は母に捨てられる以前に、やよいによって母を奪われていたといえる。この場でやよいに、「気ちがひじみたくやし」さを示すのは、足の醜さを侮蔑されたためではない。「うちの方の血筋ぢやない」という、母との一体性の剝奪にある。そうした母喪失にまつわる悲しみの記憶が、現在もなお、「土のなかを」「つけて来」る「赤子」を幻想させているものと考えられる。

銀平にとって、現実の母は自分を捨てた人である。母への思慕があるとすれば、それは美の抽象体へと昇華された〈彼岸的母性〉とでもいえようか。軽井沢のトルコ風呂で、銀平は湯女の声に、「永遠の女性の声か、慈悲の母の声」を聞き取っている。そこから、「湯女は究極のところ母なるもの(4)」とする論もみうけられるが、この「母なるもの」は現実と地続きの母とは思えない。現実の母は、「慈悲の母」にほど遠い。銀平が聞き取った「慈悲の母の声」とは、「永遠の女性」像へと浄化された〈仮象の母〉の声であったと解される。

二 〈みづうみ〉――魔の胚胎

小説の標題ともなっている「みづうみ」に、明と暗の両義性が指摘されている。暗の部面に疑問はないが、明の側面をそこにみることが可能かどうか。たしかに、「母の村のみづうみ」「母の里のみづうみ」といったように、「母」と「みづうみ」とが連結される形で語られることが多い。しかし、銀平には、「みづうみ」に直結する母の記憶はまったくない。「みづうみ」に関わる記憶は、父とやよいとに限られる。

「恐怖症の発作つて、どんなんですの。」

「いろいろある。僕らもさうかもしれない。発作をおこして、見せてあげようか。」と銀平は言つて、久子の胸をさぐりながら目を閉ぢると、古里の麦畑が浮かんで来た。農家の裸馬に乗つて女が麦畑の向うの道を通つた。

上掲文中にいう「恐怖症の発作」は、有田老人の「恐怖症」を指す。その「発作」の具体的な内実は明示されていないが、「有田の生みの母は二つの時に離縁されて、まま母が来た」という心の傷に起因するものと思われる。「老人のまだ三十代に、妻が嫉妬し、自殺」したことであれば、「女ぎらひ」を招いた要因として語られている。銀平と同様、有田老人も幼少期に母喪失の体験を有する。銀平が口にする、「発作をおこして、見せてあげようか」という奇怪な言葉も、そうした共通項を踏まえてのことと察せられる。

その折、「恐怖症の発作」を口にしつつ、銀平は「古里の麦畑」「裸馬に乗つ」た「女」を連想している。銀平にとって「古里」といえば、何よりも「みづうみ」「母」であったはずである。しかるに、「久子の胸をさぐりながら」も、母の「胸」への連想はみられない。これは、「久子の胸」に相当する母の「胸」の暖かさ、懐かしさへの記憶が欠落していることをうかがわせる。銀平は久子に、「二人で遠くへ逃げよう。さびしいみづうみの岸へ」といざなう。「さびしいみづうみ」――。これが、銀平における「みづうみ」の根源的イメージといってよい。

銀平はこのごろでもときどき、母の村のみづうみに夜の稲妻のひらめく幻を見る。ほとんど湖面すべてを照らし出して消える稲妻である。（中略）夜のみづうみに稲妻の消えた瞬間は気味のいいものではなかつた。

「夜の稲妻」といい「螢」の「幻」といい、そこに母を想わせる暖かさ・優しさは読みとれない。「夜の稲妻のひらめく」「みづうみ」は、前引の「さびしいみづうみ」に重なるイメージといえるだろう。上記に続けて、「たちまち大胆となつた久子が銀平をおどろかせたのも、稲妻に打たれたのとあるひは似てゐたかもしれない」とみえる。暗黒の「みづうみ」にひらめく「夜の稲妻」は、「魔性」の放電現象のアレゴリーとも解しうる。

銀平は母方のいとこのやよひを、みづうみの氷の上を歩いてみるやうに誘ふよりも、むしろおびき出したものだ。少年の銀平はやよひを呪詛し怨恨してゐた。足もとの氷がわれてやよひが氷の下のみづうみに落ちこまないかといふ邪心をいだいてゐた。

少年銀平の「やよひが氷の下のみづうみに落ちこまないかといふ邪心」と、父の変死への恨みとは無縁ではない。「銀平の父が死んでから母の里の人たちは銀平の家をいみきらつた。やよひも銀平をうとんじ、露骨に見くだした。みづうみの氷がわれてやよひが沈めばいいと、銀平が思つたりしたのもそのころだ」と語られている。父が奇怪な死を遂げたあと、銀平は「かたきを見つけずにおくものかと、かたい決心」を固め、「仇討ちを誓」う。そうした「仇討ち」への情念が、「やよひの家」の「憎しみに抗する復讐心に転化され、ひいてはやよいの一身に集中されたものと思われる。父を飲みこんだ「みづうみ」に「おびき出し」、その「氷の下」に沈めたいと願う心的必然性がそこにある。

みづうみの岸に、銀平の父の幽霊が出るといふ村人のうはさを、やよひはまだ銀平には話してゐなかつた。銀平の父が死んだあたりの岸を通ると、足音が後をつけて来るといふ。（中略）

山桜の梢から小鳥の鳴き声が下枝へおりて来るのさへ、やよひには幽霊の足音が連想されて、「銀ちやん、帰りませう。花がみづうみにうつつてるつて、なんだかこはいわ。」

「小鳥の鳴き声が下枝へおりて来る」様から「幽霊の足音」を連想するというのは、いかに少女の感性とはいえ不自然といわなければならない。やよいの畏怖の背後には、少年銀平の「呪詛」がある。というより正確にいえば、やよいのおびえの背後に銀平の「怨恨」を想定する語り手の作為がみてとれる。

「母の里のみづうみ」とされる「みづうみ」は、父を飲みこんだ「さびしいみづうみ」として銀平のなかに刻印されている。一般的な「みづうみ」のイメージはともかく、『みづうみ』作中のそれは「母なる性の豊かさと生命の源泉」[5]というよりも、魔の胎生の場を想わせる。〈みづうみ〉に象徴をみるとするなら、「呪詛」「怨恨」「邪心」といった魔的心意の表象をそこにみたい。湯女に問われて、「出身地の話はいやだね」と忌避する銀平の「古里」＝「みづうみ」は、少年時の胸奥に魔を胚胎した呪いの場であった。その意味で、美しい保子の姉を「美男の義兄」に奪われたのみならず、保子との婚礼の席で「屈辱」「心やましいもの」（「栗の実」二）を余儀なくされ、「生涯」を支配する「異常」「暗点」を抱懐した『山の音』における信吾の〈ふるさと〉と同一の位相にあるといえる。

三　魔性の感応とエロス

銀平のいう「魔界の住人」の内実は、美醜に関わる心の傷ないし心の病を内包している人物の意であると先に述べた。そうした心の病は、自らの醜の自覚（刻印）と、美しい女性に対する憧憬の念とが表裏一体の形で表出されている。『山の音』の信吾は、喪失した保子の姉の面影を長男修一の嫁菊子に見出し、「天の邪恋」（「春の鐘」四）と称する想いをいだく。のみならず、菊子が投影された背徳的な性夢をもみている。『千羽鶴』の菊治も然りである。父の愛人であった太田夫人と関係をもつだけでなく、「魔性のとりこ」（「母の口紅」二）となって、「母の面影」（「絵志野」二）を宿す娘の文子とも情交を結ぶ。そこには、禁忌に伴う濃密なエロスが看取される。

「魔界の住人」にみる女性との接触の特質は、単に背徳性にとどまらない。対象となる女性との感応も共通する。『山の音』では、信吾が菊子を愛するばかりでなく、菊子もまた義父の信吾に禁断の想いを寄せている。それは、「もし別れましたら、お父さまにどんなお世話でもさせていただけると思ひますの」（「秋の魚」四）という菊子の言葉に明らかである。菊子は、夫修一と「別れ」ても信吾のもとに居たいと訴える。『千羽鶴』においても同断である。太田夫人は菊治の父への愛をそのまま菊治に転化し、母の情念を受け継ぐ文子も禁忌の想いを菊治に寄せる。『みづうみ』の銀平と女性とのあいだにも、それに相似した背徳性とエロスの匂い、さらに相互の「魔性」の感応が認められる。『みづうみ』は、『千羽鶴』『山の音』にみる女性との感応の側面を、「魔性」の放電現象という形で極限まで拡大してみせた作品といえよう。

久子の女は一瞬に感電して戦慄するやうに目ざめた。久子が身をまかせた時、多くの少女はかうなのであらうかと、銀平さへ戦慄を感じたほどだ。

銀平が性的交渉をもつ玉木久子は、高校での教え子である。この小説が執筆された昭和二十九年時点の世相を想像するに、現在とは比較にならぬほど背徳的な印象をもって受けとめられたに違いない。「草葉のかげ」と称される久子の家の焼跡での逢引き、また、「陰火をもや」すといった表現にしても、その関係の背徳性を意識的に強調した言説とうけとれる。背徳性にとどまらない。久子は愛人銀平のために親の金を盗み、そのうえ「家に火をつけたつていい」とまでいう。ここには、背徳を越えた犯罪性さえ仄めかされている。「銀平に後をつけさせるやうな魔力をただよはせ」ている久子は、背徳・犯罪を厭わぬ「魔族」の一人といえるだろう。「魔界の住人」の要件は、心の傷・心の病の内包にある。「小さい時の思ひ出話を、なんにもしない」、「写真帳も日記帳も、なにもない」と告げる久子は「過去の暗い秘密を匂わせており(6)」、そこに心の病の潜在が察知される。

「昨日つけられたことで久子はその魔力を自覚し、むしろひそかな愉楽にをののいてゐるかもしれない。怪しい少女に銀平は感電してゐたのだ」。久子が感受していたと察せられる「をののき、および「ひそかな愉楽」とは、単純に異性を引きつけうる女性としての優越感を指示しているわけではない。この時点では性的接触こそないものの、その「をのの」き・「ひそかな愉楽」の言裡には、背徳的な陶酔感あるいは性的官能の「感電」現象が窺知される。のちに久子は、自ら「先生、また私の後をつけて来て下さい。私の気がつかないやうにつけて来て下さい」と要求している。意識のうえで「気がつかな」くとも、「魔性」の「感電」による「愉楽」が期待されるゆえだろう。銀平との接触で「一瞬に感電して戦慄するやうに目ざめた」という、「久子の女」の深化がそこに認められる。

「先生、首をしめてもいいわ。うちに帰りたくない。」と久子が熱っぽくささやいた。銀平は片手の指で久子の首をつかんでゐる自分におどろいた。

犯罪性は、親の金を盗み、「首をしめてもいい」と言う久子の側に認められるだけではない。「こんなことしてゐると、君か僕か、犯罪ををかしさうだ」とある通り、銀平も無意識裡に久子の首に手をまわしていた。「久子の胸をさぐりながら」といった性愛のシーンでその首を締めるという行為は、「菊治さん、私の首をしめさうになさつたんぢやない。どうしてしめて下さらなかつたの」（「森の夕日三」）と描かれる、太田夫人と菊治との情交の一場を彷彿させる。共に、「魔界」におけるエロスの背徳性を物語る事例といえる。

むろん、銀平は実際に久子を殺害することはない。しかし、幻想裡においてそれに等しい「犯罪」を犯している。久子に招かれたその部屋で、ピストルを背後から発射する「狂想」に浸る。「この世の果てまで後をつけるといふと、その人を殺してしまふしかないんだからね」にいう、「追跡の極点」の「殺人」をそこにみることが可能である。「魔界」のエロスの究極といえよう。その折の「幸福の狂想」

には、久子と銀平の「血」が溶け合った性的なエクスタシーすら感取される。

有田老人の愛人水木宮子には、久子以上に「魔族」としての特性が見出せる。銀平との類似性に関して、「かなしみ」「自己嫌悪」「喪失感」「屈辱」「愁え」——などの指摘[7]がなされている。それらの内でも、「魔界の住人」の要素として、「戦争に初恋の人を失った」心の損傷を重視したい。若く美しい宮子であれば、何も老人の囲われ者にならずとも、生計の道はありそうに思える。しかるに、「老人に身をまかせ」「青春」を空費しているのは、「戦争に初恋の人を失った」自己の人生への自虐的な「復讐」心によるものと推測される。

> それは快楽の戦慄であつた。宮子は後をつけて来た男がおそろしくて逃げたといふよりも、突発の快楽におどろいて身をひるがへしたのかもしれなかつた。（中略）
> 手がぢいんとしびれて、腕に伝はり、胸に伝はり、全身が激痛のやうな恍惚にしびれた。

宮子が銀平の追跡に感受した「快楽の戦慄」も、久子にみる「愉楽」「をのの」きと等質のものと察せられる。「快楽の戦慄」「恍惚」「しびれ」「炎上」——等、これらの語には性的悦楽・陶酔のニュアンスがこめられていよう。宮子と銀平とのあいだに性的接触はないが、むしろそれだけに一層その「快楽の戦慄」には、背徳的な官能の匂いが濃密にただよう。この小説に特徴的な、「魔族」の異常心理とエロスとの結合がそこに認められる。

> 「ああつ。」と叫ぶと目がくらんで倒れさうになつたのが、宮子には見ないでも見えた。（中略）その男はかなしみを意識してゐるやうだが、自分を失つたのだ。

銀平の女性追跡には、官能的側面のほかに、二つの特徴がみいだせる。「かなしみ」と自己喪失である。自己喪失から先にいえば、脱理性・脱倫理ともいい換えうる。久子の、「正気にもどつても、まだ先生が恋しかつたら行きます」にいう「正気」と併せて考えるなら、「魔界」とは「正気」の対極にある、脱理性・脱倫理の背徳的かつ無私なる狂気の世界といえるだろう。女性への追跡は反倫理的な所為といえようが、美への憧憬が動機であることにおいて、〈無償の犯罪〉ともみなしうる。同時に、そうした無償性によって、「醜悪な足」に象徴される心の病も、「美にあくがれて哀泣する」「天の摂理」へと昇華される。

他方、追跡に伴う「かなしみ」は何ゆえなのか。これまで、「追跡に徹し切れない銀平であるから」(8)、「行為がすべて模擬的な代行にすぎないことから、『かなしみ』が生まれる」(9)等の解釈がなされている。しかし、素直に銀平の言に即して、「美にあくがれて」の「哀泣」と解してよいと思われる。「心ひかれる人」に巡り会いながら「呼びとめることも話しかけることも出来」ず、「さういふ時、僕は死ぬほどかなしくなつて、ぼうつと気が遠くなつてしまふんだ」——とある。つまり、その「かなしみ」の根源は、「ゆきずりの人」に象徴される「人生」の「はかな」さに対する哀惜に求められよう。いい直せば、「好もしい人」「心ひかれる人」に表象される美との遭遇の瞬時性・儚さに、「かなしみ」の内実が認められる。宮子が町枝の「少女の美しさ」にふれて「愁へ」を覚えるのも、上述の銀平の「かなしみ」に通底する。そうした意味で「魔族」とは、美に「かなしみ」を感知する繊鋭なセンサーの所有者とも評しうる。

四　町枝——彼岸への憧憬

銀平は、久子・宮子のほかに町枝のあとを追っている。ただし、町枝の場合、そこに「魔力」を感知したためではない。「聖少女」の「清浄」な美に心うたれたゆえである。

この少女の奇蹟のやうな色気が銀平をとらへてはなさなかつた。赤い格子の折りかへしと白いズツクの靴とのあひだに見える、少女の肌の色からだけでも、銀平は自分が死にたいほどの、また少女を殺したいほどの、かなしみが胸にせまつた。

町枝の美しさを評して「奇蹟のやうな色気」とあるが、そこに性的・官能的なニュアンスはない。「裸で若草に横たはつてゐるやうなみづみづしさを感じた」との表現が、町枝から受ける感銘の内質を証している。また、「少女を殺したいほどの」とあるからといって、「追跡の極点」としての「殺人」を含意しているわけではない。「自分が死にたいほどの」とも叙せられているように、美に対する「かなしみ」の表出に主眼がある。

「空ゆく雁になげくやうなものだ。そこにかがやく時の流れを見おくるやうなものだ」、「あの少女だつていつまでも美しくはない」。町枝の美しさへの感銘は、「空ゆく雁」「時の流れ」に比喩されるように、美の瞬時性・「はかな」さへの哀惜を内質とする。しかしながら、同じく少女といっていい年齢の久子に対してはこうした感慨はみられない。『みづうみ』では、等しく美であっても、「清浄」な美と「魔性」の美とが描き分けられているといえる。「天上」を仰望する聖なる美と、「世の底」へと誘引する魔的な美とがそれである。とはいえ、そのいずれの美に対しても「かなしみ」をみる視線に変わりはない。

「来世は僕も美しい足の若ものに生まれます。あなたは今のままでいい。二人で白のバレエを踊りませう。」と銀平のあこがれはひとりごとを言はせた。少女の衣裳は古典バレエの白だつた。

町枝は肉体こそ具えているものの、「天上の舞曲」「天上の匂ひ」などと形容されているように、地上性を脱した彼岸的な存在とみなしうる。『千羽鶴』[10]との対比でいえば、太田夫人・文子を想わせる宮子と久子に対して、町枝は「稲村ゆき子に近い存在」と評せよう。町枝が彼岸的な存在であることは、「来世は僕も美しい足の若ものに生まれます」という銀平の言葉からもうかがい知れる。銀平にとっての町枝は、「来世」に「生まれ」代わらないかぎり、接触の許されない憧憬の対象とされている。

町枝と「二人で白のバレエを踊」る「あこがれ」とともに、銀平は、「その清らかな目のなかで泳ぎたい、その黒いみづうみに裸で泳ぎたい」とも願う。そこには、無意識であれ、父がその湖底に沈み魔の母胎となった〈みづうみ〉の、「清らかな目」による浄化が庶幾されているものと察せられる。「聖少女・町枝は、『魔界』の対極に据えられた象徴[11]」的存在であり、美の抽象体へと昇華された〈仮象の母〉に近い位相にあるといえる。

螢狩りに美しい町枝を見たのが夢現で、安酒場にみにくい女とゐるのが現実だと、今はしなければばならないのだが、銀平は夢幻の少女をもとめるためにこの現実の女と飲んでゐるやうな気もしてゐた。この女がみにくければみにくいほどよい。それによつて町枝の面影が見えて来さうだつた。

右記の「みにくい女」と町枝の対比に明らかなごとく、『みづうみ』における美は醜との二重構造によって表出されている。これは、「魔界」を内蔵した『千羽鶴』『山の音』にも共通する手法・構図である。たとえば、『千羽鶴』の菊治は、電話口でちか子の「押しつけがましい毒気」を浴びながら、「そのむかむかする嫌悪のなかに、稲村令嬢の姿が一すぢの光のやうにきらめい」（「森の夕日」一）て浮かびあがるのを知覚している。醜と美とは、必ずしも切断されているわけではない。「銀平は夢幻の少女をもとめるためにこの現実の女と飲んでゐるやうな気もしてゐた」とみえる。「醜が美にあくがれて哀泣する」ためには、醜と美とが同時存在していなければならない。

銀平は町枝を追跡しつつ、少女が連れている柴犬から、「目をむき口から血をたらした鼠の死体」を想い浮かべる。「美少女から発せられた連想の到達としては、グロテスクの一語につきる」[12]が、美から醜を切り離すことはできない。それが「魔界」の法則だろう。町枝の「清浄」な美しさに憧れながら、「この犬は鼠を取りますか」などと「いやな話」を禁じえないのもそれゆえと推測される。美に対する憧憬の無垢性と、「醜悪な足」に表象される心の病とは表裏一体の位相にある。

五　湯女の機能と銀平の行方

町枝と同じく湯女が、銀平に浄化作用を及ぼす存在として造型されていることは疑えない。銀平は、町枝によって得た「しあはせ」と同質な「清らかな幸福」を、湯女に対しても感受している。「天上の匂ひ」を放つ「聖少女」町枝と同様に、「天使の愛のささやき」とその声が形容される湯女もまた彼岸的な存在とみなしうる。

さう。聞いた後まで耳に残つてゐて、消えるのが惜しい。耳の奥から優にやさしいものが、頭のしんにしみて来るやうだね。どんな悪人だつて、あんたの声を聞いたら、人なつかしくなつて……。

湯女の「やさしい」声にふれて銀平は、「清らかな幸福と温い救済を感じて」いる。「どんな悪人だつて」にいう「悪人」の語には、「汚辱と悪逆の人生[13]」、すなわち「魔界の住人」の自覚も含まれていよう。銀平は、「一度をかした罪悪は人間の後をつけて来て罪悪を重ねさせる」と思惟している。そうした、「女の後をつけ」るという「悪習」・「罪悪」も、湯女の「天使のささやき」によって「耳から消えさう」に思う。湯女が「天使」の声をもつ、「魔界」とは対蹠的な彼岸の存在であるゆえに、「温い救済」が可能になる。

あきらめてまかせてしまふと、むしろ足のみにくいことが温い幸福の涙を誘ふやうだつた。片手でささへて爪を切つてくれてゐる今のこの女にほど、銀平はみにくい足をさらしたためしはなかつた。

湯女にみる「救済」の機能は、その美しい声にあるだけではない。「みにくい足」の洗浄による、心の病の浄化がそこに想定される。「足の指のあひだまで、娘の手で洗つてくれた」、「みつともない足の指を見ると、いつもぞつとするんだ。それまで、あんたのきれいな手でもませたね」——などと、銀平はくり返しその「足」の洗浄に言及している。とりわけ、「今のこの女にほど、銀平はみにくい足をさらしたためしはなかつた」という一文が注目される。これは、「みにくい足」に表象されるコンプレックスへの拘泥が稀薄化したことを暗示しよう。「むしろ足のみにくいことが温い幸福の涙を誘ふやうだつた」とまで述べられている。

病める心の浄化は、『山の音』と『千羽鶴』にもみることができる。『山の音』の信吾は、鳩の羽ばたきを「天に音がした」「天から音を聞いた」(「秋の魚」四)と観ずることによって、囚われていた「邪恋」から解放され浄化される。『千羽鶴』では、「文子の純潔のいたみが、菊治を救ひ上げ」、「長いあひだの暗く醜い幕の外に、菊治は出られた」(「二重星」四)とされている。語り手はそれを、「中毒してゐた毒薬を最後に極量服毒して、それが解毒となつた奇蹟」(同)と称する。

しかし、『みづうみ』の場合、その浄化は救済へと直結しうるかどうか。「湯女のしぐさに映り込む一瞬のイメージが次々と新たな連想を喚起し、銀平を邪心の深みへと誘っていく(14)」という考察がある。銀平は、湯女の優しさにふれながら、「この声のいい娘のあとをつけてゆく幻覚につかま」る。ここにいう追跡の「幻覚」が、町枝へのそれと同じく「魔性」の感応を求めてのものではないにせよ、そうした妄想から逃れられずにいることも確かである。

　銀平は目をもつと高く暗い林の方に上げた。母の村のみづうみに遠くの岸の夜火事がうつつてゐた。銀平はその水にうつる夜の火へ誘はれてゆくやうだつた。

右の一文が、この小説の作品内時間の終着点になる。文中にみえる「夜火事」「夜の火」を、魔に呪われた〈みづうみ〉の「火」による浄化と解することもできなくはない。だが、「夜火事」の「夜」に比重を置いてこれをみるなら、その「夜の火」は脱しがたい「魔界」の業火の寓喩とも読める。両者のいずれかといえば、後者の解釈が妥当だろう。「夜火事」に映し出される〈みづうみ〉と、「夜の稲妻がひらめく」幻想裡の〈みづうみ〉とは、「夜」を背景にしていることにおいて等質と思える。時間的には遡るが、銀平は久子に、「僕の世界なんかにおりて来ない方がいい」「僕は世の底へ落ちてゆくよ」と告げている。そうした銀平に、『千羽鶴』の菊治にみるような「奇蹟」の顕現は想像しにくい。『山の音』『千羽鶴』に比して、『みづうみ』はより深く「魔界」に踏み込んだ作品と解される。

注
(1) 兵藤正之助「「みづうみ」論」『川端康成論』(昭六三・四、春秋社)、三三四頁。
(2) 原　善「「みづうみ」論」『川端康成の魔界』(昭六二・四、有精堂)、八六頁。
(3) 羽鳥徹哉「「みづうみ」における魔界」『国文学』第三二巻一五号(昭六二・一二)。
(4) 今村潤子「「みづうみ」論」『川端康成研究』(昭六三・五、審美社)、一六九頁。
(5) 岩田光子「みづうみ」『川端文学の諸相――近代の幽艶――』(昭五八・一〇、桜楓社)、二五八頁。
(6) (2)に同じ、九六頁。
(7) 林　武「みづうみ」『鑑賞日本現代文学第十五巻　川端康成』(昭五七・一一、角川書店)、二一三頁。
(8) (7)に同じ、二一七頁。
(9) 森安理文「「みづうみ」――自殺が容認される魔界」『川端康成　ほろびの文学』(平元・一〇、国書刊行会)、一六七頁。
(10) (4)に同じ、一七一頁。
(11) 森本穫「魔界の彷徨――「みづうみ」私論――」『魔界遊行――川端康成の戦後』(平元・五、林道舎)、八五頁。
(12) (5)に同じ、二五二頁。

（13）（2）に同じ、九一頁。

（14）石川巧「追跡のイリュージョン――「みづうみ」論――」田村充正・馬場重行・原善編『川端文学の世界3　その深化』（平一一・四、勉誠出版）所収、一〇頁。

『みづうみ』本文の引用は、『川端康成全集第十八巻』（昭五五・三、新潮社）による。

『白い人』（遠藤周作）――サディズムと性

この小説の作中人物ジャック・モンジュは、主人公の「私」を「悪魔」（VI）と称する。「私」もまた、自己が「悪魔」たることを否定せず隠そうとしない。小説『白い人』（昭三〇・五～六『近代文学』）を、「悪魔」として生きた「私」の手になる、神および人類に対する反逆の「記録」（I）と評してよいと思われる。しかしながら、「私」に体現される「悪魔」の内実は必ずしも明瞭とはいいがたい。小稿では、「私」にみるサディズムと異端の性を視点に、その基盤をなす〈悪の思想〉の分析・解明を試みたいと考える。

一　「悪魔」の誕生

「私」が「悪魔」となるにいたった原点は、その「幼年時代」（I）に求められる。「仏蘭西《フランス》人でありながら、ナチの秘密警察《ゲシユタポ》の片割れとなり、同胞を責め苛《さいな》む路を私に選ばせたものを説明するために、幼年時代の記憶まで遡《さかのぼ》らねばなるまい」（同）――とある。上引の「幼年時代の記憶」を要約するなら、父および母から受けた心の損傷ということになろう。従来、母の影響ばかりがクローズ・アップされがちであるが、父の果たした役割も看過できない。

自分の快楽しか顧みぬこの男は、やせこけた斜視の息子に愛情を持っていなかった。私が決して忘れることのできない仕うちがある。ある日、彼は指を私の眼の前に動かしながら言った。「右をみろと言うのに、右だよ」それから彼はワザと大きな溜息《ためいき》をした。「一生、娘たちにもてないよ。お前は」（Ⅰ）

「生れつき斜視《すがめ》」で「やせこけた」自己を、「みにくい子だった」（同）と「私」は回想している。「私」が、「自分の顔だちのみにくさをハッキリ思いしらされたのは」（同）、「一生、娘たちにもてないよ。お前は」という父の無慈悲な一言によってであった。「私はそれを残酷に宣言した父を憎」（同）み、「決して忘れることのできない仕うち」として「記憶」に刻まれる。父によって植えつけられた上記のコンプレックスは、その「幼年時代」を支配したにとどまらない。後年の「私」にみる、「サディスム」（同）の母胎ともなったと考えられる。

自己の「みにくさ」へのコンプレックスが攻撃衝動へと転化した事例は、「自分を侮辱した淫売女を殺した」という、「兎口《みつくち》の男」（Ⅲ）の挿話にもみることが可能である。「私」がマリー・テレーズの「下着を引き裂」（同）くのも、それと無縁ではない。「兎口の男の話」と共に、「私」は「あの幼年時代の父の言葉を、蘇《よみがえ》らせ」（同）ている。「兎口の男」の場合、その攻撃衝動は、直接自己を「侮辱した淫売女」に向けられた。それに対して、「私」の「憎」しみはより屈折しており、その攻撃衝動・サディズムは弱者の他者へと転化される。

フロイド流にいえば、こうしたサディスムは子供の母にたいするコンプレックスによると言う。

（中略）だが断っておきたいが、私の場合、サディズムはこれら都合のよい精神分析学の理屈《りくつ》通りにはいかなかったのだ。私はたんに女性にむかってのみ、自分の加虐本能を感じたのではない。

（Ⅰ）

「〈私〉のサディズムは」、「母親の体現するピューリタニズムへの反逆の姿勢を伴って開花した」[1]という指摘がある。しかし、上掲の引用にみるように、「私」はあえて、「私の場合、サディズムはこれら都合のよい精神分析学の理屈通りにはいかなかったのだ」と、「フロイド流」の解釈を拒否している。「私」のサディズムが「母にたいするコンプレックス」に起因するのであれば、母と同性の「女性にむかってのみ」発動されるものと思われる。しかるに、「私」の「加虐本能」は、「すべての人間」「すべての人類」（同）に向けられる。

「私」にみるサディズムの内実は、母への反逆というよりも、父の「仕うち」に対する「憎」しみの念の増幅とそれへの報復にあると推測される。その最初のサディズムの発現にしても、父に伴われた旅行先の「アデン」（Ⅱ）においてであった。「私」はその地で、「アラビアの少年」（同）を相手に加虐の悦びを体験する。少年時における「肉慾の目覚め」が老犬を虐げるイボンヌの「白い太い腿」にあるとはいえ、自己の体験を通じた「虐待の快楽」（Ⅰ）への覚醒は、アデンでの少年に対する加虐行為を契機にしている。だが、息子を「母の監督」（Ⅱ）を離れた場につれ出し、結果的にその機会を提供しながら、「自分の快楽しか顧みぬ」「放蕩児《リベルタン》」（Ⅰ）の父はそれを知らない。「私」が無自覚であれ、「アラビアの少年」を介した父に対する一種の復讐的営為とみなしうる。

おろかな母、と私は後年屢々《しばしば》思った。そのように気を配らなくても、私は娘に嘲《あざけ》られる自分の

顔だちを知っていた。彼女は「ふみくだかれた灰から一層、火の燃えあがる」という古い諺《ことわざ》を忘れていたのだ。(Ⅰ)

清教徒の母は、「放蕩児」の父の対極に位置する。「母がきびしい清教徒になったのも、考えると父の放蕩《ほうとう》にたいする嫌悪からだったのかもしれぬ」(同)。皮肉なことに、母の父への「嫌悪」感は、「私」の母に対する「嫌悪」の念を育む土壌となる。「今日の私の無神論は」、「清教徒である母への反抗からはじまったと言ったほうが正しいのだ」(同)とみえる。それだけではない。「きびしい禁欲主義」に発する母の過剰な「警戒」心が、結果として「私」に陰湿な「情欲の悦び」(同)を目覚めさせることになる。「ふみくだかれた灰」から、それも極度に歪んだ形で、「火の燃えあがる」災厄を招いたといえる。

しかし、悪魔の最大の詭計《きけい》はその姿を見せないことである。彼はすべての罪から隔てられた筈の私にある日、突然、悪の快楽を教えてくれた……。(Ⅰ)

母の「きびしい禁欲主義」の強要は、単に「私」の「情欲」をよび醒したにとどまらず、「悪の快楽に目覚めさせる土壌[2]」ともなった。母は識らずして、我が子をピューリタニズムの反極にある、「悪魔」の側へと押しやっていたといえよう。「私」にみる「悪魔」への傾斜はつねに、「プロテスタント」(Ⅰ)にせよ「カトリック」(Ⅳ)にせよ、それらへの反発をバネにしている。ジャックが自己の「醜い」顔を「十字架」(同)として背負うのに抗して、「私」があえて「悪魔」を自らの負の十字架とするのもその一例である。

ふと母が、死ぬ前に譫言《うわごと》のなかで叫んだ、「あたしは独逸人じゃない。仏蘭西人として生きます」

という言葉が、臓腑《ぞうふ》の底から苦い味をもってこみあげてきた。およし、お前は裏切るつもりなの、およし、母は必死で叫びつづけていた。(Ⅶ)

これに続けて、「だが、やっぱり私はソーヌ河のほとり、リヨン市裁判所の裏の黒い寒い建物にでかけた」(同)と叙せられている。「お前は裏切るつもりなの」にいう「裏切」りとは、「仏蘭西人」へのそれを意味する言葉と解される。しかし、「私」にとっての「裏切」りの焦点は、母の言葉ないし母そのものにあると思える。「私」に、フランス人に対する格別な憎悪は認められない。「お前は裏切るつもりなの、およし」という母の制止が「私」の背を押し、「秘密警察《ゲシュタポ》」の「建物にでかけ」させたと推察される。そうした「私」の行動に、母への「嫌悪」に由来する、反逆の念を読みとることが可能だろう。

父は、息子の「アデンの秘密を知らずに死んでいる」(Ⅱ)。母もまた、「父と同様、遂に生前、息子の黝《くろ》い秘密をしらな」いまま、「天使のような子に手を握られながら息をひき」(Ⅶ)とる。「悪魔」を「天使」とする母の錯誤——。何ともシニカルな叙述、というしかない。父は「私」に、「決して忘れることのできない仕うち」により、「すべての人間」「すべての人類を苛《さいな》みたいという欲望」(Ⅰ)、「加虐本能」を目覚めさせた。一方、母は、「きびしい禁欲主義」と「純潔主義《ピュリタニスム》」(同)の強要によって、歪んだ「情慾」「悪の悦び」へと「私」を導く。両親ともに識らずして、我が子を「悪魔」へと育てあげていたといえる。

二　肉欲とサディズムの内実

老犬を虐げるイボンヌを目にして、「私」の「肉慾」は「虐待の快楽を伴って、開化」（Ⅰ）する。ここに、「私」内部の「肉慾」と「サディスム」との結合がみてとれる。しかし、その内実は尋常ではない。普通なら、少年の「肉慾」の対象は、イボンヌの「白い太い腿」に表象される女性ということになろう。だが『白い人』において、「私」の欲望が女性に発動されることはない。その「虐待の快楽」を伴った肉欲の対象は、すべて同性にかぎられる。女性に対する「虐待の快楽」は、「肉慾」ではなしに復讐を内質としているように思われる。こうした女性へのサディズムを、〈復讐のサディズム〉と捉えたい。

(1)　復讐とサディズム

今日でも私は何故《なぜ》、あの女中があのようなことを演じてみせたのかわからない。恐らく彼女は、私の家から肉片をぬすんだこの老犬に復讐《ふくしゅう》したのであろう。しかしその行為は、窓からそれを覗《のぞ》いていた十二歳の少年の生涯に決定的な痕跡《こんせき》を残した。（Ⅰ）

イボンヌの老犬虐待の理由について、「私」は、「何故《なぜ》、あの女中があのようなことを演じてみせたのかわからない」としながらも、「肉片をぬすんだ」ことへの「復讐」をそこに憶測している。この

「復讐」に関わる想念は、『白い人』に潜流するモチーフとして軽視できない。たとえば、「私」が父と旅したアデンの地でアラビアの少年を「虐待」した深層の動機にも、「復讐」の念が伏在しているものと考えられる。本来なら父になされるべき「復讐」の、屈折した発露を少年へのサディズムにみることができよう。

イボンヌと老犬との位相は、「加虐者（女中・強者）と被虐者（老犬・弱者）の関係[3]」にある。アラビアの少年と、その体の上に跳び乗って苛み「残忍な光」を眼に宿す「裸体の娘」（Ⅱ）の両者でいえば、娘が強者、少年は弱者になる。「忘れることのできない仕うち」を加えた父と、その折の「私」にあてはめるなら、むろん父が強者であり「私」は弱者である。だが、奇怪なことに、弱者であるはずの「私」は弱者の側に立とうとはしない。アラビアの少年に対する加虐に明らかなごとく、「裸体の娘」、父の側に立って弱者を虐待する。ここに、虐げられた弱者がより弱い他者を虐げるという、陰湿に屈折した「復讐」の念の発現を読みとることができよう。「私」が「悪魔」たるゆえんである。

（みにくいからよ……顔がみにくいから……求愛する勇気もないから……）突然、私は手に力を入れると、その下着を引き裂いた。嗄《しわが》れた、嗤うような音が指の下を走った。（Ⅲ）

「顔がみにくいから」という言葉に触発された「私」の憎悪は、しかし、それを口にしたモニックには向かわない。「水着のあいだから、肉づきのいい真白な胸や腕」（同）をのぞかせるモニックは、イボンヌと同様強者の側に属する。豊満なモニックに対して、「固く青くさく貧し」い「やせこけた体」（Ⅴ）のマリー・テレーズが、弱者の側にあることは断るまでもない。そうした弱者のマリーに対して、「私」のサディズムは発動される。計画的にマリーを「ユダ」（同）に仕立てあげ、誘惑したあげく無惨に捨てさる。上述のマリーに対するサディズムと、「基督のまねび」「信仰の歓喜」などの宗教書をもって「攻撃」を仕かけてくる、神学生ジャックへの「復讐」（同）心とは密接に連動している。

ところで、先に「肉慾」を必要条件としないサディズムを〈復讐のサディズム〉と規定したが、マリー・テレーズへの「虐待」がそれにあたると思われる。マリーの「下着を引き裂」くといった行為にしても、そこに肉欲の投影は認められない。ジャックはそれを、「肉慾の罪の中でも一番、いやらしい」（Ⅲ）と「私」を責めるが誤解である。のちに、「私」はその行為の意味を、「無垢《むく》の幻影」「純潔の幻影」（Ⅸ）の破壊にあったと説明している。これを疑う理由はない。その後のマリー・テレーズに加えられる「虐待」も、いわばジャックに対する「復讐」の具としてなされたにすぎず、そこに「肉慾」の介在は認めがたい。「私」の肉欲は、貧弱な体のマリーはむろんのこと、豊満なモニックに対しても発動されることはない。なぜなのか。少年時における父の「一生、娘たちにもてないよ。お前は」という一言が、「私」の女性に対する欲望を遮断したためと推察される。

(2) 肉欲とサディズム

異性に対する「私」の欲望の欠如は、アデンでの「裸体の娘」への反応にもみてとれる。少年が、「昨日のアラビア娘の所に案内するつもりらしかった」（Ⅱ）にもかかわらず、「私」はそれを拒絶している。娘を拒否して少年の方を選ぶのであるが、それは単に少年が弱者のゆえだけではあるまい。「私にからまれながら、あのアラビアの少年の眼が被虐の悦びに光り震えていた」（同）と語られている。

少年が「被虐の悦び」を感受していたとすれば、それに対応する「私」の側の「虐待の快楽」＝「肉欲」の内在もまた容易に類推される。「私」にみる「肉欲」と「サディスム」との結合は、アラビアの少年の例が示すように、同性の対象にかぎられる。

アレクサンドルが撲る時、そこにはたんなる拷問だけではない、なにかいまわしい情欲の遊戯が感ぜられる。撲つこと、一人の人間の肉体を、責めることに肺病やみは、快感と陶酔とを感じている。容疑者にも、その情欲が伝わるのか、呻きや悲鳴のなかにもなにか、痺れるような刺激があった。(Ⅷ)

右に描かれているアレクサンドルの拷問の対象は、「マキ」と称される抗独運動の「闘士《コンバタン》」(同)である。もちろん女性ではない。そうした被拷問者とアレクサンドルとのあいだに、性的な「快感と陶酔」とが交流・交響しているかに「私」の眼に映ずる。客観的にみて、それが事実か否かは問うところではない。この場におけるアレクサンドルは、同性へのサディズムに「肉欲」を覚える「私」の代役、ないし分身と解しうる。同時に、その拷問が、弱者による弱者への虐待になっていることが注目される。「肺病やみ」のアレクサンドルは、「肺病で死ん」だとされる靴屋とその飼犬、「たえず、しわぶきながら歩いて」(Ⅰ)いたという老犬を連想させる。他方、拷問をうける側の「容疑者」にしても立場上弱者に相違ない。弱者による弱者への「サディスム」、それが「私」の「情欲の悦び」の不可欠な要件といえる。

太陽はアデンの空に、ギラギラと燃えていたのだ。ただれた褐色の草の向うに、岩は濃い翳をおとしていたのだ。私は少年を、ジャックをそこに押し倒した。(中略)彼は床の上を芋虫のように転げまわった。転げまわるたびに、下着がちぎれた。「悪魔」と彼は叫んだ。「悪魔！」奴の白い皮膚は私の情欲をあおった。（Ⅷ）

右記は、アレクサンドルに代わって「私」がジャックを拷問するシーンである。典型的な弱者による弱者への虐待といえる。加えて、「少年を、ジャックをそこに押し倒した」とあるように、アラビアの少年にジャックが重層化されていることも見逃せない。「下着がちぎれ」、「転げまわる」ジャックの「白い皮膚」に、「私」は「情欲をあお」られている。これは、その直後「肉慾」もなしに凌辱することになる、マリー・テレーズのケースと対蹠的といってよい。「私」の同性を対象にしたサディスティックな「情慾」は、まさに異端の性、「悪魔」の性と評しうる。推測するに、それは、「私」の性倒錯の表出に主眼があるわけではなく、かつて「純潔主義《ピュリタニスム》」を強いた「清教徒」の母に対する「悪魔」的「復讐」の一端と考えられる。

三　悪の思想

「私」の「悪の快楽」は、老犬を虐げるイボンヌを目撃したことにはじまる。しかし、『白い人』に形象される「悪の悦び」は「サディスム」「情慾」に限定されない。神への反逆、あるいは「人間」「人類」への憎悪・悪意といった側面を有する。少年時の「私」が「カルビン小学校の聖堂で」「仰ぎみたのは」神ではなく、「地獄の想像画」に描かれた「黒い悪魔」（Ⅰ）であった。そこに「私」は、「あやしい快感」と「叫びたいようなよろこび」（同）とを感受している。

ただ私には、このソバカスだらけの娘がこのような純白さを肉体にせよ、持っていることに烈しい妬《ねた》みを感じた。それはたしかに私が生れてから持たなかったもの、神から奪われたものだった。(IX)

意外なことに、「やせた、ソバカスだらけ」のマリー・テレーズは、「形のいい若鹿のように伸びきった脚をもって」(同)いた。それは、「私が生れてから持たなかったもの、神から奪われたもの」であった。「私」には、父の「残酷」な一言によって「自分の顔だちのみにくさをハッキリ思いしらされた」、消し難い記憶がある。しかしながら、「みにく」く「生れつき斜視《すがめ》」という負の条件を「私」に科したのは父ではない。創造主の「神」である。しかるに、同じく弱者であるはずのマリーには、「純白」な「肉体」「若鹿のように伸びきった脚」が与えられていた。「私」はそれに「烈しい妬みを感じ」るとともに、「神」への憎悪を禁じえない。マリー・テレーズの「処女の純白さ」を憎み「汚す」(同)その動機の深層に、恩寵を拒否した「神」に対する「復讐」心の内在が想定される。

私があらためて知ったのは基督の生涯が、拷問されて完成したということである。この男も流石《さすが》に、拷問するものと拷問されるものから成りたっている世界をよけて生きることはできなかったのだ。(VII)

神に対する「私」の憎悪は、「基督の生涯」の解釈にも投影している。キリストも、「拷問するものと拷問されるものから成りたっている世界をよけて生きることはできなかった」——との解釈にそれがうかがわれる。そこには、キリストをも「女中と犬との」(同)構図に還元すべく企図する、「私」の悪意が読みとれよう。しかし、こうした理解が悪意に発するものであれ、誤謬とはいいきれない。

その事実を「認めようとはしない」「信者たち」(同)に比して、「私」の洞察は的確といえる。「女中と犬」の図式を適用すれば、キリストは弱者「犬」の側に属する。「(そうだろ、そうだろ)と、その基督像は私に囁いた」、「基督は今私のもっともよろこびそうな部分から誘惑しかかってきているのだ」(Ⅶ)。キリストが「犬」に等しい弱者であるなら、同じく弱者としての生を科された「私」とのあいだに通路が生ずる。そこに、「私」への「誘惑」の契機が生まれる。けれども、神に反逆し、「聖書を逆さまによむ」(Ⅴ)べく「悪魔」に身を寄せる「私」が、そうしたキリストの「誘惑」に乗るわけにはいかない。すなわち、キリストの側に身を置く弱者、神学生のジャックおよびマリーを「虐待」しつづけなければならない。

「『白い人』は、〈聖性〉との確執を主題《テーマ》としている(4)」。それに違いないが、「私」の悪の思想の内実は、「聖性」への反措定にとどまらない。「人間」「人類」に対する悪意をも内包している。「私」は、「人間の善や徳、人間の精神的進歩、人間の歴史的成熟」を説くマデニエの言葉を、ただ「滑稽」(Ⅱ)とのみうけとめる。すでに「イボンヌと老犬の光景」を目にし、自らアデンにおいて「虐待の快楽」を知った「私」にとって、「モラリスト」(同)マデニエの言説は人間の実態を無視した偽善者の空論にすぎない。

事実、「甘ったるい微笑を唇にうかべて」(Ⅱ)説かれるマデニエの「人間の善や徳、人間の精神的進歩」といった認識は、その後ドイツ軍の侵略によって無残に踏みにじられることになる。「私」の持論である、「拷問するものと拷問されるものから成りたっている世界」がそこに展開される。それはまた、「人間はいかに、もがいても悪の深淵《しんえん》に落ちていく。いかなる徳行も意志もわれわれを純化するに足るものではない」という、「ジャンセニスム」の思想に裏打ちされた「私」の「人間観」(Ⅶ)の立証でもある。

私が、今、凌辱し、汚すのはすべての処女、その処女の純白さ、無垢《むく》の幻影であった。(中略)純潔の幻影のなかには、ジャックの十字架像がかくれていた。基督者、革命家、マデニエのような人間が、未来に、歴史に抱く愚劣な夢想、陶酔がひそんでいた。(Ⅸ)

「私」が「凌辱し、汚」そうとする標的は、マリー・テレーズに象徴される「無垢の幻影」である。そうした、「無垢の幻影」「純潔の幻影」をいだく存在は、何も「基督者」にかぎらない。「革命家、マデニエのような人間」も、「愚劣な夢想」の信奉者として糾弾の対象となる。その、「愚劣な夢想、陶酔」の一例が、「英雄感情や犠牲精神」(Ⅷ)とされる。「英雄感情」「犠牲精神」とは、「他人だけではない、自分にもウソをつく」(同)自己欺瞞、もしくは独善的な自己陶酔の変装にほかならない。こうした「私」の認識は、「人間の善や徳」に対置された悪の思想と評せようが、その論理には説得力があり透徹している。「悪」という、「人間の恥部」を通して「真実を探ろうとする」[5]試みに、この小説の眼目があるものと察せられる。

四 「神」と「悪魔」の相克

『白い人』の「記録」者である「私」は、自己を神の対極にある「悪魔」の位置に設定している。だが、そのような「私」にもキリストの「誘惑」はあり、時に「神」の存在をめぐって〈ゆらぎ〉をみせる。とりわけ、小説の終末部、ジャックへの拷問時にそれが顕著にうかがわれる。

このように、私たち三人をピンセットで実験台におき人形のように賭《かけ》を強いたのは私ではない。決して私ではない。私でないとすれば、それは……。(Ⅸ)

ナチの秘密警察の協力者となることまでは、すべて自分の意志によって決定してきた。しかし、そこでジャックとマリーに再会するという「賭を強いたのは私ではない」。「私でないとすれば、それは……」。いうまでもなく、「それは……」の先には「神」の名が想定される。「〈私〉は、神を否定した無神論者の筈である。にもかかわらず、心の底では神を意識し、それを完全には否定できないでいる」(6)といえよう。そうした、「私」の意識の〈ゆらぎ〉を外在化した存在が、最終章に描かれる「一匹の蠅」(Ⅸ)と考えられる。

シャンデリアの「映像の反射している窓硝子に体をぶつけ」、出口を求めて「駆けずりまわ」(Ⅸ)っている一匹の蠅――。その「窓硝子」越しに、「銀色の十字架」の「幻をみたような気がした」(同)とある。上述の「蠅」の動静に、「私」の心象が仮託されていることは疑えない。つまり、この場の「蠅」とは、神を拒絶しつつも一方でそれを希求せざるをえない「私」の深層心理の表象、いい直せば、分裂を余儀なくされている意識の〈ゆらぎ〉を象徴する存在と理解される。

所詮《しょせん》、今夜、二人は互いに裏切るか、裏切られるかの位置におかれている。そして、私はジャック、ジャックだけではない、基督者に革命家にマデニエに、ジュール・ロマンに勝つか、まけるかわかるだろう。(Ⅸ)

「私」とジャックとの闘争は、「思想や主義、信仰に生きる人間と、それを真向から否定する人間との相克[7]」と捉えうる。当初、「私」は、「勝つ筈だ」(Ⅷ)と楽観していた。ところが、事態は思わぬ展開をみせる。ジャックは同志とマリーの身を守るために「舌を嚙みきり」(Ⅸ)、マリーもまた、ジャックへの拷問を中止させせようと「私」の前に身を投げだす。たしかに、これは「私」にとって誤算といえる。しかし、「〈私〉は負けた[8]」のだろうか。誤算と敗北とは直結しない。のみならず、ジャックと「私」との抗争は、「私」内部の「神」と「悪魔」との相克でもあった。「ふしぎに私は一方ではジャックが絶叫するのを待ちながら他方では、耐えろ、耐えろと念じていた」(Ⅷ)という、矛盾・撞着した言説がそれを示している。誤算は誤算として、「私」は勝利よりもむしろ敗北の方を望んでいた節がある。

お前は俺を消すことはできない。俺は今だってここに存在しているよ。俺がかりに悪そのものならば、お前の自殺にかかわらず、悪は存在しつづける。俺を破壊しない限り、お前の死は意味がない。(Ⅸ)

「私」にとって、ジャックが同志を守り通したことなどさほど意味をもたない。ジャックの自殺に表象される「神」の死滅が「私」を打ちのめす。ジャックの死とは逆に、「悪」を体現する「私」はこの先も「存在しつづける」。「俺を破壊しない限り、お前の死は意味がない」――。この言葉は単なる詭弁ではなく、「神」の消滅を嘆ずる怨訴の声と解される。

「私」は、「『悪』として己を顕示しながら、一方ではそのような自身を矯める大いなるものを求めていた[9]」と察せられる。「まるで、私がジャックをながいこと愛しつづけ、その愛に裏切られ、喪ったような気持だった」(Ⅸ)とみえる。「ジャックをながいこと愛しつづけ」との言は、その存在に表象される「神」を「ながいこと」希求していた「私」の深層心理を暗示する。しかし、ジャックの死によって、「神」への希求の念もそれと共に消滅せざるをえない。「善の理論対悪の理論」(10)の観点からいえば、「悪の理論」の勝利とみなしうる。だがそこに、勝利の喜びはみうけられない。「私」はジャックの死を前にして、望まざる「悪魔」の苦い勝利を嚙みしめていたといえるだろう。

　　薔薇《ばら》のはなは、若いうち
　　つまねば
　　凋《しぼ》み、色、あせる

唄はどこかで聞いたことがあった。ああ、あれはリヨン大学の入学式の日だったな。しかしそれも、もう意味がない。(気が狂ったな。マリー・テレーズは気が狂ったよ) 私は彼女の歌声をききながら考えた。(Ⅸ)

ジャックはその死によって同志は守りえたが、マリー・テレーズを守り通すことはできなかった。マリーは「私」に凌辱され、狂気に陥る。その「気が狂った」マリーが口ずさむ唄は、自ら身を投げだして救済しようとした心意とは逆に、ジャックへの裏切りを示唆しているように思われる。

かつて、ジャックが「舞踏会」への参加を禁じた折、マリーは「憎しみのこもった眼で神学生をみつめ」(Ⅴ)ていた。ここでの「舞踏会」は、「若いうち／つまねば／凋《しぼ》み、色、あせる」と歌われる「薔薇のはな」、すなわち若い女性の生の歓びを象徴しよう。そうしたマリーの「薔薇のはな」を、ジャックは「舞踏会」を禁じ教会に閉じこめることによって「凋」ませたといえる。「私」のいう、「あんたは、あの女のもっと大切なものを引き裂いたじゃねえか」（Ⅵ）との言葉がそれを裏づけよう。狂気のマリーが口にする唄は、それまで抑圧されていた深層の意識を反映したものとうけとれる。つまり、ここでも「神」の敗北、「悪魔」の勝利は明らかである。なお、「舞踏会」を禁ずる神学生ジャックとマリーとの位相は、「きびしい禁欲主義」を科しつづけた清教徒の母と「私」とのそれを連想せしめる。とすれば、狂気のマリーが口ずさむ唄に、ジャックに対する無意識裡の反逆ないし「復讐」を読みとることも不能ではない。

　私はたち上って、さきほど、あの蝿が脱れ路を求めて、おろかにも頭をうちつけ、戸外に幻影を抱きながら、かけまわった窓に近づいた。闇のなかでリヨンは燃えていた。ベルクール広場もペラッシュ駅も、レピュブリック街も、あのイボンヌが老犬を白い腿でくみ敷いたクロワ・ルッスの坂路も真赤に燃え上り、その火はこの街の夜空を無限に焦がしていた。（Ⅸ）

　すべてが終わり、「私はたち上って」拷問部屋の「窓に近づ」く。さきほどまで、一匹の蝿が「頭をうちつけ」ていたその「窓」である。「脱れ路を求めて」いたのは、しかし「蝿」だけではない。『私』も、『逃れ《ママ》路』を求めてジャックに『幻想』を抱い（11）」ていたものと推測される。だが、「神」への望みを託したそのジャックは自殺した。先刻「みた」と思えた「十字架」の「幻」は、やはり「幻影」にすぎなかった。「脱れ路を求めて」いた蝿を、ここに至って「おろかにも」と表現せざるをえない事由がそこに認められる。「私」が依る窓に「十字架」は見えず、「闇のなかでリヨン」が「真赤に燃え」ている。「この街の夜空を無限に焦がしていた」と語られる「その火」は、「悪魔」が司る地獄の業火と解される。

五　悪の不変性

『白い人』の作品内時間は、小説の終章から、「一九四二年、一月二十八日、この記録をしたためておく」と記される、Ｉ章の冒頭へと接続する。つまり、「作品最後の場面からほぼ一年を経ての[12]」時点ということになる。したがって、「街の夜空を無限に焦がしていた」とされる「その火」も、「連合軍」（Ｉ）による解放をつげるものではなく、リヨン市を席捲するドイツ軍によって放たれた「悪」の業火とみるよりほかにない。

「一九四二年、一月二十八日」、連合軍は「明日か明後日にはリヨン市に到着するだろう」（Ｉ）と予想されている。だが、リヨン市が解放されるにせよ、それによって「文化」「ヒューマニズム」（同）が回復されると「私」は思惟しているわけではない。それどころか、「明日とはリヨン市民が牙《きば》をならして、逃げ遅れたドイツ人、彼等を裏切った協力者《コラボラトウール》にとびかかる日だ」（同）と「私」は語る。そこでは、「虐殺者、拷問者」（同）の立場が入れ代わるだけで、強者が弱者を虐げるという「悪」の構図に変わりはない。「ナチに限ったことではあるまい。連合軍《レ・ザリエ》であろうが、文明人《ユーロペアン》であろうが、黄色人《ジョンヌ》であろうが、人間はみな、そうなのだ」（同）――。これが、「私」の「人間」なるものへの認識である。マリー・テレーズの狂気、ジャック・モンジュの死を目のあたりにし、「神」の不在を思い知らされた「私」の人間認識といえる。

勿論《もちろん》、逃げるつもりだ。私は生きねばならぬ。第一、歴史が、この私を、いや私の裡《うち》の拷問者を地上から消すことは絶対にできないのだ。その事実を私はこの記録にしたためたいのである。
（Ⅰ）

「私」は「逃げるつもりだ」と述べ、「生きねばならぬ」という。ナチに協力した「裏切者」の自己と悪業とを、「記録にしたため」残すのがその目的である。同時に、それがこの小説のモチーフでもあろう。『白い人』は、「加害者の側の証言によって悪（非人間性と称されるもの）の本来性を抉り出してみせ」[13]た作品といえようし、「現代におけるサド的人間の一つの典型をつくりだそうとした、その意味で真《ま》っ向《こ》う切った野心作」[14]とも評しうる。換言すれば、人間存在の〈悪の証明〉がこの小説のモチーフといえる。Ⅱ章以下の叙述は、その具体的な検証に費やされる。

「ピエール・バンは、ユダヤ的人間である故に処刑す」フランス人は、独逸人《ドイツ》たちがユダヤ人を憎悪していることを知っていた。しかし、その告示を見る彼等は、内心、自分がユダヤ的血統でないことにホッとする。その時、彼等は、既にひそかに殺されたピエール・バンを裏切り見捨てたのだ。（Ⅶ）

右の一文を、「私」が「待っていた」という、「人間世界が、文明や進歩の仮面を剝《は》いで、真実の面貌を曝《さら》け」（同）だした証例とみなすことができよう。処刑されたピエール・バンと「おなじ仏蘭西《フランス》人である」（同）にもかかわらず、「自分がユダヤ的血統でないこと」に安堵を覚える周囲の人々――。たとえ、それが消極的であれ、「悪」であることに違いはない。同じフランス人でありながら、同胞を裏切る事例はほかにもみうけられる。「私」と同じく、ナチ秘密警察の協力者になっているアンドレ・キャバンヌもその一人である。しかし、やがて「糾弾されること」（Ⅰ）になるであろう「私」およびアンドレと、ピエール・バンを「裏切り見捨てた」人々とのあいだに、それほどの径庭があるとは思えない。

「音楽をお好きですか」と私はたずねた。「俺か」と突然、彼は顔をゆがめて答えた。「モーツァルトが好きだなあ。俺は召集されぬ時、毎夜、妻と子供と合奏したものだ。モーツァルトは素晴らしい」（Ⅷ）

悪の権化であるかに称され畏れられる秘密警察の中尉は、「モーツァルト」を愛し、「召集されぬ時、毎夜、妻と子供と合奏したものだ」と「私」につげる。同胞のピエール・バンを「裏切り見捨てた」人々に比して、対照的な叙述といわねばならない。とはいえ、この中尉に関わるエピソードを、人間存在の美質・善性の主張にあるともうけとり難い。境遇次第でいかなる非道をもなしうる、「人間」なるものの「悪」の逆説的な表出にその趣意があるものと推察される。

「中尉は拷問の前には、いつもものの倦《う》げな表情をうかべる」（Ⅷ）とある。おそらく、この中尉にしても、好んで「拷問者」になったわけではなく、立場上その任務を遂行しているにすぎまい。拷問者と被拷問者の立場は、「文明」「ヒューマニズム」の有無とは無関係に、両者の力関係によってのみ決定される。「今日、虐殺される者は明日は虐殺者、拷問者に変る」（Ⅰ）。独軍中尉の逸話もまた、そうした辛辣かつシニカルな人間認識と無縁ではない。

中尉、アレクサンドル、キャバンヌは死んでも、次の奴等が亦生れてくる。ジャックは、この不変の人間姿勢がいつかはなくなると信じている。しかし私は信じない。（Ⅷ）

神学生ジャックは、人間の「悪」を克服しうると信じている。対して、「私」はそれを信ずることができない。「人間を変えられぬものと思う」と同時に、そうした人間を「軽べつしている」(同)ともある。当然、「悪魔」たる己自身も、この「軽べつ」さるべき「人間」のうちに含まれていると考えられる。

「風が厨の窓硝子《まどガラス》をカタコトならしている」、「私には、もう何千年もの間、亦《また》、何千年もの後も、風はこのように吹き渡り、窓硝子にカタコトと鳴りつづけるように思われる」(Ⅷ)。「風」に寓喩される形で、人間存在の不可変性すなわち「悪」の永遠性がここに語られている。拷問部屋として使われた「厨」が「いつの日か灰塵《かいじん》に帰す日はあっても」(同)、「吹き渡」る「風」と同様に、人間の「悪」が地上から消えさる期は永劫に訪れないとの省察である。『白い人』の語り手「私」は、「冷静な認識者[15]」に相違ない。しかし、その冷徹な人間認識の基層には、「変えられぬ」人間の「悪」をみつめる深い悲しみが内包されていよう。

注(1) 笠井秋生「『白い人』——人間を超えた存在との相克の劇」『遠藤周作論』(昭六二・一一、双文社)、七六頁。

(2) 宮坂覚「「アデンまで」『黄色い人・白い人』」山形和美編『遠藤周作——その文学世界』(平九・一二、国研出版)所収、二五頁。

(3) 池内輝雄「白い人・黄色い人」『解釈と鑑賞』第四〇巻七号(昭五〇・六)。

(4) 上総英郎「初期小説の世界——『白い人』『黄色い人』まで」『遠藤周作論』(昭六二・一一、春秋社)、四〇頁。

（5）（4）に同じ、三五頁。

（6）（1）に同じ、八〇頁。

（7）武田友寿「最初の小説『白い人』『黄色い人』の世界」『遠藤周作の文学』（昭五〇・九、聖文舎）、一七頁。

（8）（2）に同じ、二八頁。

（9）下野孝文「『白い人』論――その背景と現実感《リアリティ》――」笠井秋生・玉置邦雄編『作品論　遠藤周作』（平一二・一、双文社）所収、三八頁。

（10）（7）に同じ。

（11）（9）に同じ、三九頁。

（12）（9）に同じ、三三頁。

（13）市原克敏「『白い人』『黄色い人』」『解釈と鑑賞』第五一巻一〇号（昭六一・一〇）。

（14）菊田義孝「帰国土産のサディズム「サド的人間」の登板」『遠藤周作論』（昭六二・一〇、永田書房）、七九頁。

（15）首藤基澄「遠藤周作の小説の構図」『解釈と鑑賞』第四〇巻七号（昭五〇・六）。

『白い人』本文の引用は、『遠藤周作文学全集　第六巻』（平一一・一〇、新潮社）による。

『鍵』（谷崎潤一郎）――性の秘境

小説『鍵』（昭三一・一、五～一二『中央公論』）のモチーフとして、従来性をめぐる諸問題が論及されてきた。それに対して近年、「相手を全的に所有したいといった欲望」の表出に「『鍵』の秘められた戦略」[1]が指摘され、また、「『鍵』のテーマ」を「偽り」[2]にみるなど、種々の提言がなされている。そうした読解も可能であろうが、やはり性の深淵の追尋とその形象にこの小説のモチーフがあると捉えたい。その意味で、老人の性に限定される『瘋癲老人日記』以上に、より多くの共通項を有する『痴人の愛』との類縁性を重視したいと考える。『痴人の愛』が少女ナオミの「淫婦」（十九）への「堕落」（十八）の物語であるように、『鍵』もまた「妻ガ出来ルダケ堕落スルヤウニ」（三月廿八日）作為された小説といえる。主人公「僕」の「嫉妬」が妻郁子への「溺愛」（一月廿九日）を加速する経緯にしても、ナオミの情事の発覚とそれへの嫉妬によって、一層惑溺の度を深めていく河合譲治の心的機制に相似している。

むろん、上記の二作のあいだには、類似性ばかりでなく相違点も認められる。『鍵』では、第三者の木村を「刺戟剤」（一月十三日）として意識的に利用する。それも、「夫婦相互間で暗黙の上で人為的にしつらえられる」[3]という異様な設定になっている。上述の三角関係による異常心理と、主人公「僕」

が到達する性の「法悦境」（三月十日）とは無縁ではない。そうした、異常心理を背景に形象された性の深淵への考察が小稿の課題である。

一　加虐と被虐の複合性

主人公の「僕」が「性生活ニ関スル「」をその日記に記すに至った動機は、妻郁子との性生活上の「不満」（一月一日）にあった。「直接閨房ノ「ヲ語リ合フ機会ヲ与ヘラレナイ不満」（同）の解消を目して、「間接ニ彼女ニ話シカケル気持デ此ノ日記ヲツケル」（同）という「僕」の企図は、「表面は何処までも互に見ない建て前になつてゐる」（一月廿七日）相互了解のもとで妻郁子に受け入れられる。「直接には耻かしくて云へないことも、この方法でなら云へる」（同）からである。日記による「間接」的な性の対話は、郁子の羞恥心の緩和を可能にする。ひいては、「彼女ノ所謂『身嗜ミ』、アノ偽善的ナ『女ラシサ』」（一月一日）の打解ないし解錠にもつながる。「僕」が妻に開示する「日記」とは、字義通り夫婦間の性を拓く〈鍵〉としての象徴的な意味を有する。

彼女ハサウ云フ「不自然ナ遊戯」ニ耽ル「ヲ欲セズ、飽クマデモオーソドックスナ正攻法ヲ要求スル。正攻法ニ到達スル手段トシテノ遊戯デアル「ヲ説明シテモ、彼女ハコ、デモ「女ラシイ身嗜ミ」ヲ固守シテソレニ反スル行為ヲ嫌フ。（一月一日）

「僕」の不満は、ただ「閨房ノ「ヲ語リ合フ機会ヲ与ヘラレナイ」ことにあるだけではない。夫婦間の性に関する認識の相違も「不満」の一因になっている。性生活における「遊戯」の重要性を説く夫に対して、郁子はそれを「必要以外の遊戯」（一月四日）と称して受け入れない。「夫が日記に性生活について書くことにしたのは、『オーソドックスナ正攻法』しか望まない妻を再教育するため(4)」でもあった。だが、郁子にしても、夫との「性的嗜好」（一月四日）の不一致に無関心というわけではない。「夫婦の趣味がこの点でひどく食ひ違つてゐるのはこの上もない不幸」と自覚しており、「お互に何か妥協点を見出す工夫はないものだらうか」（一月八日）と問いかけている。結果として、ブランデーと木村の利用が、両者のあいだに「見出」された「妥協点」ということになろう。

昨夜は私も酔つたけれども、夫は一層酔つてゐた。夫は近頃あまり強要したことのなかつた眼瞼の上の接吻を、してくれるやうにと頻りに迫つた。私もブランデーの加減で少し常軌を逸してゐたので、フラフラと要求に応じた。（一月八日）

ブランデーによる酩酊は郁子にとって、「女ラシイ身嗜ミ」からの逸脱を自らに許容する口実となる。「少し常軌を逸してゐた」と郁子がいう一月七日当夜の「僕」の日記には、「木村ガシエリーグラスニ二杯半マデ彼女ニス、メタ」、「妻ガ僕以外ノ男カラブランデーノ杯ヲ受ケタノハ、今夜ガ始メテヾハナイダラウカ」と記されている。郁子が当夜「酔ツタ」（同）のは、木村が「彼女ニス、メタ」ためであった。ここに、「今後我々夫婦ノ性生活ヲ満足ニ続ケテ行クタメニ」（一月十三日）案出された「妥協点」、つまりブランデーと木村との結合が看取される。

木村が一月七日の夜にブランデーを「ス、メタ」のは偶然というしかない。しかし、「僕」にとっては心理的な必然性があったと考えられる。「ドンナツモリデ今夜モ木村ヲ引キ留メタノダラウ。此ノ心理ハ我ナガラ奇妙ダ」（一月十三日）とある。それと同時に、木村への「嫉妬」が「去年ノ暮アタリカラ」(同)とされているのを見逃せない。これに関連していえば、「イツカハカウ云フ機会ガ来ルデアラウ「ヲ予想」して、「書斎ノスタンドヲ螢光燈ニ改メタノモ」「去年ノ秋」(一月廿九日)のことであった。これらを勘案すると、主人公の日記が新年を機に開始されたのは偶然ではない。妻との性生活の解錠を期して、「去年ノ秋」「去年ノ暮」から着々とその構想が進められていたことが窺い知れる。

最後マデ空寝入リヲセザルヲ得ナイ羽目ニ陥レテ困ラセテヤレト云フ気モアツタ。僕ハイツモ彼女ガ厭ガツテヰルトコロノ悪戯ノ数々、――――彼女ニ云ハセレバ執拗イ、恥カシイ、イヤラシイ、オーソドツクスデナイトコロノ痴戯ノ数々ヲ、コノ機会デアルト思ツテ代ル代ル試ミテヤツタ。

(一月廿九日)

一月二十八日の夜、「突然妻ガ人事不省ニナツタ」のを好機とばかりに、「僕」はかねてから熱望していた「恥カシイ、イヤラシイ、オーソドツクスデナイトコロノ痴戯ノ数々ヲ」、ブランデーによって「半醒半睡ノ状態ニアル」(同)妻に試みる。谷崎の小説においては、『春琴抄』の佐助と春琴がそうであるように、通常男性がマゾヒストに女性がサディストに造型される。しかし、『鍵』の場合、少々様相が異なるといわなければならない。マゾヒストであるはずの夫の「僕」に加虐的な要素が、逆にサディスティックな郁子には被虐的な側面がみうけられる。

たとえば、「寝タフリ」をしている妻に「僕」は「羞カシイ恰好」を強い、「悪戯」「痴戯ノ数々」を試みて「愉悦」(一月廿九日)を感じている。また、ポラロイドカメラで妻の裸体を撮影する際にも、「女体ヲ自由ニ動カシテ種々ナ姿態ヲ作ツテミル「ニ愉悦ヲ覚エ」、「最モ蠱惑的ナル角度カラ」これを撮るなど、「彼女ヲ極度ニ辱カシメ」(二月廿四日)ている。ここに表出される「愉悦」はマゾヒストのそれではなく、いずれかといえば加虐的な「愉悦」といえる。

夫は螢光燈の光の下で、私の体のデテイルを仔細に点検することに限りない愉悦を味はつたのであらうと思ふと、――私は私自身でさへそんなに細かく見たことのない部分々々を夫に見られたのかと思ふと、顔が赧くなるのを覚える。(一月卅日)

「螢光燈の光の下で」全裸を晒している郁子は、受け身の体勢を余儀なくされる。「僕」の「愉悦」が加虐的なそれであるとするなら、「体のデテイルを仔細に点検」されている郁子の羞恥は被虐的な「愉悦」ということになる。その際、「寝タフリ」あるいは「半醒半睡」の状況下におかれていることも、被虐的な「愉悦」を増幅しているといえるだろう。「僕」が「今後モ頻繁ニ彼女ヲ悪酔ヒサセルニ限ルト思」(一月廿九日)うのと呼応して、郁子もそれに、「あゝ云ふ酔ひを教へてくれた夫に感謝しなければならない」(一月卅日)と応じている。『鍵』でも、基本的に郁子と「僕」とはサド・マゾの位相にあるといえようが、「僕」は加虐的な側面を、郁子も被虐的な要素を内蔵している。『鍵』は、そうした両者の「愉悦」が微妙に錯綜し複合される形で、「遊戯」としての性の奥処を追尋した小説と評せよう。

二　性の極北

郁子が「人事不省」に陥ったその夜、「異常ナ興奮ニフルヒ立ツ」た主人公は、「相当強力ニ、彼女ノ淫乱ヲ征服出来」(一月廿九日)た。「半醒半睡ノ状態ニアル」郁子も、「僕ノ胸、腕、頰、頸、脚ナドヲ手デ探ルヤウナ動作ヲシタ」（同）とみえる。「僕」がいうところの、「偽善的ナ『女ラシサ』」からの脱皮をそこにみることが可能である。

私は最初、突然自分が肉体的な鋭い痛苦と悦楽との頂天に達してゐることに心づき、夫にしては珍しく力強い充実感を感じさせると不思議に思つてゐたのだつたが、間もなく私の上にゐるのは夫ではなくて木村さんであることが分つた。（一月卅日）

右記は、最初に「人事不省」に陥った当夜の、郁子の側からの叙述である。夫を木村と錯覚する「幻覚」のなかで、郁子は「夫婦生活を始めてから二十何年間」（同）知らずにいた、「鋭い痛苦と悦楽との頂天に達」する。「木村ト云フ刺戟剤」（一月十三日）の介在は、夫に「異常ナ興奮」「快感」をもたらすのみならず、妻をも性のエクスタシーへと導く。

ただし、郁子が味わう「悦楽」は、単純に夫を木村と錯覚してのことではない。他方で、「ほんたうは夫に犯されてゐるのであつて、夫が木村さんのやうに見えてゐるのであるらしいことも、意識の何処かで感じてゐた」（一月卅日）。そのような夫と木村との混同ないし重層化と、郁子の性感の昂進とは無関係でありえない。「私はこんな道ならぬことをしてよいのだらうか。………しかし、私にそんなことを考へる余裕を許さない程その快感は素晴らしいものだつた」（同）と語られている。これを言い換えれば、夫への裏切りを含意する「道ならぬこと」への想念が、「素晴らしい」「快感」を惹起しているともいえる。「僕」と郁子とは、各々の内部に木村という第三者を取り込むことによって、二人だけでは到達しえない性の秘境に踏み込んだといえよう。

自宅で何度か「人事不省」に陥った郁子は、次いで、娘の敏子が間借りしている「関田町ノ風呂場」

（三月十八日）で昏倒する。「僕」の眼の届かない場所での出来事であり、そのうえ木村も一緒であった。主人公に、より強い「刺戟」として作用したことはいうまでもない。郁子との性の深化を企図した設定とうけとれる。

妻ハ明ケ方カラ例ノ譫言ヲ始メタ。「木村サン」ト云フ語ガ今晩ハ頻繁ニ、或ル時ハ強ク或ル時ハ弱ク、トギレトギレニ繰リ返サレタ。ソノ声ノ絶エテハ続キツ、アル間ニ僕ハ始メタ。（中略）僕ガ僕デアルカ木村デアルカサヘモ分ラナクナツタ。………ソノ時僕ハ第四次元ノ世界ニ突入シタト云フ気ガシタ。忽チ高イ高イ所、忉利天ノ頂辺ニ登ツタノカモ知レナイト思ツタ。（三月十九日）

以前にも増して、『木村サン』ト云フ語ガ今晩ハ頻繁ニ」「繰リ返サレタ」とみえる。そこに、郁子の「幻覚」と「悦楽」の一段の深化が読みとれよう。一方、主人公も、「僕ガ僕デアルカ木村デアルカサヘモ分ラナクナツタ」なる。『僕ガ僕デアルカ木村デアルカサヘモ分ラナクナツタ』ときに、木村に嫉妬するというまどろこしい手段をとるよりも、はるかに強烈な快感を夫が得たというのもまた、確かなこと（5）」と思われる。木村はもはや単なる「刺戟剤」を越えて、「僕」の裡に同化され融合されるに至ったといえる。「第四次元ノ世界ニ突入シタ」とは、そうした異様な心理状態を示唆した言葉と解される。そのような、木村と一体となった異常心理のなかで、主人公は「忉利天の頂辺」にまで昇りつめる。日常的な境域から超脱した、性の極北への飛翔がそこに想像される。

過去ハスベテ幻影デコ、ニ真実ノ存在ガアリ、僕ト妻トガタダ二人コ、ニ立ツテ相擁シテヰル。………自分ハ今死ヌカモ知レナイガ刹那ガ永遠デアルノヲ感ジタ。………（三月十九日）

性の「悦楽」の「頂辺」に達した主人公の眼に、「過去ハスベテ幻影」と映り、性愛の絶巓にある現在の自己だけが「真実ノ存在」として意識される。たとえ、その歓喜が「刹那」のものであれ、それが疑いない「真実ノ存在」であるゆえに、その性の「法悦境」は「永遠」へと昇華される。なお、「僕ト妻トガタダ二人コ、ニ立ツテ相擁シテヰル」という表現は、「刺戟剤として利用した第三者の存在など、あとかたもなくかき消えてしまっている」[6]ことを示唆しているわけではあるまい。「相擁シテヰル」「二人」の裡には、木村の存在も融化した形で包摂されていよう。それは、その後も主人公が、「胴カラ生エテヰル首ガ、木村ニナツタリ僕ニナツタリ、木村ノ首ト僕ノ首トガ一ツ胴カラ生エタリ」する「夢ヲ見テ」（三月廿四日）いることからも推察される。

この小説では、「木村ト云フ刺戟剤」と共に、「ブランデート云フ妙薬」（三月十日）の役割も軽視できない。ブランデーの効用は、羞恥心や倫理感の麻痺に不可欠であるだけでなく、「半醒半睡」の意識下において夫と木村の混同といった「幻覚」をもたらす。主人公が服用する「男性ホルモン」「脳下垂体前葉ホルモン」（同）も、郁子が用いる「ブランデート云フ妙薬」に相当しよう。それらは、単に「欲望」の強化のみならず、両者の性を非日常の次元に転移する「薬剤」（同）として導入されているものと察せられる。『鍵』を、「木村ト云フ刺戟剤」および「ブランデート云フ妙薬」「薬剤」を利して、性の秘境に参入する物語と捉えることも不能ではない。「第四次元ノ世界ニ突入シタ」との表現は、そのまま非日常の性への越境を暗示する。異常心理を背景にした、性の深淵の開示をそこにみることができよう。

三　愛と性の位相

郁子の表現によれば、「愛し合ひ、溺れ合ひ」（六月九日）ながら、「僕」と郁子の両者は性の奥処へと降下していく。「僕」による妻への「熱愛」（一月一日）も、くり返し表明されている。しかしながら、両者が口にする「愛」の内質は、一般に理解されているそれとはいささか趣を異にしているように思える。

正月以来三箇月ニナルガ、病的ナ妻ト競争シテヨクモコ、マデ対抗シテ来タモノカナト、我ナガラ感心サセラレル。僕ガドンナニ妻ヲ愛シテヰルカト云フヿガ、今コソ彼女ニモ分ツタト思フ。（三月廿八日）

右の、「僕ガドンナニ妻ヲ愛シテヰルカ」にいう「愛」の内実は、「ドウシタラコレ以上情慾ヲ駆リ立テルヿガ出来ルカ」（同）と続けられていることから推して、ほぼ「情慾」と同義とみなしうる。別言すれば、「アノ晩僕ハ、木村ニ対スル嫉妬ヲ利用シテ妻ヲ喜バスヿニ成功シタ」（一月十三日）に示される、性的に「妻ヲ喜バスヿ」、すなわち性愛と評しうる。「私ハ昔ニ倍加スル情熱ヲ以テ妻ヲ溺愛スルヿガ出来ル」（一月廿九日）にいうところの、「溺愛」にしても同様である。ここで言及される「溺愛」の対象は、「妻ノ肉体美」（同）に限られる。具体的にいうなら、「一点ノ汚レモナイ素晴ラシイ裸身」、「中宮寺ノ本尊ノヤウニホンノ微カナ盛リ上リヲ見セテヰル」「胸部ヤ臀部」（同）に対する「愛」である。この小説において、主人公が妻への精神的な愛を口にすることは一切ない。すべて、肉体と性への愛に限定されている。これに対して、郁子の側の「愛」はどうか。

私は胸がムカムカするたびに、夫に対しても、亡くなつた私の父母に対しても、さう云ふ心持を抱く自分自身を浅ましいとも、申訳がないとも感じ、そんな心持が起れば起るほど、尚更それに反抗して彼を愛するやうに努めたし、又愛し得てゐた。（六月九日）

郁子は夫を「愛し得てゐた」と述べる。だが、その日記の全文を通して、「愛し得てゐた」ことの証左は見当たらない。「愛するやうに努めた」からといって、それが「愛し得てゐた」ことの証とはならない。「私は夫を半分は激しく嫌ひ、半分は激しく愛してゐる」（一月八日）ともある。「激しく嫌」うという「半分」は、「結婚の第一夜」からして「身慄ひ」したと説明される、「アルミニユームのやうにツルツルした皮膚」（一月四日）に対する生理的な嫌悪感に明らかである。「僕」の「妻ノ肉体美」によせる「溺愛」とは好対照であるが、嫌悪するにせよ讃美するにせよ、ともに肉体的側面への拘泥という点において同一といえる。

それはともかく、「半分は激しく愛してゐる」にいう「愛」は何をさしてのものなのか。「夫が真に私を愛してゐるのならば、やはり何とかして私を喜ばしてくれなければいけない」（一月八日）との言説が、それを探る手掛りとなろう。上記の郁子の言説は、「僕」の郁子への「愛」、すなわち性的に「妻ヲ喜バス「」」に対応する。つまり、「私を喜ばしてくれ」る夫への性的な反応と没入が、郁子が主張する「愛」の内実と考えられる。

谷崎文学に形象される男女の愛は、必ずしも性愛一辺倒というわけではない。『蘆刈』にみる慎之助とお遊との愛にしても、性を捨象した境域に成立している。それに対して、『鍵』は一切の精神上の愛を排除した、潔癖なまでに肉体と性に固執した作品といえる。『鍵』における性愛への偏執は、男女の愛は性を抜きに成り立ちえないといった一般論では説明できない。意図的にかつ徹底して、性のみの愛が形象されている。『鍵』の主人公が達しえた「法悦境」も「幸福」（三月十日）も、純粋に性のみのそれである。この小説にあっては、「『性』は他の何ものとも対比されることもなければ結びつけられることもないほど絶対化」(7)されており、またそうした構想のもとに成立した作品と推測される。

四　郁子の変貌

木村と関係をもったあと、郁子は自ら、「愛情と淫慾とを全く別箇に処理することが出来るたち」（四月十七日）であると称している。前者の「愛情」が木村をさし、後者の「淫慾」が夫との性生活を指示していることは断るまでもない。だが、木村に対する「愛情」の内質も、「淫慾」とさして変わりないように思われる。

郁子は当初、木村を「好いてゐることは事実である」が「恋すると云ふところまでは行つてゐない」（三月十九日）かった。それが、夫に「『キハドケレバキハドイ程ヨイ』と云はれるに及んで、私の心に急回転が起」（六月十日）る。次いで、「『紙一重のところまで』接着してゐた私と木村の最後の壁」を越えることにより、「自分の愛が木村の上にあつて夫の上にはないことを、自ら認めるやうになつた」（六月十一日）と説明される。そこから判明するように、木村への「愛情」と性関係の進展とはパラレルな軌跡を示している。夫と同様木村に対しても、「愛情」と「淫慾」の同質性をうかがわせる。

私と木村氏とはありとあらゆる秘戯の限りを尽して遊んだ。（中略）夫が相手ではとても考へつかないやうな破天荒な姿勢、奇抜な位置に体を持つて行つて、アクロバットのやうな真似もした。（四月十七日）

郁子が木村相手に演じる「アクロバットのやうな」「秘戯」は、主人公が妻に求めていた「不自然ナ遊戯」と質的に異なるところはない。「僕」が郁子を対象にして痴人の道を猛進したと等しく、郁子も夫に「新しい眼を見開か」（六月九日）されて、木村相手に性の痴人へと変貌を遂げたといえるだろう。つまり、「僕」と郁子とは表裏の位相にある。それなら、なぜ夫を裏切ったのかということになるが、理由は簡明である。「技の拙劣な」（四月十七日）夫よりも、「秘戯」の巧みな木村の方がより深く「淫慾」を満たすことができたからにほかならない。それが郁子の、木村に対する「愛情」の中味と解される。

今度始めて現実に見た木村さんは、矢張その通りの人であつた。私は今度こそ疑ひもなく此の手を持つてあの若々しい腕をムヅと掴み、あの弾力のある胸板に此の胸を強く押し着け、あの日本人離れのした色白の皮膚に私の皮膚を吸ひ着けさせた。（四月六日）

「僕」の郁子に対する「溺愛」と同じく、郁子の木村への愛着もすべて肉体的側面に限られる。「若々しい腕」「弾力のある胸板」、「日本人離れのした色白の皮膚」などが、その「愛情」の対象である。それらの内で、「日本人離れのした色白の皮膚」への言及が異質といえよう。この「色白の皮膚」に対する執着は、「臀肉ガ左右ニ盛リ上ツテヰル中間ノ凹ミノトコロノ白サト云ツタラナカツタ」と語る主人公の、妻郁子の「白イ美シイ皮膚」（一月廿九日）への愛着と照応する。そもそも、女性の身で男性の「色白の皮膚」に執着を示すというのも不可解であり、そこに主人公「僕」の眼差しの転位が想定される。いうなれば、郁子にとっての木村とは、裏返された夫として「幻覚」の裡に紡ぎ出された虚像、もしくは「淫慾」の化身とも評しうる。

それにしても、私の体質に淫蕩の血が流れてゐたことは否み得ないとして、夫の死をさへたくらむやうな心が潜んでゐたとは、どうした訳であらう。（中略）私の場合は、昔気質な、封建的な女と見えたのは環境や父母の躾のせゐで、本来は恐ろしい心の持ち主だつたのであらうか。（六月十一日）

郁子に「夫の死をさへたくら」ませた心因が、情人木村に対する愛にあるとは思えない。木村の存在が「夫の死」を願わせたにしても、それはより魅惑的な性的「悦楽」を求めてのことと推察される。「恐ろしい心」の内実もまた然りである。「愛情」に由来するエゴイズムというよりも、性の呪縛による魔的心理の意と考えられる。この小説に、性と切り離された愛は存在しない。『鍵』に表出される「愛情」は「淫慾」と同義であり、愛は性に包含される。

五　痴人の妄執

夫が亡くなったのち、郁子は二人が辿った軌跡を「性生活の闘争」と形容し、「一方が一方に滅ぼされるに至つた」（六月九日）と総括している。形のうえでみるなら、妻に浮気をされ挑発に乗って命を縮めた主人公は、「性生活の闘争」の敗者ということになる。「僕」が上述の事の推移にまったく盲目であったとすればそうもいえようが、「主人公はその自ら敷いたレールから郁子が逸脱してくれることを、無意識裡に望んでいたと受け取れる」[8]節がある。それどころか、妻の逸脱を見通すばかりでなく、己の死をさえ覚悟していたと考えられる。

若カリシ頃ニ遊ビヲシタヿノアル僕ハ、彼女ガ多クノ女性ノ中デモ極メテ稀ニシカナイ器具ノ所有者デアルヿヲ知ツテヰル。（中略）モシモ僕以外ノ男性ガ彼女ノアノ長所ヲ知ツタナラバ、ソシテ僕ガソノ天与ノ幸運ニ十分酬イテヰナイヿヲ知ツタナラバ、ドンナヿガ起ルデアラウカ。（一月一日）

郁子が、「極メテ稀ニシカナイ器具ノ所有者デアル」ことを「長所」として自覚するためには、夫「以外ノ男性」で確かめるよりほかにない。さらに、「僕以外ノ男性ガ彼女ノアノ長所ヲ知ツタナラバ」「不安」（同）とも述べるが、真に「不安」であるのならそうした「長所」などに言及するはずがない。加えて、「僕」は、妻が「病的ナ慾求」（同）の持ち主であることも知悉している。これらを考え合わせれば、「不安」は反語として読むべきであり、むしろ、その「長所」を「僕以外ノ男性」によって確かめてくれるよう誘導している観すらある。「稀ニシカナイ器具」への言及の狙いは、それ以外に考えにくい。

主人公は再三妻に向けて、「木村ハ刺戟剤トシテ利用シテヰルニ過ギズ、ソレ以上ノ何者デモナイトシテオイテクレ」（二月廿七日）、「僕ハ今モナホ妻ヲ信ジテ疑ハナイ」（三月廿八日）などと告げている。これを、「みずから進んで蟻地獄に落ちこみながらまだ底までは落ちきっていないとあがいている」[9]姿と読むべきかどうか。上引の主人公の言説は、狡猾な偽証あるいは逆説と解される。「妻ハ随分キハドイ所マデ行ツテヨイ。キハドケレバキハドイ程ヨイ」、「気ガ狂フホド嫉妬サセテ欲シイ」（一月十三日）

と望む主人公が、実際に「キハドイ所」で踏みとどまれるものと思惟していたとは考えがたい。「妻の反応は夫の思わくを越えてしまった」(10) わけではなく、当初から念頭に置かれていたと察せられる。

　僕ノ予想スルトコロデハ、妻ハコノ記事ヲ読ンデモ読マナイフリヲシテ、マスマス淫蕩ニナルデアラウ。ソレガ彼女ノ肉体ノ如何トモシ難イ宿命ナノデアル。（三月廿八日）

主人公は、「マスマス淫蕩ニナルデアラウ」妻の「肉体」の「宿命」を見抜いている。のみならず、意図的に「木村ト妻トノ間隔ヲダンダンニ縮メテ行」（同）く。「縮メレバ縮メルホド嫉妬ガ増シ」（同）、「快感」の増幅が期待できるゆえである。だが、「コノママデハ又直グ刺戟ニ馴レテシマフ」（同）のも、この種の「快感」の常だろう。「ドウシタラコレ以上情慾ヲ駆リ立テルヿガ出来ルカ」（同）――。すでに、「普通ナラバ姦通シテヰルト認メラレテモ仕方ノナイ状態ニ二人ヲ置」（同）いていることを思えば、「コレ以上情慾ヲ駆リ立テ」うる方策は、もはや「姦通」の実践しか残されていない。自己の「情慾」充足のため妻の「姦通」さえ厭わない、というより正確にいえば妻の貞操を「快感」増殖の具に供すべく図る主人公の妄執に、性の痴人たる面目が看取される。「僕」の妄執はそれにとどまらない。自己の生命をも「情慾」に捧げて悔いるところがないようにみえる。

　僕ハモト〳〵病気ニ対シテ大胆ナ方デハナク、頗ル臆病ナノデアルガ、今度ノヿニ関シテハ、五十六歳ノ今日ニ至ツテ始メテ生キ甲斐ヲ見出シタ心地デ、或ル点デハ彼女以上ニ積極的、猪突的ニナツテヰル。（三月十日）

元来「病気」に対して「頗ル臆病」な主人公が、「心身ニ或ル種ノ異状」を自覚しているにもかかわらず、症状の悪化を招く性衝動を「制御出来ナクナツテ」（同）いる。「視覚」「平衡感覚」の異常ばかりでなく、「記憶喪失」の症状も呈しており、「大学教授ノ職ニ堪ヘナク」なるどころか、「廃人ニナッテシマフノデハナイカ」という「不安」（同）に襲われる。しかるに、「脳動脈硬化」と診断され、「コイトスヲ慎シム」（三月廿八日）よう進言する相馬医師の制止も聞き入れようとしない。今や、「情慾」への耽溺が「生キ甲斐」となっているからである。「自分ハ死ヌカモ知レナイ」と自覚しながら、「その後、彼の血圧が益々上がっていったにも拘わらず、それを省みなかったことを思えば、彼が死を覚悟の上で、性の快楽の極致を追求していったことは明白」(11)といえる。けれども、そうした己を「幸福」と称する主人公に、悲愴感はみうけられない。

それは夫を一日も早く死の谷へ落し込む誘ひの手として書いたのであつた。私も死を賭してゐるのであるから、あなたもその気におなりなさいと、私は夫にさう云つて聞かせるのが目的であつた。（六月十一日）

郁子が病気を装い挑発するまでもなく、「僕」も「その気」になっていたと想像される。ただ、「死の谷へ落し込む」企みまで見抜いていたか否かは不明である。しかし、かりに見抜けなかったにせよ、「死を賭して」いたであろう「僕」にとって妻の企みは裏切りとはならない。「頭ニ浮カブノハ妻ト寝ル「ニ関シテノ妄想ノ数々バカリデアル」と言い、「妻ト抱擁スル以外ニハ能ノナイ動物ト化シ終ッタ」（四月十五日）と語る「僕」からすれば、「愛スルイトシノ妻」（一月一日）による謀殺はむしろ本望であったに違いない。

と同時に、終局に於いて矢張私は亡くなつた夫に忠実を尽したことになるのである、夫は彼の希望通りの幸福な生涯を送つたのであると、云へるやうな気がしないでもない。（六月十一日）

前掲の郁子の言葉は、一見自己弁護にもみえるがおそらくそうではない。性的挑発も含めて、「亡くなつた夫に忠実を尽したことになる」との想いを内包していたものと推察される。それを、「最後の勝利者と見えた女が、じつはその残忍さと冷酷さとによってかえって男に奉仕する機能を果したにすぎぬという」、「精巧なマゾヒズムの逆説」[12]と読みとることも可能だろう。『痴人の愛』におけるナオミの残忍な仕打ちと冷酷な裏切りが、結果的に譲治の痴人性の深化に貢献する機能を果たしているのと同断である。夫の死を企む郁子も、今や「僕」と同列の性の痴人と化している。謀殺される側もする側も、「情慾」への挺身という意味において表裏一体の位相にある。極言すれば、妻郁子は夫の「僕」が創造した一種の分身といえるかもしれない。

六　敏子の心意と策謀

これまで述べてきたように、『鍵』は共に性の痴人と化した夫婦の物語とも評しうる。とはいえ、「陰険ナ四人ガ互ニ欺キ合ヒナガラモ力ヲ協セテ一ツノ目的ニ向ツテ進ンデ」（三月廿八日）行く作品のプロットからして、木村と敏子の存在も看過できない。殊に敏子には、この小説の影の主役ともいうべき役割が託されているように思われる。だが、これまでにも度々論及されてきたごとく、敏子の言動の真意は容易には測りがたい。その分かりにくさは、父・母・木村の三者に対して屈折した嫉妬・憎悪等のコンプレックスを内蔵しながら、それらが「僕」および郁子の憶測という間接話法でしか物語られず、さらに敏子自身による巧妙な隠蔽つまりその欺瞞性に由来すると考えられる。

> 彼女の心の奥底には、自分の方が母より二十年も若いに拘はらず、容貌姿態の点に於いて自分が母に劣つてゐると云ふコンプレックスがあるのではないか。（中略）そして内々私に敵意を抱きつゝあるのではないか。………（二月十九日）

郁子は早くから娘敏子の、「容貌姿態の点に於いて自分が母に劣つてゐると云ふコンプレックス」の内在を洞見している。こうした、母に対する敏子の嫉妬心・「敵意」の潜在は、「僕ハカネテカラ、敏子ガ木村ヲ避ケル風ガアルヿヲ感ジテヰタガ、ソレハ木村ガ彼女ヨリハ彼女ノ母ニ親愛ノ情ヲ示ス傾向ガアルヿヲ、彼女モ感ヅクニ至ツタカラデハナイデアラウカ」（一月七日）という、主人公の言説によっても裏づけられよう。敏子の内部に、「嫉妬」はもとより、母への「敵意」が醸成されたとしても不思議はない。ところが、敏子は、「私はどんな場合にもママの味方よ」（三月十四日）などと、胸底の「敵意」を隠蔽しつつ母への「味方」を偽装しつづける。

それにしても、いかに敏子が「父を憎んでゐる」（二月十九日）にせよ、「母と木村の密会の仲をとりもったのは若い女性の心理として、極めて不自然と言わざるを得ない(13)」。婚約者としての身を勘案するなら、「不自然」を通り越して屈辱的であったはずである。しかしながら、そうした「不自然」性を、「敏子は木村など男として眼中になかったからこそ、木村と母とを密会させることに何ら抵抗を覚えなかった(14)」と論断するのは早計と思える。木村は敏子を、「イヤゴー的な性格」（三月廿六日）と評している。敏子の言動の測りにくさは、その口先の言説と胸中の企みとの乖離・隠蔽、しかも容易に己の本性をみせない陰湿な策謀等、まさに「イヤゴー的な性格」にあると察せられる。

彼女は木村を、心密かに愛してゐるのであり、それ故に「内々私に敵意を抱きつ、ある」ことも分つてゐた。(中略)木村の愛がより多く母に注がれてゐることを知つてゐるが故に、先づ母を取り持つておいて徐ろに策を廻らすつもりでゐたことも、私には読めてゐた。(六月十日)

右記にみる郁子の洞察も、的を射ていると思われる。敏子が木村を「心密かに愛してゐる」こと、さらに、「先づ母を取り持つておいて徐ろに策を廻らすつもり」であることも確かだろう。しかし、郁子は、その「策」の具体的な内容まで「読めてゐた」わけではない。敏子の真の狙い、最終的な目的は、おそらく母と木村への復讐にある。父への度重なる嫌悪感の表明にしても、本能寺に在る敵の目を欺くための偽装工作とみなしうる。

木村の計画では、今後適当な時期を見て彼が敏子と結婚した形式を取つて、私と三人で此の家に住む、敏子は世間体を繕ふために、甘んじて母のために犠牲になる、と、云ふことになつてゐるのであるが。………(六月十一日)

小説『鍵』は、敏子の「策」の内実を明示しないままに閉じられる。しかし、それ以前の暗示的な言説からして、ある程度の推測は可能である。まず、上引文中の「甘んじて母のために犠牲になる」にいう「犠牲」の語は、敏子の心意に即すなら「犠牲」を装った〈復讐〉と読み換えることができよう。すなわち、敏子の「犠牲」は『蘆刈』作中にみるお静のそれと逆の相を示す。お静は、姉のお遊と慎之助の心情を汲み取り、二人の愛をとりもつべく慎之助と形式上の夫婦になる。文字通りの「犠牲」といえる。『鍵』も『蘆刈』も偽装結婚の形態は同一といえるが、その偽装の内実は背反する。両作のモチーフがそれぞれ性愛と性を捨象した愛とに背反しているように、敏子・お静の「犠牲」もまた対蹠的な内質を有するものと解される。
　むろん、敏子自身の口を通して復讐の意図が表出されることはない。だが、郁子の側に、それを類推させる言説がいくつかみうけられる。「敏子もあの宿を誰かと使つたことがあり、今も使つてゐるのではないであらうか」という「疑問」（六月十一日）も、その一つに数えられよう。すでに、「この『誰かと』というのは、木村というふうに解釈できる」[15]とする所説がある。郁子自身の思惑はともかく、小説の摂理からして、この「誰か」が架空の第三者を指示するとは考えにくい。『鍵』の伏せられた前史として、木村と敏子との交情が想定される。また、そう捉えてはじめて、敏子の木村に対する妙なよそよそしさと、それでいながら変に気脈が通じあうといった不可解な両者の接触も納得できる。
　敏子が私を嫉妬してゐたやうに、私も内心敏子に対して可なり激しい嫉妬を燃やしてゐた。（中略）なおもう一つ、私が敏子を嫉妬する理由のあること――と云ふのは、木村が彼女をも愛してゐるかも知れないと云ふ疑ひのあること――（六月十日）
敏子の復讐劇を類推させる言説の第二点として、郁子の敏子に対する「可なり激しい」と自ら認める「嫉妬」の内包、および「木村が彼女をも愛してゐるかも知れないと云ふ疑ひ」の潜在があげられる。木村との偽装結婚において、敏子は表面上「犠牲」を装いながらも、上述の母の「嫉妬」「疑ひ」につけ込み、「イヤゴー的」な役割を演ずるものと予想される。この小説の作者が、郁子に敏子への「嫉妬」と木村への「疑ひ」をいだかせる理由は、それ以外に考えがたい。嫉妬を「快感」に転化しうる「僕」と異なり、女性の郁子はそうした術を知らない。『オセロー』の主人公のごとく、「嫉妬」地獄にのたうつ様が想像される。しかし、敏子の復讐劇の最終目的は木村の奪取・所有にあるわけではなく、木村もまた復讐の対象にすぎまい。「木村の計画」の挫折、ひいては郁子との愛欲生活の破壊にその復讐の目的があろう。敏子が「イヤゴー」とされる所以である。

注

（1）塩崎文雄「「鍵」のストラテジー」『国文学』第四三巻六号（平一〇・五）。
（2）アンヌ　バヤール＝坂井「谷崎潤一郎論　「鍵」の不透明性と叙述装置」『国文学』第四三巻六号（平一〇・五）。
（3）森安理文「鍵――刺戟の密儀」『谷崎潤一郎　あそびの文学』（昭五八・四、国書刊行会）、一七七頁。
（4）安田孝「もう一人の自分」『谷崎潤一郎の小説』（平六・一〇、翰林書房）、一八六頁。
（5）（4）に同じ、一八八頁。
（6）（3）に同じ、一八〇頁。
（7）十返肇「「思想」を徹底化する」『中央公論』（昭三一・一）。
（8）大里恭三郎「『鍵』の解読」『谷崎潤一郎――『春琴抄』考――』（平五・三、審美社）、一八八頁。
（9）野口武彦「性の深淵の彼方」『谷崎潤一郎論』（昭五四・四、中央公論社）、三三六頁。
（10）（4）に同じ。
（11）（8）に同じ、一九〇頁。
（12）（9）に同じ、三三七頁。
（13）（8）に同じ、一七七頁。
（14）（8）に同じ、一七八頁。
（15）後藤明生「三角関係の輻輳――「鍵」の対話構造――」『国文学』第三八巻十四号（平五・一二）。

『鍵』本文の引用は、『谷崎潤一郎全集　第十七巻』（昭五七・九、中央公論社）による。

『性的人間』（大江健三郎）——反社会・反逆の性

一　「地獄」からの脱落者

『性的人間』（昭三八・五『新潮』）は、〈1〉と〈2〉の二部構成になっており、〈1〉ではJと呼ばれる青年の別荘が舞台とされている。J以下七人のメンバーがそこに集結した目的は、「地獄」と題する「前衛映画」のワン・カットの撮影にあるといえようが、それら七人を繋ぐ「友情」は脆く稀薄である。

鬱屈した激しい憎悪にみちた沈黙が、J、蜜子、女の彫刻家、若い詩人、カメラマンのそれぞれを檻《おり》のようにとざした。かれらは身じろぎもせず忿懣と不信と、友情の喪失感の墨に体の内側を黒ぐろと染めて居竦《いすく》んでいた。（1）

Jの「最初の妻が自殺したこと」（同）をめぐって、Jの妹、Jの妻蜜子がその罪を責める。日頃、「Jに反逆したことなどいちどもない」カメラマンまでがそれに加担し、Jは、「そのカメラマンにいま新しく他人そのものを発見して、ひどくおびやかされた気分」（同）に陥る。前掲文中の「鬱屈した激しい憎悪にみちた沈黙」、「友情の喪失感」の描出はそれをうけてのものである。その日以後、「もういかなるパーティもJのアパートでひらかれることは」(2)ない。「耳梨湾《ミミナシ》をのぞむ山荘でのあの朝」を最後に、Jの「快楽的なサロン」(同)は崩壊する。

しかし、Jのサロン崩壊の真相は、はじめから稀薄であった「友情の喪失」にはない。〈地獄〉を内包していたのはJのみであって、他の六人がもともと〈地獄〉とは無縁なメンバーであったことにその真因が求められる。「あれ以来」、「誰もが独りぼっちに孤立してしまい、それぞれ独自の行動法を選んで生活しはじめた」(2)とある。〈地獄〉を内包しているJは、「独自の行動法」として「痴漢」(同)を選ぶ。これに対して、ほかの六人の「行動法」とは、「市民道徳」に即した「順応主義者」(同)への転身とみなすことができよう。つまり、模擬的な「地獄」からの離反であり脱落といえる。

Jはスターになったあとの若い俳優を、テレビ・インタヴューでいちどだけ見たが、それはあの不安定で鋭敏で自由に性的だった二十歳の浮き草みたいな青年ではなく、がっしりと安定し鈍重で市民道徳のなかのもっとも卑小に限られた性しか信じていない順応主義者という印象だった。

(2)

蜜子の言によれば、二十歳の「若い俳優」には「盗癖」があって、Jの家から「いろんなもの盗みだして売って」(1)いたという。また、「若い俳優」は、映画「地獄」の「タイトル・バックに使われる、いかがわしいジャズ・シンガーの「詩の朗読」の「助演者」(同)であることを自負してもいた。それが、「テレビの連続ドラマに出演して突然に輝かしいスター」(2)になったのを契機に、Jのサロンに出入りしていた頃の「不安定で鋭敏で自由に性的」であった若者は、「市民道徳のなかのもっとも卑小に限られた性しか信じていない順応主義者」へと変貌する。もっとも、「若い俳優」は「地獄」の撮影時に、「ああ、おれは厭なんだよ、きっと本当におれむきの楽しい仕事がある筈なのに」（1）などと口にしており、本質的に〈地獄〉とは無縁な存在であることが示唆されている。それは、「地獄」の企画者の蜜子、およびそのパートナーのカメラマンにしても同列である。

彼女は真に解放された女性芸術家になろうとしていた、そのためには、彼女を女性的なるもののうちに束縛するすべてのものから自由でなければならない。（中略）女性としてのオルガスムは彼女の映画作家としての反女性的な基本権を崩壊させるだろう。蜜子はそういう罠《わな》におちいるまいと決心していた。（1）

蜜子はJと結婚する以前から、「真に解放された女性芸術家」を目ざし、「女性的なるもののうちに束縛するすべてのものから自由でなければならない」と意識していた。その、性的「不感症」にしても、「自由な存在の最も重要」（同）な証として自覚されていた。蜜子の理解者であり、「地獄」の撮影を担当するカメラマンもまた、「大いなる欲求不満」を内包した、「同僚と協調しない、企業内のアウトサイダー」（同）を自認している人物である。しかるに、Jのサロンの崩壊後、蜜子とカメラマンは「恋愛」に陥り、「Jの妻はその結果妊娠」（2）する。のみならず、カメラマンも、離婚してくれるなら蜜子と結婚し、自分の「子供は引きとりたい」（同）とJに告げる。こうしたカメラマンと蜜子に、「若い俳優」と同質な、「市民道徳」に屈伏した「順応主義者」への変貌を読みとることが可能だろう。

露出狂のジャズ・シンガーもまた、Jのアパートから遠ざかっていた。ただ、彼女は順応主義者となりかわったのではなく、ますます叛逆《はんぎゃく》的な人間となってそのように自由に生きていたのだった。（中略）Jはいまでも時どきこの高級娼婦となったジャズ・シンガーから連絡の電話をう

けていた。(2)

Jの愛人であったジャズ・シンガーのサワ・ケイコは、その後「ナイト・クラブでの歌手の仕事をやめ」(同)、今は「高級娼婦」になっている。「彼女は順応主義者となりかわったのではなく、ますます叛逆的な人間となって」「自由に生きていた」とあるが、それは、「若い俳優」や蜜子・カメラマンと対比しての相対的な意味にすぎまい。その「叛逆的な人間」にいうところの「叛逆」性は、表層的な域にとどまる。サワ・ケイコは、「叛逆」を意図して「高級娼婦」に転じたわけではないからである。

それに、ナイト・クラブの歌手とはいうものの、それ以前から、「蛙の衣裳」を着て「わいせつなショウ」を行う「十六歳の子」と一緒に、いかがわしげな「政治家のパーティ」(1)で仕事をしている。現在の、「東南アジアからの政治交渉のための旅行者」(2)を相手にした「娼婦」生活も、その延長上にあるといえよう。ケイコは「露出狂」の資質に見合った仕事をしているにすぎず、自己の裡に〈地獄〉を内包しているわけではない。その証拠に、危険な痴漢少年に傷つけられて「すっかり蒼《あお》ざめ」、少年を紹介したJに「絶交」(同)を申し渡している。少年が自覚的な「叛逆」者であるのに対して、ケイコは性を職業にしている「順応主義者」の側に近い。

Jの別荘に集まった六人のメンバーは、その後「独自の行動法を選んで生活しはじめ」る。「地獄」とは逆の、「順応主義者」としての生活である。前述の蜜子・カメラマン、「若い俳優」のほかに、「映画にコメントをつける仕事」をうけ持っていた「若い詩人」もいつしかJから遠ざかり、「映画の美術を担当」(1)していた彫刻家のJの妹は「パリへ帰った」(2)。この二人も、「地獄」からの脱落者といってよい。

かくして、〈1〉章の七人のうち、Jだけが〈2〉章の登場人物として残される。Jは「性倒錯」（2）者であるにとどまらず、その「ホモ・セクシュアル」（1）のゆえに前妻を自殺で喪うといった〈地獄〉を内包しており、そうした自己を救出すべく痴漢への道を選択することになる。小説『性的人間』は、「市民道徳」的な「卑小に限られた性」の反極、すなわち「性の日常的なものを全部剝ぎ取っていくところで成り立っている」[1]といえようし、「現実社会へのアンチテーゼとしての性」[2]を形象した世界と評することも可能だろう。

二　性倒錯と〈地獄〉の内実

この小説が『性的人間』と題されている所以は、Jの「ホモ・セクシュアル」にあるわけではない。Jを含む、少年・老人に体現される「痴漢」の生きざまとその論理に、〈性的人間〉たる要件が認められる。ただ、Jの場合、痴漢に転ずる動機と内包する〈地獄〉とが密接に相関していると考えられるところから、まずはその性倒錯と〈地獄〉の内実を吟味しておく必要があろう。

> 娘は性的にきわめて自由で、しかも不感症なので性交を重大視せず、映画をつくる夢にだけ熱情をかたむけていた。一年たってJと娘とは結婚した。それからJの遠大な根気強い陰湿な計画がすすめられはじめた。Jは自分を核とした自分流の性の小世界をつくりあげたいとねがっていた。（1）

Jの最初の妻は、「夫が義妹の教師の外国人とホモ・セクシュアルの関係」（同）にあることを知って自殺する。ところが、妻の自殺に罪意識をいだき、自己の性倒錯を承知しているはずのJが、なぜか再び蜜子を妻に迎える。蜜子に女性的な魅力、性的な刺激を感受してのことではない。むしろ逆である。蜜子が「痩せっぽちで」「反・女性的な腰」（2）の所有者のゆえであり、「不感症なので性交を重大視」しない女性であったからと察せられる。別角度からいえば、「スキャンダルを懼《おそ》れ」る「かれの家族の属している社会」、つまり上流社会に属する青年として、結婚の体裁を形式上必要としたにすぎない。だが、そうした蜜子との結婚には、屈折した「自分流の性の小世界」の構築も企図されていた。

蜜子はまた、Jがかれら夫婦の性の世界にジャズ・シンガーの娘をみちびきいれることについても納得した。それがかれらのもうひとつの習慣となった。そしてそれでもなお性交中のJに欠落の感覚があるということを、蜜子は了解しようとしていた。（1）

Jがサワ・ケイコを「夫婦の性の世界」に「みちびきいれ」たのも、「自分流の性の小世界」構築のための「陰湿な計画」にもとづく。ケイコそのものに性的魅力を感じたためとは思えない。ケイコも、妻の蜜子と同じく、「痩せた背と尻」（同）の娘とされている。しかし、「ホモ・セクシュアル」のJにとって、女性的魅力の欠如は問うところではない。Jがケイコを「夫婦の性の世界」に「みちびきいれ」たのは、「性的にきわめて自由」な意識の所有者である蜜子と同様、異常な性関係をもいとわない「色情狂」（同）の娘であったからに違いない。Jの「陰湿な計画」の焦点は、Jの妹の言説に暗示される、「二人の人間の性交は、おたがいを昂奮させる範囲が限られている」が、「三人以上の性交だと、ずっと昂奮させられる」（同）という、異常な性的刺激への希求にあったと考えられる。

だが、そうした目論見も成功したとはいえない。ケイことの情交に「欠落の感覚がある」ことを蜜子は察知しており、蜜子との性にも「にせの熱中しかしめさない」（1）。Jが、体質的に「ホモ・セクシュアル」である以上当然だろう。次いで、Jは、自己の「性の小世界」の「完結」を求めて、「若い俳優を、かれと妻の性の世界にジャズ・シンガーのかわりにみちびきいれること」（同）を画策する。

第二の妻が、かれの性の小世界を承認したときはじめて、かれは死んでしまった第一の妻から自分自身を解放できるのだと思っていた。なぜなら死んだ妻にたいしてなにごとかを償うことはもうできない以上、かれは逆に自分自身のなかの罪の感覚を、逆に正統な自己主張の感覚に転化して、自分の心の平安をとりもどすほかないのだから。（1）

Jは、「若い俳優を、かれと妻の性の世界」へ引き込むにあたって、妻の「ホモ・セクシュアルへの偏見」（同）を取り除こうと考える。しかし、かりにそれに成功したところで、「かれの性の小世界」が完結するとは思えない。Jの究極の目的は、性的な快楽の享受というよりも、「死んでしまった第一の妻から」の「解放」にあるからである。最初の妻は、夫の性倒錯を知り絶望して自殺した。それにまつわる「罪の感覚」を払拭するためには、自らの性倒錯を「正統な自己主張の感覚に転化」するよりほかにない。それが、妻蜜子の「偏見」の除去と「若い俳優」介在への「承認」によって、可能になるとは考えがたい。断るまでもなく、最初の妻と蜜子とは別人である。たとえ、蜜子が「承認」したにせよ、「正統な自己主張」は成り立ちえない。それが成り立つとすれば自己欺瞞というしかない。

結局、上述のJの「陰湿な計画」は、実行に移されず夢想のままに頓挫する。「若い俳優」のサロンからの離脱もあるが、それは表層の理由にとどまる。真の理由はJの臆病さ小心さに求められよう。

Jはスキャンダルを懼《おそ》れていた、それはかれの家族の属している社会の血みたいなものだ。それにまたJは勇敢すぎる妹とは逆にじつに敏感に恐怖に反応する臆病なウサギの心をもっていた。最初の妻の死以後かれは現実世界にたいしてなにひとつ働きかけることのできない男になっていた。(1)

この小説において、Jとその妹とは対照的な性格に造型されている。Jの妹の「勇敢」さは、別荘に押し寄せる漁民への果敢な「反撃」(同)にみてとれる。本来なら、それは、メンバーのリーダー的立場にあるJの役割といえる。Jの妹には、少年時のトラウマの剔出とともに、Jの臆病さ小心さを相対化する役割が託されているように思われる。たとえば、「疎開《そかい》してきていた」Jが「漁師の子を怖れて」「この湾までおりてくることを恐《こわ》がっていた」こと、さらに、「犬をつれたおじいさんがトラックに腹を轢《ひ》かれて死」んだ折、「飼主のお腹から流れる血を犬が気違いみたいによろこんで飲」(同)む様を目撃するといった、Jの「子供」時代の恐怖体験を証言している。これらの少年時における心的体験は、後年のJの「臆病」さおよび恐怖心の原点になっているものと推測される。

「そしてそのフランス人の女友達もベッドに入ってきて三人で寝たんだけど、やはり十九歳ね、ちゃんとできたわよ、めでたし、めでたし!」(1)

右記は、「不能《インポテンツ》」の「イギリス青年」(同)を、「フランス人の女友達」の協力によって回復させたというJの妹の回想談である。表面上は「若い俳優」相手の会話の形になっているものの、そこにはケイコ・蜜子との性的関係の不調、すなわちJの精神的な「不能《インポテンツ》」=「性倒錯」への揶揄が含意されていよう。Jの妹は、ほかに、「もしあの子供が崖から身を投げて死ぬということにでもなれば、あなたは二人目のなにも罪のない無邪気な人間を殺すのよ、J」（同）とも口にしている。これは、単に、「罪のない」最初の妻を自殺に追い込んだという事実の指摘にとどまらない。前妻に対する消しがたい罪意識が、Jの「地獄」の内実であることを示唆した言説とうけとれる。

三　少年と老人の位相

『性的人間』は、「性的異常を文学的武器とする[3]」作品と評しうる。ただし、その「性的異常」の焦点は、Jにみる「性倒錯」「ホモ・セクシュアル」にはない。〈2〉章の登場人物、少年・老人・Jの三者に表出される痴漢行為に認められる。〈性的人間〉を要約すれば、「市民道徳のなかのもっとも卑小に限られた性しか信じていない順応主義者」に対置された、過激な性を武器とする「叛逆的な人間」「反社会的」（2）存在――ということになろう。

「永いあいだかかってひとつの凄い詩を書こうとしているんだよ、それは《厳粛な綱渡り》という詩なんだ」と少年は熱情をこめていった。「それは痴漢をテーマにした嵐のような詩なんだよ。（中略）その詩をもっと凄くするために、おれはいちばん勇敢で絶望的な痴漢になってやろうとしている訳だから」（2）

少年にとっての最終目的は、痴漢行為そのものというより、「痴漢をテーマにした嵐のような詩」の作成にある。これを作者レベルでいえば、「積極果敢」な「想像力の冒険[4]」と読み換えることも可能だろう。作中で「冒険家」（2）と称される少年の、「勇敢で絶望的な痴漢」行為には、作者大江の「想像力の冒険」が仮託されているものと察せられる。少年は無謀にも、「トレンチコートとブーツのほかはすっかり裸」（同）といった姿で痴漢に及ぶ。しかも、「電車のなかのすべての他人どもの数しれない眼」のなかで、「微笑」を浮かべながら「オルガスム」（同）を体験する。こうした少年の大胆きわまる性への実践は、Ｊにみる「臆病」かつ「陰湿」な「性の小世界」と対蹠的といえる。

老人とＪとは感にうたれて少年を見つめた。少年はたしかに最も危険な緊張をはらんで爆発にいたろうとしている不幸な熱情家の印象があった。（中略）かれはますます美しく魅力的になるだろう。しかしその美しさよりもなお少年の憎々しい傲岸さに、その年齢独自の輝きがあってＪと老人とを捕えた。（２）

「おれは詩人だから、痴漢たちのサムプル箱から一等危険なタイプの痴漢の行動法を採用したんだ」（同）とうそぶく少年の言に、老人とＪは深い感銘を覚える。「不幸な熱情家」とあるものの、それゆえに少年が「ますます美しく魅力的」にみえる。こうした、少年に対する讃嘆のまなざしは、作中のＪと老人にとどまらず、この小説の語り手のものでもあるだろう。少年に体現される「勇敢」な痴漢造型への作為は、「自分流の性の小世界」に固執するＪの相対化のみならず、〈１〉章に形象された「若い詩人」との対比にもみてとれる。

しかし結局のところ最後まで、若い詩人はＪの妻とふたたび性関係をもつことはなかったらしい。あの飢えた猫のような眼をした無抵抗主義者は、不意にＪの周囲から姿を消したのだが、いまはどうしているのだろう？　いまもなお、弱よわしく閉鎖的な詩を書きつづけてＪの妻への欲求不満の癌をなし崩しに解消しようとしているのだろうか？（２）

Jは、「勇敢で絶望的な痴漢になってやろう」という少年の言葉に触発されて、「かれの知っているもうひとりの若い詩人のことを思いだ」(同)す。むろん、これは偶然ではない。少年が「痴漢をテーマにした嵐のような詩」を目ざしているのに対して、「若い詩人」のそれは「弱よわしく閉鎖的な詩」とJにイメージされている。「若い詩人」の「弱よわし」さは、かつて「大学の同級生」で「一緒に寝たこともある」蜜子を奪われたにもかかわらず、その当のJから「費用をかり、詩集を出版」(1)していることにも明らかである。さらに、「若い詩人」を形容する「無抵抗主義者」の語にしても、社会的に無毒・無害な「順応主義者」を連想せしめる。「一等危険なタイプの痴漢の行動法を採用」し、最もラジカルな「反社会的」存在であろうとする少年とは対極的な位置に、「若い詩人」は設定されている。

「おれはもっとチビのころから痴漢だった」(2)と豪語する少年が、いわば天成の「叛逆的な人間」であるとするなら、Jと「鋪道上の友人」関係を結び、「反・社会的」(同)な痴漢を選択した六十歳の老人は、その生の晩年を「順応主義者」から〈性的人間〉に切り換えた人物像といえるだろう。Jは、その老人を、「どこかの国へ外交官として出向いたことがあり、また政治家としての仕事もしたことのある人間だろうと推測」(同)している。老人の過去がJの推測通りであるとすれば、当然「順応主義者」でもあったに相違ない。しかるに、「外交官」「政治家」として築いてきたはずの社会的地位および名誉を、「反・社会的」な痴漢に転身することによって自ら放棄しようとする。そうした老人の生きざまは、老年に至っても「順応主義者」でありつづけるJの父親と対照的といえる。

「きみは痴漢であることを止めるだろう。わたしはもっと危険な痴漢になるだろう。そしていつか

地下鉄の人ごみの中で逮捕されて心筋梗塞をおこして死ぬのじゃないかという確かな予感がするんだ」(2)

「いつか地下鉄の人ごみの中で逮捕され」「死ぬのじゃないかという確かな予感」をいだく老人と、「癌におかされ心筋梗塞症の危険にさらされるにしても、まったく泰然として、順応主義者の老怪物のポーカー・フェイスを崩しはしないだろう」(同)とイメージされる、鉄鋼会社の老社長Jの父親とはまさに対蹠的である。こうした対照的な造型もまた、少年詩人と「若い詩人」との対比と同じく、偶然ではありえない。老社長の願望は、「四十階のビル」「アマルガムの新工場」(同)の建設にある。他方、「外交官」「政治家」であったとおぼしい老人は、「もっと危険な痴漢になる」といい放つ。そこには、残された人生を「反・社会的」な営為に賭けようとする、少年詩人と同次元の〈性的人間〉としての自負心が看取される。

四　痴漢の論理

一般的にイメージされる痴漢は、いわゆる「安全タイプの遊び半分の痴漢」(2)といえる。そうした痴漢にあっては、作中の少年のそれのように、「逮捕され罰せられることそれ自体を、痴漢であることの根本条件にしている」(同)わけではない。そこには、「危険」と「罰」とが欠落している。対して、『性的人間』に形象される痴漢には、「叛逆的な人間」としての特異な思想が内蔵されている。

そもそも現代は、冒険家たちにとってめぐまれた時代ではないだろう。(中略)人間たちは二千年来よってたかって、この世界を総ゴム張りの育児室につくりかえた、すべての危険は芽のうちにつんで！　しかし痴漢たちは、この安全な育児室を猛獣のジャングルにかえることができる。

（2）

『性的人間』の語り手のみるところ、「現代」社会は「危険」のない「総ゴム張りの育児室」に等しい。「総ゴム張りの育児室」とは、「がっしりと安定し鈍重で市民道徳のなかのもっとも卑小に限られた性」しか許されない、閉塞的な社会ともいい換えうる。そこには、「冒険家」にとって、生命を賭して「凄じい勇気」（同）を振いうる余地はない。『性的人間』作中の「痴漢」＝「冒険家」には、そうした現代社会の「安全な育児室」を、危険に満ちた「猛獣のジャングル」へと変換する使命が託されている。本来、卑劣な犯罪者にすぎない痴漢が、「危険な熱情にみちた日常生活の闘牛師、厳粛きわまる綱渡り師」（同）と賞揚されるゆえんである。

戦後の日本のもっとも激しかった政治的動揺の時に、国会をとりまく十万人のデモンストレイションの群衆のなかで一人の痴漢がつかまった。かれが警官に告白した言葉、《いま十万人の怒れる政治的人間が、いまはその時期じゃないとして放棄している十万人ぶんの性的昂奮が、連中のなかでつまらない娘の尻をねらっているわたしひとりだけの特権的な指に集中してくるようで、わたしの指はもの凄い至福の熱に燃えあがりました。（中略）》かれらは日々の厳粛な綱渡り師だ……（2）

この小説の創作時期は、「安保の二、三年後、社会が中弛みの状況」[5]にあり、「政治行動への参画」という「思想と実践との幸福な結婚が、自己の存在の充足の根拠となりえた時代」[6]の空気も、すでに過去のものになりつつあった。そのような、「熱情」の発露が鎖された時代の閉塞状況を打破すべく、「政治的人間」に代わる「叛逆的な人間」像として、〈性的人間〉が要請され形象されたものと考えられる。

「国会をとりまく十万人のデモンストレイション」のなかで捕われた「一人の痴漢」が「告白した言葉」、「わたしの指はもの凄い至福の熱に燃えあがりました」との言説は、「政治的人間」の情熱の、〈性的人間〉が感受する「至福の熱」への転移もしくは代置を暗示しよう。のみならず、「特権的な指」という表現には、選ばれた「冒険家」「厳粛な綱渡り師」の自負心が透視される。「政治的人間」から〈性的人間〉への推移は、より「危険な熱情」「冒険」への転進でもある。「政治的人間」にも「逮捕」の危険はつきまとうが、「痴漢」の場合、「たとえば幼い女の子の腿《もも》に指をほんの一秒ふれてみるという一動作だけでかれはそれまでの生涯にきずきあげた、すべてのものを危険にさらす」（2）ことを覚悟しなければならない。

痴漢としてのかれはじつに様々の伏兵を、禁忌を、外部社会からの敵意にみちた制止信号を発見した。（中略）Jは反社会的な行動家としての痴漢になった日、社会の存在感についてもっとも敏感になったわけだ。（2）

Jの「ホモ・セクシュアル」は性的には異端であっても、外部に働きかけないかぎり無害といえる。それに対して、痴漢行為はれっきとした犯罪である。Jの〈性的人間〉への転身は、閉ざされていた個人的な「性の小世界」から、「外部社会」を対象にした「危険」な性の実践を意味する。痴漢行為にあたって、Jは、「外部社会からの敵意にみちた制止信号」を自覚せざるをえない。

「外部社会」の「敵意」「禁忌」は、すでに〈1〉章において語られている。漁民達による無言の圧力は、「『禁忌』を破った者たちに『罰』を与えずにはすまさぬ現実世界の恐ろしい力そのものの象徴」(7)とみなしうる。「姦通」を犯した女は、「悪霊」「鬼」として「摘発」(1)され、断罪されなければならない。〈2〉章に描かれる少年、老人、Jによる痴漢行為も、「外部社会」の「市民道徳」からみれば「摘発」すべき「悪霊」「鬼」に該当する。Jに即していうなら、その〈性的人間〉への変貌は、サワ・ケイコおよび蜜子との「穢《きたな》い性交」(1)を目撃された擬似的な「鬼」から、「八千万人の他人どもに攻撃を」(2)仕掛ける危険な「悪霊」への変身と捉えることができよう。

「そして痴漢は、あの少年のように死を賭《と》しても痴漢でありつづけるほかない、危険な人間だと思うんだよ。われわれのように安全を心がけた痴漢のクラブは薄められた毒を飲む機関にすぎないように思うんだ」(2)

少年は、「逮捕され罰せられることそれ自体を、痴漢であることの根本条件」にしている。自己が「反社会的」・「叛逆的な人間」であることを実証するためには、「逮捕され罰せられ」なければならない。「逮捕」を免れているかぎり、自己の「危険」性も「叛逆」性も立証できないからである。さらに、「死を賭し」た痴漢、「危険な人間」を証するためには、単純な痴漢の域にとどまることはできない。より過激な犯罪行為を目して、「電車のなかでの強姦とか、地下鉄のなかで老女刺殺」——といった、「痴漢の行動範囲」を越えた「性的な兇悪犯罪」(2)がそこに企図されることになる。実際には、「幼女」「誘拐《ゆうかい》」(同)の形でそれが実行に移される。

五　〈性的人間〉の到達点

先に述べたように、この小説の標題になっている〈性的人間〉の内実は、痴漢という性犯罪に表象される「反社会的」「叛逆的な人間」の意と理解される。しかしながら、少年あるいはJがそうした存在を貫きえたかということになると、少々疑問を感じざるをえない。まず、少年から考えてみる。

Jは幼女を胸にだきしめた若い母親が嗚咽《おえつ》しながらまわりを囲んだ群衆にくりかえし訴えかけていた言葉を思いだしていた。《あの人は神様です、わたしの子供がわたしを見てプラットフォームから線路にとびだしてきた時、もう誰にも、わたしにも、わたしの子供は殺されてしまうことがわかっていたんです、わたしにも！　それを神様のあの人が救《たす》けてくれたんです、そして可哀想《かわいそう》に、ああ！》

（2）

自分の子供を「救けてくれた」少年を、実は「誘拐」犯でもあったことを知らない母親が「神様」と称しても不思議はない。事実少年は、自己の身を犠牲にして、「幼女を安全な窪みへ投げ」（同）救っている。むろん、そのような少年の所為を、「性的な兇悪犯罪」をも厭わないとしていた「第二の決定的な痴漢行為」（同）とみなすことはできない。皮肉なことに、「一等危険なタイプの痴漢」であろうとした少年は、子供を救済した「神様」として感謝される。「逮捕され罰せられる」どころか、逆に人命救助の功績を顕彰されることになるだろう。「社会の規範や倫理を侮蔑し、破壊しようとして」(8)いた少年像とのあいだに、違和感を禁じえない。端的にいえば、〈性的人間〉としての「叛逆」は挫折したと評さざるをえない。同様なことはJについてもいえる。

　ある朝、不意にJは痴漢となることに定めたのだった。（中略）しかしJはその最初の回心にあたって痴漢としてのかれ自身のなかの性の双頭の怪物をはっきり意識していたのではなかった。（2）

そもそも、「ホモ・セクシュアル」であるはずのJが、なぜ「痴漢となることに定めた」のか判然としない。痴漢行為に及ぶとするなら、その対象は男性ということになろう。引用文中にいう「性の双頭の怪物」とは性倒錯と痴漢行為への性的「渇望」（同）とを指示する言葉であろうが、「同性愛と痴漢にどれだけ必然的な密着性[9]」があるのか不明瞭である。語り手は、「性の双頭の怪物をはっきり意識していたのではなかった」と述べ、その問題を棚上げにしている。

　それはともかく、Jが予期していた痴漢による「性的な昂奮」（2）は得られたのか。答えは否である。対象の「娘」たちに抵抗はなく、「すべて容認」（同）される。「恐怖感」の消滅とともに、「かれ自身の欲望も稀薄」（同）にならざるをえない。かつてのケイコ・蜜子を対象にした「性の小世界」と同様に、Jが期待していた「性的な昂奮」は空転する。

　Jはかたく閉じられた娘の瞼のあいだからすべりでたキラキラした大粒の涙がぐんぐん盛りあがって崩れ頬に流れるのを見た。（中略）Jはかれの最初の妻が睡眠薬をのんで自殺した夜の圧倒的な孤独と恐怖のことを思いだしていたのだった。かれと妻とは頬をおしつけあって寝ていたのだが、妻は睡眠薬からの深い眠りをねむり高い鼾《いびき》をかきながら、しかもその閉じた瞼から涙を流しつづけていた。（2）

Jは、娘の目に浮かぶ涙から、自殺した妻の涙を想起している。それだけではない。「もし自分が再びあの娘と会うことができたなら哀願してでも結婚して一緒に暮らしたいと考え」（同）る。これでは、「妊娠」「結婚」して「順応主義者」へと脱落した、蜜子・カメラマンの両者と異なるところはない。その痴漢行為において、Jは、「獣たちの森にはいりこんだ猟師が一頭の鹿を倒し、死んだ獣はそのままにして、ストイックで男性的な昂揚をあじわいながら疲労してひきあげてくる光景を夢みていた」（同）——。そうした「夢」は完全に潰える。痴漢相手の娘との「結婚」を夢想するJに、「八千万人の他人どもに攻撃をかけている孤独な武将」（同）の面影は見出せない。

Jは父親とならんでカラー・スライドを見ながら父親の提案について考えた。（中略）Jはもちろん、最初の妻の自殺にたいするかれの責任と罪の感覚とを、第二の妻に姦通され背《そむ》かれたことで相殺《そうさい》することが、たとえ気分的にさえも、自己欺瞞にすぎないことを知っていた。しかしそのような自己欺瞞を承認することこそ順応主義者としての現実生活への復帰のための第一歩ではないか？（2）

「世間並の生活に戻る」よう勧める父親の「提案」（同）を、Jは一旦うけ入れる。「最初の妻の自殺にたいするかれの責任と罪の感覚とを」払拭しえないまでも、「自己欺瞞を承認すること」で、「順応主義者」として「現実生活への復帰」が可能と考えたからである。だが、それも一時のことで、「かれは後退不能の一歩を踏み」出すべく、「地下鉄の混雑した車輌《しゃりょう》のなか」（同）へと姿を消す。「ここでは主人公Jは現実（日常世界）への順応の中に深い欺瞞を見て、これに順応しない反・日常世界の道を徹底的にのぼりつめようとしている」(10)といえるだろう。とはいえ、そこにJの確固たる意志をみることはできない。父親の説得に逆らった「現実世界」への拒否にしても、「最初の妻の死以後かれは現実世界にたいしてなにひとつ働きかけることのできない男になっていた」(1)という、自殺した妻に関わるトラウマの作用をそこに想定する方が妥当と思える。

新生活、自己欺瞞のない新しい生活、かれは赤く燃える頭のなかで小さな呻き声をあげそのままオルガスムにたっした。(中略)数人の腕がJをがっしりとつかまえた。Jは恐怖のあまり涙を流しその涙を自殺した妻があの夜のあいだ流しつづけた涙の償いの涙だと思っていた。(2)

この場でJが達した「オルガスム」を、「自己欺瞞のない新しい生活」の表象、ひいては〈性的人間〉の顕現と読みとることはできまい。「至福感とせりあっていた恐怖感の波が限りなく膨張してJをのみこんだ」(同)とある。加えて、「恐怖」のあまり流した自らの涙を、「妻があの夜のあいだ流しつづけた涙の償いの涙だと」——意識している。そこには、〈性的人間〉=「叛逆的な人間」たる自己認識はみうけられない。

もともと、Jの痴漢への転身の動機は、少年詩人のように「叛逆的な人間」を志向してのことではなかった。「痴漢となることに定めた」動機には、「性の世界から遠い、いわば反・性的な自己処罰の欲求」(2)が内在していた。痴漢行為の最中に、相手の「大柄な女」に手を摑まれた折にも、「快楽への熱望の裏側に自己処罰の欲求が付属していることを実感」(同)している。自殺した妻への「罪の感覚」に発する「自己処罰の欲求」が、「痴漢となることに定めた」根源的な動機とみてさしつかえない。痴漢の現行犯で捕われた際、己の涙を「償いの涙」と認識するのもそれ故である。「償い」とは、いうまでもなく「市民道徳」の側の倫理に属する。Jは最後まで、自殺させた妻への罪意識に支配されつづけていたといえよう。

少年詩人もJも、〈性的人間〉たる自己を貫徹しえなかった。残る老人はどうか。「わたしはもっと危険な痴漢になるだろう」との宣言は、「叛逆的な人間」＝〈性的人間〉にふさわしい。だが、「老人は癌《がん》とか心筋梗塞《こうそく》とかの生なましく具体的にかれ自身を脅している死の恐怖についてたびたびJにかたっていた」（2）――という一文にひっかかりを覚える。なにゆえ、老人に「癌」「心筋梗塞」といった条件を与え、「死の恐怖」を口にさせているのか理解に苦しむ。これでは、〈性的人間〉の「叛逆」性を薄め、「死の恐怖」から逃れるための自棄的な痴漢行為との印象を与えかねない。「危険な痴漢」となった老人が、その予言通りに「逮捕されて心筋梗塞症をおこして死ぬ」としても、それは「外部社会」による「罰」というより持病による自滅に近い。

同様な疑問を、「勇敢」なはずの少年が、痴漢行為に際して「睡眠薬」（2）を用いていることに対しても禁じえない。その「睡眠薬」からJは、睡眠薬を用いて自殺した妻に関わる「恐怖」「罪意識」（同）を連想している。これは、何を暗示するのか。少なくとも、Jにとっての「睡眠薬」は、内在する「恐怖」心・「罪意識」の徴証と解される。少年の場合も同断だろう。少年は、「第二の決定的な痴漢行為」を決行する際にも睡眠薬を用いている。「かれの心理の均衡は睡眠薬とウィスキーとに攻めたてられて破綻していた」（同）とみえる。「睡眠薬」なしで痴漢行為に及べないのだとすれば、少年を形容する「勇敢すぎる兵隊」（同）、「冒険家」「闘牛師」等のイメージにそぐわない。

「一等危険なタイプの痴漢」を目ざした少年は、幼女を救済して「神様」と感謝される。〈地獄〉を内包していたJもまた、「償いの涙」を流し「市民道徳」の倫理に服する。そのような推移からして、

「厳粛な綱渡り師」「孤独な武将」といった〈性的人間〉に対する形容・讃辞も、〈1〉章における「地獄」が所詮〈擬似的な地獄〉でしかなかったごとく、シニカルな逆説と解さざるをえなくなる。すなわち、この小説の総体を、一種の戯画ないしパロディーと読むよりほかにない。しかしながら、それが戯画であるにしても、そこにはパロディーに固有の可笑性が欠落している。『われらの時代』（昭三四・七、中央公論社）などと同様に、ブラック・パロディーとでも評せよう。

注（1）山田有策「共同討議　大江健三郎の作品を分析する」『国文学』第二四巻二号（昭五四・二）。
（2）柴田勝二「二重の不在――性をめぐって」『大江健三郎論――地上と彼岸――』（平四・八、有精堂）、五九頁。
（3）渡辺広士「性的文学とはなにか」『大江健三郎』（平六・一二、審美社）、六五頁。
（4）松原新一「性的人間――破壊の衝動」『大江健三郎の世界』（昭四二・一一、講談社）、一八六頁。
（5）秋山駿「共同討議　大江健三郎の作品を分析する」『国文学』第二四巻二号（昭五四・二）。
（6）（4）に同じ、一九四頁。
（7）（4）に同じ、一八七頁。
（8）（2）に同じ、五四頁。
（9）篠原茂「政治と性――抽象化への歩み――」『大江健三郎論』（昭四九・一、東邦出版社）、一七五頁。
（10）（3）に同じ、六八頁。

『性的人間』本文の引用は、新潮文庫『性的人間』（平八・一〇、新潮社、四六刷）による。

Ⅲ章　性の饗宴

『砂の上の植物群』（吉行淳之介）――密室の性

一　伊木の精神的基層

『砂の上の植物群』（昭三九・三、文芸春秋新社）の冒頭に近い「二」章で、この小説の視点人物・伊木一郎が抱懐する「推理小説」の序章部分が紹介されている。伊木自身、「推理小説の着想の底に、彼と亡父との関係が蟠《わだかま》っている」（三）と自覚しており、父の呪縛がそこに内在していることは詳述するまでもない。他方、そうした「推理小説」を構想する伊木を主人公にした『砂の上の植物群』においても、父の呪縛はさまざまな形で言及されている。伊木の「推理小説」と『砂の上の植物群』とは重層化した位相にあり、『砂の上の植物群』自体、「亡父の幻の手」（同）の種々相を解き明かすべく仕組まれた一篇の推理小説と評することも可能だろう。

四年前、その着想に行き当ったときには、彼は繰返し思い浮べ、熱心にそれを撫《な》でまわした。

（中略）

書けるものなら、書いてみたい、と彼はおもった。定時制高校の教師をある理由でやめて、化

粧品のセールスをはじめた頃《ころ》だった。（二）

伊木は、その推理小説の完成に執着を示す。「それまで読んだ沢山の推理小説には、彼の着想と同じものは見当らなかった」（同）という自負が、伊木に執着させる理由である。しかし、真の理由はほかにあると思われる。推理小説の「着想」を得たとされる前年に、伊木は父の親友であった山田理髪師に再会している。それと、推理小説への執着とはおそらく無関係ではない。「遊び人だった山田」（五十）が「ハデな生き方をした人」（十）と讃嘆する父へのコンプレックス、および無意識裡の対抗心がそこに想定される。

画家。

株屋。（中略）

蕩児。

そしていま、山田理髪師は、「ハデな生き方をした人」と言った。（十）

伊木の職業が「夜学の先生」と知り、山田理髪師は「不満気に」「口を噤《つぐ》」（同）む。内心、「父親と同じように、華々しい生き方を」「期待していた」山田の眼に、息子一郎の職業はいかにも「地味」（五十）に映ったに違いない。そうした想いは、伊木にとっても同様であったと察せられる。外形的には「そっくり」（十）でありながら、「ハデな生き方をした」父と対照的に「地味に生きてきた」（五十）自分——。「画家」「株屋」であり、「蕩児」と噂される父に対するコンプレックスと、前述の「書けるものなら、書いてみたい」との執着とは、伊木の深部において通底している。

そのとりとめのない空想の中では、すでにその推理小説は完成していた。それは大きな成果を挙

げ、彼は流行作家になっており、華《はなや》かな生活が彼のまわりに拡《ひろ》がっていた。（五）

伊木の「空想の中」で、「その推理小説は完成」する。「彼は流行作家になっており、華かな生活」への妄想が拡がる。これは、単なる虚栄心の仕業とは思えない。その「華かな生活」への妄想には、「ハデな生き方をした」父に対する無意識裡の対抗心が作用していたと考えられる。むろん、すでに「流行作家になって」（四）いる花田光太郎への嫉妬とも解せようが、この花田は、父に対するコンプレックスが投影された分身もしくは化身的な存在とみなしうる。

　五年前、父んだ父親の幻の手が、伊木一郎の背をじわじわと押して、川村朝子の前に押出した。その幻の手は彼の背をとんと突き、彼はそのまま川村朝子の胸もとに倒れかかった。（十）

五年前、「十年ぶり」に再会した折、山田理髪師は伊木の「頭を亡父そっくりに刈り上げた」（同）。「まるで瓜二つになってしまった」伊木の脳裏に、「一人の少女が浮び上」（同）る。「この理髪店の椅子に坐り、刈り上った髪の形を見るまでは」、「川村朝子はちょっと気にかかる程度の少女に過ぎなかった」（同）という。その朝子への接近によって、伊木は教師の職を失う。まさに、父の呪縛というしかない。

　とはいえ、ここにみる父の呪縛もやはり単純ではない。「川村朝子の前に押出した」とあるが、その「父親の幻の手」の内実は何なのか。一言でいえば、「多くの女性関係」（四十六）をもっていたと伝えられる、「蕩児」の父に対するコンプレックスがその内実と思われる。そうしたコンプレックスと対抗意識が、「地味」で臆病な伊木を、「川村朝子のいる居酒屋に通」（十一）わせたものと推測される。

　しかし、地味に生きてきたが、家庭的だとはいえない。亡父の幻の手が、彼の家庭の中に棘《とげ》を

持込んだのだ。（中略）

そして、その棘をようやく棘と感じないで済むようになった現在は、彼は良い夫でも良い父親でもない。（五十）

右記の文中にある「亡父の幻の手が、彼の家庭の中に」「持込んだ」「棘《とげ》」とは、「良い夫でも良い父親でもない」という言説から推して、伊木の「女性関係」を指示する言葉と解される。川村朝子も、その「棘」の一つといえるだろう。上引の文章につづけて、「津上京子と明子の姿態を、彼は同時に眼に浮べた。山田に、そのことを告げたら、何と言うだろう」（同）とみえる。再会して以後交際を重ねながら、山田は以前と同じく、伊木を「地味に生きてきた人」と理解している。津上明子・京子との背徳的な交情など知る由もない。今や息子の一郎も、いっぱしの「蕩児」へと変貌している。「山田に、そのことを告げたら、何と言うだろう」――。ここには、山田への皮肉のみならず、「棘」を亡父に投げ返そうとする反逆の姿勢が看取される。

二　屈辱と憤怒――赤の寓意

伊木が亡父に強いられる屈辱感は、「彼に命令を下し、行先を定めたり限定したり」（三）するといった、自己の運命の支配ばかりではない。その少年時代から、「父親はあらゆる面で、貶《けな》す言葉を投げかけた」、「そのために、幾つかの才能の芽が自分の中で立枯れになった」（四十五）と回想している。伊木が父にいだく屈辱感の母胎といえよう。そうした少年時以来の屈辱感は、クレーの絵画「雪の前」

を、「育つ生命の紅《あか》らみが夜の暗さの中にただよっている」という片山敏彦の「美しい解説文」に抗して、「未来への夢を孕《はら》んだ仮睡ではなく、生命が紅ばんだままの死」（四十四）とする解釈にも反映しているように思われる。また、病気から回復したあと、「少年時代の記憶」（四十七）を蘇らせた伊木が「草花の種の袋」（四十八）に愛着を示し、その種を庭に蒔くといった営為にしても、「立枯れになった」自己救出への無意識裡の試みと捉えることが可能だろう。

　華かな想念に引込まれていただけに、反動が大きかった。セールスの仕事の屈辱的な場面が、つぎつぎと頭の中を掠めて過ぎた。

　夕焼は、さらに、その色を濃くしてゆき、その色は軀《からだ》の輪郭まで押寄せてきて、彼は赤く濡《ぬ》れた心持になった。（五）

　推理小説が完成し流行作家になるという「華かな」「空想」が破れた直後、その「反動」として、現実生活における「セールスの仕事の屈辱的な場面」が脳裏に浮かぶ。同時に、「夕焼」のなかで「赤く濡れた心持」になり、「憤怒《ふんぬ》に似た感情」が「湧き上って」（同）くるのを覚える。こうした経緯からして、この小説に多用される「赤」の色彩には、「屈辱」感および「憤怒」の情念が寓意・仮託されているものと考えられる。

　伊木が感受する上記の「憤怒に似た感情」は、「セールスの仕事の屈辱的な場面」とあるように、「生活の中での屈辱感が引き金となっている」[1]ことは確かだろう。だが、その「屈辱」感・「憤怒」の基底部に亡父の存在が類推される。「彼が定時制高校の教師をやめ、化粧品のセールスマンになったのは、父親の死後十八年のことだが、その二つの事柄《ことがら》にも彼は自分を操る亡父の幻の手を感じた」（三）と語られている。生前の父と親交があり、「化粧品セールスの仕事を斡旋《あっせん》した」（十一）理髪師の山田は、伊木からみれば「亡父の幻の手」そのものである。伊木が感受した「セールスの仕事の屈辱的な場面」の基層部に、父に対する「憤怒」の情念を読みとっても見当違いとはいえまい。

高い塔である。遠望できる高さなのだが……。重いトランクを提げ、肩に力を籠《こ》めて二、三歩先の地面に眼を据《す》えて歩いてゆく自分の姿勢を、彼は思い浮べた。いつも顔を俯けて、空の方へはめったに眼を上げたことがなかったのだ。（六）

伊木は、「いつも顔を俯けて、空の方へはめったに眼を上げたことがなかった」。上記の一文から、亡父へのコンプレックス・「屈辱」感に圧迫されつづけている内界の消息が読みとれる。しかし、この日は「その姿勢に抵抗を感じ」、「無理に」顔を「仰向け」、「塔に昇ろう」（同）と思う。「夕焼」を浴びて「赤く濡れた心持」になり、「憤怒に似た感情」がよび醒まされていたゆえと推測される。「塔」の展望台に昇る「昇降機のなかで」、「エレベーター・ガール」の「濃い口紅」（同）が伊木の目に映る。のみならず、展望台に居合わせた「新婚」らしい若い女性もまた、「血にまみれたよう」な「口紅」（同）をつけていた。化粧品のセールスマンという職業柄でもあろうが、先刻来の「屈辱」感・「憤怒」を引きずっているためと察せられる。

その唇が、不可解なまま記憶の中に埋もれていたことに、彼の心に屈辱に似た気持が喚《よ》び起された。（中略）

眼の前に大きく拡《ひろ》がっている赤い唇にたいして、その不可解さにたいして、兇暴《きょうぼう》な気持が起り、一瞬、襲いかかる姿勢になった。（十二）

伊木のなかで、「眼の前」の津上明子の「赤い唇」と川村朝子のそれとが「重なり合」(同)う。「教師をやめてからも、なぜ彼女の店に行かなかったのだろう」(同)——。教職を辞しながら、川村朝子の「店に行かなかった」過去の己の小心さ、臆病さへの想いが「屈辱に似た気持」をよび起こす。明子の「赤い唇」を目にして、「兇暴な気持が起り」「襲いかかる姿勢になった」のは、そうした「屈辱」感および「憤怒」の促しによる。

明子と体の関係をもったあとも、伊木の「憤怒」は収まらない。「喫茶店の椅子《いす》に坐った」伊木は、「夕焼の中に坐っていたときのあの状態に、ふたたび置かれている」(十四)のを自覚する。「赤く濡れた心持」になると共に、「憤怒に似た感情が、彼の底から湧《わ》き上って」(同)くるのを覚える。見知らぬ「人妻風の女」(同)の後をつけさせたのも、むろん伊木を支配している「屈辱」感であり「憤怒」である。

その絵は、私が構想していた作品に似通っていた。ただ、私はその絵の中に、強烈な原色の赤を投げ込んでみようと企《たくら》んでいた。(中略)いや、その絵ではなく、私自身の頭の中に詰っている様々なイメージの断片がどういう混乱を呈するか。(八)

「作者」「私」(同)は、クレーの「砂の上の植物群」と重ね合わせる形で、自己の「作品」の「構想」を開示してみせる。すでに言及があるように、「クレーの絵の中の『大小不揃いで色とりどりの四角形』」は、作者「私」が有する『様々なイメージの断片』に相当(2)しよう。だが、「頭の中に詰っている」「イメージの断片」だけでは、「小説にはなり得ない(3)」。作者が提示する「強烈な原色の赤」は、「伊木を具体的行動へとつき動かす動力(4)」であるとともに、そこには、「様々なイメージの断片」を有機的に連結する機能が託されていると考えられる。この小説に表出される伊木の言動の背後には、父の呪縛に由来する「屈辱」感と「憤怒」とが伏在している。そこに「復讐」(二)の情念を加えてもよいと思われるが、それに関しては後述にゆずる。

三　頽廃への傾斜

津上明子は、「自分が真紅に唇を塗って塔に昇ったのも、自分の処女が重荷になったのも、すべてその姉のせいだ」(十九)と伊木に告げる。姉京子への「反逆の姿勢」は処女を捨てようとするその行動に、また「京子の隠された生活」(二十)を知った憎悪の念は、「真紅」に塗られた唇にみてとれる。姉の呪縛下にある明子の心理は伊木のそれとほとんど同一といってよく、二人は相似した衝動を秘めて「塔」に昇りそこで出会ったと評しうる。しかしながら、伊木が京子に接近し深入りすることになったのは、必ずしも明子の依頼を実行に移すためではなかった。そこにも、父の呪縛に関わる「赤」の情念が潜在し作用しているように思われる。

その店を訪れてから一カ月の間、伊木は性の中に溺れ込んだ。相手の女は、津上京子である。しかし、その期間、彼はふしぎな充実の中にいた。(中略)

伊木一郎の加虐的な兇暴な感情と、それを受止める京子の軀《からだ》とが、ふしぎな調和を示したのである。(二十一)

作者「私」に、「伊木は、加虐の嗜好《しこう》は持っていない」(二十三)という証言がある。上掲文中にみる

「加虐的な兇暴な感情」にしても、いわゆるサド的な「加虐」を意味するものではなく、「憤怒」に類する情念と解される。京子と度々逢うようになって以後も、「憤怒に似た感情が、彼の底から湧き上ってきた」(同)と語られている。「強烈な原色の赤」=「屈辱」「憤怒」の情念は、伊木の深部に底流しつづける。だが、今の伊木には、「その憤怒に似た感情を受容《うけい》れる相手」(同)がある。よって、「この日」の伊木は、「周囲に拡がっている夕焼を美しいものとして眺め」(同)ることができた。夕焼を「美し」く眺めたばかりではない。京子との性にも、「ふしぎな充実」と「調和」を感受しえた。しかし、その「充実」も「調和」も永くはつづかない。京子との性は、やがて頽廃の坂を下りはじめる。

　京子に着せたセーラー服は、間もなく、刺戟剤に過ぎなくなった。萎《な》えた彼の細胞を、人工的に奮い立たせようとする小道具になってしまい、すでにそれは捨てて顧みられなくなっていた。(三十二)

京子にセーラー服を着せたその日、伊木は「猥雑《わいざつ》な、歪んだ、変態的な心持になっている自分に」「気付」(三十二)く。それだけではない。「彼の快感にはあちこちに隙間ができていた」(同)とも語られている。上記にいう「隙間」は、京子にもいえそうである。「薄目を開いて、京子が彼を窺《うかが》っているのに気付いた」(同)とある。これは、京子の側の「隙間」を示唆した言説とうけとれる。京子にセーラー服を着せた日を契機にして、伊木の性の「充実」は崩壊しはじめたといえよう。「最初の日に感じた全身の細胞の一つ一つが燃え上るような攻撃的な気持」は衰え、「萎えた彼の細胞を、人工的に奮い立たせようとする」ほどに、「性の荒廃」「性的頽廃《たいはい》」(三十二)の度は逆に深まる。

　彼は性の中に溺れ込んでいる顔つきをしていた。しかし、細胞が充実し、光り輝いている印象

は無い。充実しているのは、いや肥え太っているのは、彼の背に貼《は》り付いている「性」なのだ。（中略）

　彼の眼の強い光や、皮膚の鞣したような頑丈さは、彼の背の「性」から投影しているもので、彼自身の細胞は漿液を吸い上げられ萎え凋《しぼ》んでいる。私は、そのときその男に、性的頽廃を見たようにおもった。（三十三）

「性的頽廃とは、いったい何であろうか」（同）——。作者「私」は自ら発した問いに自答する形で、かつて訪問をうけたことがあるという「変態性欲者」（同）の男を引きあいにだし、自己の性に関する想念を披瀝している。それを要約すれば、「細胞が充実し、光り輝いている」状態を理想の性と捉え、逆に、細胞が「萎え凋《しぼ》」み欲望が「巨大な怪物」となって「支配している」（同）状況を、「性の荒廃」「性的頽廃」と認識しているようにみえる。こうした観点からするなら、「セーラー服」や「紐」（三十五）といった「小道具」を用いるにいたった京子との営為は、「変態」的な欲望に支配された「頽廃」「荒廃」の性ということになろう。「京子の眼が、白く濁り」、「底に粘り付くような強い光があらわれてきた」（同）と伊木の目に映る。ここにみる京子の眼の形容は、「その男の鈍く濁っているにもかかわらず、粘り付くような強い光を底に満たしている」（三十三）とされる、前出の「変態性欲者」のそれに重なる。

「あなたって、悪い人ね」

　その声は媚《こ》びる艶《つや》を帯びていた。（中略）

「どうして明子を帰してしまったの」

京子の眼は、いまは白く濁ってはいない。平素は薄い灰色の白眼が、水色に澄んでいる。（四十三）

京子は、「この部屋ではやめて」と言いながら、そこには「誘う口調」（四十一）があった。妹の明子を捲き込み犠牲にしてまでも「被虐的性欲」（三十二）を満たそうとするその貪欲さは、まさに「変態」「頽廃」の極みといえよう。ところが、「底に粘り付くような強い光を湛《たた》えている」と描かれていた「その眼」（四十三）は、「どうして明子を帰してしまったの」と訴えたその直後には、「いまは白く濁ってはいない」「水色に澄んでいる」と語られる。これはどういうことなのか。女性の場合、「被虐的」な欲望は「変態性欲」にあたらないとする、作者「私」の観念の表出ともうけとれる。旅館の一室で座敷ショウを行う女の事例が、それを裏づける証左となるかもしれない。

薄暗い中で光っている他人の眼を、その女が必要としていることは瞭《あきら》かであった。女は見世物として、光の中に裸身を曝《さら》している。（中略）女の眼には直接には映らない男たちの状態が、女の網膜に鮮かに浮び上り、その光景が女を刺戟しつづけてゆく。（五十九）

座敷ショウの女が「他人の眼」を「必要」としていることからして、その性感が「被虐的性欲」にもとづくものであることは疑えない。女性の性がもともと受け身である以上、座敷ショウの女に表象される「被虐的性欲」を、普遍的・本質的な性向と捉えることも可能だろう。その女が、「素人《しろうと》のお嬢さま」（同）とされていることにも、「被虐」を女性に普遍的な性感とみる「作者」の想念が類推される。これと関連して、伊木の前で「洋服」を脱ぐ京子を、「先刻の見世物の女にそっくりだった」（六十二）とする叙述も見逃せない。のみならず、そこでも、「京子の白眼の薄い灰色が内側に吸い取られてゆくように消えてゆき、水色に澄んだ」（同）と語られている。京子には多分に「被虐的」要素がみうけられるものの、「変態性欲者」とは別次元の存在として造型されているものと推察される。そうした角度からみるなら、「水色に澄んだ」とされるその「眼」は、「細胞」の「充実」の寓喩とも解しうる。

四　性への憧憬と閉塞

この小説では、「作者」「私」の言説が随所に挿入されている。その目的および機能は二点あると思われる。一つは「作者」の性に関する観念・思想の表明であり、他の一つは、それが自ずと『砂の上の植物群』の間接的な注釈の機能を果たすべく仕組まれているということである。

昔、どのくらいの歳月の隔たりをもった昔か分らぬが、太陽の光の降りそそぐ野原のまん中で、人間たちは常にこのような形でためらうことなく輝くような性行為を行っていたのではないかという考えに、男は一瞬捉えられた。

男は充実し、疚《やま》しさとも歪んだ心持とも無関係でいた。（三十四）

右記は、「私」が以前に書いたという、「男・A女・B女の同時性交の場面を含む小説」（同）について解説した一節である。「一見性的頽廃ともおもわれるその情景が展開している部屋に醸《かも》し出された一種の充実感を、描き出してみたかった」と自註されている通り、「私」は「多人数の同時性交」（同）それ自体を「性的頽廃」とみなしているわけではない。「男は反逆心でいっぱいになり」（同）とあるところから推して、常識的な性倫理にあえて逆らい、「多人数の同時性交」に「一種の充実感」を求め表出したものと推測される。「重ね合さった二人の女の軀のすべての細胞が白い焔《ほのお》を発して燃え、やがてB女の軀は蛍光色に透きとおってA女の軀に熔接《ようせつ》された」（同）といった叙述に、前記の企図の具象化を読みとることができよう。

「太陽の光の降りそそぐ野原のまん中で」、「人間たちは」「輝くような性行為を行っていたのではないか」。上掲の一文に、「私」の理想とする性への憧憬がうかがい知れる。しかしながら、「私」は一方で、「どのくらいの歳月の隔たりをもった昔か分らぬが」とも述べている。そこには、「昔」ならぬ現代においてそれが不可能とみる苦い認識が透視される。「後日」「結婚していわゆる幸福な生活に入」ったB女とは逆に、「A女は松林の中で首を吊《つ》って死ぬ」（三十四）という「小説」のプロットに、そうした「私」の苦い認識の反映がみてとれる。

だが、それは、上述の「小説」にかぎったことではない。『砂の上の植物群』も同断である。「嘗《かつ》て私（作者）が描き出そうと試みたあの二人の娼婦のいる密室における充実感、あるいは充実感に至ろうとする気配は、伊木と京子と明子の三人がいる部屋の中には、無かった」（三十八）――との言説が、「昔」ならぬ現代における「多人数の同時性交」の不毛性を伝えている。

地上に最初アダムとイブの二人きりしかいなかったとしたら、人間が現在の数にまで殖えるためには、親子相姦兄妹相姦の一時期があった筈だ。その時期には、そういう男女関係において、人々は罪を感じることなく、細胞はふくらみ、漿液《しょうえき》は燦《きら》めいた。（五十二）

上記は、作者「私」の『出口』と題する作品」に添えられた、「兄妹相姦についての意見の一部」（同）である。「多人数の同時性交」だけでなく、「私」は「親子相姦兄妹相姦」をも頽廃の性とはみていない。このような「私」の性認識に関して、「議論の背後に見え隠れするのは、『現代において愛は可能か』とか、『現代人は愛しうるか』といった、紋切型の合言葉である(5)」という指摘もみうけられるがいかがか。『砂の上の植物群』の作者「私」の想念の焦点は、愛ではなしに性にある。「細胞はふくらみ、漿液《しょうえき》は燦《きら》め」く、そうした原始の性を理想とする。そこに、「愛」といった観念的要素の介在する余地はない。

「私」は、アダムとイブに象徴される、「細胞はふくらみ、漿液は燦めい」ていた原初の性を讃美する。しかし、同時に、「そのことが、男女関係の正常な形と見做《みな》される時期は、二度と戻ってはこないだろう」(五十二)とも思惟している。小説「出口」に描かれた「鰻屋の兄妹の話」(同)にしても、「二度と戻ってはこない」現代の閉塞した性を形象した作品と察せられる。「最初は、入口を釘付けにして、世間の眼と声を遮断《しゃだん》しようとしたにちがいあるまい。だが、長い間には、出口を釘付けにされた気持に移り変ってきているかもしれない」(同)とみえる。自ら「世間の眼と声を遮断しようとした」という自発的な意識から、受動的な「出口を釘付けにされた気持」への推移――。そこに、「出口」を失い閉塞した現代の性の寓意が察知される。

彼は軀のあらゆる部分に京子の肉を感じ、自分が密閉された部屋の中に閉じ込められてしまったことも、痛いほど感じた。その部屋は、京子という密室であり、また京子と二人だけで世間の眼を避けて閉じこもる密室である。(六十二)

「密閉された部屋の中」における伊木と京子との性は、「鰻屋の兄妹」のそれと相似形をなす。換言すれば、伊木と京子の「密室」の性を語る補助線として、「鰻屋の兄妹」の近親相姦が提示される必然性があったといえる。「京子を両腕にかかえて密室の中で輾転《てんてん》」とする伊木は、そこが「世間の眼を避けて閉じこもる密室である」にもかかわらず、「京子と自分以外の存在を、部屋の中に感じ取」(同)る。「部屋の中にいるもう一人、それは死んだ父親の亡霊なのだ」(同)とある。そこに意識される「死んだ父親の亡霊」は、「鰻屋の兄妹」の「出口を釘付け」にした「世間の眼と声」にも相当しよう。

さらにいえば、「密室」に出現する「父親の亡霊」には、この小説に布置された「様々なイメージの断片」を連結する、「強烈な原色の赤」の機能も託されているように思われる。亡父の呪縛に由来する、「赤」の情念がそれである。伊木は、閉ざされた京子との性に、「血の味を感じ」「血なまぐさい臭いを感じ」(六十二)とる。これは、「鰻屋の兄妹」が「生のままで」口にするという、「鰻の肝」の「生血に塗《まみ》れた二つの唇」(五十二)を連想せしめる。「血」からイメージされる「原色の赤」は「屈辱」「憤怒」を寓喩すると同時に、その「密室」性と相まって、閉塞した現代の性の徴憑ともみなしうる。

「一晩留置場で考えたが、電車の中の行為はやはり青春の時期に属すべきものだ、と分った。その時期には、痴漢的だが、痴漢ではない。現在では痴漢になってしまう……」

と、井村は言う。その接触行為は、女性への憧れが変形した青春の世界のものであるべきだ。

(十七)

伊木一郎の友人井村誠一の痴漢行為にも、作者「私」の性に対する憧憬と共に、現代の閉塞した性への哀しみを読みとることが可能だろう。「青春の時期」の痴漢行為は、「未知なるものへの憧れ」「祈り」(同)であると説明される。いうなれば、それは、「アダムとイブ」に表象される始原の性、「太陽の光の降りそそぐ野原」における「輝くような性行為」にも相当する。

ところが、同じ行為であっても、「中年」(十七)の「現在では痴漢になってしまう」という。『魔の一刻』が過ぎたあとも、女性を追尾するのは品下った中年男のイヤシイ行為であり」、「性的頽廃」(6)と評される。上引の文中にある「中年」および「現在」を、そのまま〈現代〉と読み換えることも不能ではない。つまり、「中年」となった井村の「現在」の痴漢行為は、現代の性の頽廃・閉塞の暗喩となる。井村が「学生の頃あこがれていた」(十六)木暮恭子は、「華奢《きゃしゃ》な軀つきで、性質も内気でむしろ陰気だった」(四)。それが、再会時には「異常なまでに肥《ふと》」り、「陽気」(同)な中年女性へと変貌していた。こうした恭子の変容にも、喪われた「昔」の輝やかしい性と、閉塞した現代の性との象徴的な対比をみることができよう。

五 「復讐」のモチーフ

伊木は自己の「推理小説」について、「その序章の部分に、自分にとって何かの意味が隠されているに違いない」(二)と考える。表層的な意味でなら、「それは、死んだ父親との関係」(三)、すなわち父の呪縛ということになる。しかし、序章部分における最大のモチーフは、残された「若い妻」を「独占する筈の男」に対する「復讐」(二)にあるといえるだろう。伊木の推理小説と重層化され、その延長上に位置するともみなしうる『砂の上の植物群』作中に、上述の「復讐」のモチーフを探ってみたい。

後日、兇器に変化する筈のものを、父親は死の直前に遺《のこ》していたのだ。それは、伊木一郎に復讐するために、計画的に用意されたものだろうか。そんなことはあるまい。彼自身は、復讐に似た悪意を否応《いやおう》なしに感じ取らされるにしても、父親にその気持は無かった筈だ。（五十五）

客観的にみて、亡父の息子一郎に対する「復讐」の動機は考えがたい。伊木自身、「推理小説の序章とは、その部分は重なり合わぬ筈だ」（同）とそれを否定している。「兇器の役割となるものが、現在この世の中に存在していることはたしか」（同）といっても、父が生前に生ませた「京子」（五十一）という同名の女性を「兇器」と解することは不可能である。かりに、亡父がそこに「復讐」を企図したにせよ、見知らぬその女性と伊木が遭遇し性的関係をもつにいたる確率は限りなくゼロに近い。ならば、「推理小説」の「復讐」のモチーフはいかにして生まれたのか。「彼自身は、復讐に似た悪意を否応なしに感じ取らされるにしても」――との言説が示唆するように、その「復讐」のモチーフは、伊木自身の父への復讐心が投射され転移されたものと理解するよりほかにない。

先刻の夢の断片を思い出してみる。密室を出ると、そこもまた密室だった。二つ目の密室を出たところに、粘った靄が立罩めていた。現在のこの状態にも、やはり亡父の幻の手は介在しているのだろうか。（四十六）

伊木は、「密室を出ると、そこもまた密室だった」という夢をみる。伊木自身も憶測しているごとく、その夢にも「亡父の幻の手」が「介在」していよう。「三十四歳になった彼の背を押した幻の手は、江美子との関係で立現れた亡霊の手でもあった」（同）と叙せられている。これに先立つ、「亡父の幻の手が、山田理髪師を媒介として、一郎を朝子の方に押しやった」（同）という一文と併せて考えるなら、最初の「密室」は川村朝子との接触を、そこから抜けでたあとの「二つ目の密室」は江美子との結婚生活を、それぞれ寓喩しているものと推察される。「二つ目の密室」には「人工光線」が満ちており、「白い部屋」（四十五）と語られている。これは、江美子に「北欧の血が四分の一」「流れて」いて、「皮膚の色はミルクの白さで、底の方から白い」とされていること、さらに、再会時の江美子の「美しさにはかなり人工的な感じが加わっていた」（同）という叙述に照応する。

前述したように、亡父の「復讐」の動機は見当たらない。対して、息子の一郎の側には「復讐に似た悪意」が内在している。川村朝子への接近および失職といった自己の運命への支配、また江美子との結婚の経緯などに起因する怨念が、父に対する「復讐に似た悪意」を育んだものと考えられる。十年後に再会した江美子の「変貌は、そのとき既にはじまっていた筈」であるが、「父の呪文が、彼の眼を霞《かす》ませた」（四十六）とみえる。亡父が「設《しつら》えておいた落し穴に、その死後十年経って陥《お》ち込んだ気持」（同）——を伊木は禁じえない。それのみか、生前の父と江美子の「肉体関係」（五十一）まで疑うにいたる。「父親が設《しつら》えておいた落し穴」も「肉体関係」も伊木の被害妄想にすぎまいが、そうした意識が父に対する「悪意」を生み、「復讐」心を醸成したと想像される。

> 京子の軀のさまざまな部分のわずかな動きの持つ意味が、彼には素早く理解できてしまう。その部分が、彼になにを求めているかを、彼は軀にじかに感じ、反射的に彼の軀のさまざまな部分がその求めに応じていることに気付く。
>
> 江美子と触れ合っているときには、それはけっして起らぬことなのだ。（六十二）

京子との性が深まるにつれ、伊木は「京子の軀のさまざまな部分のわずかな動きの持つ意味」を敏感に感知し、「反射的に彼の軀」もまた「その求めに応じていることに気付く」。それは、妻の「江美子と触れ合っているときには」「けっして起らぬこと」だという。江美子との結婚を、「父親が設えておいた落し穴」と意識する伊木にとって、京子との性の深化は一種の「復讐」行為ともみなせよう。

前述したように、亡父が異腹の妹を「兇器」として遺したなどということはありえない。だが、山田理髪師から妹の存在を知らされて以後、伊木の脳裏で「山田の話の京子という女と、津上京子とが重なり合」（六十四）い、「彼はそこに亡父の復讐を強く意識せざるを得な」(7)くなる。これは、理性的判断を越えた、父に対する「復讐」心の反射とみるべきだろう。伊木は津上京子を妹と想定しつつも接触をつづけ、「一層の充実を摑《つか》みたい」（六十五）と望む。「禁制による罪の意識の発生が、絶望感と結びつきながら、いかに性を『密室の秘戯』の充足に導くかが瞥見《べっけん》できる」(8)とする解釈も可能であろうが、ここでもやはり父に対する「復讐」の情念を重視したい。伊木に「充実」感をもたらしている要因は、「罪の意識」以上に、遺された「兇器」を逆手にとり父を刺し返しているという反逆心にあると推測される。

「津上京子を自分の妹と信じ込んでいた」（六十七）その時期に、伊木はクレーの画集のなかに「ボルの上空の雲々」（六十五）と題された絵を発見する。「濃い朱色の雲が上空に拡がっている絵」（同）である。その「画集の上の夕焼と対い合った彼は」、「異様な充実を覚え」（同）る。「追い詰められた獣」、「その獣の血管の中で煮え立った血。それに似たものを、彼は自分の姿勢と血管の中に感じた」（同）とある。つまり、ここでも「夕焼」の「赤」は、「亡父の幻の手」（「兇器」）に関わる「屈辱」「憤怒」と無縁でないことが理解される。それに、「復讐」の念を付加することも可能だろう。

彼は濁った、白い欲情を感じた。燃え上るものは無く、粘った暗い欲情である。（中略）

京子の眼から、やがて誘う光が消えた。その眼は白く濁り、その底に粘り付く強い光があらわれてきた。その眼と対い合っている彼は、自分の眼にもそれと同じ光が滲み出てきたようにおもえた。(六十八)

理髪師の山田から、異腹の妹「京子」がすでに死亡していたことを告げられ、伊木の内部で「燃え上るもの」「煮え立つもの」(六十七)が消失する。にもかかわらず、伊木は「京子の部屋」(六十八)に赴く。「彼は濁った、白い欲情を感じた」とみえる。「白い欲情」――。これは、「屈辱」「憤怒」「復讐」を表象する「赤」の情念の対極にある、「頽廃」「荒廃」の性を指示しよう。かつて「変態性欲者」の男にみた「粘り付くような強い光」が、自己の眼にも宿っていることを伊木は覚る。「京子を抱えて」、「頽廃」「荒廃」の性の「斜面をゆるやかな速度で摩落《ずりお》ちはじめたことを、彼は知った」(同)。それは、「蕩児」とはいえ「終りの頃には俺としか遊ばなかった」(五十)という山田の言が示すように、「父親の窺い知らぬ世界」(同)への没入といえる。

「僕の中にいると、ひどい目に遇うぞ」

彼は言葉をつづけて、

「それが復讐だ」

と小さく呟き、いそいで頭を左右に振った。これからのことは、既に亡父とは無関係のことなのだ、と彼はおもったのだ。(六十八)

伊木の耳に、「勘違いするな、三十四歳で終った俺の人生のつづきを、お前に引継がせているのだ」、「俺は、お前の中に潜り込んでいるのだぞ」(同)という父の声が聞こえる。しかし、これは、「亡父の幻の手」の存続を意味するものではあるまい。父の声に対して伊木は、「僕の中にいると、ひどい目に遇うぞ」、「それが復讐だ」と呟く。現在の伊木にとって、「これからのことは、既に亡父とは無関係のこと」であり、「それが復讐」になるにしても、自ら意志してのことではない。「終った」、「今度こそ、彼は疑う余地もなく、そうおもった」(六十七)とある。津上京子が亡父の「兇器」でないことが判明した時点で、すなわち「赤」の情念の消滅とともに、父への「復讐」劇は「終っ」ていたといえるだろう。

注
(1) 鳥居邦朗「砂の上の植物群」『鑑賞日本現代文学第二八巻　安岡章太郎・吉行淳之介』(昭五八・四、角川書店)、三六一頁。
(2) 山田有策「『砂の上の植物群』」『解釈と鑑賞』第五〇巻七号(昭六〇・六)。
(3) (2)に同じ。
(4) (2)に同じ。
(5) 福田宏年「性の不毛の作為性」山本容朗編『吉行淳之介の研究』(昭五三・六、実業之日本社)所収、九三~九四頁。
(6) 荻久保泰幸「作品論『砂の上の植物群』」『国文学』第一七巻五号(昭四七・四)。
(7) (2)に同じ。
(8) 磯田光一「解説」新潮文庫『砂の上の植物群』(平八・一、新潮社、四六刷)、二五八頁。
『砂の上の植物群』本文の引用は、新潮文庫『砂の上の植物群』(平八・一、新潮社、四六刷)による。

『ベッドタイムアイズ』（山田詠美）――性の原質

一　発情の性

男女の出逢いと接触においては愛から性へと移行する、それが一般的な通念といえるだろう。ところが、『ベッドタイムアイズ』（昭六〇・一一、河出書房新社）では、いきなり性から開始される。それも、性行為にいたるまで一言の会話すらない。

スプーンと視線が合った瞬間、私は自分の思っていた事を彼に悟られたような気がして下を向いた。再び顔を上げた時、彼は私の視線を捕え出口の方へそれを移動させた。私はそのまま何かにとり憑かれたように立ち上がり、連れの男にレストルームで用を足して来ると言い残し、ゲームルームの外に出た。（1）

「私」＝キムは「基地のクラブ」（同）で、一人の黒人＝スプーンを目撃する。その際、キムは「自分の男」（同）と一緒であったにもかかわらず、スプーンを目にした瞬間から眼中になくなる。キムは、スプーンの視線に促され「何かにとり憑かれたように立ち上がり」、ゲームルームの外に出る。そこに、キムを支配する、本能に根ざした強力な性の牽引力がみてとれる。「二人は『愛』などという言葉以前のところで出会[1]」ったと評することができよう。そうした、「言葉以前」の「出会」いと牽引という相似性において、「始めてアダムを見たイヴ」（一〇）と描かれる、『或る女』作中の早月葉子が連想される[2]。

初対面にして、言葉・理解以前に性衝動に囚われるという現象は、何も男性だけにかぎらない。「その指はポケットの内側を丹念に愛撫しているように思われる。自分のスリットをあいった平然とした表情と卑猥な指先で探られたらどういう気持だろうかと思いついて、私は顔を赤くした」（1）とある。通常、若い女性が抑制ないし隠蔽しがちな性衝動を、この小説の語り手「私」は隠そうとしない。『或る女』の葉子も同列である。初対面の倉地三吉に、葉子は「不思議な肉体的な衝動」（一〇）を覚えている。言葉・理解以前に生起する性の衝動——。そこに、男女の出逢いあるいは愛の原質が透視される。

私は唇に力を込めてその胸毛を引っ張りながら男の体臭を味わう。そして、これと同じ匂いを昔嗅いだ事がある、と思う。ココアバターのような甘く腐った香り。腋の下からも不思議な匂いがする。（中略）発情期の雄が雌を呼び寄せるムスクはたぶんこんなふうに懐かしさを感じさせるのだ。（1）

男と女の愛も性も、有り体に表現するなら「発情」にほかならない。そうした「発情」すなわち性の誘引力として、「体臭」「匂い」が果たす役割は大きい。とりわけ、女性の側にその比重が大きいものと推察される。『或る女』の葉子にも、倉地の「ウヰスキーと葉巻とのまじり合つたやうな甘たるい一種の香」に、「情熱のほむらが一時に煽《あふ》り立てられて、人前では考へられもせぬやうな思ひが、旋風《つむじかぜ》の如く頭の中をこそいで通るのを覚えた」（一七）という言説がみえる。

『ベッドタイムアイズ』のキムも、「男の体臭」に敏感である。「どんなに遠くにいても私はこの男の匂いを嗅ぎつける」（8）、「こんな時でも彼の体からは私を悩ませた香水の良い匂いがした。その匂いはブルートというのだった。まさしく彼は私の体内に棲みついた野獣だった」（9）とある。上掲文中にいう「こんな時」とは、私服警官に踏み込まれ、スプーンとの別れを間近にひかえたその時点をさす。そのような切迫した折にあってさえ、キムはスプーンの「匂い」を鋭敏に感知している。別言すれば、スプーンと別れる間際まで、キムは「発情」しつづけていたといえる。こうしたキムにみる性への執着・耽溺は、惰性に陥りマンネリ化した男女の性の対極に位置する。小説『ベッドタイムアイズ』は、純潔なまでに濃縮された女性の「発情」の様態を、けれん味なく表出してみせた作品と捉えることが可能だろう。

仕事の後、私はずい分前から馴れ合いの関係にある気のおけない男友達の部屋を訪ねた。彼はいつも私の共犯者であり、私も彼にとっては同じだった。彼はいつもして来た事をその晩もし、私は体も心も彼に熟知されているはずなのに、敗北感だけを抱えて彼の部屋を後にした。私はスプーンの中毒患者になりつつあった。（6）

一般の男女においても、いわゆる恋愛期間中は「中毒患者」と称してよいかもしれない。ただし、キムの場合、スプーンの体と性にその「中毒」の重点がある。キムは「スプーンと暮らし始めてから二度程」、「他の男とベッドを共にした」（同）。だがそれは、「他の男とセックスがしたかったから、では」（同）ない。スプーンに「のめり込んで行く自分が」「不安」、かつ「こわかった」（同）ためである。しかしながら、「敗北感だけ」が残される。つまり、スプーンの体と性の優越を、改めて思い知らされる結果となる。

「スプーンの黒光りする体は噛めば甘い汁がじわりと湧いて来そうなチョコレートだった」、「それだけのものを捜し、私は東京中を気違いのように走り回ったのだ。そして、私にとってそれは、それほどのものだった」（7）。いうまでもなく、「それほどのもの」とは、「スプーンの黒光りする体」をさす。キムにとって、それは「東京中を気違いのように走り回っ」て捜し出すに価するほどの、価値あるものであった。キムの、「中毒」症状の深さがそこにうかがい知れる。

彼のディックは赤味のある白人のいやらしいコックとは似ても似つかず、日本人の頼りないプッシィの中に入らなければ自己主張ひとつ出来ない幼く可哀そうなものとも違っていた。（中略）スプーンのヘアは肌の色と保護色になっているからか、ディック自身が存在感を持って私の目に映る。（1）

前引の「それほどのもの」と称される「スプーンの黒光りする体」を露骨にいえば、「白人」および「日本人」のそれに対する「彼のディック」の優位性ということになろう。キムは、「スプーンと暮らし始めてから二度程」、「他の男とベッドを共に」する。その「他の男」が、どういった人種であるかの記述はない。しかし、「気のおけない男友達」とあり「敗北感」を味わっていることから推して、「日本人」の男性であろうと推測される。キムはそれまで、「体も心も彼に熟知されている」「男友達」を持ちながら、スプーンに対するような「発情」を知らなかった。キムにとっての男の価値は、自己を「発情」に導くに足る強力な性的牽引力にあるといえる。極言すれば、体と「ディック」ということになる。

体と性の重要性については、「マリア姉さん」(2)の言葉にもみることができる。「今、唐突に肌に溶け込むか、なんて聞いたのは、それが一番大事な事だからだわ」(同)とある。「肌に溶け込む」との言は、相手の体と性との濃密な一体感を意味しよう。それが男女にあって、「一番大事な事」だという。これはそのまま、『ベッドタイムアイズ』の思想であり、語り手「私」の想念を表象する言説とうけとれる。

私は彼をこの数カ月間、気が狂う程愛した。けれど、私はこのラバーボーイの事は何ひとつ具体的に知ってはいなかった。(9)

スプーンと同棲していた数ヶ月のあいだに、「ファック」を「何百回と繰り返し」(8)ながら、キムは「このラバーボーイの事は何ひとつ具体的に知ってはいなかった」。ジョセフ・ジョンソンという、「彼の本名すら知ら」(9)ずにいた。キムはそれらを知ろうとせず、無知であることに不満はない。「二人の関係は、あくまでも『体』と『体』の関係」(3)であって、そこでは相手の情報はおろか、言葉や精神の介在も不要となる。「彼の本名すら知らなかった」とは、言葉・精神の徹底した切断もしくは排除を暗示している。

愛から性への推移が恋愛における一般の通念とするなら、『ベッドタイムアイズ』の推移はそれに逆行するといえる。つまり、性から愛への移行がそこにみうけられる。かりにスプーンが「欲望だけ」（9）で接していたにせよ、キムの愛は疑えない。

「わかんない。あたし、混乱してる。いつもならマリアお姉さんの言葉が何よりの精神安定剤なのに。あたし、どきどきしてる。どうしたんだろ」（中略）

想像は出来た。スプーンが私の体にするように他の女の体に嚙み跡をつける事など、を。その瞬間、私の頰を生暖かい液体が伝わり落ちた。私は茫然自失して泣いていた。（2）

スプーンと出逢うまで、キムは「男を愛そうとする時」、「数多くのお遊びの中の本当に稀な真実のものを感じとりそうになった時などに」、マリア姉さんにも「その男を愛して欲しい」（同）と望んでいた。それが真面目な動機であれ、愛することに伴う束縛と重圧とを、本能的に察知していたためと考えられる。ところが、スプーンの場合、マリア姉さんとの情事を「想像」するだけで悲しみに襲われる。これは、性の「中毒」症状とは無関係な、精神的反応といえる。「想像に嫉妬して泣くなんて」（同）以前のキムにはなかったことであり、紛れもない恋の感情がそこに読みとれる。だが、この時点でのキムは、まだ自分が恋に陥っていることを識らない。

私は理由のない胸の動悸に自分自身驚き、心臓病患者のように左胸を押さえた。私は自分をひとりぽっちだと感じた。ダイスが転ってゲームが始まったような気がする。だけど、こんなに深刻なゲームが今までにあったかしら。（中略）たかが男と暮らすだけの事、深刻になるのは馬鹿げている。本当に馬鹿げている。（2）

キムは、「理由のない胸の動悸に自分自身驚き」ながらも、すでに恋の「深刻なゲーム」に陥っていることに無自覚である。「深刻なゲーム」への没入を忌避し、「たかが男と暮らすだけの事」と考えようと試みる。しかし、そうした抵抗も長くはつづかない。「公園前のバスストップ」でマリア姉さんを見かけ、「不思議な事に私は彼を採点してもらいたくな」（6）いという想いが胸をよぎる。加えて、「今まで私が持った事のない嫉妬という感情を強烈に味わ」（同）う。断るまでもなく、キムに生じた「強烈」な「嫉妬」の感情は、スプーンへの愛の内在を証する。その後、キムはマリア姉さんのベッドにいるスプーンを目撃することになるわけであるが、この小説におけるマリア姉さんの役割は、スプーンがキムにとってそれまでの男とは別格な異性であること、および、「嫉妬」を通じて無自覚であったスプーンへの愛の深さを自覚せしめる存在――と要約することができよう。


「取ってやしない」

「取ったわ！　彼はあたしの、なんだ！」

　スプーンに支配されているという自己満足は実はスプーンを所有しているという満足にほかならなかった事に今、私は気づいた。

「そして、あんたは彼の、ってわけ」

「そうよ」（7）

男と女の接触は、性を伴おうとそれが「ゲーム」であるかぎり、そこに束縛はありえない。だが、「深刻なゲーム」となれば、相互に「所有」「支配」の関係が生ずる。キムは、マリア姉さんのベッドにいる愛人を見出して、「スプーンに支配されているという自己満足は実はスプーンを所有しているという満足にほかならなかった事」に気づかされる。それ以前にも、「スプーンの悲しみは、すなわち私の悲しみ」、「私はこのろくでなしを愛している」(6)といった言説もないではないが、マリア姉さんとスプーンの情事を目撃してはじめて、キムは「支配され」「所有している」愛の「深刻なゲーム」の実相を、真に自覚したといえるだろう。

「私の体にはスプーンという刻印が押されているのは確かだった」(6)とみえる。だが、「刻印が押されているのは」「体」ばかりではなかった。知らぬあいだに、心にも「スプーンという刻印が押されて」いた。「体」の「刻印」は性の「中毒」を、心への「刻印」は愛の胚胎ないし生成を暗示する。

意志を持たない操り人形が示された処方箋を読むように私はスプーンの痛むとこを舐めまわしたい。それが彼のディックを舐めまわすより、はるかに困難だという事に気づくまでに時間がかかり過ぎた。何故、もっと早くから練習しておかなかったのか、と思う。(1)

この小説の作品内時間は、スプーンを喪失するにいたる結末から冒頭へと接続している。前掲の一節はスプーンを失って以後の感懐に属する。スプーンは、「私をかわいがるのがとてもうま」(同)かった。ただし、それは「私の体を、であって、心では決して、ない」(同)。キムもまた、「スプーンに抱かれる事は出来」たが、「抱いてあげる事が出来な」(同)かった。ここにいう「抱いてあげる事」の意は、むろん「体」ではなく「心」を指示する。キムは、スプーンを喪失してようやく、「彼のディックを舐めまわすより」「痛むとこを舐めまわ」すことの方が「はるかに困難だという事」に気づく。しかし、気づいたからといって、「体」と「心」の「隙間を埋め」（同）ることができたわけではない。すでにスプーンは失われている。『ベッドタイムアイズ』は、スプーンの「体」＝性への「中毒」にはじまって、「心」＝愛への自覚とその喪失をもって閉じられる小説と解される。

三　キムのセクシュアリティ

キムは自己を、「大胆不敵な不良少女」（2）と称している。また、スプーンの「体」と性への耽溺にしても、尋常の域を越えた過激なもののようにみえる。とはいえ、キムに体現されるその性愛には、女性特有のセクシュアリティとして普遍化しうる要素も見出せるように思われる。

彼は実際にそうなのだが、何に関しても熟練者のように振る舞った。私は自分を幼い者のように感じ可愛く思った。**I'm gonna be your teacher.**（オレは、お前に教えてやるよ。）この言葉を私は何と頼もしく聞いた事か。（3）

スプーンが常用している「ドラッグス」（同）を、キムも真似て試してみる。当然うまくいかない。そのような自分をキムは、「幼い者のように感じ可愛く思」うとともに、「熟練者」のスプーンが「頼もしく」感じられる。これは何も、「ドラッグス」にかぎらない。何事であれ、愛する男性を「頼もしく」思い、逆にそれに及ばない自分を「可愛く」「幼い者のように感じ」たいとする心理は、恋に陥っている女性一般に看取される心性といえよう。「スプーンと出会って以来、彼が私の絶対だった。私はいつも、あまりにも無知で海草のようにふらふら頼りなくて指導者を必要としていた」（7）とある。しかしながら、キムはそれまでに接してきた男性を、「絶対」的な「指導者」と認めたことは一度もない。そこに、スプーンに対するような愛が欠如していたからだろう。

恋しく思う男性の優越性を欲し受け入れようとする心理は、『或る女』の早月葉子にもみうけられる。「稲妻のやうに鋭く葉子はこの男の優越を感受した」、「無条件的な服従といふ事も事務長に対してだけは唯望ましい事にばかり思へた」（二六）。葉子は、初対面にして倉地の「優越」を直感し、これを素直に受け入れる。葉子もキムと同様に、「大胆不敵な不良少女」と周囲にみなされ、また取り扱われてきた女性である。そうした葉子にして、「男の優越」「無条件的な服従」を欲し受け入れる。これは、葉子あるいはキムにのみ固有な心性とは考えがたい。受け身の性としての女性の、本能的ともいえるセクシュアリティをそこにみることが可能と思える。

私は次のスプーンとのメイクラブを考え、期待感に体が熱くなる。けれど、いつだって、先に夢中になり、あなたが欲しいの、と叫ぶのは私の方だった。

スプーンとも、もう馴れ合い始めている。彼とのメイクラブの後はいつも甘い敗北感が残る。

（2）

スプーンを「つき放し」（同）焦らしたいと思うものの、「いつだって、先に夢中になり、あなたが欲しいの、と叫ぶのは私の方だった」。のみならず、「メイクラブの後はいつも甘い敗北感が残る」という。しかし、その「敗北感」が屈辱感に転化することはありえない。「甘い」と形容されているごとく、それを望みよろこびとする「敗北」である。

「私を押し潰して、その猫のように！」、「私は押し潰された不遇な猫としてスプーンの心に生き残り、一生復讐するのだ。あんたのママは正しかったわ。女ってそういうものなのよ」(8)。上引文中にある「復讐」にしても、前述の「敗北感」と異なるところはない。「押し潰された猫」としてであれ、恋するスプーンの「心に生き残り」たいという、「甘い」願望の意と理解される。「女ってそういうものなのよ」――。キムのいう「そういうもの」＝女性の被虐的なセクシュアリティは、精神面ばかりでなく肉体的な嗜虐性にもみてとれる。

　彼は私の皮膚が剝がれてしまうくらいに強く、私の首筋を吸った。そこには、かわいそうな紫色の蜘蛛の巣が散乱する。その蜘蛛は彼の心を捕食しようと待ち受ける。けれど、いつのまにか私は、そんな大それた考えを捨て、スプーンの小さなおもちゃ《トイ》になる事を楽しみ始める。トイは気まぐれなキッズにたたきつけられ、もてあそばれるうちに、その痛みを楽しみ始める。(4)

キムは、「スプーンの小さなおもちゃ《トイ》になる事」を屈辱に思うどころか、むしろそれを「楽しみ」としている。それだけではない。「もてあそばれるうちに、その痛み」さえも「楽しみ始める」。「痛みと快感は酷似している」(8)――。マゾヒズムへの嗜好性は男性にも皆無とはいえないにせよ、受け身の性が課せられた女性の側により強く深いものと察せられる。

「私は猫の鳴き声を真似てみる。そのうちにそれは私自身の声になって行く。私はスプーンに自分自身を征服させた快楽を知る」(4)。これもまた、キムの嗜虐性を証する一例といえよう。「猫がどういうふうにファックするか」を問われ、「知らない」と答えるキムの肩に、スプーンは背後から「おもいきり嚙みつ」(同)く。しかし、それはキムにとって苦痛であるだけではない。そのような性行為のなかで、「自分自身を征服させた快楽」を味わってもいる。こうしたキムにみる被虐的な性感は、程度の差はあれ女性に普遍的なセクシュアリティと解される。

ところで、これは女性に通有の心性とはいえまいが、キムには男性に対する一種の嗜好性が認められる。野性的な性への希求がそれである。「あたしは馬鹿にしてないよ。だってあんた本当に馬鹿なんだもん。かわいいよ。そういう思い方、おかしい？　かわいいよ、そういう男って。本当だよ」（5）。キムはスプーンを、知的な人間とはみなしていない。スプーンが「馬鹿」であるゆえに「かわいい」と述べる。「大きな図体をした未熟な子供。私のかわいいスプーン」（同）ともあって、そこに母性本能が作用していることは確かだろう。しかし、キムの場合、それだけでは説明しきれない。

彼の四文字言葉《フォーレターズワーズ》は極めて音楽的に聞こえる。それの入っていない優等生英語は今の私にとっては不能の男の飲む気の抜けたビールのような代物だった。彼が私をbitch《あばずれ》と呼ぶ時、私は親愛なる同志を見るように感じる。スプーンはビッチの男なのだという根拠において。（3）

キムはスプーンを「本当」の「馬鹿」と称するだけでなく、「下卑た顔」（8）「最低の男」（5）とも表現している。スプーンがそうした「下卑た」「最低の男」、すなわち「ビッチの男」であるがゆえにキムはそこに「親愛なる同志」を感知し、「いとしさ」（3）をも感受しうる。スプーンが連発するスラングは、「優等生英語」の反極にある。「優等生英語」が「不能の男」の寓喩とするなら、スプーンが用いるスラングは野性の性を表象しよう。つまり、そこには、「優等生英語」＝知性に対する、「四文字言葉《フォーレターズワーズ》」＝野卑な性の優位性が示唆されている。

私の思惑とは別にスプーンは自分の体でとらえたことだけを口に出す。彼は考えを持たない。

体で反応したものだけが彼の言葉を使う。(4)

スプーンにあっては、つねに「体」が「言葉」に優先する。「体」を離れた「言葉」はない。「彼は考えを持たない」との言は、その反理性的存在の暗喩と読める。性の営為が相互の理性を剥ぎとるところに成立する行為、人間が自己を動物の次元に還元する行為であるとすれば、もともと知性・理性と無縁なスプーンは最も動物的＝原初的な性を体現しうる存在と評せよう。キムが求めていたものは、そうした「最低の男」の「下卑た」性、あらゆる虚飾を剥ぎとった原初の性であったと推測される。

四　喪失と詩美

スプーンと同棲をはじめて以来、キムには「気になり続けている事が一つだけあった」(9)。スプーンが「いつも後生大事に抱えている書類の束」(同)がそれである。しかし、その「書類の束」が何なのか、まして、それによってもたらされることになる結末をキムは知る由もなかった。

私たちの関係をスロットマシーンのゲームにたとえるなんて気がきいている。私は急に陽気になった。生まれて初めて幸運な勝者の気持になって自分は儲けたのだ、と思った。(中略)ギャンブルで儲けた金が手元に落ち着く事などあり得ないという鉄則をその時の私には思い出す術《すべ》もなかった。(8)

スプーンと過ごした「熱病」(9)のような日々と性の饗宴。だが、「ギャンブルで儲けた金」に等しいその生活も、やがて終息をむかえる。スプーンが「U・A」である以上、「いつか来る別れ」(2)

を予測していたとはいうものの、キムにその明確な自覚はなかった。警視庁からの電話をうけても、クラブで行われている売春摘発を想像するだけで、スプーンの逮捕までは察知しえない。ラジオから流れるティナ・ターナーを耳にしながら、赤い「ルージュ」と「黒い絹のナイトガウン」(9)姿でいとしい恋人の帰宅を待つ。「食べていいよ」、「スプーンは私に口づけた」、「ルージュのべたつきを足に感じ、縮れた髪を撫でながら、私は涙ぐみそうになった」(同)。しかし、この時点においてもスプーン喪失の予覚はない。それだけに、「自分の唇より、明らかに一回り大きい」(同)く描かれた、キムのルージュが哀感をさそう。スプーンとの別離を背景に置いて、巧みな設定といっていい。


「今日は、まだ言ってないね、スプーン」

「……何が?」

「四文字言葉」

(中略)

「言って」

「FUCK」

「して」

スプーンは私の頬を手のひらで触った。私はその手首や指たちを撫でた。(9)


突然訪れた私服警官に、「十五分」(同)の猶予が与えられる。その間、二人のあいだで交わされる言葉といえば、「FUCK」に関わる応答だけである。キムとスプーンとの関係が見事に凝縮されているといえるだろう。「言って」、「FUCK」、「して」——。ここには、男女の別れにつきまといがちな、感傷・虚飾の類いはまったくみうけられない。裸の心と心とがむき出しに表出されている。身にまとう衣服をすべて脱ぎ捨てた男女の裸体が美であるとするなら、いっさいの虚飾を捨て去った二人の会話も美しい。

「この小説に一体何が描かれていただろうか。ひとりの女が男に〝首ったけ〟になること。ただそれだけだ」[4]という論評がある。『ベッドタイムアイズ』は、「ひとりの女が男に〝首ったけ〟になる」というありふれた素材を、男女の愛の原質＝原初的な性愛を通して詩的形象の域にまで濃縮し純化しえた小説と評しうる。「あんたって、こんな時にまでメイクラブの最中みたいな目付きする」、「彼は人差し指で最初に自分自身を指し、そして、ゆっくりと私を指差し、二度頷いた。スプーン、私もなの。私もなのよ。けれど声にならなかった」(9)。別れに臨んでなお、スプーンとキムとは互いの裡に、「メイクラブの最中みたいな目付き」を確認し合う。それ以外の念慮はない。突飛な連想といえようが、そこには梶井基次郎の『交尾』作中の河鹿にも似た、一途な「痴情の美しさ」さえ感取される。

「その口紅、すごくゴージャスだよ。レディに見えるぜ」(中略)

「さっきはハロウィンなんて言ってたくせに。こんなの娼婦《フッカー》みたいだよ」

「オレのレディはいつだってオレのフッカーだよ」

　そう言って私の唇に口づけた。私は初めてスプーンの言葉が温かいと思った。(9)

「その口紅、すごくゴージャスだよ。レディに見えるぜ」。これは、スプーンが口にした唯一の「温か」な言葉といえる。けれども、キムはそれをさほど重くうけとめようとはしていない。スプーンを失ったあと、「美味しい」と回想される「記憶」の数々は、「あの恥しらずの黒い手」さらに「自分の手を挟み込んで離さないスリット」(10)など、その身体的な側面にかぎられる。上述の「温か」な言葉への回想はみられない。その言葉がいかに優しく「温か」くとも、キムが恋人に求めるものではないからだろう。「あの恥しらずの黒い手」、弾力ある尻の「スリット」こそが、スプーンの存在以上にスプーンを表象する。小説の冒頭に「スプーンの痛むとこ」への言及もあるとはいえ、その比重は大きいとはいえまい。

私は思い出をいとおしんでいる! 思い出という言葉を! 私にはまったく関係のなかった意味のない言葉《ダムワード》。私は記憶喪失の天才であったはずなのに。初めて私自身に所有物が出来てしまったのだ。(10)

「記憶喪失の天才」と自称するキムは、それまで愛の「記憶」をいっさい拒否して生きてきた。だが、スプーンにまつわる「思い出」だけは拒否しきれずに「記憶」に残る。しかも、「私は思い出をいとおしんでいる」という。キムが「いとおしんでいる」「思い出」を要約するなら、スプーンの「素晴しい体」(1)と、「熱病」に比喩される性愛の「記憶」ということになろう。「私の中にまだ彼の体液は残っているだろうか。私は望んでいる。それらが私の細胞のひとつひとつに染み込んで、あの良い匂いを放つ事を」(10)。ここにも、スプーンの「心」に対する愛惜はみうけられない。「彼の体液」といい、「良い匂い」といい、すべて「発情」に関わる「記憶」のみといえる。キムの「愛」の内実は「発情」の一語に集約される。それが、小説『ベッドタイムアイズ』のモチーフでもあるに相違ない。

注(1) 浅田彰「解説――モラリストの誕生」新潮文庫『ベッドタイムアイズ・指の戯れ・ジェシーの背骨』(平

八・一一、新潮社）、三一六頁。
（2）江藤淳に、「黒人兵スプーンが小説の結末近くになって、突然某国大使館に米軍の軍事機密を売り渡そうとしている叛逆者の正体を露呈し、その意味で有島武郎の『或る女』の倉地を思わせる相貌を帯びはじめる」（「傑出した小説」昭和六〇年度文芸賞選後評、『ベッドタイムアイズ』、昭六〇・一一、河出書房新社、所収）という指摘がある。小稿では、倉地とスプーンというより、早月葉子とキムとの相似性を重視している。
（3）（1）に同じ、三一七頁。
（4）竹田青嗣「解説」河出文庫『ベッドタイムアイズ』（平七・一二、河出書房新社）、一五七頁。
『ベッドタイムアイズ』本文の引用は、『ベッドタイムアイズ』（昭六〇・一一、河出書房新社、初版）による。

『YES・YES・YES』（比留間久夫）——越境する性

一　被虐——快感の原質

『YES・YES・YES』（平元・一二、河出書房新社）の語り手「僕」は、「バー・アドレッセンス」（プロローグ）のボーイで、ジュンと呼ばれる十七歳の少年である。しかし、「男性相手に身を売ってはいるが決してゲイではない」(1)。小説中にも描かれているように、ヒデキに誘われて女の子を「ナンパ」(8) に出かけていることからして、正常な性欲の所有者であることが理解される。しかるに、それ以前に同性との性経験などないはずのジュンが、「最初の客」を相手に「感じてしまっていた」(1) という。

そしてこのことだけは忘れずに言っておきたいのだが、僕はこの時、何やらすごい恍惚に襲われた自分を、今でもよく覚えている。（中略）

きっと足を開くという行為は、あるいは開かされるという行為は、それだけでいいようのない官能なのだ。(1)

最初の客に「服を脱げと命じられた時から」、「何か声にならない恍惚」(同)をジュンは覚える。さらに、足を「思いきり開かせ」(同)られるにいたって、「何やらすごい恍惚に襲われ」る。「自分が無防備にされる」(同)ことによって感受した上述の「恍惚」ないし「官能」は、被虐的な心理から生ずるマゾヒスティックな性感覚と察せられる。

「この小説の語りが、あくまでゲイの世界への一時的な訪問者(2)」であることは確かだろう。とはいえ、その性体験および性感覚を、「どこにもない虚構の性にしか過ぎない(3)」といえるかどうか。語り手「僕」は、最初の客を相手に感受した被虐的な快感について、「君にもぜひ体験してもらいたい」、「そうすればきっと君にも、僕の言っていることが嘘なんかじゃないってわかってもらえるはずだ」(同)と、読者に向けて訴えている。ここには、「それがどのぐらい気持ちいいか」(同)という性感の真実性にとどまらず、男性にとっても被虐的な快感を普遍的なものとする語り手の主張が読みとれる。

> 男は僕のスカートを乱暴に捲《まく》りあげた。赤いタイトなスカートだ。閉ざされ、湿った太股に、外気が水のように流れ、冷んやりと得も知れぬ緊張が走る。僕は突然のその恍惚に驚く。(中略)抗ってもいいのに受け入れようとしている不可解な心の動き。その不可思議な心奥のメカニズム。
> (エピローグ)

「ヤクザふう」(同)の客に女装をさせられ、「スカートを乱暴に捲りあげ」られて、「僕は突然のその恍惚に驚く」。「暴かれる」ことによる被虐的な「恍惚」は本来女性のものであろうが、ジュンもその折「甘美な戦慄、悦楽」(同)を享受している。ジュンは、自ら「普通な、健康な、人間だと認め」(6)ている通り、ホモセクシュアルでもマゾヒストでもない。「目を瞑り、誰か女の子の姿態を思い浮かべる。僕は懸命にその女の子を犯し続ける。都合よく彼女はそれを望んでいた女に姿を変える」(11)。上記は、ジュンが「自慰」(同)を行う際に想い描く脳裏の映像である。そこでは、「普通」の男性がそうであるように、「女の子を犯」す側に立つ。それが、客とのセックスにおいては犯される側になり代わり、被虐的な「恍惚」「悦楽」を感受している。こうしたジュンの様態から、男女を問わず、被虐が性における快感の原質であることが察知される。

　ただでさえ客の絡み付くように注がれる粘液質な視線は僕を気持ちよくさせていた。(中略)見られているってことはある一線を境に、恥ずかしいものから気持ちいいものへと姿を変える。そしてこの場合、それは常に強いられていることなのだ、その視線の前ではすべてが虚構と化し、すべてが非現実的な出来事として容認されるような。(10)

右記は、客の要求に応えて、仲間の千裕とホモ・プレイを演じた折りの感懐である。「見られているってこと」「強いられている」ことが、「恥ずかし」さを「気持ち」よさ、すなわち性的な快感へと変質させる。これも、被虐的な性感の一種といえるだろう。また、「それはきっと千裕も同じだったに違いない」(同)とあることから、ジュンだけの現象ではなく誰にでも生じうる「心の動き」、「不可思議な心奥のメカニズム」であることが示唆されている。

なお、つけ加えれば、「その視線の前ではすべてが虚構と化し、すべてが非現実的な出来事として容認される」との言説は、前述の「心の動き」の虚構性を意味するわけではない。ここにいう「虚構」「非現実的な出来事」とは、その性感覚が真実のものであれ、「遊び」(10)に属するものであることを指示している。それは、千裕とのホモ・プレイにかぎらず、ジュンが享受する被虐的性感のすべてにおいて該当しよう。ジュンには、客の「自衛隊」の男に「屈辱感」（7）を強いられた経験がある。その際には、ほかの客のケースとは異なって、「屈辱感」が「快楽」へと転化することはなかった。ジュン自身、それを、「教訓ってやつを語るなら、真の屈辱の中でセックスをされるのは無理だった」（同）と解説している。これは、この小説のなかでジュンが体験する被虐的な快楽が、あくまでも「遊び」を前提にしていることを物語る。

　でも、今僕は、醜く汚らしい助平爺いの慰みものになっている、と思うと、僕のエデンは女のヴァギナのように伸縮し、ナルシスは爺いの突き出た腹の前で直立し、透明な涙を絶え間なく滲ませるのだった。（2）

「最初にも最後にも、この爺いとのパンドラが、最も僕を感じさせた」というその客は、「妖怪みたいな禿げ頭」の「会社の社長」（同）とされている。だがジュンは、「老醜という言葉はこいつのものだ」とまで酷評する「助平爺いの慰みもの」になりながら、「気が変になるほど」（同）の快楽を味わう。ここにも、被虐が快感の原質であることの証左をみることが可能だろう。

　被虐的な性感は「屈辱感」から生ずる。したがって、客が「醜悪」（同）であるほど「屈辱感」は増大し、被虐的な快感もまた助長される。「お願いだから、もっと汚く、ひどく、僕を侵してくれ。薄汚い欲望で僕を壊すほどに踏み躙《にじ》ってくれ」（エピローグ）。これは「ヤクザふう」の男に対するジュンの内言であるが、客の「欲望」の「薄汚」さと、それに「踏み躙」られることによって増幅される「快楽」との相関性を伝えている。

二　「自己破壊」と性

「自分がボロ雑巾のように、人形のように扱われること、それは確実に僕の中の何かを壊すだろう」(プロローグ)。もともとジュンは、自己を「壊す」べく望んでいた。「僕は自分を壊そうと思ってここに来た」(同)と語られている。むろん、男娼を志望したからといって、被虐的な性感の獲得を「自己破壊」(同)の目的にしていたわけではない。その目的は、「自己破壊」を通じた「僕の蘇生」(同)にあった。具体的にいえば、「本当の歌」(14)の模索である。

しかし、結果として、ジュンのなかに「本当の歌」は生まれず、「自己破壊」にも失敗したといわざるをえない。「それは壊れるはずもなかった。だってよく考えれば、好きなようにされるといっても、それはもともとは僕の意志から出てることなのだから」(プロローグ)。ジュンは賢明にも、自らの「意志」による「自己破壊」の矛盾・限界を見抜いている。だが、「自己破壊」はまったく無かったといい切れるかどうか。ジュンが望んだものと別の形で実現しているように思われる。

　知らないうちに世界が遠ざかっていくような気分。自分が名もない、形もない、色もない、何もないものになっているような感じ。(11)

男娼として過ごす日々のなかで、ジュンは「自分が名もない、形もない、色もない、何もないものになっているような」感覚に陥る。これは、良くも悪くもそれまで囚われていた「自意識」(同)の消滅、あるいは自我の稀薄化と解される。しかも、そのような「何も考えない」「馬鹿騒ぎのこの毎日」が、

「理由《わけ》もなく楽しい」（プロローグ）という。自己の「蘇生」ないし「やる気」（14）の模索がこの街にやって来た目的であり、それまでのジュンを支えていたとすれば、明らかな変貌といわなければならない。意図していた方向とは逆ではあるが、一種の「自己破壊」をそこにみることができよう。

「意味もなく希薄に流れる日々」（プロローグ）、「何も考えない」気怠い生活――。しかし、そうした怠惰で稀薄な日常のなかで、ジュンはそれまで知らなかった確かな感覚を手にする。男娼として、身をもって体感した被虐的な快感がそれである。「うん、とっても、とっても気持ちいい！」、「この気持ちに嘘はない」（エピローグ）。小説『ＹＥＳ・ＹＥＳ・ＹＥＳ』はこう閉じられる。ジュンが感受しえた「気持ち」よさ、すなわち被虐的な性感と、「自己破壊」とはおそらく無関係ではない。その被虐的な性感は、自我の放棄・「自意識」の消滅と深く相関していると考えられる。

> 僕は言われた通りにした。僕は人形なのだ、僕は奴の人形なのだという思いが、僕を色濃く覆っていた。自分を苛《いじ》めることが――自分にこの上なく苦痛と屈辱をふりおろすことが――何やら甘美な快感だと、僕はきっと気づいていた。（1）

ジュンは客から、「人形」同様に取り扱われる。「人形」といっても、単なる受け身を意味しない。「自分にこの上なく苦痛と屈辱をふりおろす」とあるように、ジュンは自ら「人形」に変身すべく、「自己」の「破壊」を庶幾している。「人形」には意志はおろか、自我も人格もない。そうした人格・自我の放棄が、「自己破壊」を可能にするだけでなく、「快感」享受の要件でもあることにジュンは「気づいていた」。かくして、その「自己破壊」は被虐的な性感享受の要件として、人格・自我の放棄という形で深化していく。

僕は『物』として扱われた方が全然良かったのだ。それは僕を一つにしてくれる。それは僕を一つの感情で覆い尽くしてくれる。そしてそれはどことなく、安らかな気分に僕を運んでくれるのだった。(2)

前出の、「醜く汚らしい助平爺い」との性行為が、「最初にも最後にも」「最も僕を感じさせた」とジュンは回想している。その理由の一端は、既述したように、「妖怪みたいな」と形容される客の「醜悪」さにある。それに加えて、「僕を下水管か何かと思っている」「奴の態度」(同)が挙げられよう。同じ客であっても、「若い客」は「うっとうしく、じれったく、イライラしてくる」(同)とジュンはいう。それらの多くが「僕の人格を認め」、「心のつながりを欲しがっているから」(同)である。こうした客が相手では、「人形」「物」になり切ることができない。「僕は『物』として扱われた方が全然良かったのだ」――。人格・自我の消滅は、ただ「安らかな気分に僕を運んでくれる」ばかりではない。被虐的な快感享受の不可欠な条件ともなる。

僕は自然に自分を放り棄てるように全身から力を抜く。僕は怖れながらも待ち焦がれている、自分の内部を手酷《てひど》く侵されることを、凶暴な獣欲の前で自分が『物』に変わり果てることを。自分が何者でもなくなることを。(エピローグ)

「ヤクザふう」の客に弄ばれながら、ジュンは「自分が『物』に変わり果てること」、「自分が何者でもなくなること」を願う。そのような状況のなかで、「僕のナルシスはぴくんと歓喜の叫び」をあげ、「どうしようもない快感」を味わいつつ「痴呆みたいに喘ぎ」(同)つづける。「奴が激しく腰を動かすごとに、僕の心は一つ一つ削ぎ落とされていく。僕の心と肉体は次第に一つになっていく」(同)とある。「心」が「削ぎ落とされていく」＝人格・自我の剥落に伴い、「心」は「肉体」に収斂され、ひたすら性的快感をむさぼる感覚器と化す。「自分を放り棄てる」ことによる「物」への転化——。それは、自己の人格・自我を崩壊せしめる「自己破壊」にほかならない。

三　女性への同化

『YES・YES・YES』において、ジュンは「物」に転化するにとどまらず、しばしば女性に転移している。ただし、「人形」「物」への転化と異なって、女性への転移と「自己破壊」の衝動とは無縁である。被虐的な性感への没入が、自ずと自己を女性に重層化させ同化せしめたものと察せられる。

> 意識的に思わなくても、自分への肉体的な外者の侵入は、自然に僕を女に顚倒させる。女になるってことは泣き叫ぶことだ。苦痛に顔を歪めながら、でもからだは自分を裏切り、その苦痛をもっと欲しがるような——。（2）

自己の体への「肉体的な外者の侵入」は、通常女性だけが体感しうる性感覚といえる。セックス時に「泣き叫ぶ」こともまた然りである。男性にとって、容易に越境できる世界ではない。しかし、ジュンの場合、客に体を提供する受け身の性が、「自然」に女性への「顚倒」を可能にさせた。ジュンは客とのセックスで、「どうしようもなく犯されているという感覚」を覚え、「自分を女のように思」（1）う。しかしながら、それは、女性への完全な同化とはいえない。その被虐的な性感がいかに「強烈」なものであれ、「この快感は意識的なもの」（2）と知覚する醒めた眼がそこに内在している。だが、歌舞伎のママとのセックスにおいては、そうした「意識」すら消失する。

僕は今までこんな経験をしたことはなかった。それは今までのパンドラが、あくまでも、意識的な、女になったような、快感にとどまるものだったからだ。それに比べて、これは何ていうか、本当に、物理的に、自分が『女』になったような肉体的な快感に裏付けされたものだった。(13)

歌舞伎のママとの性行為のなかで、ジュンは「まるで自分が本当に『女』であるかのような錯覚」(同)に陥る。「物理的」にも、「自分が『女』になったような肉体的な快感」を得る。「『深淵』の穴に痛みのない小さな性器をヌルヌルと激しくぶち込まれながら、同時に、自分の直立した『表層』を柔らかい腹の皮膚で激しくヌルヌルされる」(同)。ここにいう「深淵」はアヌスを、「表層」はペニスを指し、それぞれ女性のヴァギナとクリトリスに相当する。「宙に浮遊するような状態」、「何か得も知れぬ神秘的な啓示」(同)——。男性にとって女性の「オルガスムス」は不可知な感覚というしかないが、この折にジュンが到達した「突っ込まれながら沸き上ってくるような、いくって感覚」(同)は、それに限りなく近接したものと想像される。

ところで、女性への越境・同化はジュンにみられるだけではない。「バー・アドレッセンス」のボーイの一人、ユタカにもそれがいえる。

俺はミユキの得ている快感に比べて自分の得ている快感を、いつからか『ちっぽけな快感』って呼ぶようになった。そしてセックスにおいて得る快感は、女に比べ、男は不当に小さいんじゃないかと。俺はまるで女王様の快楽に狩り立てられる奴隷のようだった。(9)

ユタカは、恋人ミユキの反応を目にしながら、次第に「羨ましく思うように」(同)なる。「セックスそのもの」と化し、「性にのめり込んで夢の世界にぶっ飛んでる」ミユキに比して、自分が得ている快感は「あまりにも貧相に感じられ」（同）る。「俺は真に悦楽的な性交がしたいって思った。身も心も溶けて無くなってしまうような官能的なセックスがしたい」（同）――。こうした性への願望が、結果的に「こっちの世界」（同）へとユタカを導く。

俺はいつだったか客とやっていて鏡に映った自分の顔を見てびっくりしたことがあるんだ。俺はそれを誰かに似ていると思った。俺はそれをずっと自分のオリジナルの顔だって思ってたけど、それはまるでミユキに生き写しだった。そしてそう考えると俺の客に返す反応は何もかもミユキのコピーのように見えた。(9)

客とのセックス時に「鏡」に映る自分を目にして、ユタカはその「姿態やしぐさ」（同）がミユキそのままであることに気づく。ユタカが男娼となるにいたった動機は不明である。しかし、「俺の客に返す反応」が「何もかもミユキのコピーのように見えた」という感想から推して、女性の性に対する憧憬がそこに作用していたことは疑えない。ユタカはミユキへの羨望から、無自覚の裡に女性の側へと越境していたといえる。

何もユタカとジュンにかぎらない。「オネエ」(10)と噂される千裕の、「ゲイクラブ『人工の森』」(14)への転出も語られている。千裕の場合は、より本格的な「こっちの世界」への越境ということになる。極言すれば、『ＹＥＳ・ＹＥＳ・ＹＥＳ』を、男が女へと越境する物語と評することも可能だろう。

四　男女の性の位相

「セックスにおいて得る快感は、女に比べ、男は不当に小さいんじゃないか」。これはユタカのみならず、男性一般の感慨といってよい。たとえば、『砂の上の植物群』の作中人物伊木一郎も、「確実に快感を摑み取ってゆく」京子とそこから「取残されてしまう」自己とを対比し、「羨望」（三十五）の念を禁じえない。性の快感享受の深さにおいて、女性の優位性は確かと思える。

しかしながら、深さの反面、女性の性は多様性を欠くとも評しうる。ユタカが「ミユキの尻に入れてやろう」とした際、「彼女は急に泣きだし」、「あなたはわたしを全然大切に思ってない」（9）と責めるのもその一例とみなせよう。女性は性を愛と結びつける傾向があり、遊びの性を容易に許容しないようにみえる。小説『YES・YES・YES』に「潔癖性」を読み取り、「若い女性たちのあいだで爆発的な人気を博したこと」と関連させて、「彼女たちは潔癖であるがゆえにセックスにおいても、より純粋な、つきつめた結びつきを追い求めているのではないだろうか」[4]――とする所説がある。かりにそうであるとすれば、そうした「潔癖」さ「純粋」さは、女性の性に対する観念の狭さを示す証左ともなる。

性を愛に結びつけて考えがちな女性に対して、男性にとっての性は基本的に遊びに属する。性感の深さを欠く代わりに、遊びとしての多様性を有するともいえる。『YES・YES・YES』を、そうした遊びの性の多様性を表出しえた小説と捉えることも不能ではない。男性の遊びの性の多様性は、機能的にペニスとアナルを所有していること、別言すれば、加虐と被虐の両様の性が可能という点に認められる。これに対して、ペニスを欠いている女性の場合、加虐の性は封じられている。精神的には可能であっても、肉体的な男性への越境は不可能である。精神面での「潔癖性」にとどまらず、肉体的側面においても、女性の性は狭く限定的といえるだろう。

　そして、このへんまでくると、自分でも仕事でやっているのか、本気でやっているのか、よくわからなくなった。（中略）ただ、こういうことは本気でやればやるだけ楽しいのだ、僕はそのことだけはよく知っていた。(10)

客に要請された千裕とのホモ・プレイで、ジュンは「自然にからだが反応してい」き「感じてしま」（同）う。ジュンにしても千裕にしても、資質的にホモセクシュアルというわけではない。だが、二人とも、「本気」で「遊び」を「楽」しんでいる。「僕も負けじと千裕が僕にしてくれたことをそのまま千裕に返した」（同）とある。千裕とジュンは、男女両方の役割を交互につとめる。こうしたプレイは、ペニスとアナルが備わっていてはじめて可能な「遊び」といえる。

「あ〜あ、ルルとやりてえな。今、胸見せてもらったんだけどさ、スゲエ奇麗な胸なんだ、柔らかいし、いい香りはするし、あれは絶対、気持ちいいぜ！」
「ほんとお前、節操がないな。アナがあれば男でも女でもおかまいなしって、お前のこと言うんだよ」ビイは笑った。(14)

　ジュンと同じく男娼の朱雀が「やりてえ」という相手のルルは、「ゲイクラブ『人工の森』」の「人気ゲイボーイ」（同）である。すなわち「人工」的な〈女性〉であるが、「そこらへんの女よりよほどチャーミングでセクシー」で、「充分に若い僕らの性欲をそそる」（同）とジュンも証言している。そうした「彼女たち」（同）に「性欲をそそ」られているのは、朱雀やジュンだけではない。ルルおよびフランソワの二人とユタカ・雅人とのあいだに、その日の「商談」（同）が成立している。まさに、「アナがあれば男でも女でもおかまいなし」といわれてもやむをえない。殊にユタカは、れっきとした女性の恋人（ミユキ）をもつ身である。このような同性相手の遊びの性は、女性の側には想像しにくい。

「おい、これを着てくれ」と言った。（中略）

今まで変な形のパンツをいろいろ穿かされたり、月桂樹の冠《かんむり》を頭に被らされたりしたことはあったが、女の格好をしろって言われたのはこれが初めてだ。スカート、リボン、ブラウス、パンティストッキング、……それに下着まである。（エピローグ）

「ヤクザふう」のその客はジュンに女装をさせたうえで、「化粧を施」（同）す。「目蓋の回りに塗られたシャドウも、唇に引かれた口紅も、みんな濡れたような赤」（同）である。化粧を施されたジュンは、「白痴をいいことに、薄汚い肉欲の毒牙にかけられている、哀れで足りない女の子」（同）へと変身する。「変態」（同）の客に呼応した自己演出であり、「遊び」である。ところが、そうした「遊び」のなかで、いつしか「どうしようもない快感」に包まれ、「痴呆みたいに喘」（同）いでいる自分に気づかされる。「ヤクザふう」のその客を「変態」と称するジュン自身、「変態」と呼ばれても抗弁できまい。

まあ別に罪と言われようと、変態と蔑まされようと、俺は一向にこたえやしないけどな。（中略）
俺は気持ちいいってことに関してはいつも自由でいたいんだ。ほんとそれだけは決して譲りたく

ない。(9)

右記はユタカの言葉であるが、「気持ちいいってことに関してはいつも自由でいたい」とはジュンの想いでもあるに相違ない。「気持ちいいってこと」に焦点を絞るなら、「変態」と「正常」(同)との境界は消失する。むしろ、ユタカが口にするように、「正常っていうのは精神の貧困にほかならない」(同)とさえいえるだろう。女装を求める男のほかに、ジュンは「動物の鳴き声を出してくれと言う」(11)客にも遭遇する。「客は真剣だった」(同)とある。その客に言わせれば、ユタカと同様、「変態と蔑ま」れようと、「気持ちいいってことに関してはいつも自由でいたい」と主張するに違いない。「変態」もまた、遊びの性の多様性を証する事例と捉えることができよう。

五　孤独と性

小説『YES・YES・YES』は、とうてい十七歳の少年のものとは思えない省察の深さと鋭利な機智とを内蔵している。概して「快楽主導型の軽快な語り口」(5)といえようが、それは遊びの性の描出にかぎられる。この小説には、それ以外に、哀感・ペーソスを含んだ抒情的な語り口もみうけられる。作中人物の孤独と哀しみ、およびそれを透視する視点人物ジュンの繊細な感性が、そうした抒情性を付与しているものと推測される。

ねえ、あいちて、ぼくちんをあいちて、あいちて、あいちて、ぼくちんをあいちて、あいちて、ぼくちんをもっともっとあいちて……(6)

上掲の一文は「6」章の冒頭にゴチック体で記されており、自称「選ばれた人」（同）の椿さんがセックス時に発する言葉であるという。ゲイの椿さんは自らを、「この世の中に美と花を供給すべく遣《つか》わされた選ばれた天の種」（同）と称している。けれども、「天」によって「選ばれた」その代償として、「子供を作ったり家庭の幸福には無縁」であり、「天涯孤独の異邦人」（同）の宿命を生きなければならない。椿さんの語りには、「孤独」の語が頻出する。「セックスがはじまると唐突に子供に豹変する」（同）というのも、おそらくそうした「孤独」感と無関係ではない。「子供」に退行することで、満たされない愛と孤独への癒しを求めているものと解される。「椿さんが本当に欲しがっているのは、そういう愛情にほかならないんですから」（同）という、夏季の言葉がそれを裏づけよう。椿さんにとっての性行為は、愛の確認作業に等しいといえる。

「本当に殺すよ！　本当にあたしと死ねるんだね！　本当にあたしと一緒に死んでもいいんだね！」（中略）

僕の息が一瞬、止まった。なんか『死』が、たぶん現実の『死』ってやつが、すうーっと甘く僕を包み込んだ。僕は抵抗しなかった。目を閉じた。僕の頭の中を優しく微笑む母親の顔が去来した。（13）

椿さんとは逆に、歌舞伎のママのセックスは「男性的でサディスティックだった」（同）とされている。幼児に退行し甘える椿さんとは対照的であるが、そこにはやはり愛への願望が内包されているように思われる。「本当にあたしと一緒に死んでもいいんだね」――。この歌舞伎のママの言説は、「私は本当は愛で殺されたいと望んでいるのかもしれない」（6）という、椿さんの言葉と表裏の位相にあるといえよう。のみならず、上記の言説に触発され、「『死んでもいい』と思」(13)うジュンもまた、その意識の深層において椿さんと同様に「愛で殺されたいと望んで」いたと解しうる。それと関連して、「僕の頭の中を優しく微笑む母親の顔が去来した」とあるのも看過できない。「人間の本質」を「悲しみ」とし、「生まれた時、先ず『悲しい!』と叫ぶ」(同)と思惟するジュンの、存在の孤独・悲しみが、歌舞伎のママに重層化される形で「母親」を求めさせたものと推察される。

僕はうとうとと眠りの世界に足を踏み入れながら、もしほんとに千裕の部屋に遊びに行くことがあったなら、その時はこの可愛い男の子に僕の気にいったこの人の絵を選んでプレゼントしてあげようなんて、柄にもなく母親のような気分になって、……静かにベッドライトの小さな灯を消した。(10)

客の前でホモ・プレイを演じたあと、ジュンは安らかに眠る千裕を目にして、機会があったら「僕の気にいったこの人の絵を選んでプレゼントしてあげよう」と考える。ジュンをそうした「母親のような気分」にさせたのは、「胎児を思わせるような、可愛い」(同)千裕の寝姿に触発されたためと考えられるが、「愛情」を求める「子供」の椿さんを「ほっぽりだして」(6)帰ってしまった過去の苦い記憶と、それへの償いの想いが内在していたゆえでもあると察せられる。

語り手ジュンのまなざしは優しく繊細である。とりわけ、千裕に対してそうみえる。「千裕を覆っている暗く悲しい寂しげな感情が何か、僕にわからないまでも、千裕が何かを必要としているのは鈍感な僕にもわかった」(10)とある。「千裕を覆っている暗く悲しい寂しげな」表情には、「親は離婚していて今は一人で暮らしている」(同)という、孤独な境涯が反映しているように思われる。千裕は夢のなかで、「秘密めいた仮面」を着け「たくさんのプレゼントを抱えこんだ中年のおじさん」に「何が欲しい」と問われ、プレゼントの品物ではなく「おじさんの顔が見たい」(14)と答えている。千裕内部の、父親に対する希求の念の投影と解される。

「……寂しかったんだ」

みっちゃんは弱い自分を隠そうともせず、甘えるようにそうつぶやいた。

僕は聞かないふりをした。そういうことはいつも聞かないことにしていた。そんなこと聞いてあげたってどうなることでもない。(4)

千裕と同じくみっちゃんも、「寂し」く孤独な少年である。客としてジュンを指名するが、セックスそのものというよりも孤独の解消が目的と思える。しかし、それがわかっていながら、ジュンはみっちゃんを突き離す。ジュン自身、かつてフランス人の映画監督に「弱っていた僕を励ま」され、「涙が出そうなほど感動」(5)した経験を有するにもかかわらず、あえてみっちゃんに救助の手を差しのべようとはしない。みっちゃんが自己の「弱」さと向き合おうとせずに、「クスリ」のなかに「刹那の逃避」(4)を繰り返しているためと推測される。

千裕も「暗く悲しい寂しげな感情」を見せはするものの、そこに「甘え」はない。みっちゃんと異なって、たとえ「少女趣味的な」(10)絵であれ、それによって自らを救おうとしている。さらに、「オネエ」と称される千裕には、意外にも「何にもくじけない生来の強い負けん気」が秘められていて、「生きていくにはそれがいちばん大切なものなのだ」(14)とジュンは想う。「役者志望」だという「階段組」の識《しき》に、「近しい感じ」(3)をいだく理由もそこにある。識が「男性的」「攻撃的な人間」であり、「僕も頑張らなくてはいけない」という「希望を呼び醒ま」(同)してくれるからである。
男娼として過ごす日々にあって、ジュンはたびたび「男としての尊厳」(14)「プライド」(7)を口にする。性的には女性の側＝「こっちの世界」に越境しながらも、しきりに「男」であることへのこだわりをみせる。生来の女性であれば、自己の弱さに甘えそれを武器にすることも可能だろう。だが、ジュンは、その精神まで女性に転移しようとは望まない。性的には女性の側に越境し、被虐的な性感を享受しつつも「男」へのこだわりを捨てないその姿に、ある種の逆説、いい換えれば女性になりきることを肯んじない男なるものの哀しみが看取される。

注(1) 柿沼瑛子「解説」河出文庫『YES・YES・YES』(平六・四、河出書房新社、九版)、二四六頁。
(2) 和田敦彦「現代作家のキーワード　ゲイ　比留間久夫」『国文学』第四一巻一〇号(平八・八)。
(3) (2)に同じ。
(4) (1)に同じ、二四一〜二四三頁。
(5) (2)に同じ。
『YES・YES・YES』本文の引用は、河出文庫『YES・YES・YES』(平六・四、河出書房新社、九版)による。

『エクスタシー』（村上龍）——遊びの性とその破綻

一　マゾヒストの快楽

つまりさある個人である前にベルボーイなんだよ、人格よりベルボーイであることが優先するわけなんだけどこれが案外気持ちがいいことなんだ、そういうのを奴隷の快楽っていうんだろう？

右記は、『エクスタシー』（平五・一、集英社）作中の、モンキーと渾名される「アイドル系の新人歌手」の言説である。その「新人歌手」はさらに、「人間が人格を殺すから何ていうかな変なエロティックなものが生まれるわけなんだよね、支配とか、そういうことだろうと思うんだけど」と続ける。ここに表出される、「個人」あるいは「人格」消滅の「気持ち」よさ、すなわち「奴隷の快楽」および「エロティシズム」に関わる想念は、その後この小説で追尋されることになるマゾヒズムの理論を先取りする形になっている。モンキーが「頭の中も才能もどこにでもいる普通の」「まだ二十歳を出たばかりの子供」であることを考えると、いささか出来すぎの感を否めないが、作者にしてみれば、「支配がエロティシズムを産む」というテーゼを小説の冒頭で提出しておく必要があったものと察せられる。

モンキーはホテルのベルボーイ時代に、三十代半ばの「作曲家」に遭遇し強烈な印象をうける。その男を中心とする「スイートルーム」でのセックス・パーティを目撃して「オナニーの欲求」を覚え、それに「耐えているうちに泣き出してしまった」とある。部屋全体に充満している「女のからだから出る匂い」に包まれ、「奴隷の快楽」に「支配」されたためだろう。こうしたモンキーの体験と感慨は、この小説の語り手であるミヤシタに引き継がれる。カタオカケイコの話を聞き終わったあと、「涙があふれてきた原因がわかった」「僕は感動していたのだ」とみえる。その折の「涙」「感動」が、ケイコによってなされた「人格」の解体、およびそれに伴う「奴隷の快楽」を指示するものであることはいうまでもない。

ベルボーイ時代のモンキーが接触した「作曲家」とは、のちに名前が明かされるヤザキであったと思われる。モンキーは一度だけの接触に終わり、その人生を破壊されずに済んだ。代わってミヤシタが、ヤザキの引力圏に引きよせられる。ヤザキの強力な磁力の証言、マゾヒズムの理論の開示、さらに語り手ミヤシタの運命への予告——等が、モンキーに託された役割といえる。

この女の前にひれ伏し許しを乞い命令を受けてそれを忠実に行ないたい、この女が命じる苦難を受け入れて忠誠を誓いたい、そういう気持ちは強くなるばかりだった。そのヘビーな気持ちは僕の人格を少しずつ犯し始めた。

ケイコの話を耳にしながら、徐々にミヤシタはそれに「支配」され、「奴隷」へと転移していく。それが「快楽」であることは、「この女の前に裸になってひざまずきハイヒールの先を舐めることができれば、と考えたとたん、めまいがして一秒で勃起した」との一文が示している。むろん、「人格が破壊される恐ろしさ」もないわけではない。そのような「恐ろしさ」を、「僕の中の危険信号」は警告しつづける。だが、そこには、「人格の崩壊の恐怖を超えるものがあった」。ミヤシタはそれを、「ドキドキすること、胸が高なること、ただそれだけだった」と抽象的に語るにとどまるが、「人格」の消失という未体験の事態への期待、さらに、未知な性的快楽に対する欲望が「恐怖を超え」させたものと推測される。

「僕は支配されてしまったのだ。欲望が自分よりも大きくなって自分を縛るのを体験するのは初めてのことだった」。ミヤシタは「支配されてしまった」というものの、ケイコの存在とその魅力がすべてではない。自らの「欲望」にも「支配」されていたといえよう。「人格の崩壊」にしても同様である。「僕の人格を少しずつ犯し始めた」とあるが、その主体は必ずしもケイコにはない。「何かを否定したかったのだ。たぶん今までの自分と、自分の生き方を、具体的な形でカタオカケイコの目の前で否定したかったのだろうと思う」とみえる。ミヤシタは、自らの意志で、「今までの自分」＝「人格」の消去を望んでいる。「自分」「人格」の放棄が「快楽」享受の条件であることを、無意識裡に察知していたゆえと思われる。

催眠術にかかるとこんな風になるのだろうかという風に動けなくなり、椅子の脚が、僕の中に入って来た。（中略）僕は、モノになった。不思議なことに、モノになると、恐怖が消えた。

「人格を消してしまえばいい」、「あの脚になろう」とミヤシタは考える。「人格を消し」「モノになる」とは、理性や内省などの精神的な機能の排除を意味する。いっさいの精神的機能が停止すれば、当然「恐怖」も消滅する。のみならず、それによって「快楽」の享受が可能になる。「自分が消えて、感覚器だけが残っている感じ」――。上引のミヤシタの言説は、マゾヒストの「快楽」の内質を暗示していよう。つまり、「奴隷」を経て究極的に「感覚器」＝「モノ」となり果てることによって感受される、被虐的な快感がそれである。ただし、ミヤシタの場合、カタオカケイコの奴隷となって直接そうした被虐的性感を享受しているわけではない。ひたすらケイコを想い浮かべて「オナニー」をするにとどまる。『エクスタシー』における被虐的な性感は、主としてキョウコ・ノリコといった女性の「いけにえ」を通して表出されている。

こういうの、好きだろう？

軽くそう言われて、それを否定したら何も与えて貰えないということがわかって、ノリコはうなずいた。そのうなずいた瞬間がすべてなのだということをほとんどの人が知らない。（中略）男は、うなずいた瞬間に何かが崩壊するのをどこかで学んだのだ。

ヤザキに促され「うなずいた瞬間」に、ノリコの「人格」は「崩壊」する。ノリコは、ヤザキの言葉に反応し「うなずい」ているとはいうものの、その「言葉の意味を解」してのことではない。理性はすでに消滅しており、「触覚的に判断」しているにすぎない。ケイコに対するミヤシタの例でいうなら、「自分が消えて、感覚器だけが残っている感じ」――に相当する。いわば、ノリコは「感覚器」「モノ」と化した状況にある。「性欲が自分とは無関係に自分の皮膚を食い破ろうとしている」状態とも評しうる。

お前のクリトリスがピコンと剝き出しになっているぞ、恥ずかしいか？

ノリコは、それまでどう応じればいいのかわからないために黙っていてそのことに押しつぶされそうになっていたので、恥ずかしい恥ずかしい恥ずかしい恥ずかしいとかわいらしい八重歯と少しだけ色の悪い歯茎を丸出しにして大声で叫んだ。

右記文中にみえるノリコの「恥ずかし」さを訴える絶叫に、おそらく理性は介在していない。「感覚器」＝「モノ」となり果てた、「性欲」そのものの叫びとうけとれる。その後、ノリコはヤザキとケイコの性行為を見るよう強いられ、「イヤッと目をそむけ」るが、「ピンク色の裂け目からは分泌物があとからあとからあふれ続け」る。「イヤ」と拒否する言葉とは裏腹な、「感覚器」と化したノリコの反応をそこにみることができよう。

けれども、それは、マゾヒストの快楽が即物的であることを意味しない。「恥を制御している」自制心、「あるいはプライドといったものを」、「他人から暴力で強制されるわけではなく、自らの欲望で捨て去るのだ」――とある。マゾヒストの快楽は、他者に「支配」され「奴隷」として扱われることに尽きるわけではない。自己の羞恥やプライドを、「他人」に剝奪されるというよりも、「自らの欲望で捨て」ざるをえなくなる自虐的な快感にその本質があるといえる。

二　サディズムの心理

「人格の崩壊にすべてのエロスがある」。ここにいう「すべてのエロス」のなかには、マゾヒズムのみならず、サディズムの「快楽」も含まれていよう。とはいえ、マゾヒストと異なって、サディストの側に「人格の崩壊」は認められない。サディストは、人格の崩壊によって露呈されるマゾヒストの

「エロス」を目にして、これに性的快感を感受する立場にある。

前述したように、マゾヒズムの快楽は自制心を「自らの欲望で捨て去る」ところに生ずる。自身の欲望によって羞恥心が侵蝕される自虐的な悦びが、その快楽の内実といえる。マゾヒストにとってサディストへの「屈伏」は、そうした状況に自己を導くための前提条件にすぎない。サディズムの快楽はそれと裏腹な位相にあるといえるだろう。マゾヒストに対する「支配」だけでは、征服欲を満たすにとどまる。それが性的快感に転化されるためには、「奴隷」となったマゾヒストに羞恥がなければならない。「恥のないところにエロスはない。カバの交尾と同じだ」とされるゆえんである。マゾヒストの羞恥の露呈と自制心崩壊のプロセスの目撃、そこにサディストの「快楽」の核心がある。

「ねえ、キョウコさん、わたしは具体的にどういう感じなのか、言ってごらんなさいって、そう言ってるのよ、いつも教えてるでしょ？　恥ずかしくて恥ずかしくて死にそうなんだけど、おつゆがどんどんあふれてきちゃって、言わなきゃいられないって感じで、言うのよ、できるわよね？」

ケイコはキョウコを「快楽の奴隷」に仕立てるべく、巧みにその羞恥心を誘発する。これは、ノリコに対するヤザキの手法と同一である。「最も恥ずかしさを感じる相手に対して自ら恥ずかしいことを行なう瞬間、それがサディストを満足させることになるのだ」とある。「クイーンとしてまたレスボスとしてカタオカケイコを崇拝して」いるキョウコにとって、ケイコは「最も恥ずかしさを感じる相手」に違いない。ノリコにとってのヤザキも然りである。ケイコとヤザキはそうした自己の立場を利して、キョウコ・ノリコを「自ら恥ずかしいことを行なう」べく巧妙に誘導していく。サディストにとって最良の「奴隷」は、自制心との葛藤を経て、内奥に秘めた羞恥心を最大限に露呈してみせてくれる存在ということになる。

> やがて薬が効力を発揮してくるとキョウコの全身から冷たい汗が吹き出してきてヴァギナからの分泌物はアヌスを経て太腿や下に敷いている枕にもメスの匂いのする染みを作った。その様子を二人はワインを飲みながら服も脱がずにただ音楽を流してじっと見ているだけだった。

ソファに縛りつけられ放置されたキョウコは、羞恥にまみれながら「メスの匂いのする染みを作」る。一方、ヤザキとケイコは、そうした淫らな様相を「じっと見ているだけ」である。レスボスのケイコもヤザキも、キョウコに対して性行為に及ぼうとはせず、その「人格の崩壊」、すなわち羞恥心の露出と放棄のプロセスを観察するにとどまる。サディストの快楽は、必ずしも性的な接触を必要としない。その性感の内質は肉体的というより、むしろ精神的と評しうる。

> それにしてもわたしの醒めようは、これは何？（中略）あたしが好きな普通のタイプの女のクリトリスやヴァギナがすぐ目の前にあって今なら四十四秒くらいでいかせられるだろう、レスボスというのはわたしのテーマの一つでもあったのだが、今わたしはまるで氷のような覚醒の中にいる、

右の一節は、キョウコに次いで「いけにえ」とされたノリコに対するケイコの感懐である。「いえにえ」を前にした「氷のような覚醒」「醒めよう」――。これも、サディストの属性の一つに数えられる。マゾヒストにあっては、「感覚器」＝「モノ」になりきることが快感享受の前提となる。これに対して、サディズムの場合、精神的な悦楽をその特質とする。サディストが快楽を享受するためには、マゾヒ

ストのように自己の「欲望」に溺れそれに飲み込まれるわけにはいかない。「いけにえ」に対する、「醒め」た観察・操作が不可欠である。

みんな誤解してるがサディズムっていうのは女を苛《いじ》めて喜ぶことじゃないんだ、一枚ずつ、衣装を剝ぐように、恥を上手に剝いでやって、女を欲しくて欲しくて死にそうにしてやった上で放置して、人格を奪う、それが最高に楽しいんだよ、

「一枚ずつ、衣装を剝ぐように、恥を上手に剝いでや」る。そこにサディストの「楽し」みがあり、それを可能にするためには、「緻密な計算、氷のように覚醒した判断を保持することが必要」とされる。「サディストというのはほとんど数学的世界に生きている」とケイコが述べ、ヤザキの「やり方」が「科学的」と称されるのもその謂にほかならない。「いけにえ」にみる羞恥心・自制心の葛藤、自制心の敗北による秘められていた羞恥の情の外在化、さらにその羞恥心すら放棄して「欲望」そのものと化す変貌のプロセス――。そのような変貌を可能にし、それを「楽し」むために、「天才サディスト」のヤザキとケイコはあらゆる「数学的」「科学的」な技法を駆使する。両者が使用するエクスタシー、コカインなどのドラッグも、「いけにえ」の羞恥心を「上手に剝いでや」る媒剤の一つとみなしうる。(1)

三　遊びの性

小説『エクスタシー』に形象されている性は、享楽を目的化した遊びの性といえるだろう。ヤザキとケイコとのあいだに、一般的な意味でいう「愛」が認められるにせよ、そうした愛にもとづく性の

形象に主眼があるとは思えない。むしろ、愛とは無縁な次元における「一人の男と一人の女の快楽のあくなき追求」(2)に、この小説の目論見があるものと推察される。

これはもちろん後になってわかったことなんだけど、わたし達はその旅の間中ずっと同じことを考えていたの、それは、二人で得られる快楽には限度があるっていうことよ、

ヤザキとケイコとの性が愛と不可分のものなら、「二人で得られる快楽」に自足できるはずである。しかし、二人はそれに満足できず、「快楽」の「限度」の拡大を目して「いけにえの女」を求めつづける。マゾヒストの場合、「人格」を消去して「感覚器」「モノ」と化すことが到達点となる。対して、サディズムにおいては、その性的悦楽が純粋に精神的なものであるゆえに終着点はありえない。より強烈な刺戟を求めて欲望は増殖しつづけ、とどまるところを知らない。

それらはカタオカケイコに最初から備わった才能であるにしてもそれだけではない、彼女が内外のSM文献、写真集などを参考にして鏡の前で日夜研究した結果なのだった。

幼少時からケイコは、自己の「ニンフォマニア」を目覚していた。しかしながら、SMの女王として「伝説的なスーパークィーンとなった」のは、単にその「才能」によるばかりではない。「内外のSM文献、写真集などを参考にして」、「日夜研究した結果」である。「SMクラブ」で自己の資質を開花させたケイコは遊びの性の世界のプロであり、それがそのままヤザキとの性の饗宴に持ち込まれ、キョウコやノリコを対象に「天才サディスト」としての伎倆が発揮される。

キョウコを「いけにえ」にしたSMプレイによって、ヤザキは、「嫌がる女の足を無理に開かすより、何でもいいからペニス状のものを求めて泣き叫ぶ女を縛って放置することの方が面白いということに

気付」く。サディストを自認するヤザキも、「ニンフォマニア」のケイコに導かれる形で、自身のサディズムを進展させていったとみなすことができよう。同時に、「二人で得られる快楽」の「限度」を、「いけにえの女」を用いることによって突破したといえる。

「キョウコは本当にいろいろなことの参考になってわたし達の冒険の次のステップのきっかけになった」――というケイコの述懐がある。上記の「わたし達の冒険」、「次のステップのきっかけ」等の言説に、『エクスタシー』における実験小説としての性格がうかがい知れる。ケイコは、この小説に託されたメッセージを読者に伝達するナレーターの位置を占める。作者「村上龍はこの小説によって、快楽の行き着く果てを実験的に描こうとした(3)」と察せられるが、その主たる担い手はケイコにあると思われる。

娼婦を買ったり、バカな若い女を金で釣ったりしても、3Pの興奮は得られない、とカタオカケイコは考えている。一個の、無記名の肉体が増えるだけで、関係性が変わることはない。ノリコのような女は違う。ノリコは触媒となるのだ。

最初に「いけにえ」にされたキョウコはケイコの「レスビアンの友人」であって、いわばプロの「娼婦」に近い。したがって、「3P」といっても、「関係性」の変化には限界がある。そうしたキョウコにあきたらなくなったケイコとヤザキは、次に一層強力な「触媒」を求めて、いわゆる素人の女性ノリコをその標的にする。「SMを知らない女の子がキョウコの百倍もエッチになること」、それが両者の「狙」いである。「触媒」の活用、遊びの性――。そこには、性に伴う倫理感も愛も欠落している。それだけではない。秘めるべきものとされてきた性の営為が、白日のもとに露呈される。サディズム・

マゾヒズムといった性感の表出も含めて、『エクスタシー』は享楽の性・遊びの性を焦点化し、その極北を追尋した小説とうけとれる。

ところで、享楽の性の観点からみるとき、『エクスタシー』にはサド・マゾのみならず谷崎文学との類縁性がみうけられる。「彼はわたしの足を気に入って、口に含んでいたわね、その好みはそれ以来わたしと付き合っている間ずっと続いて、すっかりセレモニーになっちゃった」とある。こうしたケイコの言説は、谷崎作品の主人公にしばしば表出されるフット・フェティシズムを連想せしめる。これは、偶然の一致ではない。『エクスタシー』の続篇ともいえる『タナトス』（平一三・三、集英社）に、「足の指を舐め」るヤザキを評して、「谷崎潤一郎に似ている」というカタオカケイコの言葉が挿入されている。

『エクスタシー』と谷崎作品との類似性は上記にとどまらない。とりわけ、『鍵』との相似性が注目される。『鍵』の作中人物「僕」は、妻郁子の羞恥心を排除すべく「ブランデー」（一月八日）を用い、また自己の性欲増進を期して「男性ホルモン」「脳下垂体前葉ホルモン」（三月十日）などを服用する。これは、『エクスタシー』でいえば、エックスやコカイン等のドラッグ類の使用に相当しよう。さらにいうなら、「夫婦ノ性生活ヲ満足ニ続ケテ行クタメニ」「木村ト云フ刺戟剤」（一月十三日）を利用するに至るのも、『エクスタシー』にみるキョウコ・ノリコといった「触媒」の活用と相似している。『エクスタシー』の創作時に『鍵』の存在が念頭にあったか否かはともかく、享楽の性の形象というモチーフにおいて、『エクスタシー』を『鍵』の延長線上に位置する小説と捉えることは可能だろう。

四　プレイからの逸脱

ヤザキとケイコの「すけべ心のいけにえ」にされたのは、キョウコ・ノリコだけではない。ほかにも、「何人かの女が犠牲になった」。三十代後半の「ポルシェのカレラを乗り回して」いる「ボーイッシュなミセス」、「横浜のカソリック系の国際ビジネス学科に通って」いる「二十一歳の学生」などがそれである。しかし、そうした遊びにもやがて「飽き」がくる。けれども「飽き」たからといって、「止める」ことはできない。プレイとしての性の欲望は、より過激な刺戟を求めて増進しつづける。

わたし達はそのあたりで気付かなければいけなかったのだ。イメージを越える情欲の対象はないのだ、と気付くべきだった。だが、無謀、を生きるポリシーとしている男と、ニンフォマニアである自分を否定してこなかった女が、気付いても止めるわけがない。

サディズムの快楽は、「イメージ」＝想像力に支えられている。「情欲の対象」が、「イメージ」の内質を左右するわけではない。だが、それに「気付いても」、ヤザキとケイコは「止める」ことができなかった。それは、必ずしも、二人が「無謀、を生きるポリシーとしている男と、ニンフォマニアである自分を否定してこなかった女」であったからではない。より過激な悦楽を欲して倦むことを知らない、遊びの性の宿命と評しうる。両者の新たな「情欲の対象」として、キョウコ・ノリコなどとは別種な世界に生きているミエが、その「すけべ心のいけにえ」に選ばれる。

わたし達はこのミエにターゲットをしぼったの、例えばミセスやノリコなんかの目の前で、必

死に生きている田舎者の未婚の母を、尻の穴まで犯して、浣腸して、いたぶったらどんなに面白いだろうって思ったの、

ミエ以前に「いけにえ」に選ばれた女性は、「みなノリコに似たタイプ」であった。「美人で」「育ちが良く」、生活苦などに無縁な女性ばかりである。これに対して、ミエは「必死に生きている田舎者の未婚の母」であり、外見的にも「美人」とはいえず、「一メートル五十四センチしかない小柄な女」である。つまり、あらゆる面で、それ以前に「いけにえ」にされた女性達とは「正反対の女」といえる。ヤザキとケイコにすれば、そこにミエを「いたぶ」る「面白」さが期待された。だが、一方で、ヤザキは「気がとがめる」と言い、「ちゅうちょ」を示してもいる。ミエの「犠牲」が、それまでの「プレイ」から逸脱するものであることを直感していたゆえと察せられる。

ケイコの説明によれば、ヤザキが「本当にやりたかったことは、自分のペニスに対して欲情した女を、自分のペニスで攻撃的にしかも優しく充たしてやる」という、享楽を旨とする性の饗宴にあった。そのためには、女性の「数は多ければ多いほど良」く、それも、「レベルが高」い「女」でなければならない。具体的にいえば、「脚も長いし、顔もノーブルだ、化粧も上手だしファッションもあかぬけてる」とヤザキが認める、カタオカケイコやサクライレイコなどがその典型といえるだろう。そこに、ヤザキが求める性の饗宴の美学があったはずである。新たにターゲットとされたミエは、そうした美学の範囲に属さない。ヤザキは、ケイコの言葉通り、「自分が本当にやりたかったこと」を「取り違えていた」といえる。加えて、「イメージを越える情欲の対象はない」というサディズムの原理にもヤザキは無自覚であった。

ツェツェ蝿の効き目はもう全身の神経に行き届いてすべての細胞を震わせているから彼女はフラフラとトイレから出てわたしとレイコのレスビアンにぼんやりと見とれてたわ、そこにあの男が襲いかかってあとはもうただの色狂いの動物園よ、SMの魂とかへったくれもないわ、女達はただ自分のベトベトする穴を埋めて欲しがり、あの男は無限に射精したがっていただけ、

ミエとのSMプレイにおいても、「数学的」に獲物を「いたぶ」るべく、緻密な計画が練られていた。「レイコの美しい裸を前面に出してミエをコンプレックスのかたまりに落とし徹底的にいじめるというストーリー」である。ところが、そのような「ストーリー」は、「あっという間にバラバラに崩れてしま」う。ヤザキは、「恥を上手に剥いでやって、女を欲しくて欲しくて死にそうにしてやった上で放置」するといった「SMの魂」を忘れてミエに「襲いかか」り、「あとはもうただの色狂いの動物園」と化す。キョウコを相手にした経験から、「嫌がる女の足を無理に開かすより、何でもいいからペニス状のものを求めて泣き叫ぶ女を縛って放置することの方が面白いということ」を知悉していたにもかかわらず、ヤザキはミエに性行為を求め「動物」的な本能に支配される。強力な「ツェツェ蝿」の作用とはいえ、そこにサディストたるヤザキの面目はない。

あのミエは背が小さいけど顔がバタ臭くて脚の割には腰とおっぱいがでかい。何か弱い動物をもてあそんでる気がして攻撃本能を満足させることができるんだ、（中略）男は誰でもきれいな顔とかきれいな脚に欲情するわけじゃないんだよ、

「サディズムっていうのは女を苛《いじ》めて喜ぶことじゃない」――。それがヤザキの、サディズムに関する基本的な認識である。しかるに、ミエに対しては、「弱い動物をもてあそんでる気がして攻撃本能を

満足させることができる」と称する。サディズムの快楽が、「イメージ」＝想像力に属すとするなら、「動物」的な「攻撃本能」による「満足」は、サディストヤザキの堕落以外のものではない。「男は誰でもきれいな顔とかきれいな脚に欲情するわけじゃないんだよ」。上引の言説もまた、「レベルが高い「女」だけを対象にしてきた性の美学からの転落を意味しよう。同時にそれは、遊びの性からの逸脱でもある。

五　ヤザキの破綻

『エクスタシー』は、ヤザキが性の楽園を喪失し、ケイコ・レイコとも離れてニューヨークでホームレスになっているところから開始される。「エックスとコークと睡眠薬と、金と、何でも言うことを聞くきれいな女がいたら、そいつの人生は閉じられてしまう」と、ヤザキの友人ガンはいう。ヤザキの人生が「閉じられて」しまっているのは確かであろうが、それはドラッグ、金、女に充足した結果とは考えがたい。閉塞を招いた事由はほかにあると思われる。

その頃すでにわたし達は二人きりの時にはほとんどセックスをしなくなっていたわね、口でお互いをいかせてあげたりはしたけど、後の方ではもうそれもなくなってきたわ、

上掲の文中でケイコがいう「その頃」とは、キョウコやノリコを「触媒」に用いながらもそれにも「飽き」、より過激な刺戟を模索していた時期をさす。いまだレイコの存在は言及されていず、よって、二人が「セックスをしなくなっていた」理由に、レイコは関与していないと解される。ヤザキとケイ

コが「セックスをしなく」なったのは、「いけにえの女」＝「触媒」なしでは「すけべ心」が満たされなくなっていたためと考えられる。換言すれば、「触媒」使用による刺戟の増大が、皮肉にも二人から「セックス」を奪ったといえる。遊びの性のパラドックスをそこにみることができよう。ヤザキの破綻の一因とみなしうる。

きっと疲れてきたのかも知れないわね、ミエに会った頃にはあの男に幻想が生まれていたのよ。幻想、なんて便利な言葉かしら、ありもしないことを幻想っていうのよね、イマジンというのとは少し違ってね、自分の都合のいいように想像するってことなのかしらね、

ヤザキの「すけべ心」は、性の享楽それ自体を目的とする。したがって、そこに「意味」ないし「幻想」は不要である。というより、「意味」を求める「幻想」があってはならない。しかるに、ヤザキはミエに「ありもしない」「幻想」を求め、遊びの性から逸脱する。それまでに蓄積されていた「疲れ」が「幻想」をいだかせ、逸脱を余儀なくさせたと察せられる。遊びの性への欲望は、無限に自己増殖をつづけてとどまることを知らない。性の狩人ヤザキを、自らの裡の欲望が侵蝕し「疲れ」させ、「エネルギー」の低下を招いたものと推測される。「疲れ」の蓄積による「幻想」の抱懐——。これも、ヤザキの破綻の一因に数えられよう。

わたし達にはその頃もう一人レイコという若い女がペットとしていました、(中略)その、レイコが問題だってことにわたし達は気付かなかった、レイコにあれほどのエネルギーがあって、付き合った人間が男であれ女であれそのエネルギーに焼かれてしまうということがわからなかった、ミエを「いけにえ」のターゲットに定めたその頃、サクライレイコがヤザキの性の饗宴に加わる。

しかし、ケイコもヤザキも、レイコが強大なエネルギーの所有者であることに気づかずにいた。その後、レイコは、低下していたヤザキのエネルギーをさらに消耗させる存在となる。

まず、レイコを加えた三人の輪のなかからケイコが疎外されていく。ケイコが三者のハーレムから去ったあと、レイコと二人で旅したモロッコで、ヤザキは疲れを知らない無尽蔵なそのエネルギーに圧倒され、シーツの下の「サソリを靴で叩き殺しながら、いつかはオレもこうなるんだ」との想いに襲われる。「レイコはオレより強い」――。上引のヤザキの述懐を聞きとった直後、ミヤシタの脳裏において、「ヤザキと潰されたサソリ」のイメージが「重なった」とある。ミヤシタがニューヨークで目にしたホームレスのヤザキは、「いつかはオレもこうなるんだ」と予感していた「潰されたサソリ」の姿といってよい。

彼ら三人は遠く離れているわけだから、直接的なサド・マゾではなくて、関係性においてある人格を破壊することを目標にするだろう、ミエがその第一号だったのではないか、

ヤザキを中心としたハーレムの崩壊は、ケイコ・レイコとの「関係性」にも変質をもたらす。それ以前になされていた「いけにえ」の「人格」の破壊は、キョウコ・ノリコの例がそうであったように、性的快感の獲得を目的にしていたはずである。ミエやミヤシタを「運び屋」に仕立てあげ、その「人格を破壊」したところで、そこに性的快楽が伴うとは思えない。人格の破壊そのものが目的化された、自己満足的な観念的遊戯にとどまる。また、「関係性において」「人格を破壊する」とあるが、「破壊」されているのはむしろ三者の「関係性」の方ともいえる。「三人とも、三人だけじゃ何もできないんだと思い知った」というヤザキの言葉が、逆説的に三人の「関係性」の破綻を示している。

一度だけレイコから絵ハガキが来た。イタリアのサルジニア島からのもので、あなたは多分わかっていない、と書いてあった。わたしとケイコさんとヤザキ先生がどれほど愛し合っていて、今でも深く結びついていることをあなたはきっと理解できないでしょう。

レイコはミヤシタに、自分を含めた三人の「愛」の確かさ「結びつ」きの「深」さを強調する。「今でも深く結びついている」証の一つが、ニューヨークのヤザキからケイコ・レイコにそれぞれ送り届けられるドラッグといえようが、そのドラッグにしても、もともと性の享楽の促進剤として用いられていたものである。ヤザキとの性が断たれている現在、送り届けられるドラッグはどういう意味をもつのか。「運び屋」ミヤシタの「破壊」が三者の「ゲーム」の目的とするなら、何とも空しい営為といわざるをえない。

そうした空しさは、「愛」の強調にもみてとれる。レイコが主張する「愛」の内質は、性が断たれていることからして、精神上の愛と解される。しかし、「エクスタシー・プレイのめくるめく特権的空間」(4)の形象をモチーフとするこの小説にあって、精神的「愛」の強調は、逆にヤザキが築きあげた性の楽園の崩壊を浮かび上がらせることにしかならない。つまり、「愛」に対する「性」の敗北宣言にも等しい。なお、ヤザキは、「二人で変態的なセックスを楽しむには二人のことを尊敬しすぎてしまったんだ」と述べている。「変態的なセックス」とは、享楽の性と同義である。それが「楽し」めなくなったということは、単に遊びの性の喪失のみならず、ヤザキの性的人間の失格をも物語る。

恥ずかしくて死にそうですと何百回となく言わされ髪の毛に大量の精液がまじり髪の毛が白くなりそれでも女は誇らし気に尻を突き出してあなたに愛はわからないと呟き決して微笑みを絶やさ

ずその映像が途切れる直前に僕は自分がヤザキなのだと感じた。

モスクワ上空を通過した直後の機内で、破れたコンドームから大量のドラッグがミヤシタの胃の中に流出する。上記はその折ミヤシタの脳裏に知覚された「映像」の一部であるが、「あなたに愛はわからない」という「謎のことば」(5)が注目される。

ここで「女」によって発せられる「愛」の語は、「大量の精液」にまみれながら「それでも女は誇らし気に尻を突き出し」といった文脈から推して、前出のレイコが口にするような精神的な愛とは考えにくい。性愛もしくは「性」とほとんど同義と思われる。だとすれば、「あなた」=ヤザキには〈性はわからない〉の意と読める。性からの疎外は、「自分がヤザキなのだと感じた」ミヤシタにしても同断である。「屈辱に全身を時折けいれんさせ、恥を捨てざるを得ない自分に喜んで」いる「女」の性の貪欲さと、「両手両足を切断されて凍てつく湖に放り出され」ている無惨なヤザキのイメージとの対照に、〈男〉なるものの性からの疎外感・敗北感がうかがい知れる。〈男に性はわからない〉――。これは〈男〉の性が負う、〈女〉の性に対する永遠のコンプレックスといえるだろう。


注(1) 鷲田清一「解説　ビート反復とテンションと」集英社文庫『エクスタシー』(平七・四、集英社、第一刷)、二九七頁。
(2) 野崎六助「バタイユの涙『エクスタシー』『メランコリア』」『リュウズ・ウイルス　村上龍読本』(平一〇・一二、毎日新聞社)、一七一頁。
(3) 永島貴吉「『エクスタシー』論」『国文学』第三八巻三号(平五・三)。

（4）（2）に同じ、一七三頁。

（5）笹田直人「SMの快楽はどう啓かれるか　村上龍のSMヴィジョンの行方」『ユリイカ　総特集村上龍』第二九巻八号（平九・六、青土社）、六四頁。

『エクスタシー』本文の引用は、集英社文庫『エクスタシー』（平七・四、集英社、第一刷）による。

『ナチュラル』（谷村志穂）——愛と性の不条理

一　愛と性の乖離

『ナチュラル』（平六・四、幻冬舎）においては、「リキとチャオでは何もかも趣味が違う」（3）とあるように、この両者は対照的に造型されている。それは単に、洋服・車といった「趣味」の相違にとどまらない。チャオが「上品」「優雅」（6）で、「純粋」（8）「無邪気」（9）な「ロマンチスト」（8）であるのに対して、リキは「下品」（3）で「したたかな男」（12）と語り手「私」＝ナオの眼に捉えられている。別角度からいえば、チャオは〈愛〉を、リキは〈性〉を、それぞれ表象する存在とみなしうる。


あれから奇妙なくらい私はリキとの感覚を夢想した。

チャオに抱かれながらも、リキとの夜と比較した。

リキの唇にキスすることを考えたらそのまま唾を吐きそうなのに、その小さなペニスが私の中に入ってくることを考えると身震いが始まった。下腹部が熱くなり、立っているのももどかしか

った。(2)

ナオは愛人のチャオを有ちながら、その友人のリキとも性関係を結ぶ。「リキの唇にキスすることを考えたらそのまま唾を吐きそう」と語られているように、愛があってのことではない。しかるに、リキの方により強烈な性的快感を覚える。「愛や感情の問題ではなく、セックスを比較対照するという意味においては単純に、その感覚が上回った方に身体が馴染んでしまう」(同)とナオは述べる。性感覚の浅深は、女性のナオにおいても愛の有無に左右されない。そこに、愛と切断された性の不条理性が認められる。

「リキを待つ時間は、私にとって拷問だった。身体が勝手に興奮し始め、だが心はこんなえげつない行動に出たリキへの怒りと恐怖で満たされていた」(2)。リキの出現を想像するだけで、「怒り」に満たされている「心」とは別に、ナオの「身体」は「勝手に興奮し始め」る。「心」=〈愛〉が不在であろうと、「身体」=〈性〉は本能的・生理的に反応する。チャオにのみ愛を捧げているナオにすれば、こうした「身体」の反応は不条理に違いない。

恥ずかしさを、確かに愛の行為に必要なものだと私は信じてきた。チャオは無自覚にだったが、いつも私にそのことを教えてきた。

「あなたとは、何をしても恥ずかしくないの。どんなかっこうをさせられても、最初から平気だった」(4)

チャオとの性行為には、つねに「恥ずかしさ」が伴う。だが、リキとは「どんなかっこうをさせられても、最初から平気だった」。チャオとの性が「愛の行為」であるのに対して、リキとのそれが純然たる「欲望」(3)のみの営為であったためと察せられる。ここにも、ナオ内部の〈愛〉と〈性〉との乖離・分裂がみてとれる。「ナオのすけべえで卑猥なオ××コ」(4)。リキに性的に翻弄された折、さすがにナオも「恥ずかしいと感じ」(同)る。けれどもそれは、性行為そのものに伴う羞恥ではない。「誰にでも従順な、私のその部分を卑しく」、「恥ずかしいと感じた」(同)にすぎない。ナオは、リキとの性が愛と無縁なものであることを明確に自覚している。

「ナオのオ××コを、舐めたい」

突然、リキは低い声でそう言った。私は灰色の太い受話器を手に、呆然とした。そして、私もそうされたいと、やはり辻褄の合わないことを考えていた。(3)

チャオは、ナオとの性行為において、「執拗に見える」ほどに「エレガントであるかどうかにこだわった」(2)。リキの性はその対極にある。「ナオのオ××コを、舐めたい」などと平気で口にする。「エレガント」さを重視するチャオであれば、口にしえない言葉だろう。

チャオとリキの性の作法は、両者の食事の仕方と重層化される形で語られている。チャオの食事は「上品」「優雅」とナオの目に映る。対して、「リキが食事をしているところはいつも、いわゆる育ちの悪い男に見えた」、「食事をエレガントにゆっくりと残さず食べるということを、彼もまた身につけてはいなかった」(8)。そのようなリキを、ナオは蔑視せざるをえない。だが、「口の周りを汚したまま、ソースを舌なめずりして私を見」るリキに、「君はまた僕のところへやってくるよ。そしてこうして舐め回されて、君は自分でもわからなくなるほど遠くへ行ってしまうんだ」と反撃され、ナオは、「自分のその部分がまた勝手に反応していたこと」(同)に気づかされる。ナオはリキとの情事において、チャオのそれに優越する「感覚」を得る。意識のうえでは「下品」なリキを嫌悪しながら、そうした野卑な性によって強烈な「感覚」がもたらされていることを、おそらくナオは自覚していない。

リキとのセックスに、私はしばらく夢中になりそうだった。彼は私を思っていた通りだと言ったが、私には彼がまったくそれ以上だった。（中略）

「あなたには何も才能がないと思ってたわ、チャオの友達であるという以外には。だけどセックスだけは上手なのね」（1）

リキとの性はチャオとの性感を上まわる。だがそれは、「セックス」が「上手」すなわちテクニックの問題だけではないだろう。「彼がまったくそれ以上だった」と思わせた要因として、その「下品」かつ野卑な所作と共に、リキとの性が愛人チャオへの裏切りでもあることを無視できない。「私はリキとの感覚に簡単に溺れながら、チャオといる時間には、彼をただ心汚い裏切り者としか見ることができない」（8）とある。断るまでもなく、「心汚い裏切り者」はリキだけではない。チャオへの「裏切り」の後ろめたさが、共犯者リキとの性感をより増幅せしめたものと推測される。「下品」なリキに対する嫌悪とそれゆえの野卑な性への耽溺、および、裏切りの罪意識が惹起する性感覚の高揚――。いずれも、男女の性に内在する不条理と評せよう。

鈍感で、愚かで、恥を知らないリキの性器。私はファスナーを下ろし、それを手のひらで包んであげた。チャオのとはずいぶん違うというのに、すぐに慣れるものだ。それはそれで、私は形状をそらで描けるほどに愛着を持ち始めていた。（3）

リキとの情事を重ねるにつれ、ナオは「リキの性器」にも「愛着を持」つようになる。さらに、「右手だけは」「あなたのもの」（同）とリキに誓う。しかしながら、性感覚の優越性も含めて、そうしたリキへの親しみが愛に転化することはない。「出発の直前に聞いたリキの声はもはや不快なものになりかわり、私はまたチャオだけを求めていた」（9）とあるように、ナオの愛はひたすらチャオにのみ注がれている。チャオは〈愛〉を、リキは〈性〉をそれぞれ表象する。こうした構図、つまり愛と性との乖離はこの小説に一貫しており、重層化されることはない。むろん、チャオに関わる愛と性の複合は別次元の問題である。

二　性の役割

チャオは、横浜の「ミドリク」（3）に家族を有する既婚者である。そうした自己の生活に、格別不満をいだいているようにはみえない。なぜ愛人を必要とするのか。単純な浮気心とは思えない。

――まるで磁石のようなものさ。性ほどナチュラルで獰猛な反応はないよ。（中略）

――プラスとマイナスで、ただ二つがそこにあるだけでぴたっとくっついてしまうわけさ。ところがね、どうしてなのかこれがくるりとね、プラスとプラス、マイナスとマイナス、そんな組み合わせになってしまうときが来る。どうがんばっても触れることすら難しくなるのさ。夫婦なんて、長くなるとね。（13）

チャオは、男女の性を「磁石」に喩え、「性ほどナチュラルで獰猛な反応はない」と説く。「夫婦」の性はその反極に位置する。いわば、約束され拘束された性であり、日常のなかで風化した性ともいえる。そうした「夫婦」の性にあっては、プラスとマイナスが引き合う磁力の低下を免れない。チャオはナオとの性行為に、「ナチュラルで獰猛な反応」を求めたといえよう。

「彼には、とてつもないエネルギーが眠っている。二時間でも、三時間でも、彼はセックスを続けた。しかも夢中になり続けたまま」（2）。チャオがナオとの「セックス」に「夢中になり」えたのは、そこに、夫婦の性に欠落している「ナチュラル」な「磁石」が機能していたからに相違ない。ちなみに、チャオが性行為に求める「エレガント」さと、「獰猛な反応」とは矛盾しない。「獰猛な反応」とは、互いを強力に牽引し合う性的磁力の意と理解される。

彼の性への貪欲さは、食事のスタイルとはまったく対照的だった。こと細かな内容に、エレガントであるかどうかにこだわった。それはおそろしいほど執拗に見えることとさえあった。（2）

チャオにみる性への「貪欲さ」と、「エレガント」へのこだわりも撞着しない。ここにいう「エレガント」の意は、羞恥心とほとんど同義と思われる。チャオは、ナオとの性に非日常の鮮度と磁力とを維持するために、「エレガント」＝「恥ずかしさ」を求めたものと察せられる。「恥ずかしさは、チャオとの時間には、かつてと同じように現れた」、「私たちの間には必要な感覚だった。儀礼的に必要で、むしろそれは哀しいことなのではないかと、私は思うようにもなった」（5）。リキと接して以来、ナオは「恥ずかしさ」の感覚を、「儀礼的」で「哀しいことなのではないかと」考えるようになる。これは、リキに「あいつが必要だと教え込んだだけだ」「君はひどく不自然だ」（4）と指摘されたためでもあろうが、ナオの体にリキ流の野卑な性が浸透しつつあることを物語る。

彼はセックスに満足したときにだけ、深く眠ることができた。その日のエネルギーを使いきった

かのように安らかな顔をして眠った。そうでなければ、きまって後悔したような目で夜を過ごした。(2)

チャオにとっての「セックス」は、単なる「欲望」の充足を意味しない。「ナオといる時間にだけ、僕はこうやって寛《くつろ》いでいるんだ」(同)との言説が示唆するように、自己に正直になれ、「ナチュラル」な自分を回復しうる慰安の時空でもある。チャオが、「安らかな顔をして」「深く眠ることができた」のも、単に「セックスに満足した」からではない。のちに、ナオはそれに気づく。「あれはエネルギーの証などではなかったのだ、と私は気がついた。性の時間こそが、きっとナチュラルな彼のすべてだったのだ」(14)――と。ナオとの「性の時間」にこそ、チャオの「すべて」の願望が託されていた。「君を抱いている時間は、僕にとって、ほんとうにすべてだったんだよ」(同)。しかし、ナオはチャオを失うにいたるまで、その言葉に籠められた真意を理解することができなかった。

「僕は、ナオだけでいい」
「あなただってそうやって嘘をつくでしょう」(中略)
私は、自分が虚偽の発言をするときに、いつも心からそう思い込むように、チャオの虚偽も信じることにした。(2)

ナオは、「僕は、ナオだけでいい」というチャオの言葉を「虚偽」とうけとる。上記のほかにも、「出ていくときには別の場所――別の女の家か、彼の仕事場か、別の女と一緒にどこかのホテルへ行く」(1)、「あなたはまた別の場所を上手に見つけるだけだわ」(7)といった言説がみえる。「あなたにどれだけの人がいても、私にはチャオしかいない」(2)と告げながら、「ほんとうにもう他はないんだよ。ナオ、僕はただ抜け殻になるだけだ」(7)と訴える、チャオの言葉を信じようとはしない。あるいは、その心底が見抜けない。そこにナオの、というより人間存在の愚かしさ、哀しさが感取される。「私のこの身体を癒してくれるものは、もう何もなく、誰もいなかった」(14)——。チャオを失った直後のナオの内言である。チャオを喪失してはじめて、「ナオを失ったら、ほんとうにすべておしまいなんだ」という言葉の真実性を、「抜け殻」となった自己の身と重ね合わせてナオは理解しえたと推察される。

三　愛の復讐

寝ているチャオを、いっそのこと首を絞めて殺そうとしたときに私は識《し》った。彼の首を絞めて、そうして私だけがのうのうと生き残って、彼の家族もその恥ずかしさで苦しめばいいと思ったが、そこまでいってよくわかった。私はただ彼を求めているだけなのだ。彼の存在と気配があれば生きていける。(1)

ナオはリキに、「なぜあいつがそんなにいい?」と問われて、「何もかも」(同)と述べ、「俺に許せない男が、なぜ君には許せる?」との質問に対しては、「必要だから、私にはチャオが」(3)と答えている。別に、リキの問いをはぐらかしているわけではない。そもそも、異性に対する愛の内実を、明瞭に分析し提示することなど不可能に近い仕わざといえる。「どんなにがんばっても不可能なのは、求める気持ちを消し去ること」(1)、「彼の存在と気配があれば生きていける」。チャオに対するナオの愛は、「求める心」(同)の一語につきる。そうした「求める気持ち」が、リキに対しては生じない。

彼には行かねばならない場所があるのだということを、私は一応は理解している。(中略)それなのに、彼が出ていってほんの五分もしないうちに、私は電話のプッシュボタンを押していた。誰でもよかったのだろうが、とりあえず一番目の電話でリキがつかまった。(1)

「求める心」が皆無なリキに、なぜナオは走ったのか。「チャオが不在になる一週間のうちの二日だけを目を瞑って生きていればよかったというのに、そんな程度の孤独にも耐えることができなくなっていた」(13)とみえる。愛するチャオの不在に耐えきれない「孤独」と寂寥感が、ナオをリキへと押しやった。チャオへの愛が浅かったからではない。むしろ、「求める心」の熾烈さがチャオを裏切らせたものと解される。ナオにみる「過呼吸症」(2)は、「求める心」の過剰と愛の閉塞感の寓喩と読めなくもない。

もともと「友人が少なかった」ナオは、「彼に会ったことで」「ますます孤独に陥った」(1)。これは、愛人生活が強いる物理的な孤独にとどまらない。男女の場合、相手への想いが深まるほどに孤独・淋しさを余儀なくされる。愛に内在する不条理、パラドックスといえるだろう。「私はこうしてチャオを裏切ることにしか、すくいを見いだせなくなっているのだろうか」(同)。愛するがゆえに、その閉塞感が強いる愛への反逆——。逆説的な言い方をすれば、ナオのチャオへの裏切りは愛の逆証明ともみなしうる。(1)

いつかリキの車でミドリクに連れられていったときと同じように、私はリキを罵りながら彼の中に逃げ込もうとしていた。

私が子供を産む。それをこの手で育てる。ほんとうのことを言うなら、私は子供というものがこの上なく好きだった。(12)

やがて離れていくであろう愛人のチャオに、ナオは「子供」を要求することはできない。「チャオは残酷だ。いったい私に、どんな媚薬を振り撒いたのか」(同)。子供好きなナオの裡に、チャオの「残酷」さへの想いがつのる。そうした心の空隙をつくかのように、リキは家庭と子供とをもって揺さぶりをかける。しかし、リキと「婚約」(14)したナオの表情は暗い。「その先は光が届かない深い闇だった」(同)と語られている。はじめからナオには、リキに対する「求める気持ち」=愛の心は微塵もない。ただ性のみのつながりである。性だけの愛人関係は成立しようが、最初から愛の不在を前提にした結婚生活は考えがたい。「婚約」後のナオが、「その先」に「光が届かない深い闇」をみたとしても不思議はない。

「私はこの肉体がまた新しい喜びを貪欲にも見つけだしたことを識っていた。リキとの時間に、私は取り残されることはなかった」(6)。ナオは、リキとのあいだに、「新しい喜び」を見出したという。だが、その「新しい喜び」は、〈新しい男〉の新鮮さによって支えられていたともいえる。チャオは自らの「夫婦」の性について、「プラスとプラス、マイナスとマイナス、そんな組み合わせになってしまうときが来る」と表白している。結婚後も、ナオとリキとの性の「磁石」が強力に作用しつづける保証はない。夫となり父親となったリキを相手に、「新しい喜び」の持続は不可能と思える。

気がつくと、私は、リキを追い抜きチャオに向かって突進していた。

「チャオ、聞いて、リキさんが私たちを仲直りさせてくれるって。(中略)チャオのために私、お

洒落をしてきたの。髪も伸ばしてるの。私はもうあんなふうに取り乱したりもしないのよ」(14)

愛人チャオを裏切ったナオは、次いで「婚約」者のリキを裏切る。いずれの場合も、ナオ内部のチャオへの愛が「裏切り」を招いたといってよい。チャオへの裏切りは、「求める心」の深まり、すなわち愛の深化が促す孤独感・寂寥感の増殖による。他方、リキへの裏切りが、チャオへの押えがたい愛のなせるわざであることは強調するまでもない。いい換えれば、いずれの裏切りも、ナオ内部の愛による復讐と解される。前者は「残酷」なチャオへの愛ゆえの復讐であり、後者は、リキというより自己内部の愛を裏切ったナオ自身に対する復讐と捉えうる。

私は、自分の言い種があまりに恥知らずであると思った。だが私の手が、目が、心が、すぐそこにいるチャオに伸びていることに変わりはなかった。洋服をはぎ取りあって、また互いにのめり込むように求めあったら私たちはまたやり直すことができるのではないのかと、都合のいいことを考えた。(14)

むろん、ナオが望んだからといって「やり直」せるはずもない。「世田谷公園」で「調教」をうける犬を目にして、「犬は喜んでいる。犬はそれを調教などとは思っていない」、「される側は、案外限りなく満たされているものなのだ」(10)とナオは想う。さらに、小説執筆に打ちこむチャオのために「温かい牡蠣の鍋」を用意しながら、「薄汚れたエプロンをした召使でいることに十分満足」(11)を覚える。ナオの側に限定するなら、「やり直すこと」は可能だろう。ナオは、過去の己の愚かさを相対化しうる視点を獲得したといえる。しかしながら、時間を逆流させ、傷ついたチャオの記憶を消し去ることは不可能である。自己の愚かしさに気づき、「チャオを確かに受け入れる準備ができたときに、彼は去っていく」(14)――。皮肉というしかないが、これもナオが引きうけなければならない愛の復讐と評せよう。

チャオは去りぎわに、ナオの「唇にキスを」(14)する。「今頃になって、私はただそれだけのことでその部分を潤ませることができた」(同)。だがそれと、チャオを「受け入れる準備ができた」こととは別だろう。この時点で、チャオとリキとの位相は逆転している。今やリキは裏切られた男の位置にあり、チャオが「新しい」男の立場にある。ナオが「ただそれだけのことでその部分を潤ませることができた」理由は、そうした事情によると考えられる。

四　変容と喪失

チャオとナオとにみる愛の喪失を、二人の愚かさ・弱さにのみ帰すことはできない。推移して止むことのない時間の経過は、あらゆる男女の関係の形、およびその愛の内質を変貌せしめる。伊藤整の『変容』が、変貌によって生ずる性愛の豊かさを形象した作品であるのに対して、『ナチュラル』は、時の流れが文字通り〈自然〉であるゆえに逆らうことの許されない時間なるものの酷薄さを、ナオとチャオとの関係性の変容を通して表出してみせた小説と捉えることができよう。

「嫉妬心など、求める心に比べたら簡単に追いやることができる」(1)。ナオは、チャオの妻への「嫉妬心」を甘くみていた。とはいえ、その愛の破綻を、「求める心」が「嫉妬心」に敗北したにすぎないと単純化するのは誤りと思える。ナオの「求める心」は微弱なものではない。むしろ、重く大きすぎたといえるだろう。そうした「求める心」の重圧は、時間の経過とともに増大する。無機物の金属にも〈金属疲労〉があるように、時間の荷重による心的疲労の蓄積が破綻の真因と推測される。時間の荷重による心的疲労は、チャオの側にもみうけられる。

　二つの部屋を往復し、どちらにも強く求められ、片方の部屋では上手に嘘をつき、片一方では無邪気さを演じる。（中略）そしてチャオは、きっと歩きながら思うのだ。自分のこの疲労が、矛盾だらけの生活ぶりが、すべての破綻の引きがねになるにちがいないのだ、と。(11)

これはナオの側からの観測であるが、その洞察に誤りはないと思われる。チャオにとって、愛人ナオとの生活は、「ナチュラル」な自己を回復できる唯一の場であった。ナオがそうであるように、「最高の充足」(14)の時間でありえた。けれども、そうした時空にあってさえ、「二つの部屋を往復」する「矛盾だらけの生活」による心的疲労が蓄積していく。「私たちに何一つ不自由はなかったのに」、「チャオはついに疲れ、そしてその前に、チャオを責めるまでもなく私は彼を裏切ったのだ」(13)。ここに、チャオの「疲れ」とナオの「裏切り」とが併記されている。ナオの裏切りもまた、時間の荷重による心的疲労の蓄積、言い直せば孤独と寂寥感の増殖・深化の結果と理解される。

　彼のどの部分を上回ることもない。なのに社会のオーダーは、あるときから、彼へのものよりも私へのものが単純にその量を上回った。私は皆そのガラスの破片に目を眩まされているのだと思ったが、チャオはほんとうに素直にそれを喜んだ。彼は勇敢な人だった。(2)

時の推移は、同じく作家を業とするチャオとナオの位置関係にも変化をもたらす。ナオの仕事量の方が、チャオへの依頼を「上回る」ようになる。チャオは「素直にそれを喜んだ」とあるものの、真に「勇敢な人」であったかといえば疑問符が付く。「チャオは、自分の不運の一因は私にあると決め込んだ」、「ナオと一緒にいるために、仕事が捗《はかど》らない。ナオが運を持ち去った」(9)。これもナオの側の憶測であるが、語り手ナオの証言を疑う理由はない。

チャオの「勇敢」さは、前述の不満を「口には出さぬようこらえ」(9)る、先輩作家としての意地ないしプライドに認められる。だが、自己の「不運」をナオに帰すのは自己欺瞞というしかない。「ほんとうはチャオが何も捨てることができないからだということに気がついてはいなかった。何かを捨てて、身体中が穴ぼこだらけになって、はじめて幸運など訪れるというのに」(同)。上引のナオの感懐は妥当といえる。それでもナオは、チャオの不明を責めようとせずに、自分の仕事を減らすべく心をくだく。「私は二人だけになる時間を減らすよう心がけた」、「チャオとはわずか一ミリも離れていたくはなかったが、もうそんなことを言ってはいられなかった。彼の中にもう時限爆弾がセットされたのだと思えた」(同)。しかし、ナオの心くばりも及ばず、チャオ内部の「時限爆弾」の針は進みつづける。時の流れが「セット」した、その「時限爆弾」の進行を押し留めるすべはない。

「私みたいな女、ゼルダ的な生き方。またそれだ。(中略)そうした党派的な発言をするなと何度も言ったろう。党派的な発言をするごとに、誰もが制度にからめとられていくんだ。そして君はあの会ではまさにその代表的な一人になった。踊らされたんだよ」(6)

右記にみるナオへの激しい難詰にしても、チャオ内部の抑圧された不満・嫉妬と無関係とはいえない。執拗に責めつづけるチャオに、ナオも反論を制止できなくなる。「よく言うわ。制度的な生活をしているのは、あなたじゃないの」(同)。たしかに、愛人をもちつつ家庭をも手離そうとしないチャオは、

「制度的な生活をしている」と非難されてもやむをえまい。ところが、チャオは自己の身勝手を認めるどころか、「君は一人では何もできなかったくせに、なんて立派な口を利くんだ」(同)などと、威猛高な感情的言辞を浴びせつづける。

チャオは、「ナオを失ったら、ほんとうにすべておしまい」との想いを忘れているわけではない。ナオにしても同様である。「望んで側にいてもらっているのは私」(1)という、「求める気持ち」に変わりはない。にもかかわらず、二人は自己を押えきれず、出逢った当初は抑止しえたはずの「自我」「わがまま」(13)をむき出しにする。時の推移による心的疲労の蓄積が、相互の自制心を減退せしめたものと考えられる。二人のあいだの性の「磁石」も、それと無縁ではありえない。

チャオと知り合って一年ほどたった頃だろうか。あるとき私の部分は赤く炎症を起こし、薄皮一枚をいつもひりひりさせているような状態になった。(中略)チャオはとても悔しそうな顔で私を見た。一緒に登山をしているつもりの相手が、途中で山をさっさと引き返していくように見えたのかもしれない。

私は謝り、そしてそのときに決めたのだ。私はやはりこうしてチャオに敵《かな》わないのだから、すべて言いなりになるのだ、と。(2)

愛人生活をはじめた当時は、「私がおちていく肉体の感覚を彼はいつも追いかけてきた」(6)とある。ナオの性感の高まりを、チャオは余裕をもってリードしえた。だが、「しだいに、彼との時間の中で私の感覚は薄れていった」(同)。上記は、リキの介在とは無縁な文脈での言説である。愛人生活が長引くにつれ、そうした生活自体が日常化し、「ナチュラルで獰猛な」性の「磁石」も、その引力の低下を余儀なくされる。「今ではもう私は、彼との感覚にそう激しく興奮することはない」(2)。ナオとチャオとの性の変容にも、時の推移による風化作用がみてとれる。

五 〈時〉の表象

『ナチュラル』は、チャオとナオとの愛および性の変容・喪失を描きつつ、その基層部に時間の推移の酷薄さをモチーフとして底流させた作品のように思われる。「私はもう何年も同じ月曜日の朝を繰り返していた」、「そのうち彼は、そうした私の姿を哀れに思ったのか、帰ってくる時刻を厳密に告げるようになった」、「私は、彼が決めた十時のおかげで」「彼がその時刻に一分でも遅れることに、耐えられなくなった」(3)。それも、「皮肉なことに」、「自分の感情に釘付けに」されたナオがみつめるその「金色の置き時計」(同)は、ナオを「哀れに思」うチャオが買い与えたものであった。この「皮肉」な設定は軽視できない。チャオが買い与え、ナオがみつめるその「時計」は、二人の別離にいたる時間を刻む〈時〉の表象とみなしうる。

明日になったらチャオの髪を染めようと思うと、涙がこぼれた。私たちの時間が徐々に失われていこうとしているのは確かなことだったから。

チャオのペニスが硬くならなくなったとき、チャオはもうここで、落ち着いて眠ることなどできなくなるだろう。そのとき二人はお終いになる。(2)

この小説における〈時〉の指標は、前出の「時計」ばかりではない。チャオに目立ちはじめた「白髪」（同）もまた、時の推移を示す表象と捉えうる。その白髪の増加は、「私たちの時間が徐々に失われていこうとしている」ことを暗示する。愛人関係での最大の紐帯は性にある。「チャオのペニスが硬くならなくなったとき」、「そのとき二人はお終いになる」と覚悟せざるをえない。チャオの「白髪」は性の衰えに直結し、その増加は「私たちの時間」の終焉を告知する指標となる。

チャオの四十二歳の誕生日が近づいていた。小さな子供だって笑うのではないかというほど、チャオはその日がやってくるのを待ち望んでいた。

なぜならもう十年も前に街の占い師がひどいことを言ったから。「あなたは四十二歳の直前に、すべてを無くす」と言ったことを、彼はもうずっと信じてきたことになる。（7）

『ナチュラル』は、「チャオの四十二歳の誕生日」前後を作品内時間の現在として語られている。この、「チャオの四十二歳の誕生日」にも、〈時〉の表象をみることができよう。「街の占い師」の、「あなたは四十二歳の直前に、すべてを無くす」という予言を、チャオは「信じ」かつ恐れていた。その誕生日を、何事もなく通り過ごすことができたかにみえた。「ふざけた占い師の暗示からは無事に解放された」（9）とナオは想う。だが、占い師の予言は的中していたといわなければならない。リキとナオとの情事は、チャオの誕生日以前からなされている。「ナオを失ったら、ほんとうにすべておしまい」というチャオは、すでにその時点で「すべてを無く」していたといってよい。

「占い師の暗示からは無事に解放された」とあるものの、実はナオの裡にも、「すべてを無くす」という予覚はあった。誕生日には是非リキも呼びたいというチャオの提案を耳にした際、「私たち三人が、同時に互いを失う瞬間がふと頭の中をよぎった」（7）と語られている。この折の「ふと頭の中をよぎった」とされるナオの予感は、その後現実のものとなる。小説『ナチュラル』は、「三人が、同時に互いを失う瞬間」に向けて進展していく。

この先流れていく時間の河がはっきりと見えた。今、この瞬間から向こうには、はっきりと境界線があり、その先は光が届かない深い闇だった。

子供の頃、父からよくそんな場所でお仕置きされたことを思い出した。夜になってから外に連れ出され、真っ暗な川のほとりに一人で座らせられた。突き落とされるのかな、と何度も思った。(14)

喫茶店で待つチャオに、リキとの「婚約」を告げにゆく途中、ナオの脳裏に「この先流れていく時間の河がはっきりと見えた」。その「時間の河」と「光が届かない深い闇」のイメージから、「子供の頃」父親から「お仕置き」をうけ対面していた、「真っ暗な川」の流れが想起される。上述の「子供の頃」への連想は、「時間の河」とあるごとく、過去から現在へと流れつづける〈時〉そのものの表象とうけとれる。同時に、「真っ暗な川」と表現されるその「川」は、ナオの運命観の具象でもある。

リキと交わされる会話のなかに、ナオの少女時代の記憶として、「『星の王子さま』を好きな男の子」の「コックリさん」(3)体験のエピソードが挿入されている。「その子の友人が、あの遊びをしたその翌日に死んだ」ことから、「そこに居合わせた子供たちが運命というものを信じるようにな」り、ナオもそれを「信じることにした」(同)のだという。こうした「運命」受容への姿勢と、前掲の「子供の頃」の「お仕置き」体験とは、おそらくナオの深部で通底している。ナオは、「真っ暗な川のほとりに一人で座らせられ」「突き落とされるのかな、と何度も思った」という原体験、すなわち「運命」観からのがれることができない。というより、そうした死へと傾斜していく「運命」への歩みを、無意識裡に進めてきたかのようにみえる。

視界には暗幕が落とされ、闇の中で川べりに座らされたあの感覚がくっきりと蘇ってくる。子供の私は、器用に前に傾き、冷たい水の中へと沈んでいった。

彼女はもはや浮かび上がる気がないらしい。もがきもせずに消えていくのだ。(14)

「冷たい水の中へと沈」み、「もがきもせずに消えていく」――少女の幻影。これは、チャオを失った現在のナオの、心の死滅の暗喩と読める。また、「浮かび上がる気がないらしい」というその姿から、自己の「運命」に対する無抵抗な受容の姿勢が看取される。だが、それにしても、ナオを「真っ暗な川」に「突き落と」したのは何物なのか。チャオでもリキでもなく、ナオの「運命」を支配する「時間の河」、ひいては〈時〉の呪力とでも考えるよりほかにない。

注(1) 大岡玲に、「不気味な健全さでもってナオは彼を裏切る」(「解説――男の哀しい愚かしさ、女の不気味な健全さ」、幻冬舎文庫『ナチュラル』平九・八、一七八頁)という読解がある。しかし、チャオと同様ナオもまた、「哀しい愚かしさ」を脱することのできない存在であるように思われる。

(2) ナオを、「男の誇りと愚昧を鏡のように映し出してしまう魔性の女」(注1に同じ、一八〇頁)とする所説もみうけられるが疑問を覚える。チャオへの痛々しいほどの心遣い、およびその弱さ脆さも「魔性の女」のイメージと背反しよう。

『ナチュラル』本文の引用は、幻冬舎文庫『ナチュラル』(平九・八、幻冬舎、初版)による。

Ⅳ章　性の閉塞

『砂の女』（安部公房）――逃亡・希望の虚妄性

従来なされてきた『砂の女』（昭三七・六、新潮社）の読解には、一定の方向性が看取される。作中の視点人物・仁木順平の変貌を指摘し、それを肯定的に評価する論考が少なくない。「平凡で、受身の教師仁木は、その絶望的な環境を進んで引受け」、「これをくつがえそうとする積極的な人間に転移した」(1)、「情況そのものを変革するためのたたかいへと、いまや主人公は身をのり出してゆく」(2)――などの所説に、そうした読解がみうけられる。そこには、現代社会の閉塞感の打開を願う、「読者の側の願望」(3)も内在していよう。しかし、前引のような解釈をした場合、この小説の題辞に掲げられた「罰がなければ、逃げるたのしみもない」という命題とのあいだに違和感が生ずる。すでに言及があるように、「最終場面における主人公の姿を」「新しい『主体』への変身として肯定的に読むとすれば」、上掲の「シニカルでいささかマゾヒスティックな印象を残すエピグラフの表現するものとは順接せず」(4)、結果的に題辞の存在を無視あるいは軽視することになろう。

「罰がなければ、逃げるたのしみもない」。ここには、「罰」と「逃げるたのしみ」を一体化した、「罰」を「希望」（11）の不可欠な必須要件とする逆説的なニュアンスが感取される。いい換えれば、逃亡・希望の虚妄性の表出がそこに含意されているともうけとれる。これは、巻頭のエピグラフにとどまらず、小説『砂の女』のモチーフを暗示するものと捉えることも不能ではない。小稿では、そうした罰を必要条件とする逃亡・希望の逆説性および虚妄性の検証とともに、仁木にうかがわれる性の閉塞感とその内実の考察を課題とする。仁木に顕著な性の閉塞感は、上述のモチーフと密接に相関していると思われるからである。

一　性の閉塞

「めくるめく、太陽にみたされた夏などというものは、いずれ小説か映画のなかだけの出来事にきまっている」、「誰もがそんなことは百も承知でいながら、ただ自分を詐欺にかかった愚かものにしたくないばっかりに、その灰色のキャンバスに、せっせと幻の祭典のまねごとを塗りたくるのだ」(14)。むろん、仁木にしても例外ではなく、「灰色のキャンバス」に象徴される閉塞した日常生活を強いられている。そうした閉塞感は、妻との性生活にもみてとれる。

(1)　妻との性

私たちの関係は、いずれ商品見本を交換しているようなものでしょう?……お気に召さなかったら、いつでもお引き取りいたします……封を切らずに、ビニールの袋ごしに、ためつ、すがめつ、値ぶみしてるってわけよ……(19)

右記文中にある、「いつでもお引き取りいたします……封を切らずに」――とはどういう意味なのか。「男の妻」（1）と語られ、小説の末尾に付された「失踪に関する届出の催告」に「仁木しの」と記されていることからして、すでに仁木順平の籍に入っていることは疑えない。だとすれば、「お気に召さな」いからといって、「いつでもお引き取りいたします」というわけにはいかないはずである。上記の言説と併せて、「封を切らずに」「商品見本を交換しているようなもの」という妻の言葉は、子供を持とうとしない夫をなじり、自己の立場の不安定を訴えたものと理解される。仁木も憶測しているように、「あいつ」は「そんな商品見本的な関係に満足していたわけではない」（19）。子供を持とうとしない夫への妻の不満は、「なんだってそう責任のがれするのよ?・」、「それじゃ、一生、帽子は脱がないつもり?・」（同）といった言説からもうかがい知れる。

　彼は、あいつとの時には、いつもかならずゴム製品をつかうことにしていた。以前わずらった淋病が、はたして全快したかどうか、今もって確信がもてなかったのだ。（中略）医者はノイローゼだと診断したが、疑惑がとけない以上、同じことだった。（19）

仁木が妻とのセックス時に「帽子」＝「ゴム製品」を使用するのは、「淋病」が完治しているかどうか「確信がもてなかった」からだという。だが、それは口実にすぎない。「検査の結果は、いつもマイナスと出」、医者も「ノイローゼだと診断」していることから、その「精神の性病」（同）の内実は妊娠に対する拒否反応とみるべきだろう。妻の妊娠・出産は、「商品見本」の「封を切」ることを意味する。子供ができてしまえば、「いつでもお引き取りいたします」というわけにはいかなくなる。仁木は、そうした結婚生活と「あいつ」による拘束を、忌避したものと推測される。

おまえは、鏡の向うの、自分を主役にした、おまえだけの物語りに閉じこもる……おれだけが、鏡のこちらで、精神の性病をわずらいながら、取り残されるのだ……だから、おれの指は、帽子なしでは、萎えてしまって役に立たない……(19)

妻の「メロドラマ」と自己の「性病」を、「正反対なもの」(同)とする仁木の理屈は理解できる。けれども、「おまえは、鏡の向うの、自分を主役にした、おまえだけの物語りに閉じこもる」、「だから、おれの指は、帽子なしでは、萎えてしまって役に立たない」との弁明は、論理のすり換えというしかない。「メロドラマ」が「指」を「萎え」させる原因であるのなら、「帽子」の有無に関わりなく、性行為は不可能なはずである。ところが、「ゴム製品」の使用によって、妻とのあいだに性が成立している。「帽子なしでは、萎えてしまって役に立たない」理由の、「精神の性病」から「メロドラマ」へのすり換えがそれによって証明されよう。そもそも、「メロドラマ」と「帽子」とは無縁な位相にある。自己の「精神の性病」、すなわち子供に対する拒否反応に、「帽子なしでは、萎えてしまって役に立たない」真の理由が求められる。「ゴム製品」が妊娠拒否の象徴であることは詳述するまでもない。

仁木は、夫婦の性を「通勤列車の回数券」に喩え、「自然のかわりに」社会的「秩序」が「管理」(20)するにいたったと思惟している。「しかもその回数券がはたして本物であるかどうかの、確認がいる」、「おかげで性は、みのむしのように、証文のマントにすっぽり埋まってしまった」(同)とも称する。「自然」を喪失した、夫婦の性の閉塞状況への認識がそこに読みとれる。そうした認識は的確といえようが、生殖(子供)の拒否によって「自然」に逆らい、自ら性の閉塞を増幅していると評することも可能だろう。「帽子」は反「自然」の象徴にほかならず、仁木自身の「精神の性病」もその性の閉塞を表象するものとみなしうる。

感じている男と女……見ている男と女……感じている男を見ている男と、感じている女を見ている女……男を見ている男を見ている女と、女を見ている女を見ている男……合わせ鏡にうつる、性交の、無限の意識化……[20]

右は、妻との性を対象化した仁木の感懐である。「性にまで意識を持ち込み、性を性でなくしてしまった男女の図[5]」を、そこにみることができる。現代における性の閉塞は、「秩序」による「管理」や生殖の拒否に認められるだけではない。自己の性行為の「意識化」に、最も現代的な性の閉塞があるといえる。「感じている男を見ている男と、感じている女を見ている女……」。現代人の自意識は、自己の性感をも対象化せずにはおかない。そうした性交時の自意識は、「男を見ている男を見ている女と、女を見ている女を見ている男」とあるごとく、相互に反射し照らし合う。まさに「性交の、無限の意識化」であり、そこに現代人の性の病理が潜むといえよう。ただし、これは仁木の側の省察であって、妻を含む女性にもそのような閉塞感が妥当するか否かについては留保を要する。

(2) 砂の女との性

どうやら、ほとんどの女が、股一つひらくにしても、メロドラマの額縁の中でなければ、自分の値段を相手に認めさせられないと、思いこんでいるらしい。しかし、そのいじらしいほど無邪気な錯覚こそ、実は女たちを、一方的な精神的強姦の被害者にしたてる原因になっているという

のに……(19)

家を壊そうとする仁木とそれを阻止する女とのスコップの奪い合いが、二人の性への契機となる。「でも、都会の女の人は、みんなきれいなんでしょう?」(同)。その際女から発せられる「メロドラマ」的言説に、男の「腫《は》れあがった指の熱もさめていく」(同)。妻の場合と同じく、ここにも「メロドラマ」に対する嫌悪の念がみうけられるが、女性に固有の「メロドラマ」は仁木が考えるほど「無邪気な錯覚」でもなければ、「精神的強姦の被害者にしたてる原因になっている」とも思えない。女性にとっての「メロドラマ」は、男性に体を与え自身にもそれを納得させるための手続き、いわば自己演出の一種にすぎまい。女性の側に「一方的な精神的強姦の被害者」をみる仁木の感慨は、その嫌悪感とは裏腹に潔癖にすぎるとも評しうる。「たまには、押し売りしてやろうくらいの気持になってもいいんじゃない?」(同)という妻の言葉が、女性の性のしたたかさを証している。

それにしても、女の太股に、なぜこれほど激しく誘いよせられるのやら、わけが分らない(中略)……食肉動物の食欲が、ちょうどこんなふうなのだろう……野卑で、がつがつしていて、ばねを仕込んだみたいに力みかえっている……あいつとの時には、おおよそ経験したことのない一途さだ。(20)

一瞬「メロドラマ」的言説によって衰えた欲望が、「部屋に上り、モンペを脱ぎはじめる」(同)女を眼にして復活する。仁木の「指」は、「帽子なしでは、萎えてしまって役に立たない」はずである。女性の「メロドラマ」がその原因とされていた。しかるに、砂の女も妻と同様「メロドラマ」を口にしたにもかかわらず、「確実な充実」が「再び指をみたしはじめる」(同)。むろん、「帽子なし」にである。これを逆にいえば、「メロドラマ」はおろか、「淋病」への懸念によるとされていた「精神の性病」も、所詮口実にすぎないことが確認される。

> 欲望を満たしたものは、彼ではなくて、まるで彼の肉体を借りた別のもののようでさえある。性はもともと、個々の肉体にではなく、種の管轄に属しているのかもしれない（中略）……こんなぺてんを、野性の恋などと、よくもぬけぬけ思いこんだり出来たものである……回数券用の性とくらべて、はたしてどこかに取り柄らしいものでもあっただろうか？……（21）

仁木が砂の女との性に感受した「食肉動物の食欲」「がつがつした情欲」（20）は、妻との「性交の、無限の意識化」――の対極に位置する。つまり、己の性行為を対象化する余地のない「一途」なものであった。女の「原始の性・情欲」[6]が、それを可能にしたといえる。ところが、その直後に、仁木の想念は反転する。女との性を「ぺてん」と称し、「回数券用の性」に等しいものと思惟している。女に感受した欲望が、自己の「肉体」に発するものではなく、「種の管轄に属している」と受けとめざるをえないゆえである。こうした思考も、妻とのそれとは内質を異にするものの、性の「意識化」であることに違いはない。そのような仁木自身による意識化が、性の閉塞感を招いていると評することができよう。

現代における性の閉塞の一因は、その「意識化」に認められる。皮肉なことに、その弊を指摘する仁木自身にそれが最も顕著にうかがわれる。「男の体を洗うことに、特別な嗜好をよせ」（23）、「体をよじって、きゅうきゅう笑い声をたて」（25）て悦ぶ女には、性の意識化も閉塞感もみうけられない。『砂の女』に表出される性の閉塞感は、極言するなら仁木の自意識のなかにのみ存在するといえるだろう。

二　男と女の位相

『砂の女』には、性行為としての性だけでなく、女性性・男性性ともいうべき性差とその対比が看取される。砂の穴の中で暮らす女は一見「けものめいた、異形な女」[7]とみえるものの、「生活者としての日本女性の典型」[8]と捉えることができようし、昆虫と砂にマニアックな興味を示す仁木順平にしても、あえて特異な存在とみなすにはあたらない。こうした両者の描出に、それぞれ男と女の特質あるいは本質が読みとれるように思われる。

それにしても、分らない……女が、あの賽の河原に、なぜあれほど執着しなければならないのか、さっぱりわけが分らない……「愛郷精神」だとか、義理だとか言っても、それを捨て去るときに、一緒に失うものがあって、はじめて成り立つことではないか……(25)

女がなにゆえ、「賽の河原」にも喩られる砂の穴の中の生活に「執着」を示すのか、仁木には理解できない。しかも、女が守ろうとするその家は、「もう、半分死にかけている」(5)としかみえない。「ここに引きとめておくものの、正体」を聞き出そうとする問いに、女は「亭主と子供の、骨のせい」と答えるが、仁木も洞見しているように「骨も、要するに、口実にすぎぎな」(25)いと考えられる。女が自己の家と生活に示す「執着」に、おそらく合理的な理屈はない。理屈ぬきに自己の居場所を守ろうとする、女性の営巣本能に基づくものと推察される。女にとって、「家を守ること」が「生き甲斐」[9]であり、同時に生そのものでもあるに相違ない。

それに対して、仁木は「流動する砂」(2)に憧れ、「自由」(12)を求める。そうした仁木にとって、「家」が象徴する「定着」は「現実のうっとうしさ」(2)として感受される。「家」「定着」に「うっとうしさ」を感じ、「流動」「自由」を希求する衝動は、仁木にかぎらず男性一般の心性といえよう。「そうさ、歩くんだよ……ただ、歩きまわるだけで、充分じゃないか」と説く仁木に対し、女は、「表に行ってみたって、べつにすることもないし」「用もないのに歩いたりしちゃ、くたびれてしまいますからねえ」(12)と言う。ここに、たとえ無目的であろうと「流動」「自由」を欲する男性性と、「家」「定着」に固執する女性性との本質的な相違が察知される。

「そりゃ、天井に砂が積もっちゃ、具合わるいだろうな……だからと言って、砂で梁が腐るってのはおかしいじゃないか。」

「いいえ、くさります。」(4)

砂は「れっきとした鉱物」(同)であり、常に流動しているため腐らないと主張してやまない仁木に、女は「くさります」と断言する。論理で物事の正否を決しがちな男性性と、自らの体験にもとづく経験則から発想する女性性との対比がここに読みとれる。そうした男と女の差違は、「砂搔き」(10)に対する姿勢にも反映している。仁木にとっての「砂搔き」は、無意義・不条理な「賽の河原の石積み」(25)作業でしかない。そのような仁木の眼に、女の姿は、「刈り終えた」「毛屑の束をくわえて自分の巣のなかに駈け込んでしまった」(10)という飼犬、もしくは「幻影」とも知らずに「幻の城を守る衛兵」(22)——と映る。

しかし、女にとっての「砂搔き」は、「毛屑が自分の体の一部のような気がして、別れがたかった」

（10）とされる犬と異なり、砂への愛着のためではない。また、目の前に立ちはだかる砂の壁にせよ、それに押しつぶされようとしている家にせよ、「幻の城」ではありえない。「砂掻き」作業に没頭する女の脳裏には、その意義や不条理性はむろんのこと、自らが属す村落共同体への「愛郷精神」すら存在していないと察せられる。女にとっての「砂掻き」作業は、生活そのもの人生そのものである。そこに、目的意識・意義といった観念的思弁の介在する余地はない。

（ラジオと、鏡……ラジオと、鏡……）――まるで、人間の全生活を、その二つだけで組立てられると言わんばかりの執念である。なるほど、ラジオも、鏡も、他人とのあいだを結ぶ通路という点では、似通った性格をもっている。（25）

女が手に入れたいと望む「ラジオと、鏡」に関して、「他人とのあいだを結ぶ通路という点では、似通った性格」をもつとする仁木の想念が示されている。いかにも仁木好みの論理的な解釈ではあるが、正答とはいえないだろう。穴の外へ出ようともしない女が、「ラジオ」を通して「他人」との「通路」を求めているとは思えない。おそらく、「ラジオ」は今日の感覚でいえばテレビ・ビデオなどの家電製品を、「鏡」は化粧品・衣服といった女性が女性であることを確認する必需品を、それぞれ表象するものと考えられる。いずれにしても、女の幸福とよろこびを保証してくれるものの象徴といえよう。対して、仁木が欲する幸福ないしよろこびは、手に触れうる現実的な物品ではない。

昆虫採集には、もっと素朴で、直接的なよろこびがあるのだ。新種の発見というやつである。それにありつけさえすれば、長いラテン語の学名といっしょに、自分の名前もイタリック活字で、昆虫大図鑑に書きとめられ、そしておそらく、半永久的に保存されることだろう。（2）

仁木が昆虫採集に求める「よろこび」は新種の発見にある。だが、それに尽きるわけではない。「自分の名前」が「半永久的に保存される」栄誉に、究極の幸福と「よろこび」があるといえる。「虫のかたちをかりてでも、ながく人々の記憶の中にとどまれるとすれば、努力のかいもあるというものだ」(同)。右記文中にいう「虫のかたち」の語には、さまざまな言葉を入れ換えうる。女性と違い、自己の分身を直接産み出せない男性にとって、「自分の名前」の「保存」がそれに代わる補償行為ともみなしうる。

しかしながら、男性の幸福・よろこびのすべてが、栄誉・名声の獲得にあるともいえない。仁木は、「黄色い前足をもったニワハンミョウに、すっかりとりこにされてしま」い、その「妖しい足どりに」「魅せられ」(2)る。こうした昆虫に対する興味・情熱に限定すれば、無償の営為といえるだろう。「溜水装置の研究」(31)にしても同断である。「溜水装置の研究にうち込む男の行為」に、「自己解放の回路を構成していくくわだて」(10)が内蔵されているとは考えがたい。「桶を埋める位置……桶の形態……日照時間と溜水速度の関係……気温や気圧が効率におよぼす影響……」(同)。このような、「溜水装置」に関わる「数字や図形の記録」を「たんねんに積み重ね」(同)る所為もまた、ニワハンミョウに寄せる情熱と異なるものではあるまい。「男というものは、何かなぐさみ物なしには、済まされない」(同)と女が称するところの、無償の「なぐさみ物」といえる。しかし、当の女には、「男が鴉の罠くらいに、なぜそれほど熱中できるのか、さっぱりわけが分らない」(同)。ここにも、男性と女性の幸福感・よろこびの差違をみることが可能である。

いつか、孤独地獄という銅版画の写真を見て、不思議に思ったことがある。(中略)題をつけ違え

たのではないかと、その時は思ったりしたものだが、いまならはっきり、理解できる。孤独とは、
幻を求めて満されない、渇きのことなのである。(28)

孤独感の感受と認識においても、仁木と女とのあいだに相違が認められる。「孤独地獄」と題された「銅版画」への感懐に明らかなごとく、仁木にとっての「孤独」とは「幻を求めて満されない、渇きのこと」、すなわち夢への渇望とその閉塞感を内実とする。こうした仁木の観念的な「孤独」認識に対して、女のそれは即物的・物理的であるようにみえる。女は、仁木を宿泊させた当日、「よろこびをかくしきれないといった歓迎ぶり」(4)を示す。これは、自分の仕事量が軽減されることへの期待というより、孤独の解消に対する「よろこび」の表情とうけとれる。それは、仁木が「砂掻き」作業を手伝うようになって以後、その「態度にも、はっきりした変化が見られ」、「声も、動作も、はずんでいる」(22)女の姿によっても裏づけられよう。単に一緒に働いてくれるばかりでなく、男の心の接近をそこに感知したためと思われる。

とはいえ、女にとっての仁木を、愛の対象と速断するわけにはいかない。脱走に失敗した仁木が連れ戻された折の「女のすすり泣き」(27)、また、「子宮外妊娠」のため「ロープで吊り上げられて」ゆく際に注がれる「訴えるよう」な「視線」(31)にしても、それを直ちに愛の証左とすることはできない。仁木に対する女の愛着は、孤独を畏れる心情の反映と理解される。

三　罰と希望の相関

「罰がなければ、逃げるたのしみもない」——。小説『砂の女』にあって、罰に該当するものは何か。日常生活であれ、砂の穴の中での生活であれ、「自由」への拘束・束縛が罰ということになろう。他方、「逃げるたのしみ」にいうところの逃亡が、閉塞・拘束からの脱出を意味することは断るまでもない。「逃げるたのしみ」の「たのしみ」に焦点を合わせれば、「希望」とほぼ同義になる。

負わなければならない義務は、すでにあり余るほどなのだ。こうして、砂と昆虫にひかれてやって来たのも、結局はそうした義務のわずらわしさと無為から、ほんのいっとき逃れるためにほかならなかったのだから……(6)

日常の生活には、「負わなければならない義務」が「あり余るほど」存在する。人間は誰しも、そうした「義務」と称される「罰」を負いながら、日々の束縛に耐えているといえる。「罰」はしかし「義務」だけではない。「年中しがみついていることばかりを強要しつづける」「定着」と、その「定着」から派生する「いとわしい競争」(2)も「罰」の一つに違いない。「定着」も「競争」も、社会生活を営むうえで避けることのできない拘束＝罰として意識される。

希望は、他人に語るものであっても、自分で夢みるものではない。彼等は、自分をぼろ屑のようだと感じ、孤独な自虐趣味におちいるか、さもなければ、他人の無軌道を告発しつづける、疑い深い有徳の士になりはてる。勝手な行動にあこがれるあまりに、勝手な行動を憎まずにはいられ

なくなるのだ。(11)

仁木の職業は教師である。「教師くらい妬みの虫にとりつかれた存在も珍しい」(同)とみえる。「希望」が「自分で夢みるものではない」ものとして封じられている以上、「他人の無軌道」「勝手な行動」も許そうとはしない。こうした同僚間の「妬み」は、無言の監視となって相互を拘束し束縛する。仁木は、そのような心理的「罰」から脱出すべく、「三日間の休暇」(同)をとる。昆虫採集のためのその小旅行が、「逃げるたのしみ」に相当しよう。しかるに、そうした思惑とは逆に、「逃げ場のない」「蟻地獄の中に、とじこめられ」(7)る結果となる。だが、これは皮肉というより、むしろ必然とみるべきだろう。「希望」とは「罰」のなかでのみ夢想されうるもの——、それがこの小説の内的法則と察せられる。

月光に淡くくまどられた穴のふちを見上げながら、この焼けつくような感情は、あんがい嫉妬なのかもしれないと思った。街や、通勤電車や、交差点の信号や、電柱の広告や、ネコの死骸や、タバコを売っている薬屋や、そうした地上の密度をあらわすすべてに対する嫉妬なのかもしれない。(30)

砂の穴の中に閉じこめられた仁木は、地上の「通勤電車や、交差点の信号や、電柱の広告」などに「嫉妬」を覚える。常日頃、何気なく目にしているこれらの変哲もない風景なり事物が、異様な「密度」をもって脳裏に浮かぶ。ほかにも、「どちらを向いても、世界の果まで、自由に歩いて行ける道のついた、地上なのだ」(23)といった言説がみえる。囚われの身のゆえに、「ネコの死骸や、タバコを売っている薬屋」等のありふれた風景、「自由に歩いて行ける道のついた地上」——が、あたかも希望の象徴であるかのように意識される。「鴉をとらえるための罠」を「《希望》と名づける」(28)のも、上述の心理の投影にほかならない。

しかし、『砂の女』における「希望」の内質は単純ではない。「希望」でありながら、その実現を封じる逆説性が内包されているように思われる。「罰がなければ、逃げるたのしみもない」。これを裏返すと、「逃げるたのしみ」を味わうためには「罰」が不可欠ということになる。「逃げるたのしみ」を「希望」と置き換えても同様だろう。つまり、「希望」をいだきつづけるためには、拘束のもとに居つづけなければならない。作品の末節で、仁木が「逃げるてだて」=「縄梯子」(31)を与えられたにもかかわらず、脱出を図らないのはそれゆえと解される。逃亡をすれば、それと同時に「希望」も消失する。この小説に表出される「希望」=逃亡には、そうした自己矛盾ないし逆説が内在していると考えられる。

それは、仁木が感受する性の閉塞についてもいえそうである。妻とのあいだに感知される「性交の、無限の意識化」にしても、その実相は仁木自身の過剰な自意識による自家中毒症状と捉えうる。妻との閉塞した性から逃れ、砂の女に求めた「野性」の性も例外ではない。最終的に、「回数券用の性」と異なるところのない「ぺてん」と認識されている。性の閉塞を厭いながら、その出口を閉ざしているのは仁木自身にほかならないという自己撞着、パラドックスがそこにある。妻との閉塞した性を「罰」、砂の女に期した野性の性を「希望」とみなしうるとすれば、「希望」の虚妄性、および「罰」の不可避性の構図がそこに浮かびあがる。『砂の女』における、「罰」の比重の大きさをうかがわせる一例といえる。

四　結末の解釈

鴉をとらえるために仕掛けた罠が、偶然溜水装置の役割を果たしていることに仁木は気づく。それを踏まえて、「水とともに、新しい自分というものをまた発見するにいたる」[11]とする所説がみうけられる。しかし、「新しい自分」の内実は定かでなく、仁木はその砂の穴から出ようとしない。「罰がなければ、逃げるたのしみもない」という巻頭のエピグラフは『砂の女』全篇を貫く命題と考えられるが、とりわけ、その結末部は上記の命題の視点ぬきに読解するのは困難と思える。巻末に描出される「縄梯子」が、それを読み解くヒントとなろう。

(1)　縄梯子設定の不自然性

女が連れ去られても、縄梯子は、そのままになっていた。男は、こわごわ手をのばし、そっと指先でふれてみる。（中略）……これが、待ちに待った、縄梯子なのだ……（31）

女が入院のため「オート三輪」（同）で運び去られたあと、「縄梯子」は撤去されず、「そのままになって」いる。これをどう捉えたらよいか。大別すれば、入院騒ぎのどさくさで村人が撤去を忘れたとする解釈と、意図的な措置との解釈に分かれよう。しかし、常に「火の見櫓」（21）からの監視を怠らない村人が、撤去を忘れたとは想像しがたい。とすれば、意図的な措置と解するよりほかにないが、その場合二通りの解釈の可能性が考えられる。一つは、女の働き手がいなくなったことと関連して、仁木が逃亡してもやむをえないと判断したとみる捉え方であり、他の一つは、女の妊娠もあって村人が仲間と認め心を許したとみる解釈である。結論として、そのいずれも成立しえないと思われるが、まず前者から吟味してみる。

考えてみれば、砂の崖を下から崩すことが、どんなに危険かをじゅうぶんに知りながらも、黙ってするにまかせておいたほどの連中である。彼の身を案じる気持など、毛ほども持ち合わせていないにちがいない。たしかに、ここまで秘密を知ってしまった人間を、いまさら生かして帰すわけにもいくまいし、やるとなれば、徹底してやるつもりだろう。(18)

「ここまで秘密を知ってしまった人間を、いまさら生かして帰すわけにもいくまい」。これは、仁木一人の感慨ではない。「これじゃまるで、不法監禁じゃないか……立派な犯罪だよ」と憤る仁木に、女も「ここのことを、外に知られちゃ、まずいんでしょうねえ」(9)と口にしている。事実、仁木以前に囚われの身になった「絵葉書屋」も、「亡くな」(17)るまで解放されることはなかった。「体があまり丈夫なほうじゃなかった」(同)ことは、その働きぶりから村人も承知していたに相違ない。だが、「亡くな」るまで拘束を強いられた。仁木の推測通り、監禁者の「身を案じる気持など、毛ほども持ち合わせ」ず、「秘密を知ってしまった人間を、いまさら生かして帰すわけにも」いかないためと察せられる。女の告げるところによれば、「出て行った人は、まだいない」(同)のだという。村人が仁木だけを例外扱いにし、逃げてもやむをえないと判断したとは考えがたい。ならば、女の妊娠を知って共同体の一員と認め、逃亡すまいと判断したとみるべきなのか。

つい半年ばかりまえの、ある嵐の夜、西の外れの穴で、ついに防ぎきれずに、家が半分埋まってしまったことがあるという。(中略) 翌朝、その一家が逃亡をこころみた。半鐘が鳴りだしたと思ったら、五分とたたずに、裏の道を引きたてられて行く、老女の泣きわめく声が聞えたという。(24)

上掲の一節に明らかなように、村人は村落の構成員の一家でさえその「逃亡」を阻止している。村には、「縄梯子をおろしっぱなしの家がある」(30) とされる。だが、それは、「何代も前からここに住みついていた人たち」(同) にかぎられる。「じゃあ、われわれの所には、見込みがないってのかい!」と詰めよる仁木に、「女は観念した犬のように、無抵抗にうなじをたれ」(同) る。無言の肯定である。村人の警戒の対象は、おそらく仁木だけではない。「さんざん、歩かされたものですよ……ここに来るまで……子供をかかえて、ながいこと……」(12) という言葉から推して、女はこの村に居着くまで各地を渡り歩いてきたよそ者と推測される。女の逃亡への意志の有無にかかわらず、村人の監視の視線は疑えない。

「女の『子宮外妊娠』によって男と女との婚姻の成立が明らかになるとき、男は部落の一員として『砂』の穴から出入りする自由を保証される(12)」という考察がある。しかしながら、前引のように、村落の構成員の一家でさえその「逃亡」が禁じられている。女が妊娠したといっても、仁木がその村で暮らすようになってからいまだ一年に満たない。加えて、逃亡を企て連れ戻されるといった前科がある。そう簡単に村人が心を許し、「『砂』の穴から出入りする自由を保証され」たとは想像しにくい。要するに、どういう角度から考えても、作品内の論理に照らして、「そのままになっていた」という「縄梯子」の設定は不自然といわざるをえない。作者がそうした不自然をどこまで自覚していたか不明であるが、上述の縄梯子設定への必然性はエピグラフの命題との接合以外に想定しがたく、逃亡可能にもかかわらず、「逃げるたのしみ」を留保する仁木の状況創設が唯一その理由と考えられる。

(2) 仁木の錯誤とその後

あの装置があるかぎり、部落の連中も、めったな手出しはできないわけである。いくら水を絶たれても、もうびくともしないですませられるのだ。連中が、どんなに騒ぎうろたえるか、思っただけで、また笑いがこみ上げてくる(31)

溜水装置を得たことで、「もう水を絶たれて降参したりすることもない」(同)と仁木は想う。しかし、水の確保と自由の獲得とは別次元の問題である。いかに水があっても、村人の許諾がなければ穴の外へ出ることはできない。仁木の錯誤はまだある。水に代わって、食糧の供給が断たれたらどうなるか。水への飢渇には耐えられなくとも、食物の飢餓には耐えうるなどということはありえない。武田泰淳の『ひかりごけ』、大岡昇平の『野火』等が、人間の飢餓への脆さを証している。「部落の連中も、めったな手出しはできないわけである」、「穴の中にいながら、すでに穴の外にいるようなもの」(同)といった認識は、哀れな錯誤というほかにない。仁木に対する生殺与奪の権は、依然として村人達の手に握られているといってよい。

彼の心は、溜水装置のことを誰かに話したいという欲望で、はちきれそうになっていた。話すと

なれば、ここの部落のもの以上の聞き手は、まずありえまい。(31)

右記の仁木の想念に関して、「村人たちに、むしろ彼の発見の恩恵にあずからせたいという気持ちが明らかに出ている。これは一種の仲間意識である[13]」、「この部落は安部公房の否定するあの〈共同体〉なのだが、それが溜水装置という発明の媒介によって肯定されている[14]」、——などの論評がなされている。仁木による「共同体」の肯定「仲間意識」の発生も疑問であるが、それ以前に、例の溜水装置が村人に便宜を与えうるか、疑わしいといわざるをえない。

まず、村人が闘っている対象は砂であって、水不足ではない。現に、女と仁木が暮らす穴の中の家にも充分な水が供給されており、水の確保に困窮しているようにはみえない。溜水装置が部落に恩恵をもたらすとすれば、せいぜい砂の穴まで水を運ぶ労力程度のものだろう。それも、溜水装置がそれだけの水をまかなえると仮定してのことである。いずれにせよ、砂との闘いはいささかも軽減されず、仁木が「砂掻き」作業の貴重な労働力であることに変わりはない。溜水装置に対する仁木の過信は、自己の水への飢渇体験が村人のそれに転化された妄想にすぎまい。

こうして、誰にも本当の理由がわからないまま、七年たち、民法第三十条によって、けっきょく死亡の認定をうけることになったのである。(1)

『砂の女』の末尾には、上引の冒頭「1」の叙述と呼応するかのように、家庭裁判所・家事審判官による「仁木順平を失踪者とする」という判決文が付記されている。こうした小説の閉じ方を軽視するわけにはいかない。つまり、「逃げるてだては、またその翌日にでも考えればいいことである」(31)と結ばれたその時点から、七年間にわたる仁木の「その後」の「問題[15]」がそこに暗示されていると思われる。
約七年のあいだ、仁木はどこで何をしていたと考えればよいのか。砂の穴の家から出て、ほかの土地で暮らしているとは想像しがたい。砂丘の家にとどまっていると解するのが妥当であろうが、個人であれ村人とであれ、溜水装置の研究に七年が費やされたとみるのは不自然と思える。その後もやはり、「逃げる手だて」を模索しながら、穴の中で「砂掻き」作業に従事しているものと推測される。「希望」とは「罰」のなかでのみ夢想されうるものという作品内の法則を、ここにも適用できよう。

エピグラフのテーゼから推して、「逃げるたのしみ」を保持するためには「罰」＝拘束が不可欠であり、実際に逃げ出すわけにはいかない。逃亡とともに、その「たのしみ」＝「希望」を失うことになるからである。『砂の女』に表出される「希望」には、こうした「罰」からの逃亡を不可能とする自己矛盾、パラドックスが内在している。「罰」＝拘束・閉塞の不可避性と、「希望」＝自由・逃亡の虚妄性――。そうした人間存在のシニカルな命題の形象に、この小説のモチーフがあるものと推察される。

注（1）磯貝英夫「砂の女」『国文学』第一七巻一二号（昭四七・九）。
（2）佐々木基一「脱出と超克――『砂の女』論」佐々木基一編『作家の世界　安部公房』（昭五二・一一、番町書房）所収、一五〇頁。
（3）幸田国広「読む〈欲望〉の行方／『砂の女』――エピグラフから――」『日本文学』第四九巻第九号（平一二・九）。
（4）（3）に同じ。

（5）鶴田欣也「安部公房『砂の女』」『日本近代文学における「向う側」――母なるもの性なるもの――』（昭六一・八、明治書院）、一二五六頁。
（6）（1）に同じ。
（7）高野斗志美『増補　安部公房論』（昭五四・七、花神社）、一五五頁。
（8）（1）に同じ。
（9）ドナルド・キーン「解説」新潮文庫『砂の女』（平一一・二、新潮社、二八刷）、二三四頁。
（10）（7）に同じ、六〇頁。
（11）（2）に同じ、一四七頁。
（12）曾木明「安部公房小論――『砂の女』と「現代の神話」について――」『論究日本文学』第三七号（昭四九・九）。
（13）（5）に同じ、一二七六頁。
（14）渡辺広士「疎外と記号――「砂の女」以後」『安部公房』（昭五一・九、審美社）、九一頁。
（15）（3）に同じ。
『砂の女』本文の引用は、『安部公房全集16』（平一〇・一二、新潮社）による。

『枯木灘』（中上健次）――深層心理と性

『枯木灘』（昭五一・一〇～五二・三、『文芸』）の作中人物竹原秋幸は、実父浜村龍造と、母フサの血に繋がる異父兄西村郁男の呪縛下にある。前者龍造の「血」の呪縛を重視すれば、『枯木灘』は「父系の物語」[1]と解しうる。だが、亡兄郁男から継承した情念に重きをおくなら、この小説を〈母系の物語〉と捉えることも不能ではない。龍造による呪縛が「大きな」「体」、「ケダモン」の血といった意識化しやすいものであるのに対して、郁男の情念の投影は深層心理に属する。それだけに、その支配力はより根源的かつ強力といえる。秋幸が十二歳の折に自殺して果てた郁男の亡霊は、二十六歳の現在もなおその内部に巣喰い、強大な呪縛力を有する。その意味で、郁男を、『枯木灘』の影の主人公と評することも可能だろう。

郁男の情念は秋幸の胸奥に生きつづける。とはいえ、秋幸自身に、そうした呪縛の実相が明確にみえているわけではない。多くの場合、語り手により暗示的に示唆されるにとどまる。本稿においては、郁男の呪縛に表象される深層の物語としての『枯木灘』の読解、およびそれに関わる近親相姦のモチーフへの考察を主眼とする。

一　情念の転移と継承

郁男は、美恵が実弘と駆け落ちして兄妹二人で住んでいた路地の家を出た後、酒を飲む度に、秋幸の家へ来た。殺してやると、まだ雨戸を開けていない玄関の間の畳に包丁をつき刺した。秋幸は郁男を憎んだ。突然死んだと知ってざまア見ろと思った。

母フサと自分を脅迫する兄郁男は、少年時の秋幸にとって、「憎」しみの対象でしかなかった。「突然死んだと知ってざまアみろと思」い、「郁男に勝った」と考えるのもそれゆえである。だが、長ずるにつれ、事の真相が秋幸の目にみえてくる。「秋幸には今だからこそわかった。二十六歳という齢だからこそすべてがそこから一本の糸のようにつながっているのが分かった。郁男の自殺はそこから始ったのだ」。上掲文中にいう「そこ」とは、母フサの、四人の子供（郁男、芳子、美恵、君子）を置き去りにした竹原繁蔵との再婚をさす。殺されたのはフサ・秋幸ではなく、残された四人の子供であった。「子供を捨てることも殺すことも同じだ」――と秋幸は思う。「精神病院でみてもらおうと言うフサにとびかかり、『また捨てるんかア、殺すんかア』とどなった」、美恵の言葉がそれを裏づけよう。秋幸は、「捨て」られ「殺」された四人の兄姉の犠牲のうえに、現在の自己と生があるとうけとめざるをえない。

秋幸は、郁男を想い出した。郁男は秋幸の種違いの兄だった。秋幸はそう思いつき、或る事に思い当り愕然とした。郁男は、今の秋幸と同じ気持ち、同じ状態だったのだ。（中略）

殺してやる。秋幸は思った。郁男はその時、そう思ったのだった。その時の郁男の眼は、今の秋幸だった。郁男は何度も何度も鉄斧《よき》や包丁を持って、路地の家から〝別荘〟の辺りにある義父の家へ、フサと秋幸を殺しにきた。

秋幸は、「なんでおれが謝らんならん」、「もじったってもかまんやないか、車ぐらい」とうそぶく秀雄に殺意を覚える。むろん、五郎の車を「もじった」ことに対してではない。眼前の秀雄と自己との位相がかつての己と郁男とのそれに「同じ」ことに気づき、郁男と「同じ気持ち」を感受したためである。秀雄と秋幸とは「腹違い」であるものの、同じく龍造を父とする。一方、秋幸と郁男は「種違い」ではあれ、共にフサの子供である。つまり、秋幸は秀雄の「腹違いの兄」であり、郁男は秋幸の「種違いの兄」にあたる。それが、上引文中にいうところの「同じ状態」の内実である。しかし、そうした「同じ状態」がなぜ「同じ気持ち」＝秀雄への殺意に連結されるのか、事はそう単純ではない。

フサは郁男をはじめ、四人の子供を捨てた。だが、龍造は秋幸を捨てたわけではない。作中に語られているように、フサと秋幸が父たる龍造を拒んだといえる。したがって、秋幸に、郁男が自分を捨てた母とその連れ子秋幸にいだいたような怨念、すなわち「同じ気持ち」は想定しがたい。まして、秀雄を憎悪するいわれはない。「殺してやる」という秀雄への殺意は、秋幸自身のものではありえず、兄郁男の情念の転移と解するよりほかにない。

郁男が、後年、フサと秋幸を殺してやると、繁蔵と暮らす家にやって来て、あげくの果てに自殺したのは、この男のせいだった。郁男は、フサの背後に、この男を見ていた。（中略）郁男はフサと秋幸を殺せなかった。結局、郁男がくびれて果てた。郁男は男を殺したかった。郁男には秋幸は弟であって、その男がフサに産ませた子供だった。

かつて郁男は、幾度となく「フサと秋幸を殺しにきた」。しかし、郁男には、産みの母と血を分けた弟を殺せなかった。不思議にも、その憎悪が母フサを奪った繁蔵に向けられることはない。「種違い」の弟を産ませ、一家の悲劇の因をつくった龍造に集中される。「郁男は、フサの背後に、この男を見ていた」、「郁男は男を殺したかった」という語り手の言説にそれがうかがわれる。「秋幸の弟殺し」は、「父への殺意の代償行為という意味」[2]をもつ。のみならず、龍造の身代りの形でなされる秀雄の殺害を、郁男の呪縛下に行われた復讐の代行と捉えることも可能だろう。

男は、秋幸のジジババの精霊を送っているのだと言った。男と、ヨシエの腹に生まれたとみ子、友一がいる。親和が漲っている。組み敷き、秀雄の眼にみつめられた。その両眼を潰そうとするように力をこめて殴りつけた。（中略）

「母さんと秋幸が幸せに行くのが、憎いんか」気性の激しいフサは言った。

「おう憎いんじゃ」郁男は言った。「おまえら二人だけ、好き勝手なことさらす」

秋幸の弟殺しは、「突発的に起こった」出来事に相違ない。「事前において、彼はそんなことを考えていなかった」[3]のも確かである。だが、その深層心理に即すなら、「事前に」そこに行き着くべく準備されていたといえる。それは、先に検証した郁男の「気持ち」への同化、および秀雄に対する殺意に明らかである。

その「事件」は、「盆の十五日」に起こった。「盆」は亡き人の霊を現世に呼び迎え、故人への想いを新たにする祭礼である。秋幸もその折、十四年前の、「流れにも乗らず川の中ほどで燃えはじめた」

「郁男の精霊舟」を想起している。それだけではない。龍造を取り巻くヨシエ、とみ子、友一などの家族の「親和」と、秋幸の秀雄に対する殺意との相関性が示唆されている。さらにいえば、そうした「親和」の描出と、「おう憎いんじゃ」「おまえら二人だけ、好き勝手なことさらす」とののしる、郁男の憎悪との複合も無視できない。前述したように、秋幸自身に秀雄に対する怨みはなく、龍造の家族への妬みもみうけられない。龍造一家の「親和」が秀雄への殺意を増幅したとすれば、それは秋幸当人というよりも、母と共に家族の「親和」を喪失した郁男の憎悪と妬みとが転移しているゆえと察せられる。

　郁男と秀雄を殺した。（中略）いや秋幸は、秀雄が、あの時、郁男に殺された秋幸自身であり、実際には首を吊って自死する郁男のような気がした。郁男が諌めるように死んだ十二歳の時から、秋幸は郁男を殺したと思ってきた。すでに人は殺していた。

郁男は母と秋幸を殺そうとして果たせず、自ら「首を吊って自死」する。郁男の死は秋幸に、兄を殺害したに等しい罪業として意識される。「すでに人は殺していた」。そうした郁男に対する罪意識が、自己処罰への衝動を生む。「郁男の代わりに秋幸は、秋幸を殺した」、「秀雄が十四年前の、秋幸だった」とみえる。秋幸による秀雄の殴殺は、未遂に終わった郁男の弟殺しの代行としての性格を有する。その意味でも、秋幸は「夭折した異母兄《ママ》・郁男の意志をみごとに継承し、生き切った」[4]といえるだろう。なお、「郁男の代わりに秋幸は、秋幸を殺した」との言裡には、自死した郁男への贖罪の念ばかりでなく、亡兄に対する殉死の意も内包されているように思われる。

二 「きょうだい心中」のモチーフ

郁男は、再婚したフサを「諫めるように」自殺する。四人の子供を見捨てた母への、いわば抗議としての死である。しかし、郁男の自決には、それ以外の要因も潜在していると考えられる。「郁男の自殺」を、『兄妹心中』の変形[5]と捉えることもできよう。

郁男は男と駆け落ちしてもどった美恵をただ見ているだけだった。ふと、秋幸は思った。それが三月三日、女の節句、お雛様の日の早朝、空がまだ明け切らない時、首をくくって死んだ意味なのかもしれない。三月三日、その日に死んだ郁男の謎は解ける。

郁男の自決が母への抗議のみを目的にしてなされたのであれば、それが「三月三日」である必然性はない。「三月三日」、「女の節句」に秘められた「郁男の謎」――。そこには、「男と駆け落ち」した妹美恵の喪失と、それゆえの悲しみとが暗示されていよう。「美恵が男とささやかな祝言を挙げ、それからその日まで、郁男は何回となく、フサを殺してやる、と刃物を持ち泥酔して家にやってきたのだった」とある。郁男にとって、美恵の「祝言」はその喪失を意味する。「酒びたり」になり、「フサを殺してやる」と押しかけるのも、単に自分を捨てた母への怨みだけではあるまい。むしろ、美恵を失った悲しみが、上述の言動と自決の根源的な要因と推測される。

誰がそれをのぞいていたわけでも、見たわけでもなかった。郁男が「きょうだい心中」のように美恵に恋し、美恵はそれを拒んで実弘と駆け落ちした。根も葉もない噂ではあったが、秋幸には、根のようなもの、葉のようなものが分かった。
右記文中にみえる、「秋幸には、根のようなもの、葉のようなものが分かった」との言説は示唆的である。当時まだ十二歳であったとはいえ、郁男と美恵とのあいだに、通常の「きょうだい」愛を越える心情の交流を感知していたものと察せられる。それが、「根のようなもの、葉のようなもの」の内実だろう。「兄の郁男」は「役者にしてもおかしくない程整った顔をした男で、気がやさし」く、妹美恵も「白子のように色が白い」と描かれている。仲睦まじく二人だけで住む兄妹を、路地の人々が「美恵ちゃんら、若夫婦みたいやね」と噂しても不思議はない。語り手も秋幸に託す形で、周囲の「噂」、すなわち二人のあいだの情愛の存在をほのめかしているかにみえる。「根も葉もない噂」とあるが、郁男が「美恵に恋し、美恵はそれを拒んで実弘と駆け落ちした」のは確かなことと思われる。

郁男が安男と重なり、刺し殺しに来るのだ、と思った。郁男は美恵にはきれいなままなのだった。純粋で無垢なままだった。

気が平常にもどり、家に敷いた蒲団で横になって浅く眠りめざめ、美恵は秋幸や母に、「今、兄やんの夢を見た」とはなした。郁男はきまって白い服だった。若いままだった。気がふれ、平常にもどり、また気がふれた美恵は、よく自分の手がよごれていると洗いたがった。

「気がふれた美恵」は、「よく自分の手がよごれていると洗いたがった」という。実弘との「駆け落ち」による、裏切りの意識の投影とうけとれる。夢にみる兄の姿が「きまって白い服」であり、「純粋で無垢なままだった」と意識されるのも、同じくそうした罪意識の反映と解される。ともに、美恵自身に無自覚な深層心理の表出として注目される。盆踊りで唄われる「きょうだい心中」では、近親相姦回避のために妹の「オキヨ」が自らを犠牲にする。これに対して、美恵は実弘と結婚して生き残り、兄の郁男が自死して果てる。美恵のせいとはいえないが、兄を裏切り犠牲にしたとの想いを禁じえなかったに違いない。美恵の狂気（ヒステリー）は、「夫実弘の兄古市が、実弘の妹光子の亭主安男に兄弟喧嘩の末、刺されて死んだ」事件を契機にしているものの、実質的には兄郁男の死を淵源にしていると考えられる。

三　インセストの重層性

秋幸が郁男から継承した情念は、浜村龍造に対する怨念だけではない。「秋幸は、異母妹さと子と交わることにより、郁男と美恵の〈きょうだい心中〉の〈物語〉を反復する[6]」という論及がすでにあるように、インセストへの衝動をも継承している。なお、つけ加えれば、秋幸にみるインセストのモチーフはさと子との近親相姦にとどまらない。郁男の情念を直接うけ継ぐ形で、美恵と秋幸とのあいだにもインセストへの衝動が仄めかされているように思える。

「いまごろ兄さんや言うたかて、いまごろ言うたかて、おそい」さと子は泣いた。（中略）美恵はさと子の悲しみがわが事のように思うらしく、さと子の顔を撫ぜ、背中を抱きさすった。美恵はなにも知らなかった。いや、美恵ならず当のさと子さえ、秋幸の秘密の内実を知らなかった。秋幸一人、その秘密を抱えて、そこにいた。

奇妙な言説といわなければならない。ここに表出される、「秋幸の秘密の内実」は不明である。「当のさと子さえ、秋幸の秘密の内実を知らなかった」と叙せられている。よって、秋幸が抱懐する「秘密の内実」はさと子との情事以外のことになる。加えて、「美恵はさと子の悲しみがわが事のように思うらしく」との一文も看過できない。なぜなら、それは、「いまごろ兄さんや言うたかて」「おそい」という言説をうけてのものだからである。なにゆえ美恵は、さと子のインセストの「悲しみ」を「わが事のように思う」のか。近親相姦に関わるさと子と美恵との重層性が、そこに示唆されているものと察せられる。

さと子との秘密は、さと子を抱いた、自分の腹違いの妹と性交した、そんなことではない、と思った。その女は美恵のようだった。それが秘密だ、と秋幸は思った。その新地の女は、秋幸のはじめての女だった。二十四のそれまで秋幸は女を知らなかった。それは姉の美恵が禁じた。秋幸が抱懐する「秘密の内実」はさと子との情事ではない。「その女は美恵のようだった。それが秘密だ」とある。さと子と重層化された姉美恵へのインセストの衝動が、上述の「秘密の内実」であったことがここに判明する。「腹違いの、父親の血でつながった妹であり、種違いの、母親の血でつながった姉であるその女を犯した」ともあって、さと子と美恵との複合性は疑えない。さと子を媒介にした、姉美恵へのインセストの衝動――。しかし、それは秋幸自身の衝動とみるより、そのインセストのモチーフもまた、兄郁男の情念の転移・継承の観点から読み解くのが妥当と思える。秋幸が二十四歳まで「女を知ら」ず、「はじめての女」が血を分けた「きょうだい」であったことも偶然ではない。「二十四歳」は、郁男が美恵を失い自殺した年齢である。

郁男の情念の転移と呪縛は、美恵の側にも想定される。「美恵は秋幸を添寝して寝かしつけた。朝、秋幸は美恵の布団で寝ていた時もあった。起きた秋幸を見て、『兄やんみたい』と美恵は言った」。子供ながらに、目覚めの床で「勃起」している秋幸の「性器」を、「兄やんみたい」と美恵はいう。つまり、美恵は郁男の「勃起」した「性器」も目にしていたことになるが、二人のあいだに行為としての近親相姦は想像しがたい。「郁男は美恵にはきれいなままなのだった。純粋で無垢なままだった」とあることからして、心理的なインセストにとどまるものと推察される。

上引の郁男のイメージと、美恵が秋幸に女性との接触を「禁じ」る心理とは通底していよう。郁男の形代である秋幸は、「きれいなまま」「純粋で無垢なまま」でなければならない。秋幸の内部でさと子が美恵と重層化されていたように、美恵においても秋幸は郁男であった。その秋幸が、郁男の亡くなった同年齢の「二十四」歳の折に、「はじめての女」さと子を抱く。これは、さと子を介した秋幸と美恵のインセストであると同時に、想いを果たせぬままに封じられた郁男と美恵とのインセストの代行とも解しうる。

秋幸は美智子を見ていた。（中略）美恵に似ていた。そして今、そっくりそのまま、美智子と五郎が十幾年前の美恵と実弘である気がしたのだった。ふと秋幸は兄の郁男を思い出した。郁男も、こんなふうに若い二人の駆け落ち者を見ていたはずだった。郁男は三月三日の女の日に、首をつって死んだ、と秋幸は思った。

眼前の「美恵に似て」いる美智子に触発されて、秋幸は、「そっくりそのまま、美智子と五郎が十幾年前の美恵と実弘」に重なると考える。語り手の示唆は明瞭である。「美智子と五郎」の「美恵と実弘」との重層化、ひいては郁男・秋幸の融合・同化への企図がそこにうかがい知れる。こうした言説はほかにもみうけられる。「その赤ん坊の美智子が大きな腹をして帰ってきたのだった」、「自分が、かつて十六年前の兄と同じ役を振り当てられている気がした」というのもその一例である。このような、「美智子と五郎」「美恵と実弘」の重層化は、おそらく郁男と秋幸との運命の相似性の提示にとどまらない。郁男の呪縛下における情念の転移と継承、すなわちインセストのモチーフがそこに仮託されていると考えられる。

美恵は、子供の手を指でさわっている。美智子は、ぼんやりと襖に背をもたせかけて坐っている。美智子は、美恵の齢のひらいた妹のようだった。子供は美恵が産んだと思っても不思議ではなかった。（中略）五郎も美智子も、子供が自分たちのものでないように、見ている。

これも、前引の「秋幸の秘密の内実」と同様に、謎を含んだ言説といわねばならない。母の美恵が、娘美智子の「子供の手を指でさわっている」ことに何ら不自然はない。しかし、いかに美智子が「美恵に似て」おり、「齢のひらいた妹のよう」に見えるとはいえ、「子供は美恵が産んだと思っても不思議ではなかった」との叙述は尋常ではない。そのうえ、「五郎も美智子も、子供が自分たちのものでないように、見ている」と続けられている。

「子供」が五郎と美智子のあいだに生まれたのでなく、「美恵が産んだ」のだとすれば、その父親は誰と考えればよいのか。むろん、観念上のことではあるが、インセストのモチーフに即して類推するなら、美恵と秋幸の「子供」ということになろう。また、そうしたモチーフをさらに敷衍すれば、美智子も、美恵と実弘ではなく美恵と郁男との「子供」と仮想することができよう。『枯木灘』作中で、さして重要な位置を占めるとも思えない美智子の妊娠、および五郎との結婚話に過剰なほどに語り手が言及しているのも、美恵を中核とする郁男・秋幸とのインセストのモチーフがそこに関与しているためと推測される。秋幸が自覚している範囲は郁男との運命の相似性にとどまり、亡兄の呪縛下にあるインセストのモチーフは意識化しえない深層の物語に属する。

四　紀子の位相

秋幸は、「土方をしながら、その風景に染めあげられるのが好きだった」。「地下足袋に足をつっ込んで働く秋幸の見るもの、耳にするものが、秋幸を洗った」、「風は秋幸を浄めた」――。秋幸は周囲の「風景」に染められ、「一本の木」「一本の草」と化すべく願う。そこに、『血』の浄化が祈念されていることは言うまでもない(7)。実父龍造からうけ継いだ、「汚れた血」「ケダモン」の血の浄化である。秋幸にとって、恋人紀子の存在は、上述の「風景」と同一の位相にあるといってよい。

秋幸は鬱陶しくなった。紀子の顔を見たくなった。赤電話から舟町の材木屋に電話し、もう夜が遅い、眠ったのとちがうかとしぶる番頭に頼み、紀子を呼び出し、すぐ来い、と命じた。

秋幸は日を受けて風に色が変る山の現場の景色を見たかった。水に撥ねる光に眼を眩ませたい。

秋幸の体がその快楽を覚えていた。

「どんなことをやっても胡散くさく見え」る龍造の「噂」を耳にして、秋幸は「鬱陶し」い気分に襲われる。そうした「鬱陶し」さを振り払うべく、反射的に「紀子の顔を見たく」なる。それと並行して、「風に色が変る山の現場の景色を見た」いと望んでいることから、紀子にも「現場の景色」に相似した浄化の機能が託されていることが理解される。こうした構図ないし機能は、ほかにも見いだせる。「白痴の女の子」と「下半身が裸」の徹を目撃した直後にも、「秋幸はただ紀子に会いたかった」、「抱きしめたかった。抱きしめられたかった」と語られている。

「アホ」と紀子はわらう。真っすぐのびた毛を秋幸の手に撫ぜられながら、「洗濯して掃除して御飯炊いて、たまにケーキでもつくって、こんなことする？」とおかしくてたまらないようにわらい、秋幸の性器をつかむ。手の中で動き脹らむのを「生き物みたい」と言う。

紀子の「紀」は紀州の「紀」、すなわちその地の「風景」の寓喩と解される。それは、単に紀子の人物像を寓意するだけではない。その性にしても、紀州の海や空をそのままに、底抜けに明るく解放的で屈託がない。「紀子は裸になった秋幸に、相撲を取ろうとするように抱きついた」、「紀子は腹を見せてわらう仔犬のようだった」――とみえる。紀子と秋幸との性は、「白痴の女の子」を対象とする鬱屈した徹の性の反極に位置する。

反極といえば、紀子と「『藤田』の女」との対比も見逃せない。「『藤田』の女」は、「乳首を嚙め、嚙み切ってくれ」とその性行為のなかで秋幸に要求する、龍造に「囲われているとの噂」のある女である。他方、「紀子は『藤田』の女のようには声をたてず、いつもただ秋幸と腹と腹をくっつけていたいとしがみつき、まといついていた」と描かれている。そうした紀子の姿は、「秋幸の眼に、それまで何度も何度も秋幸のケダモノの性器を受け入れ、突かれ、開かれ、精液を受け入れたのに、汚れを知らない処女のままである」かに映る。

「おれがそのケダモンやど」と言った。紀子は顔を起こして秋幸の日を受けた顔を見つめたまま、秋幸の股間に手をのばし、うん、うんとうなずいた。（中略）紀子が聴こうと聴くまいと秋幸は他人に言ってしまいたい。秋幸は声を出した。「妹みたいやけど妹とはっきり分からん時、その子と寝た。あいつでなしにおれがケダモンや」

秋幸は、父親でありながら実の娘を犯したと噂される龍造ではなしに、自分こそが「妹」と寝た「ケダモン」だと紀子に告げる。恋人紀子に対する、秋幸の誠実さがうかがわれる。その折、別人のごとく乱暴に振舞う秋幸に紀子は「顔を振って泣」き抵抗するが、やがていつものように優しくうけ入れる。「紀子はまた声をあげた。それは停めた車の窓の外の、日を受けて色が変る竹藪が声をあげたのだった」、「土は秋幸の息の動きに合わせて、腰を持ちあげ、腰を振る」とある。ここにも、「竹藪」「土」などの自然と紀子との同化、あるいは重層性がみてとれる。

「紀子が秋幸の言ったことを信じたかどうかは分からない」。しかし、たとえ秋幸の言葉を「信じた」にせよ、それによって紀子の愛が消失するとは考えにくい。「紀子は秋幸の顔がいまひとつの秋幸の性器だというようになめ廻した」と叙せられている。紀子の浄化の機能と赦しの証とを、そこに読みとってもよいと思える。

五　血の呪縛と閉塞

「山と川と海に四方を閉ざされた狭い土地が秋幸そのものだった。いや妾の子に生まれた徹そのものだった」。小説『枯木灘』は、「山と川と海に四方を閉ざされた狭い土地」を背景にして物語られる。

上記にいう「閉ざされた狭い土地」とは、そのまま生および性の閉塞を暗示する。その「閉ざされた狭い土地」「路地」に住む人々は、複雑にからみ合った血縁によって結ばれている。そのような、時に相互を規制し合う血縁のしがらみを、一種の血の呪縛と評することも可能だろう。そうした血の呪縛、性の閉塞は、秋幸一人に負わされた命題とはいえない。

> 石段から山の頂上への昇り口に、あごのたるんだ白痴の子が口を開け、笑をつくり、徹を見ていた。口を開け、くっくっとわらい声を喉の奥で立てる。（中略）
>
> 歯が虫歯のため黒く見えた。また山が鳴った。徹は山鳴りの音を耳にしながら、立ちあがり、顔に笑をつくって、手まねきした。

『枯木灘』末尾の一節である。秋幸と同じ組で働く徹にも、「人に知られてはならない秘密」がある。山の「小屋の中」に女性の下着を隠し持ち、白痴の女の子を性の対象とする徹の「秘密」と、「妾の子に生まれた」その出自とはおそらく無関係ではない。竹原家の家長仁一郎と妾とのあいだに生まれた徹は、「中学時代から、この竹原の本家を嫌った」という。「嫌った」とあるものの、「竹原の本家」からの疎外感による、コンプレックスの裏返しと捉える方が正確と思われる。自己の出生への屈折したコンプレックスは、その性衝動にも影響を及ぼす。「徹は、町のスナックに行っても、秋幸がそばにいないと女に話ひとつ受け答えをしなかった」とみえる。徹は女性の前に、自己を解放することができない。そうした、鬱屈した性衝動のはけ口として、幼い白痴の女の子が求められたものと推測される。『枯木灘』における性の閉塞の一端とみなせよう。

> 言われてオキヨは　ぎょう天いたし

何を言やんす　これ兄さまへ
わしとあなたは　きょうだいの仲
人に知られりゃ　畜生と言わる

この小説に錯綜した形で描かれるインセストのモチーフもまた、性の閉塞、血の呪縛と無縁ではありえない。「閉ざされた狭い土地」で代々くり返される婚姻によって、血はその濃度を増し、血縁につながる者同士の愛憎も濃縮される。この地で唄い継がれる「きょうだい心中」の盆踊り歌に、そうした血の呪縛および禁忌の念が読みとれよう。「一夜寝たなら　御病気がなおる／一夜頼むぞ　妹のオキヨ」。上引の兄「モンテン」の言が血の呪力・蠱惑力の表象とするなら、妹「オキヨ」の「わしとあなたは　きょうだいの仲／人に知られりゃ　畜生と言わる」は、血の誘引・呪縛に発せられた危険信号、もしくはそれを禁忌とする戒めの言説とうけとれる。秋幸とさと子の近親相姦は血の呪力への敗北を、実弘と駆け落ちすることにより兄の手を振り切った美恵のケースはそれへの禁忌と戒めを、それぞれ表出した事例と理解される。

「お腹おっきかったの」と言った。「警察に言いに行きたいけど、行かれへん。会うたらつらなるのわたしやから、お母さんにだけ言うとこと思て」フサは紀子を見た。二十六年前、男に会いに汽車に乗った。フサは思い出した。（中略）紀子は焦点の定まらない眼でフサを見て、「秋幸さん、知らなんだん。うちかて知らなんだんよ」とうわ言のように言った。

秋幸が殺人を犯し収監されたあとで、紀子は自分の妊娠を知る。フサと紀子との重層化がそこにうかがわれる。フサと紀子ばかりではない。「駅の広場で水を飲んだ」、「男は二十三年前の三十の自分に若返った気がした。いや、男は六年の刑の服役を終り、今、駅に降りた秋幸だった」とあって、秋幸も龍造に重層化されている。反復ないし重層がこの小説の内的法則とすれば、「風景」「景色」に等しい浄化の機能をもつ紀子も無傷を通せる保証はない。龍造を「人殺し」と憎悪する秋幸が、自らの手で殺人の罪を犯す。紀子が宿したその子供も、殺人犯の子の宿命を負わねばならず、かつて出所後の龍造が浴びた「路地」の「眼」の追跡を逃れることはできまい。「いつも誰かが見ている」という「路地」の「眼」とは、血の呪縛あるいは生の閉塞の象徴と解しうる。

秋幸は置いてある車を見た。徹に逃げろと言われ、咄嗟に本宮へ抜け、田辺に出ようとしたのだった。枯木灘へ出ようとした。

秀雄を殴殺したあと、徹に促され、秋幸はその場を離れる。「本宮へ抜け」、田辺を経て「枯木灘へ出ようとした」とある。これは、龍造が「つくり出した熱病」の偶像、浜村孫一が辿った経路を逆行する行程である。そこに、自己の「血」のルーツへの遡源を志向する、無意識裡の衝動が看取される。とはいえ、おそらくそこに、浜村孫一に関わる「熱病」の投影はない。「竹原一族や路地に住む者の半数ほどの遠つ祖の移動の経路に似ている」と語り手も称するごとく、「路地が産んだ子供」「路地の私生児」を自認する秋幸にとって、「枯木灘」は、「遠つ祖」の血につながる祖霊の地といえる。「路地」は生の閉塞を余儀なくするが、一方で「その路地に対する愛しさが、胸いっぱいに広がるのを知った」と述べられているように、「愛しさ」を禁じえない愛着の対象でもあった。

「この作品が『枯木灘』と名づけられたのは、むろん、〝枯木灘〟が義父や実父の定かならぬ出身地だからである」とする指摘がある。[8] 紀州の東海岸と思われる「山と川と海に四方を閉ざされた」この小説の舞台は、地理的にいえば〈枯木灘〉より〈熊野灘〉にはるかに近い。しかしながら、『枯木灘』と題された事由を、「義父や実父」の「出身地」に求めるのが適切かどうか。「竹原秋幸、その名前が嫌だ」、「浜村秋幸、その名も嫌だった」と語られている。秋幸が「遠つ祖」への遡及を図ったとすれば、それは「竹原」「浜村」の血縁というより、「路地に住む者」の血への愛着およびその確認にあったと推察される。『枯木灘』とは、その地を「遠つ祖」とする「路地」の人々の血と物語に冠せられた標題と考えられる。

注

(1) 四方田犬彦「偽史と情熱」『貴種と転生・中上健次』(平八・九、新潮社)、一四二頁。
(2) 神谷忠孝「『枯木灘』〈中上健次〉」『解釈と鑑賞』第五四巻六号(平元・六)。
(3) 柄谷行人「三十歳、枯木灘へ」『坂口安吾と中上健次』(平八・三、太田出版)、二一二頁。
(4) 四方田犬彦「貴種の終焉」、(1)と同書、一七一頁。
(5) 高澤秀次「輪舞する血族」『評伝中上健次』(平一三・七、集英社)、一三六頁。
(6) 長野秀樹「「枯木灘」論　物語への接近と拒絶」『国文学』第三三巻一〇号(昭六三・八)。
(7) 日高昭二「『枯木灘』から『地の果て　至上の時』へ――「風景」と「資本」の物語」『国文学』第三六巻一四号(平三・一二)。
(8) (3)に同じ、二一五頁。

『枯木灘』本文の引用は、『中上健次全集3』(平七・五、集英社)による。

『ノルウェイの森』（村上春樹）――アドレセンスへの遡源

宮沢賢治『注文の多い料理店』の「新刊案内」に、「少年少女期の終り頃から、アドレッセンス中葉に対する一つの文学としての形式をとつてゐる」という記述がみうけられる。作者賢治自身の言説とされる。上記文中の「アドレッセンス中葉」に付された小沢俊郎氏の注釈によれば、「英語のadolescenseは、青年期・思春期の意味。男子一四〜二五歳、女子一二〜二一歳をいう。したがって、その中葉は、男子二〇歳、女子一七歳前後になる」[1]とみえる。

ところで、村上春樹『ノルウェイの森』（昭六二・九、講談社）にも、「アドレセンス」の語がみいだせる。「僕にわかるのはキズキの死によって僕のアドレセンスとでも呼ぶべき機能の一部が完全に永遠に損われてしまったらしいということだけだった」（四）――とある。ここにいう「アドレセンス」の内実は、「キズキの死によって」「永遠に損われてしまった」と語られていることから推して、十七歳以前のいわゆる少年期を指示するものと解される。「アドレセンス」の概念でいえば、その前期に相当する。ワタナベが永沢の恋人ハツミに感受したという、「少年期の憧憬」「無垢な憧れ」（八）がそれに該当しよう。

断るまでもなく、『ノルウェイの森』は少年期・少女期を描いた小説ではない。語り手ワタナベが大学に入学した直後の十八歳から、二十歳にいたる約二年半を作品内時間としている。「アドレセンス」の語義に即すなら、前記注釈の「男子二〇歳、女子一七歳前後」とされる「その中葉」ということになる。すなわち、少年期から青年期（大人）への移行期にあたる。以下、本稿で用いるアドレセンスの語は、そうした少年から大人への移行期を指す。

> そんな井戸が本当に存在したのかどうか、僕にはわからない。あるいはそれは彼女の中にしか存在しないイメージなり記号であったのかもしれない――（中略）井戸は草原が終って雑木林が始まるそのちょうど境い目あたりにある。（一）

直子がワタナベに語る「野井戸」（同）は、「草原が終って雑木林が始まるそのちょうど境い目あたりにある」という。むろん、現実に存在するはずもないその「井戸」には、「イメージなり記号」としての寓意が託されていよう。「草原」が少年期＝アドレセンス前期の、また「雑木林」が青年期（大人）の寓喩とするなら、「そのちょうど境い目」とは、少年から大人への移行期（アドレセンス中葉）を示唆するメタファーと推読される。

そうした、「草原」と「雑木林」の「境い目」に、「おそろしく深い」「世の中のあらゆる種類の暗黒を煮つめたような」（一）井戸が口を開けているのだと直子は告げる。少年から大人への移行期にあっては、自己への拘泥と苦悩が純潔であるだけに、その孤絶感・哀しみは時として死にいたる病へと深化しかねない。「おそろしく深い」「暗黒を煮つめたような」――「井戸」の寓意はそこにあろう。なお、「野井戸」と共に、そこに表出されている「まっ赤な鳥」（同）にも「記号」としての寓意が籠められていようが、幸福を象徴する〈青い鳥〉とは対極的な、アドレセンス期の純潔な哀しみ・孤絶感のアレゴリーと考えられる。

「なぜこの小説の中で登場人物たちがほぼ例外なく自閉の世界にとどまり、そこに耐えているのかということの、腑に落ちるような理由に触れさせてはくれない(2)」という指摘がある。たしかに、上引の評者もいうように、作中人物の「自閉」に関わる「腑に落ちる」叙述はなされていないといえる。だがそれは、前述のアドレセンス期特有の心的機制の観点から説明可能と思われる。自己の孤絶感・哀しみに固執する純潔な自閉――。それが、「登場人物たちが」「自閉の世界にとどまり、そこに耐えている」ことの「理由」と解される。アドレセンス期の心的特質は、上述の自閉性にかぎらない。その死および性もまた、そうした観点から解釈できよう。

一　アドレセンスと死

直子の姉、キズキ、直子、ハツミなど、『ノルウェイの森』には数多くの死が描かれている。それも、事故・病気によるものでなく、すべて自殺である。「どのケースも死に至る苦悶の心理は明かされず、原因の追求も中途で放棄されている(3)」とはいえ、読解の手掛りが皆無というわけではない。そのいずれの死にも、アドレセンスとの相関性が認められる。

あの人、あなたの前ではいつもそうだったのよ。弱い面は見せるまいって頑張ってたの。(中略)だから自分の良い方の面だけを見せようと努力していたのよ。(六)

高校生当時のワタナベの目に、キズキは「頭が切れて座談の才のある」(二)優等生と映っていた。しかし、後に直子の語るところによれば、それは「自分の良い方の面だけを見せようと努力していた」結果であって、「弱い面」は隠されていたのだという。それだけではない。「いつも自分を変えよう、向上させようとして、それが上手くいかなくて苛々したり悲しんだりしていた」(六)と語られている。キズキにしても、「社会の中に出ていかなくちゃならない」(同)大人への移行期にあって、「自分を変え」「向上させ」るべく苦悶していたことが理解される。

恋人の直子にも明かされなかった自殺の事由は、そうした自己との苦闘の挫折にあると察せられる。「最後まで自分に自信が持て」(六)ずに、力尽きたものと思われる。言い換えれば、アドレセンスの「井戸」の中での死と評せよう。自殺した当日、「ビリヤード」で「勝」ちを収めたあと、「『今日は負けたくなかったんだよ』とキズキは満足そうに笑いながら言った」(三)とある。自己との苦闘に敗北したキズキにとって、ささやかな勝利であれ手にしたかったものと想像される。

彼女がどうして自殺しちゃったのか、誰にもその理由はわからなかったの。キズキ君のときと同じようにね。まったく同じなのよ。年も十七で、その直前まで自殺するような素振りはなくて、遺書もなくて――同じでしょ?(六)

直子の姉もキズキも、その死に際して遺書を残していない。家族・恋人にさえ洩らさず、その孤絶感・哀しみを自らの裡に封じ込める、純潔な自閉をそこにみることができよう。「何をやらせても一番になってしまう」直子の姉に、両親も「この子は放っておいても大丈夫」(同)と安心していた。だが、そのような直子の姉にも、時折「学校も休んで、物も殆んど食べ」ずに、「ずっと自分の部屋に籠って」(同)いることがあったという。そうした姿から、キズキと同様な、外部には見せない「弱い面」の内在が察知される。優等生を演じつづける外側の顔と、周囲に素顔を晒すことのできない弱さの二面性、およびその確執――。直子の姉の場合も、自己の外面と内面の分裂・歪みに悩みぬいたアドレセンスの死とみなしうる。

直子が二十歳になるというのはなんとなく不思議な気がした。僕にしても直子にしても本当は十八と十九のあいだを行ったり来たりしている方が正しいんじゃないかという気がした。十八の次が十九で、十九の次が十八、――それならわかる。でも彼女は二十歳になった。(三)

大学に入学した年の五月に、ワタナベと直子は「中央線の電車の中で偶然出会」(二)う。その折、直子から、「どこか狭くて細長い場所にそっと身を隠しているうちに体が勝手に細くなってしまったんだという風」(同)な印象をうける。右記文中にいう「狭くて細長い場所」には、直子が陥っている「井戸」のイメージが仮託されていよう。それから約一年後、二十歳の誕生日に訪れた、直子の部屋の「カレンダーは真白だった。書きこみもなければ、しるしもなかった」(三)。これは、「二十歳になった」にせよ、直子の内的時間が停止していることを暗示する。というより、二十歳の誕生日を契機に、直子の内的時間は十七歳で死んだキズキに向けて逆行しはじめたかにみえる。別言すれば、「大人」への「成熟」(十)の拒否、あるいはアドレセンスに寄せる執着の念がそこに透視される。

アドレセンスに対する執着ないし成熟への忌避感は、ワタナベにもみてとれる。「僕にしても直子にしても本当は十八と十九のあいだを行ったり来たりしている方が正しいんじゃないか」、「十九の次が十八、――それならわかる」と語られている。これだけではない。阿美寮で、「成熟した女性のそれへと変化していた」直子の「新しい美しさ」を目にしつつ、「あの思春期の少女独特の、それ自体がどんどん一人歩きしてしまうような身勝手な美しさとでも言うべきものはもう彼女には二度と戻ってはこないのだ」（六）――のごとく、失われた「思春期」の美に対する愛惜の情を洩らしてもいる。「どうしてこんなに美しい体が病まなくてはならないのか」（十）。直子の「あまりにも美しく完成され」た「完全な肉体」と、「病ん」だ「不完全」（六）な精神との乖離。痛切なアイロニーというしかないが、その「病」める精神を、「成熟」する自己の肉体への拒否反応と捉えることも不能ではない。

私が淋しがっていると、夜の闇の中からいろんな人が話しかけてきます。（中略）キズキ君やお姉さんと、そんな風にしてよくお話をします。あの人たちもやはり淋しがって、話し相手を求めているのです。（九）

阿美寮に入所した当初、直子は、「死んだ人はずっと死んだままだけど、私たちはこれからも生きていかなきゃならないんだもの」と言い、「あなたは私と外の世界を結びつける唯一のリンクなのよ」（六）とワタナベに告げていた。直子が口にする「自分の体がふたつに分かれて」いるかのような「混乱」（二）とは、そうした「生きていかなきゃならない」という意識と、死んだキズキの呪縛・引力との葛藤を表出した言葉とうけとれる。しかし、前掲の手紙が示しているように、徐々に直子の内部で後者の比重が増大していく。「私が淋しがっていると、夜の闇の中からいろんな人が話しかけてきます」。すでに直子の魂は、死者のそれと同化しているといえるだろう。「あの人たちもやはり淋しがって、話し相手を求めている」とあるものの、むしろ「話し相手を求めている」のは直子の側と察せられる。

「おいキズキ、お前はとうとう直子を手に入れたんだな」、「結局そこが彼女の行くべき場所だったのだろう」（十一）。二十歳の誕生日を機に「十九の次が十八」といった遡源を開始し、ついに直子は十七歳のキズキの許へと帰還する。「彼女の行くべき場所」――。それは、純潔な魂の源境すなわちアドレセンスの時空にほかならない。

> ハツミさんは――多くの僕の知りあいがそうしたように――人生のある階段が来ると、ふと思いついたみたいに自らの生命を絶った。彼女は永沢さんがドイツに行ってしまった二年後に他の男と結婚し、その二年後に剃刀で手首を切った。（八）

永沢の恋人、ハツミの死の理由も明示されていない。しかし、永沢への失恋が本質的な理由でないことだけは確かである。大学生当時、ワタナベは「ハツミさんという女性の中には何かしら人の心を強く揺さぶるものが」あると直感しながら、「それが何であるのかは」（同）理解できずにいた。それを、「焼けつかんばかりの無垢な憧れ」、「長いあいだ眠っていた〈僕自身の一部〉」（同）と把握できたのはその死後であった。ハツミは、永沢と別れたあと、「二年後に他の男と結婚し、その二年後に剃刀で手首を切った」。そのアドレセンス前期を想わせる「無垢」な魂が、「大人」「成熟」を要求する「結婚」生活に馴染めなかったためと推測される。「多くの僕の知りあいがそうしたように――人生のある段階が来ると、ふと思いついたみたいに自らの生命を絶った」とみえる。ハツミの自殺も直子と同じく、大人への成熟を拒んだアドレセンスの死と捉えうる。

> しかし彼は戻ってはこなかった。ある日僕が学校から戻ってみると、彼の荷物は全部なくなっていた。（中略）
>
> 「退寮した」と寮長は言った。「しばらくあの部屋はお前一人で暮せ」

僕はいったいどういう事情なのかと質問してみたが、寮長は何も教えてくれなかった。(四)

「突撃隊」(同)と渾名されるワタナベの同室者は、夏休みが終了しても姿を見せない。『突撃隊』の未帰還の理由」は「謎」[4]のままに伏せられている。「あまり裕福とはいえない家庭の」「三男坊」とあるから、経済的な理由による退学と考えられなくもないが、「真面目すぎる」(三)ほどに律義な突撃隊が同居人のワタナベに一言の挨拶もなく姿を消すというのは不自然といわざるをえない。加えて、寮長の「何も教えてくれなかった」という対応にもひっかかりを覚える。突撃隊の不可解な消失の背後にも、アドレセンスの死が想定される。

寮生の多くの部屋に飾られている「ポルノ映画のポスター」などとは対照的に、ワタナベの部屋には「アムステルダムの運河の写真」(二)が貼られている。突撃隊が「病的なまでに清潔好き」とされるゆえんは、単に「カーテンまで洗う」(同)潔癖性にとどまらない。そこには、「アムステルダムの運河の写真」が表象する、アドレセンスの「無垢な憧れ」の意も包含されていよう。他の寮生の目に、そうした「無垢」な魂が「病的」と映るにすぎない。突撃隊の属性の一つ「どもり」(同)にしても、それと無縁とはいえまい。『金閣寺』の溝口の「吃り」(二)がそうであるように、外界・他者との違和感を示す徴証と理解される。

夏休みに入り、帰省する突撃隊からワタナベは螢を貰う。「目を閉じたぶ厚い闇の中を、そのささやかな淡い光は、まるで行き場を失った魂のように、いつまでもいつまでもさまよいつづけていた」(三)。ここにいう、「行き場を失った魂」とは直子の内界の寓喩であろうが、突撃隊の「魂」もそこに重層化されていると考えられる。

二　性の諸相

『ノルウェイの森』には性に関わる叙述が少なくない。キズキと直子、直子とワタナベ、ワタナベとレイコとのあいだに性的な接触がみうけられる。作中人物の死がアドレセンスと不可分であるように、その性的接触にもそうした特質が看取される。

(1)　キズキと直子

もちろん彼は私と寝たがったわ。だから私たち何度も何度もためしてみたのよ。でも駄目だったの。できなかったわ。どうしてできないのか私には全然わかんなかったし、今でもわかんないわ。だって私はキズキ君のことを愛していたし、べつに処女性とかそういうのにこだわっていたわけじゃないいんだもの。（六）

直子とキズキは、「十二の歳にはキスして、十三の歳にはもうペッティングして」（同）いた。「お互いの体を共有しているような」（同）二人に抵抗感はなく、むしろ自然な営為であった。けれども、二人のあいだに、最終的な性行為は成立しない。直子の体は「全然濡れ」ず、「開かなかった」（同）。それを、『直子』は『キズキ』とのセックスにおいて、無意識の内に近親相姦を犯すことを怖れ、恐怖で体を凍りつかせていた(5)」と解く読みもあるがいかがか。二人の性の不成立にも、その精神のアドレセンス性が関与していると思われる。

キズキと直子は、「普通の成長期の子供たちが経験するような性の重圧とかエゴの膨脹の苦しみみたいなものを殆んど経験すること」（六）がなかった。男女の性が「他者との関り」であるとすれば、「お互いの体を共有」し、「自我にしたってお互いで吸収しあったりわけあったりすることが可能だった」（同）二人に、「他者」と「他者」との性は不可能といえよう。「体」も「自我」も共有している二人にとって、「キス」「ペッティング」は自己の体を慰撫する自己愛に等しい。だが、「他者」を前提とする性行為はそこに成り立たない。直子の体が「濡れ」ず「開かなかった」と語られる寓意は、そこにあるものと推察される。

(2)　直子とワタナベ

「私、あの二十歳の誕生日の夕方、あなたに会った最初からずっと濡れてたの。そしてずっとあなたに抱かれたいと思ってたの。（中略）そんなこと思ったのってはじめてよ。どうして？　どうしてそんなことが起こるの？　だって私、キズキ君のこと本当に愛してたのよ」（六）

直子はキズキを愛していた。一方、ワタナベを愛しているわけではない。にもかかわらず、キズキに対しては「全然濡れ」ずワタナベには「抱かれたいと思」う。直子はそうした自己の不条理を解けずにいるが、その寓意の解はさほど困難とはいえない。「直子は内部のキズキ＝イノセンスを対象化するため、外部の制度での〈成人〉の年齢である二十歳の誕生日に、外部へのインターフェースである『僕』を通して外部につながろうとした、という解釈」(6)に尽きるだろう。

しかし、ワタナベとの性も一度だけに終わる。なぜ、二十歳の誕生日の「一回きり」（十）であったのか。その読解も困難ではない。二十歳の誕生日を機に、「大人」への「成熟」を拒絶して、「十九の次が十八」といったアドレセンスへの遡源の途を直子が辿りはじめたゆえである。そのことは、ワタナベとの誕生日の性にすでに示唆されている。「彼女の体を抱いていると、僕はその中に何かしらうまく馴染めないで残っているような異物のごつごつとした感触を感じることができた」(六)とある。文中にいう「何かしらうまく馴染めないで残っているような異物」の寓意は、直子の外界および他者に対する違和感と解される。

　ワタナベは直子と体を重ねながら、「こうすることで僕らはそれぞれの不完全さを頒ちあっているんだよ」(同)と言う。しかしながら、その性の交わりによって、直子の「不完全さ」「歪み」(五)を解消することはできなかった。『ノルウェイの森』に形象される性には、他者・外界へと拓く機能は託されていないように思える。

> 「じゃあ、これも覚えていてね」と彼女は言って体を下にずらし、僕のペニスにそっと唇をつけ、それからあたたかく包みこみ、舌をはわせた。直子のまっすぐな髪が僕の下腹に落ちかかり、彼女の唇の動きにあわせてさらさらと揺れた。そして僕は二度めの射精をした。(十)

「君のフェラチオすごかったよ」というワタナベに、直子は「キズキ君もそう言ってたわ」(同)と答えている。これは、一度性交を経験したとはいうものの、ワタナベと直子の性が、キズキと直子との次元にまで退歩したことを意味しよう。「僕は直子を抱き寄せ、下着の中に指を入れてヴァギナにあててみたが、それは乾いていた」(同)との一文もそれを裏づける。その後、ワタナベは「直子のことを考えながらマスターベーション」(同)をくり返す。「あれは僕にとっては、君が考えている以上に重要なことなのです」（同）と直子宛の手紙に記しているように、ワタナベにとってそのフェラチオの記憶は愛の証としての意味をもつ。だが、直子にとってのそれは、ワタナベの「好意」（五）に対する「感謝」（三）としての営為にすぎない。そこに両者の断層と、性の閉塞が認められる。

(3) レイコと性

レイコはしばしば、性的なジョークを口にする。「まさかあなた夜中の一時に私たちの寝室に入ってきてかわりばんこにレイプしたりするわけじゃないでしょ?」（六）といった軽口もその一つである。だが、レイコには、「レズビアン」（同）の少女にこうむった性に関わる苦い記憶がある。かつて所有していた「いちばん大事なもの」（十一）は、その少女によって破壊された。「あなたの目の前にいるのはかつての私自身の残存記憶にすぎない」（同）とレイコは言う。ワタナベの前で口にされるジョークは、そうした過去の性的損傷と表裏の位相にある。

「ねえワタナベ君、私とあれやろうよ」と弾き終ったあとでレイコさんが小さな声で言った。

「不思議ですね」と僕は言った。「僕も同じこと考えてたんです」（十一）

ワタナベの下宿で「直子のお葬式」（同）を済ませた直後に、レイコとワタナベは結ばれる。直子の衣服を身に着けたレイコは「直子の分身」[7]といってよく、ワタナベとの性もまた直子の代理としての性格を有する。両者の性に関して、「自分の意志で自閉的な状態からワタナベ君という媒介者の援助によって脱出するレイコさん[8]」、「このことは、『レイコさん』もまた、『直子』の代わりに救済される存在であることを表している[9]」――等の考察もなされているが疑問である。少なくとも、作中にそうした論拠は見出しがたい。

ワタナベとの性に先立って、レイコは「もう淋しいお葬式のことはきれいさっぱり忘れなさい」（十二）と諭している。この「忘れなさい」との言裡には、亡くなった直子への執着・拘泥の除去——の意も内包されていよう。レイコの側からすれば、ワタナベを直子の呪縛から解き放つ、そのための儀式であったと察せられる。しかし、おそらくそこに、レイコ自身の解放・蘇生の機能は託されていない。レイコの性と言説には死の影すら仄めかされているようにみえる。

「私もう一生これやんなくていいわよね？」とレイコさんは言った。「ねえ、そう言ってよ、お願い。残りの人生のぶんはもう全部やっちゃったから安心しなさいって」（十一）

レイコは性行為のあとで、「私もう一生これやんなくていいわよね」と言う。「あなたは誰かとまた恋をするべきですよ」（同）とのワタナベの言に反して、どうやらレイコにその気はないらしい。ワタナベとの性はその場かぎりのものであろうが、やはり「一回きり」に終わった直子の閉じられた性を想わせる。それにとどまらない。別れに臨んでレイコは、「私のぶんと直子のぶんをあわせたくらい幸せになりなさい」（同）と告げている。奇妙な言説といわなければならない。すでにこの世にない「直子のぶん」はともかく、今後も生きていくはずの「私のぶん」まで「幸せになりなさい」とはどういうことか。これは、自己の生を無きものとしたうえでの発言とうけとれる。

「緑さんと二人で幸せになりなさい」、「もっと成長して大人になりなさい。私はあなたにそれを言うために寮を出てわざわざここまで来たのよ。はるばるあんな棺桶みたいな電車に乗って」（十二）。レイコは窓の開かない新幹線の電車を「棺桶みたいな」と形容し、さらに、「行く先」の旭川を「作りそこねた落とし穴みたいなところじゃない？」（同）とも口にしている。「窓」の「開かない」（同）「棺桶みたいな」電車はこの先のレイコの生を暗示していようし、後者の「作りそこねた落とし穴」は、直子が語る「暗」く「深い」（二）「野井戸」を連想せしめる。レイコが阿美寮を出て上京したその目的は、ワタナベに「大人」への「成長」を促し、緑との「幸せ」を勧める「忠告」（十一）にあった。自己を「残存記憶にすぎない」と称するレイコに、再出発の姿勢は想像しにくい。

レイコとワタナベとの性に、レイコのみならず、ワタナベの「精神的な成長」[10]を指摘する論考もみうけられる。しかし、『ノルウェイの森』作中に、そのような「成長」の痕跡が読みとれるとは思えない。キズキと直子の呪縛から脱して外界・大人へと踏み出すとすれば、唯一それを可能にする対象は小林緑と考えられる。だが、その緑との性は禁じられている。この小説に物語られている範囲内でみるかぎり、キズキと直子、直子とワタナベ、ワタナベとレイコの性はすべて閉じられた性と評するしかない。

三　アドレセンスの情感

「この人たちはたしかに人生の哀しみとか優しさとかいうものをよく知っているわね」（十一）。レイコの、ビートルズとその曲に対する評言である。「直子が来てから私は来る日も来る日もビートルズのものばかり弾かされている」とあるが、レイコ自身も、「ミシェル」について「良い曲ね。私、これ大好きよ」（六）と述べている。「人生の哀しみ」「優しさ」、および「ビートルズ」――。これらは、『ノルウェイの森』がアドレセンスの物語であることの徴証といえよう。この小説には、一貫して「優しさ」「哀しみ」の情感が底流している。その「哀しみ」は、死による喪失にあるばかりではない。いかなる「優しさ」も、愛・理解も、他者を救うことのできない「哀しみ」がそこに内蔵されていると思われる。

「たぶん僕は君のことをまだ本当には理解してないんだと思う」と僕は言った。「僕は頭の良い人間じゃないし、物事を理解するのに時間がかかる。でももし時間されあれば僕は君のことをきちんと理解するし、そうなれば僕は世界中の誰よりもきちんと理解できると思う」（一）

『ノルウェイの森』の「主人公は相手の女性にひどく優しい」[11]。緑の看病疲れを察して「しばらくお父さんのこと見ててやる」（七）と言い、直子が「辛い夢を見ることがないようにと僕は祈」（六）る。そうした「優しさ」も含めて、ワタナベは直子を「理解」したいと願い一途に「愛」（十）しつづける。結果的に直子を「待て」ず、「最後の最後で彼女を放り出し」（十一）たとはいえ、それを責めることはできない。ワタナベの緑への接近に関わりなく、直子ははじめからキズキを選んでいたからである。だが、直子を「待てなかった」（同）自責の念は、ワタナベの内部に消しがたい「哀しみ」として沈澱する。「どのような誠実さも、どのような強さも、どのような優しさも、その哀しみを癒すことはできないのだ」（同）。こうしたワタナベにみる「哀しみ」への沈潜も、アドレセンス期の情感の純潔性を証する一例と評せよう。

「ねえ、どうしてあなたそういう人たちばかり好きになるの？」と直子は言った。「私たちみんなどこかでねじまがって、よじれて、うまく泳げなくて、どんどん沈んでいく人間なのよ。私もキ

ズキ君もレイコさんも。みんなそうよ。どうしてもっとまともな人を好きにならないの？」（六）

直子は、自分が「歪んでいる」（五）ことを自覚している。しかし、ワタナベは直子をそのようには見ない。「君やキズキやレイコさんがねじまがってるとはどうしても思えないんだ。ねじまがっていると僕が感じる連中はみんな元気に外を歩きまわってるよ」（六）。ここに、ワタナベの、人間観における「逆説的なテーゼ[12]」を読みとることが可能である。

このような、逆説的な人間観は、『人間失格』の大庭葉蔵にもみることができる。「自分には、あざむき合つてゐながら、清く明るく朗らかに生きてゐる、或ひは生き得る自信を持つてゐるみたいな人間が難解なのです」（一）。これは、前引のワタナベの、「ねじまがっていると僕が感じる連中はみんな元気に外を歩きまわってるよ」という、シニカルな言説に重なるだろう。さらにいえば、「うまく泳げなくて、どんどん沈んでいく人間」「ばかり好きになる」ワタナベに、「世間から、あれは日蔭者だと指差されてゐる程のひとに逢ふと、自分は、必ず、優しい心になる」（二）と語る、大庭葉蔵との近親性が感取される。葉蔵に形象される〈人間失格〉性は、通俗的な大人への成熟を拒否したアドレセンス的純潔をその内質とする。葉蔵も、その「優しさ」ゆえに「哀しみ」を余儀なくされる人物像である。『人間失格』と同様、『ノルウェイの森』が特に若い読者層の共感をよぶ一因がそこにあろう。

　僕にも人を愛するというのがどういうことなのか本当によくわからないんです。（中略）でも僕はできる限りのことをやってみたいんです。そうしないと自分がどこに行けばいいのかということもよくわからないんですよ。（六）

この小説では、ワタナベにかぎらず、作中人物の多くが「わからない」という言葉を口にする。「人を愛するというのがどういうことなのか」、「自分がどこに行けばいいのか」、それが「わからない」。一般に人間は「大人」へと「成長」するにつれ、こうした「わからな」さに想い悩まなくなる。あるいは、そうした悩みそのものを蔑視する。ワタナベにみる、「わからな」さへの誠実な拘泥――。それも、アドレセンス期の純潔性の一端と評しうる。そのほかに、この作品には、「傷つく」「傷つける」(三)等の言葉が頻出する。また、「淋しい」「孤独」(十)といった語も多用されている。いずれも、『ノルウェイの森』がアドレセンスの物語であることを示す徴憑といえる。

四　視座とモチーフ

『ノルウェイの森』は、一九六八年から一九七〇年にいたるほぼ二年半を作品内時間としている。ただし、冒頭の「第一章」は例外である。ワタナベはすでに「三十七歳」になっており、「第二章」以下はそうした現在の視点から回想体――実質的には歴史的現在――の形で物語られる。とはいえ、「三十七歳」の現在もなお、過去を冷静に対象化する視座を獲得しえているようにはみえない。

僕は今どこにいるのだ？　でもそこがどこなのか僕にはわからなかった。見当もつかなかった。いったいここはどこなんだ？(十二)

『ノルウェイの森』はこう閉じられる。直子を喪ってまだ日は浅く、ワタナベはアドレセンスの懊悩の渦中にある。それから十数年後の現在、ワタナベは「大人」へと「成長」を遂げ、キズキ・直子の引力圏から脱出しえたのだろうか。すでに指摘があるように、「『僕』には語りだし、そして戻ってくる〈今・ここ〉を定めることができない[13]」でいると推察される。換言すれば、「僕は今どこにいるのだ」と閉じられた過去の時間と二十歳のワタナベの心的位相は、そのまま屈折せずに冒頭の時間および視座とに接続しているといえるだろう。左記の一文がそれを示唆している。

　既に薄らいでしまい、そして今も刻一刻と薄らいでいくその不完全な記憶をしっかりと胸に抱きかかえ、骨でもしゃぶるような気持で僕はこの文章を書きつづけている。直子との約束を守るためにはこうする以外に何の方法もないのだ。(一)

直子への記憶の稀薄化は、その世界からの離脱ないし相対化を意味しない。機内に流れるビートルズの「ノルウェイの森」を耳にして、「頭がはりさけてしまわないよう」「両手で顔を覆」(同)うワタナベの姿がそれを示している。手記『ノルウェイの森』を綴る姿勢にしても、「骨でもしゃぶるような気持で僕はこの文章を書きつづけている」とある。事実、「第二章」以下の叙述は「骨でもしゃぶるような」熱い「気持」でなされており、そこに「鳥瞰の視点の高み[14]」からする相対化の視線はみいだせない。「三十七歳」の視座とはいうものの、現在の視点による冷静な過去の分析・検証としての機能はほとんど果たしていないといってよい。「第二章」以降も、現在の語り手ワタナベは、過去の己に密着した伴走者でありつづける。『こゝろ』の「先生と遺書」における、現在の視点に立った過去の己の卑劣さ愚かしさを剔出する犀利な分析的叙述と比較すれば、その姿勢の相違は明らかである。

　そしてその風景は僕の頭のある部分を執拗に蹴りつづけている。おい、起きろ、俺はまだここにいるんだぞ、起きろ、起きて理解しろ、どうして俺がまだここにいるのかというその理由を。(一)

現在のワタナベが、「直子の立っていた場所から確実に遠ざかりつつある」(同)のは確かだろう。しかし、それは、過去と現在との時間的距離を示すにすぎない。前引の「俺はまだここにいるんだぞ」にいう「ここ」とは、直子と共に「立っていた場所」「風景」をさす。真にそれへの記憶が風化しているのであれば、「その風景」が「僕の頭のある部分を執拗に蹴りつづけ」るはずもない。遠く時間的距離を隔てながらも、心理的には風化しない過去の「風景」――。その意味で、『野菊の墓』に形象される政夫の民子に対する記憶・想念と等質といえる。

「起きろ、起きて理解しろ、どうして俺がまだここにいるのかというその理由を」。上記にみる「まだここにいる」「理由」の内実は、直子と共に生きた過去の時空に寄せる愛惜の念以外には考えがたい。何よりも、『ノルウェイの森』と題する長大な手記の執筆がそれを証明しよう。ワタナベにそれを綴らせる衝動は、「私を忘れないで」（一）と訴えた「直子との約束を守るため」だけではない。単なる過去の記憶の喚起・再生にとどまらず、かつて直子と共に在ったアドレセンスへの遡源とそれへの同化に、この手記を「書」く深層のモチーフがあるものと推測される。その末尾が、現在に回帰することなく閉じられている理由はおそらくそこにある。

僕は緑に電話をかけ、君とどうしても話がしたいんだ。（中略）世界中に君以外に求めるものは何もない。君と会って話したい。何もかもを君と二人で最初から始めたい、と言った。（十一）

ワタナベは緑に、「世界中に君以外に求めるものは何もない」、「何もかもを君と二人で最初から始めたい」と伝える。旭川に去ったレイコも、「緑さんと二人で幸せになりなさい」と諭していた。「緑は『僕』にとって外部の現実につながっている存在であり、彼女とつながることがこの〝物語〟の出口」(15)と考えられる。だが、「十八年」後のワタナベが記す「第一章」に、緑の名は見当たらない。折角のレイコの諫言も無に帰し、ワタナベは「出口」を見出せなかったと解するよりほかにない。そうした観点からして、「『ノルウェイの森』は内的世界からの回復を描く物語」[16]とはみなしがたい。むしろ逆に、内的世界への沈潜、もしくはアドレセンスへの遡源の物語と理解される。

「あなたは緑さんを選び、直子は死ぬことを選んだのよ」（十一）。レイコはワタナベにそう説明する。しかし、直子がキズキを選んだごとく、ワタナベも最終的にアドレセンスの傷みを共有していた直子を選んだように思える。ビートルズの「ノルウェイの森」について、直子は、「この曲聴くと私ときどきすごく哀しくなることがあるの」「自分が深い森の中で迷っているような気になるの」、「寒くて、そして暗くって、誰も助けに来てくれなくて」（六）と述べていた。現在の「三十七歳」のワタナベもまた、そうした「深い森の中」にさ迷いつづけているようにみえる。「僕のことを愛してさえいなかった」（一）と知りつつ、「誰も助けに来てくれなくて」と訴える直子の「哀し」み、「寒」さ「暗」さを分有するために――。『ノルウェイの森』と題された、この小説のタイトルがそれを暗示している。

注（1）角川文庫『注文の多い料理店』（昭五五・一一、角川書店、改版二三版）、一四六頁。

（2）竹田青嗣「〝恋愛小説〟の空間」『日本文学研究論文集成46　村上春樹』（平一〇・一、若草書房）所収、一四二～一四三頁。

（3）千石英世「アイロンをかける青年――『ノルウェイの森』のなかで――」栗坪良樹・柘植光彦編『村上春樹スタディーズ03』（平一一・八、若草書房）所収、五五頁。

（4）今井清人「『ノルウェイの森』――回想される〈恋愛〉、もしくは死――」『村上春樹――OFFの感覚―

―』（平二・一〇、国研出版）、二四三頁。
（5）村上啓二「緑という女性」『『ノルウェイの森』を通り抜けて』（平三・一一、JICC出版局）、八〇頁。
（6）（4）に同じ、二六七頁。
（7）加藤典洋『『ノルウェイの森』 世界への回復・内閉への連帯」『村上春樹 イエローページ』（平九・一、荒地出版社）、一三〇頁。
（8）桜井哲夫「閉ざされた殻から姿をあらわして……　――『ノルウェイの森』とベストセラーの構造」、（3）と同書に所収、一四二～一四三頁。
（9）遠藤伸治「村上春樹「ノルウェイの森」論」、（3）と同書に所収、一八〇～一八一頁。
（10）越川芳明「『ノルウェイの森』――アメリカン・ロマンスの可能性」『ユリイカ』第二一巻第八号（平七・一〇、青土社、第一四刷）、一九八頁。
（11）三枝和子「『ノルウェイの森』と『たけくらべ』」、（3）と同書に所収、一四六頁。
（12）（10）に同じ、一八九頁。
（13）（4）に同じ、二七五頁。
（14）小林正明「降下するボーイング747、あるいは青春の地図の再読」『村上春樹論』（平九・三、青山学院女子短期大学学芸懇話会）、七九頁。
（15）（4）に同じ、二七二頁。
（16）（7）に同じ、一三七頁。

『ノルウェイの森』本文の引用は、『ノルウェイの森』（昭六三・八、講談社、第二〇刷）による。

『植物性恋愛』（松本侑子）——自閉の性

一　観念的結末

『植物性恋愛』（昭六三・一〇、集英社）のモチーフは、作中の言葉を用いていうなら、「性に傷ついた女が、どのように男性への恐怖心と憎悪を乗り越え」、「自分の性を受け入れて肯定するのか」（8）、それらの問いに関する追尋および検証にあると考えられる。十歳の折にレイプの被害者となった沙江子にそうした課題が託されているわけであるが、その多感な成長期のなかで「男性への恐怖心と憎悪」に想い悩みながらも、最終的にそれを「乗り越え」えたことが示唆されてこの小説は閉じられている。小説内時間の観点からいえば、交通事故で呻く男の目撃、すなわち「午前一時」過ぎの「深夜」（1）にはじまり、その翌日の「薔薇《ばら》色の朝の空」（24）の描出をもって終息される。内包していた心の傷を暗喩する「深夜」から、その克服・消滅を寓喩する「薔薇色の朝」への推移——。その寓意性が明らかであるだけに、予定調和的な作為の印象を与えかねない。

窓から流れ込むひんやりと湿った冷気に、先程まで続いていた微かな吐き気が跡形もなく消えた。

濃い灰色に翳《かげ》る雨雲は彼方に遠退いてもうほとんど見えない。その代わりに、綿雲が、まだ低い太陽に下から薄桃の光を放射されまばらに流れている（24）。

右記文中にみえる「吐き気」、「濃い灰色に翳る雨雲」は、共に過去の体験に根ざす心の傷の隠喩と解される。むろん、その「吐き気」は前夜の飲酒によるものであるが、そこにはレイプ体験時の「嘔《おう》吐《と》」（5）感が重層化されているものと察せられる。そうした「吐き気」が、「跡形もなく」消失する。同時に、「灰色に翳る雨雲」も「遠退」き、代わって、「太陽に下から薄桃の光を放射され」て輝く「綿雲」が描かれる。蘇生した沙江子の内界の寓喩であることは詳述するまでもない。

今まで気付かなかった。傷を負うのは強姦された者だけだと思っていた。犯した側も、傷を抱いていたから強姦し、それによってまた自分を責め、さらに傷付いているとは、そんな男も稀《まれ》にいるとは、夢にも思わなかった。（23）

沙江子の心の浄化・蘇生は、マンションの隣人光との抱合によってもたらされる。光が女性に「悪《いた》戯《ずら》された」（同）過去を有つだけでなく、少女への強姦により「犯した側も」「自分を責め、さらに傷付いている」事実を知ったからである。たしかに、「そんな男も稀にいる」とはいえよう。だが、すでに言及があるように、「不能者で強姦の被害者、そして自身幼女強姦の加害体験を持つ男と主人公との『友愛』を『解』に持ってきた作者の仕掛けは、いささか見えすぎる」（1）と評さざるをえない。それも、「光」という名が与えられている。こうした小説の結末に、観念的決着の感を否めない。それは、恋人シンとのわだかまりが未解決のまま放置されていることとも相関する。性的不能者の光は、沙江子と同じくいわば植物的な存在である。（2）そのような光だからこそ、心の融合が可能であったとも捉えうる。

しかし沙江子には、二人の沈黙の向こうに、たとえどんなに無風でも、決して鏡のようには静まらぬ湖面のさざ波が見え、波頭が小さくぶつかり合うその音までも聞こえたような気がした。(20)

植物的存在から脱して動物性恋愛に移行すべく、沙江子はシンを誘い「山の湖」(同)へと出かける。しかし、皮肉にも、そこで沙江子は「癒《い》やしがたい孤独」(同)、すなわちシンとの心の断層を自覚させられることになる。「鏡のようには静まらぬ湖面」、「ぶつかり合う」「波頭」の「音」——。これらの沙江子胸中の心象は、シンとの心の断層もしくは精神的軋轢を暗示する。事実、それが予兆であるかのように、二人の肉体の抱合は実現しない。表層的にはシンの早漏にすぎないといえようが、その性交不成立の意味は重い。

シンと別れての帰途、沙江子は深夜の路上で、交通事故にあい倒れている男の姿を目撃する。男の「折れた脚」から「折れたペニス」が連想され、「奇妙な快感」「残忍な喜び」(1)に浸る。これは、それまでのシンとの交際において、過去にうけた心の傷が癒されていなかったことを物語る。実際、その後、沙江子は光に、「私は男の人が苦手……。ある意味では、憎んでいると言ってもいい」(23)と告げている。そうした男性への憎悪と過去への拘泥は、光との抱合によって解消されるにいたるわけであるが、それは観念的な次元にとどまるとみるべきだろう。光とのあいだに肉体を通じた性交渉はなく、実質的な解決とはいいがたい。

シンに気に入られようと意志を殺している自分を、沙江子は思っていた。彼を喜ばせるための行為が、自分の本来の心を欺《あざむ》くなら、どうすればいいのだろう。その時、精彩を欠いて行くのは彼

への愛情だろうか、或《あ》いは自分の心だろうか……。(23)

光との接触によって心の傷が癒えたとはいえ、動物性恋愛へと踏み出したとみることはできない。恋人シンへの「愛情」と、自分の「意志」「心」との均衡をどうとるか、その課題の解決を沙江子は図りかねている。これは、過去のレイプ体験による心の損傷とは別種の問題である。けれども、そうした課題を放置して、シンとの動物性恋愛に踏み出すことはできまい。『植物性恋愛』はそのタイトル通りに、上述の問題を積み残したまま閉じられている。

二 〈夜〉の寓意

沙江子のマンションの一室で飼われている雄猫の〈夜〉。この〈夜〉は、単に男性の性を象徴するにとどまらない。マンションの室内を沙江子の内界の寓喩と捉えるなら、そこに置かれている「サボテン」(23)がそうであるように、〈夜〉をその深層心理の寓意的表象と読みとることも不能ではない。

マンションの裏の空き地の辺り、ごく近くから、生暖かく狂人のような雌猫の声が聞こえて来る。(中略)これから年老いていく**夜**に、それは遠ざかるばかりだ。しかし、今の沙江子には近い。気紛れにでも、あんな風に叫び、狂ったように男を求めてみたいものだと、彼女は首を傾《かし》げて、闇から届くその声に、しんと耳を澄ます。(14)

断るまでもなく〈夜〉は動物であり、本能を内蔵している。沙江子もまた、自らを植物的存在とみなしているものの、本能を内包した動物であることに変わりはない。シンが、「でも沙江子だって窪《くぼ》んだペニスを持っているんだぜ。ヴァギナだって本能を持っているのに、それは厄介じゃないのかい」(13)と詰問する通りである。沙江子にとって、「本能」をめぐる悩みは雄猫〈夜〉のそれにかぎらない。「狂人のような雌猫」の鳴き声を耳にして、「あんな風に叫び、狂ったように男を求めてみたいものだと」いう衝動に襲われる。文中にいう「闇から届くその声」は、沙江子内部の「本能」の「闇」を類推させる。

しかしながら、沙江子は、自己の「男よりも強いかもしれぬ性欲」(20)を、素直に表出することができない。女性としての羞恥心もあろうが、過去の体験によって、「本能」が「厄介」きわまりないものであることを知悉しているからだろう。〈夜〉を「去勢」し室内に「閉じこめている」(23)のも、それゆえと考えられる。つまり、〈夜〉の「去勢」とその拘束は、男性の性への憎悪・警戒心だけでなく、自らの「本能」「性欲」に対する自己規制・自己管理の寓喩でもあると解される。小説の末尾で、沙江子は〈夜〉を、「さあ、お行き」(24)と室外へ解き放す。それに続けて、「沙江子は、**夜**を解き放した自分の心の行方を思い遣っていた」(同)と叙せられている。〈夜〉が、沙江子の「心」の寓喩であることの証左といえる。

沙江子がどこか女性的な優男を好むのは、男に力で屈伏させられた遠い記憶の屈辱感のせいだ。それを見透かしている彼女の心は寒々と冷たい。彼女は野性的で荒々しくセクシーな男に、本能にも近い怯《おび》えをいだいている。(13)

沙江子は、「清彦と似ている」「横顔の美しい青年」(同)シンに魅せられる。自分の部屋を「たくさんの蠟燭《ろうそく》の明かり」で飾るといった、「シンの女性的なまめまめしさ」も「好まし」(同)く思う。「野性的で荒々しくセクシーな男」が去勢以前の〈夜〉とすれば、「どこか女性的な優男」のシンは去勢後の〈夜〉を想わせる。「沙江子の怯えは今も生きている」、「シンへの想《おも》いが強まるほどに、今も消えない男性性への憎しみを持て余す」（同）とある。沙江子は無意識裡に、シンを植物的存在＝去勢状態に閉じこめるべく願っているようにみえる。

沙江子は、体を寄せてくるシンの「熱っぽい下半身をうとましく思い、彼の腕を振りほど」（13）く。のみならず、「明日、病院で去勢手術の相談をしてみようかしら」、「雄の本能に振り回されるのは、もう真っ平《まっぴら》だわ」（同）と口にする。これに次いで、「それが彼に対して嫌味な言い方だと彼女はすぐに気付いた」（同）と語られていることから、沙江子の潜在意識下で〈夜〉とシンが重層化されていたことは疑えない。その意味で、〈夜〉はシンの寓喩ともみなしうる。

「沙江子は身勝手だよ。安っぽいかもしれないけど、僕は**夜**がかわいそうで胸が痛むね」、「動物を愛することは、本能や習性も、そのままに愛することだろ」（13）。上記のシンの言説を、植物的存在に据え置かれることへの抵抗・抗弁と読みとることも不可能ではない。それに対し、沙江子は「本能という獣を、手放しでは愛せない」（同）と反論する。これは、「本能という獣」を内在させたままのシンを、「手放しでは愛せない」と翻訳できよう。結局、沙江子はシンとの「口論」を「直接のきっかけ」（14）として、〈夜〉の去勢手術に踏み切ることになる。シンを植物性恋愛の対象に封じこめたいと欲する、沙江子の深層心理の表出とうけとれる。

三　女性性への拘泥

「人間としてシンの欲望の対象になることへの抵抗」、「分かれたままの性と愛」（17）――。シンを愛しながらも、沙江子はそれを性に結びつけることができないでいる。時が経過し、「彼女は、観念でなく生理として欲望を受け入れられるようになっていた」（19）と語り手は述べるが、シンとの性の試みは前述したごとく不首尾に終わる。沙江子を植物的存在に閉じこめている要因は、推測するにレイプ体験の後遺症ばかりではない。被害妄想的ともみえる女性性への拘泥もその一因と考えられる。

　そして城に辿り着くと、ようやく彼女（膣《ちつ》オルガスム）は深い眠りから目を覚ましたのです。男性の手で目覚めた彼女は、彼と結婚し、しあわせに暮らしました。めでたし、めでたし（かわいそうに、おぉ、かわいそうに）。（8）

右記は「パロディー『眠れる森の美女』」（同）の一節であるが、沙江子内部の女性性に関わる被害妄想的な想念をうかがわせる。そこに語られているように、女性の「膣オルガスム」が「男性の手で目覚め」させられるのは事実といえよう。だが、それは、女性の性機能がそう造られているためであって、男性の罪でも女性の屈辱でもない。沙江子はその自慰行為において、「シン、シン、抱いて」と口走る「自分の言葉」に「驚き」（19）を示す。「抱くのでも、抱かれるのでもない」（同）性を志向する沙江子にとって、自己を裏切る「言葉」であったからである。しかし、受け入れる性として造型されている女性に、それが不自然なこととは思えない。無意識裡に発せられた「言葉」がそれを証している。けれども、若く自らの女性性に潔癖に拘泥する沙江子には、それを自然なものとして受けとめることができない。

その時、シンの腕は力を込めて彼女の頭を抱え込み、うつむく沙江子の顔を上向きにしようと、顎《あご》を持ち上げた。（中略）混乱の中で、沙江子はとっさに不快感に従いシンの腕を振り切った。愛されたい、しかし支配されたくない。(13)

「愛されたい、しかし支配されたくない」。ここにも、沙江子の潔癖な女性性への拘泥がみうけられる。男女間の愛なり性において、支配・被支配の関係は成立しうる。しかし、それは必ずしも力関係の上・下を意味しない。

沙江子が、「女神のように崇《あが》め奉られる女性の登場人物は、女の形をした美しい肉塊でしかない」と批判する「谷崎」(10)の、『痴人の愛』『春琴抄』の例を引くなら、女性のナオミと春琴が男性を「支配」する側に立つ。だが、「支配」される側の譲治も佐助も、ナオミ・春琴に劣らない大きな悦びを得ている。ナオミおよび春琴の「支配」が形式上のものにすぎないというのであれば、「すべてを男に任せ、頼ることで、逆に陰で男を牛耳《ぎゅうじ》ることができる。沙江子は空《むな》しく思った」(13)という受けとめ方と矛盾する。それが男性であれ女性であれ、「陰で」「牛耳る」ことに相違はないからである。しかし、譲治にせよ佐助にせよ、「陰で」「牛耳」っているわけではなく、またその悦びにしてもマゾヒストの特例とはいえない。『痴人の愛』『春琴抄』いずれの場合も、その支配・被支配は上下の問題ではなく、男女の愛と性の深奥をそこに看取することができよう。

植物の沙江子は、そんな花にはなりたくないと思う。不自然なまま、永遠に開かぬ硬いつぼみのままでいたい。ほころび始めるや否や一方的にめでられ、つみとられ、しかし盛りを過ぎ花が萎むと掌を返したように転じられ疎まれるよりは。(9)

「ほころび始めるや否や一方的にめでられ、つみとられ」る花よりも、「永遠に開かぬ硬いつぼみのままでいたい」と沙江子は想う。花と同様に、愛玩物として取り扱われがちな女性の立場からする、男性への抗議の声とうけとれる。しかし、それは表向きの口実に近い。その「永遠に開かぬ硬いつぼみのままでいたい」という言説の基層には、ナルシスティックな女性性への執着、および「植物の沙江子」でありつづけたいとする願望の内在が透視される。「沙江子はめしべとおしべの両方を持つ植物を夢見、憧《あこが》れる」(9)とみえる。前述の、沙江子深部の願望を裏づける一文といえる。沙江子が動物性恋愛に踏み出せないでいる要因は、過去のレイプ体験のトラウマにとどまらない。自らが属する女性性への被害妄想的な拘泥、さらに、「単体の閉じられた世界」(同)に対する「憧れ」ないし執着もその一因をなしていると考えられる。

四　遊戯と被虐

沙江子は「十六の夏休み」(10)に、中年男の有村と知り合う。直感的に「この男なら」「遊んでくれそう」(同)と思い、ホテルまでついて行く。沙江子は真に「遊」べたのだろうか。有村は、「不能」のうえに「嗜虐《しぎゃく》趣味」(同)の男であった。沙江子はそうした有村を、乞われるままに虐げる。しかし、そのような「遊び」を重ねるにつれ、「不毛な復讐遊戯に耽《ふけ》る自分の心の荒涼に気付」(同)かされる。そこにも、過去から引きずるレイプ体験の投影をみいだせるが、それ以外に、沙江子の性に対する認識も遊びへの没入を妨げる要因になっていると思われる。

遊びはすぐに激しさを増し、男は自分に鞭打《むちう》つ小道具を揃えてきた。しかしいたぶる側の沙江子も、有村の快楽の小道具にすぎない。(10)

男女の性の「遊戯」にあって、片方だけが「快楽の小道具」ということはありえない。それが「遊び」である以上、沙江子が有村の「小道具」であれば、自動的に他方の有村も沙江子の「小道具」となる。しかし、未だ高校生の沙江子にそうした認識はない。有村を自己の「小道具」とみなすことができず、一方的に自分だけが「小道具にすぎない」とうけとめる。沙江子の性に対する潔癖さと、女性としての自尊心によるものと察せられる。

中年男を愚弄《ぐろう》する奔放《ほんぽう》な処女という古典的なパターンの焼き直しに、初め彼女は辟易《へきえき》したが、役柄に成り切れば楽しい遊戯だった。しかしその、永遠に真実の肉に辿り着かない薄っぺらなエロティシズムを空《むな》しく思う精神の奥行きは、まだ彼女にはない。(10)

有村との遊戯を「薄っぺらなエロティシズム」にとどめている要因は、もっぱら沙江子の側に求められる。「沙江子への奉仕も、すべて彼自身の快楽のためだ」、「人は別々に自己満足を求めているに過ぎない」(同)。こうした、「早熟な沙江子」(同)の醒めた眼が遊戯への没入を阻害する。どうやら沙江子に、本気で遊ぶ気はないらしい。「役柄に成り切れば楽しい遊戯」とあるように、「役柄に成り切れ」さえするなら、そこに深く濃密な「エロティシズム」の世界が展ける。実際、有村は肉の交わりのないその遊戯のなかでも、「役柄」に徹することによって「恍惚《こうこつ》とした」(同)陶酔境へと飛翔している。

もっとも、沙江子の側にも、そのような遊戯への耽溺の瞬間がなかったわけではない。「遊戯は美しい倒錯の時間、濃密な金の夕暮れの夢」（10）——とある。有村との「人形」遊びの時空がそれにあたる。「有村の好きな日本人形になる」その遊戯を、沙江子は「素敵な遊び」と称し、「しびれるような秘密の時間」（同）を堪能している。「沙江子の恥毛が窓から差す夕陽に焼え立つ。白い裸体は茜《あかね》色に染まり、長い髪は輝きながら夜より黒い影をそこかしこに落とす。男は細長い鋏《はさみ》を取り出した」、「銀色に凍る鋭い先端が、密室の空気に危険を孕《はら》ませる」（同）。有村との「人形」遊びのシーンは多分に観念的でリアリティを欠くと評せようが、反面、この小説において最も美しく蠱惑的な一場となっている。

沙江子は人形の植物。男の指はその秘密を探り当てようと隅々を辿《たど》り、行きつ戻りつする。しかし何も捜さずに迷っている。迷いながらその道筋を楽しんでいる。力を込めた指先に表皮は窪《くぼ》む。

（中略）

幼い頃の夏美との人形ごっこの記憶が甦《よみがえ》って来る。そう、沙江子は有村の人形。しかし人の手に身体を委ねることとは、沙江子自身の快楽でもある。（10）

「人の手に身体を委ねること」がなにゆえ「快楽」であるかといえば、そこに被虐的な悦びが伴うためと考えられる。「好いた男に身を求められるこの上ない喜び」、「そこにはある種嗜虐《しぎゃく》的な喜びも含まれている」（13）という言説もみうけられるが、こうした「嗜虐的な喜び」の享受には、必ずしも対象が「好いた男」である必要はない。現に、愛のない有村との「人形」遊びにおいても、沙江子はそこに「人の手に身体を委ねる」「快楽」を感受している。少女期の、「夏美との人形ごっこ」にしても同断である。それが「淫靡《いんび》な遊び」(5)たりえたのは、むろん愛ゆえではなく、「人形」の立場で「身体を委ねる」被虐的な快感が内在していたからに違いない。皮肉なことに、沙江子は有村に「身体を委ね」た経験をもちながら、恋人のシンに対してはそれができずにいる。沙江子の女性性への拘泥、つまり「支配されたくない」との想いがそこに働くためと推察される。

五　性の不条理

人は他者を愛するとき、その愛が浅い段階においては対象とのあいだに断層を目覚せずにすむ。ところが、愛が深化するほどに対象との心のずれが意識され、愛する相手が傍らに在るにもかかわらず孤独感はむしろ深まる。愛に内在する不条理といえよう。沙江子が恋人シンとのあいだに感知する「孤独」(20)感も、その例外ではない。こうした不条理は、愛ばかりでなく、性にも内在している。「愛し合うためにも有る」はずの「性」が、時に「暴力と共に襲い掛かる」(7)。これは他者との間に生ずる事例であるが、性の不条理は己自身の裡にも存在する。沙江子の性にもそれがみうけられる。

被強姦願望は絶対にないけれど、それだけでは嘘になるわ。誰も言わないけれど、そんな性的空想を楽しむ人はいるみたい。女性に都合のいいレイプファンタジー。もっとも、好きな男に優しく荒々しく求められる空想よ。(13)

「女性に被強姦願望はあるか」というシンの問いに、沙江子は「有る訳がないでしょう」(同)と断言する。「たとえば、シンは、殴られ脅されて、有無を言わせず口に食べ物を押し込まれたら嬉しい?」、ないことを示すための言説であるが、適切な比喩といえるかどうか。
「それがどんなに美味しいものでも」「怒りや屈辱しか感じない筈よ」（同）。女性に「被強姦願望」がないことを示すための言説であるが、適切な比喩といえるかどうか。

「被強姦」であれ、「有無を言わせず口に食べ物を押し込まれ」る事例であれ、そこに「怒りや屈辱しか感じない」のは確かだろう。しかしながら、後者の場合、そのような「空想を楽しむ」ことなどまずありえない。対して、前者にあっては、「レイプファンタジー」の形でなら「楽し」めるという。何事もそうであろうが、「空想」の背後には願望が想定される。言い換えれば、願望があってはじめて「空想」が誘発されるものと思われる。「レイプファンタジー」だけを例外視することはできまい。とはいえ、それは、そうした「性的空想」が「被強姦願望」に直結するということではない。空想裡の「レイプファンタジー」は、非現実的な遊びに属する。現実では「怒りや屈辱しか感じない」「被強姦」が、なぜ「空想」の領域でなら「楽し」めるかといえば、「レイプファンタジー」が「倒錯の時間」のなかでの秘めやかな「遊戯」としてなされるゆえと推測される。

前掲の一節で、沙江子は女性の「レイプファンタジー」を、「好きな男に優しく荒々しく求められる空想」だと説明している。しかし、これも言葉通りにはうけとりがたい。まず、「好きな男に優しく荒々しく求められる」それを、普通「レイプ」とは言わないだろう。「レイプファンタジー」でイメージされる異性像は、「好きな男」でないのが通常と思われる。愛が介在しない強引な性だからこそ、受ける「屈辱」感も深く、その「屈辱」感がより強力な性的刺戟へと転化され、快感を誘発するものと想像される。「レイプファンタジー」は、「倒錯の時間」のなかで夢想される、秘められた内心の「遊戯」である。そのような「遊戯」において、現実と直結した愛はむしろ「倒錯」を妨げる要素となりかねない。愛を性の前提とする観点からすれば、まさに不条理というほかはない。

しかしその時、男の猥褻《わいせつ》さを嫌悪し憤りながら、いつのまにか沙江子は興奮していたのだった。不謹慎な身体の溶解に彼女は苦しんだ。不可解な肉体の反応に悩んだ。(11)

電車のなかで痴漢行為を目にした沙江子は、「怒りと、自分が被害者であるかのような屈辱」(同)を強いられる。むろん、ここで覚える「怒り」と「屈辱」は「レイプファンタジー」と異なり、眼前の現実を踏まえたものである。にもかかわらず、その痴漢を「嫌悪し憤りながら」、自らの「身体の溶解」「肉体の昂《たか》ぶり」(同)を制止することができない。沙江子自身、それを「不可解」と称するように、性の不条理としかいいようがない。

「女の性をないがしろにする男の振る舞いを目撃した夜、きまってそれは現れる」(12)。夢のなかで沙江子は、少年を捕らえ迫害を加える。「素早くペニスを切り取り、泣き叫ぶ少年の喉《のど》の奥深く詰め込」(同)む。少年を身代わりにした、「女の性をないがしろにする」卑劣な男への報復である。しかし、夢はそれで終わらない。「股間《こかん》から血を流し紙屑《かみくず》のようにぼろぼろになって横たわっているのは、少年ではなく、十歳の沙江子だった」(同)と語られている。少年から「十歳の沙江子」への変移には、過去のレイプ体験時の恐怖心が作用していよう。だが、おそらくそれだけではない。「男の猥褻さを嫌悪し憤りながら」も、「不謹慎な身体の溶解」に身をまかせるしかなかった、自身の性に対する自己処罰の意も内包されているものと推測される。

その粘着質な声の響きと、無闇《むやみ》に投げ掛けられる口づけに、沙江子の背筋に悪寒《おかん》が走り、彼女は男を突き飛ばした。しかし男は熱っぽい視線を投げ掛け、もう一度「愛している。」と切なそうな

声を出した。（中略）

「私はあなたが嫌いよ。多分、そんなことを言うあなたが大嫌い。」

有村とはそれきり会っていない。（10）

有村の「愛している」との言説は、明らかなルール違反である。「遊戯」はあくまでも、「倒錯の時間」のなかでなされなければならない。有村の言葉は、沙江子との関係を、「遊戯」から現実へと引き戻した。「そんなことを言うあなたが大嫌い」という沙江子の反応がそれを示している。のみならず、上引の沙江子の言葉は、「愛」が性の障碍になりかねないことをも暗示しているように思われる。

有村とのつながりの希薄さ、素性を知らぬ者同士の煩わしさのない軽さ、危うさと隣合わせの心地好さには、くつろぐものがあった。（中略）心を失った無表情な人形のままでいられることは、疲弊した精神になまめいた安らぎを与えてくれた。そそけだった心がくつろいだ。（10）

愛もなく「つながりの希薄」な「軽さ」が、沙江子を「心地好さ」へと導く。さらに、「心を失った無表情な人形のままでいられること」に、「なまめいた安らぎ」を覚える。しかし、こうした心理はさほど特殊なものとはいえない。それとほぼ同一の心的機制を、比留間久夫の『ＹＥＳ・ＹＥＳ・ＹＥＳ』作中にもみることができる。男娼のジュンは、男性客に「人形」として扱われることにより、「甘美な快感」（1）を得ている。「僕は『物』として扱われた方が全然良かったのだ」、「それはどことなく、安らかな気分に僕を運んでくれる」（2）ともある。逆に、「心のつながりを欲しがっている」「若い客」は、「うっとうしく、じれったく、イライラしてくる」（同）とジュンは言う。ここにみえる「心のつながり」を、「愛」と置き換えても大差はない。

愛する人の前で、「心を失った無表情な人形」でいるのは難しい。沙江子にしても、恋人シンの前で有村に示したような痴態を見せ、「危うさと隣合わせの心地好さ」「なまめいた安らぎ」を得られるかどうか疑問といわざるをえない。「愛」「心」「精神」は、時として性への耽溺の妨げとなる。それは何も、「遊戯」としての性にかぎったことではない。これもまた、愛と性に内在するパラドックス、不条理と評しうる。「愛」が精神の融合の喜びとするなら、「性」のそれは、相互に相手の人格を剝奪しあい動物の次元へと還元された境地に生ずる悦びともいえる。[3] 沙江子を植物性恋愛に閉じこめている要因の一半が、自らの女性性への潔癖かつ過剰な拘泥にあることを勘案すれば、上述の性および愛の不条理性に関わる認識も、動物性恋愛に脱皮するうえでまったく不用とはいえないだろう。

注

（1） 上野千鶴子「解説」集英社文庫『植物性恋愛』（平五・一〇、集英社、第五刷）、二一三頁。

（2） 沙江子・光ともに、過去の性体験による心的損傷を内包している。そのため、正常な性行動が疎外され植物的存在を余儀なくされているわけであるが、これを現代社会における性の閉塞の象徴的現象と捉えることも可能だろう。

（3） 山田詠美の『ベッドタイムアイズ』では、「心」「精神」は捨象されひたすら肉体のみの性愛が追尋されている。小説の冒頭、「スプーンは私をかわいがるのがとてもうまい。ただし、それは私の体を、であって、心では決して、ない」（1）と開始される『ベッドタイムアイズ』は、『植物性恋愛』の対極に位置する動物性恋愛を形象した典型的な作品とみなしうる。

『植物性恋愛』本文の引用は、集英社文庫『植物性恋愛』（平五・一〇、集英社、第五刷）による。

『欲望』（小池真理子）――〈欲望〉の断層とアイロニー

『欲望』（平九・七、新潮社）には、作中人物の様々な〈欲望〉が描かれている。作中にいうところの〈欲望〉とは、単に性的な衝動・願望にとどまらない。精神的な希求をも包含した、執着ないし渇望の意と理解される。こうした〈欲望〉は他者を対象に生起するが、袴田亮介と安藤阿佐緒、阿佐緒と秋葉正巳、正巳と青山類子、それぞれの人物相互のあいだには越えがたい断層が横たわる。のみならず、その断層には、アイロニーも内包されているように思われる。作中人物間の断層は、性あるいは精神の閉塞およびそれが結果する孤絶感を、またそのアイロニーは小説に底流する哀感を生成しているといえよう。

一　袴田と阿佐緒

阿佐緒が三十一歳も年上の袴田と結婚した動機は、「お父さんが欲しかった」（四―3）からであった。「私だけを見て、私だけを躾けて、私だけを叱ってくれる」（同）父親像を、阿佐緒は求めていた。だが、そうした期待は無残に裏切られる。袴田は、「行儀作法を教え」「厳しく躾けたが」、「父親のようにふるまっていたのではなかった」（同）。類子の証言によれば、「そこには常に、馬や犬を躾ける時の飼い主のような冷たさがつきまとっていた」（同）という。

　阿佐緒ほど、素朴な愛情に飢えていた人を私は知らない。阿佐緒が身をふりしぼるような思いで求めていたのは、通俗的な家庭愛だった。新聞の家庭欄や女性雑誌の特集記事で好んで取り上げられる、類型的な〝温かい家庭〟という幻。その幻を彼女はただ一つの夢として追い続けていた。（四―4）

通俗的な「温かい家庭」「素朴な愛情」、それが阿佐緒の追い求める「夢」＝〈欲望〉である。これに対し、袴田のそれは、妻を「陳列ケースの中の美しい美術品と化」（同）することであった。「『私を愛して。私を抱いて』と繰り返す」、「寂しい鸚鵡」（四―3）の声は袴田に届かない。加えて、「子供が欲しい」（四―1）という痛切な希求も拒絶される。「美しい美術品」の阿佐緒に、妊娠・出産は許されない。そうした「袴田の酷薄な美意識」（四―4）を理解できない阿佐緒は、夫の性の拒絶を「冷感症の女が好き」（四―1）なためと捉え、やがて、水野の妻初枝との性関係を妄想するにいたる。

　初枝と袴田との間には、自分の知らない関係があったのではないか、と阿佐緒は早くから疑っていた。そしてその猜疑心は、アルコールの力を借りると凶暴な妄想を帯びるのが常だった。（四―1）

初枝との「関係」を疑う「妄想」の深部には、阿佐緒自身にも無自覚な袴田への憎悪・怨念の内在が想像される。阿佐緒は、唯一の趣味ともいうべき「ピアノ」を禁じられても、「彼に救ってもらったんだから、彼の言う通りにすべきなんだわ」（三―2）と自らに言い聞かせる。また、「弱い人間だから、誰かに守られてでなけりゃ、生きられない。そう思うとね、感謝の気持ちでいっぱいになるの」(四―3)とも口にしている。しかし、袴田との生活は、客観的にみて、「私を救ってくれた」(同)ことにはならない。「邸の中で、生きた美術装飾品」(三―3)としてのみその存在が許され、望んでいた「温かい家庭」への夢は裏切られる。それだけではない。性も子供も拒否される。初枝との性関係を疑う阿佐緒の「凶暴な妄想」の基層には、そうした自己の〈欲望〉をことごとく拒絶し遮断した、夫袴田に対する怨念が伏在していたと考えられる。

阿佐緒は聞いていたのだ。水野が初枝に向かって言った短い言葉を耳にしてしまった。阿佐緒は初枝が身ごもっていることを知った途端、それが水野との間にできた子ではない、袴田との間にできた子に違いない、と思ったのだ。(六―4)

水野の言葉を立ち聞きした阿佐緒は、初枝を道連れにして自殺する。これは、「夫婦というのは形である」と断言し、「人はそうそう、滅多なことでは、居心地のいい器から出ようとはしないもの」(六―3)とうそぶく、夫袴田への反逆的営為と解してよいと思われる。初枝の「従姉妹」の言として、過去に「赤ちゃんを二度、堕ろして」いることから、「今度こそ産みたい、夫をだましてでも産んでみせる」(七―1)――との、悲愴な心事が紹介されている。夫水野に出産を禁じられていた初枝は、子供を欲しながらそれを与えられない阿佐緒と相似した心的位相にあったといえる。「人間的な反応というものが皆無」(四―2)な水野が袴田の分身とすれば、初枝を阿佐緒の陰画とみることも可能だろう。そうした初枝を道連れにする阿佐緒の死は、その錯誤にもとづく「妄想」とともに、哀しいアイロニーというほかはない。

阿佐緒は行動した。あの凡庸で卑俗な価値観しか持つことのできない、美の化身でありながら美とは程遠い、がらくたのような感性しか持っていなかった阿佐緒が、人生の最後に、すべてを賭けて或る一つの行動を選択した。（六―4）

阿佐緒の自殺、すなわち「人生」の「すべてを賭け」たその「意志」（同）と「行動」の様態に、破滅的な「行為」（八）者へと人生の舵を切り、金閣寺放火への決意を固める溝口の心意が連想される。阿佐緒も復讐に及ぶなら、「家全体が彼が演じる演劇のための空間になってる」（五―2）、その鞏固な美意識の城塞ともいえる袴田邸をこそ焼却すべきであったろう。そうしてはじめて、袴田の「並みはずれた尊大な美意識」（四―3）の呪縛から、自らを解放しえたはずである。

結果として、阿佐緒の死の三年後、袴田邸は焼失する。類子はそれを、「愛しながらも憎み続けて自ら火をつけたのではないか」（八―1）と推測しているが、『金閣寺』の溝口とは異なり、袴田に「自分が建てた邸宅の、完璧な美しさ」（同）を「憎み続けて」いた気配はうかがえない。それが袴田自身による放火と仮定するのであれば、「美しさ」を誇る城塞をより「完璧」ならしめる、「美の化身」（六―4）阿佐緒を喪った空無感をその心因に想定したい。つまり、そこに、阿佐緒の間接的な復讐を読みとることができよう。

その後の袴田の「失明」（八―2）にしても、そうした角度から捉えることが可能と思える。「人間の精神というものを憎悪していた」袴田は、「実在としての美しか認めようとしなかった」（三―3）とある。「実在としての美」とは、肉眼によってのみ確認しうる「外側の美」（五―3）の意であり、「美術品」阿佐緒もその「外側の美」のゆえに愛された。袴田の「美意識」は、肉眼によって感知しうる

「実在」の「美」、「外側の美」を内質としている。したがって、その「失明」は袴田の「美意識」の崩壊にほかならず、三島邸を模した観念の城塞の焼失と呼応していると解される。

目が不自由になった場合、袴田は点字本に頼らずに、傍に人を侍らせて朗読をさせるに違いなかった。たとえ失明しても、いや、たとえ死にかけていてさえ、彼は貴族趣味に徹して、自分で作り上げた様式美の中に生き続ける男のように思えた。（八—2）

この小説の語り手類子は、失明後の袴田を、「貴族趣味に徹して、自分で作り上げた様式美の中に生き続ける男」と表現している。だが、「傍に人を侍らせて朗読をさせる」それを「貴族趣味」と呼ぶにしても、袴田の「様式美」の内実は一変しているといわざるをえない。三島邸を模したその邸宅は、「和室は一つもな」い「白い壁の洋館ふうの家」（三—2）であった。しかるに、失明後の現在の住居は、「かつては待合か、あるいは料亭か何かだった」（八—2）と想わせる、洋館とは対蹠的な純和風の家である。「床の間には書が掛けられている。畳は換えたばかりなのか、青々と美しい」とあり、当の袴田も「細い縞模様の入った薄御召《うすおめし》に身を包ん」（同）でいる。純和風の住居といい、その和服姿といい、かつて心酔していた三島の美学の痕跡をそこにみいだすことはできない。(1)

二　阿佐緒と正巳

秋葉正巳は、「餓鬼のころから」「淡い思い」（一—1）を阿佐緒に寄せていたと、その手紙で類子に告げている。一方、阿佐緒も、中学時代から「正巳に憧れていた」（二—1）。しかし、その二人が結ばれることはない。

その肌は少なくとも、誰かによって愛撫されるにふさわしい肌だった。日ごと夜ごと。袴田でなくても、他の誰かに。彼女を愛したいと強く願っている誰かに。（四—2）

右記にいう「彼女を愛したいと強く願っている誰か」が、正巳を指示していることは断るまでもない。阿佐緒は「愛撫されるにふさわしい肌」をもつ、「成熟しきった性的存在」（二—1）である。他方、正巳は、「女の肌を愛撫するにふさわしい」「美しい手」（四—2）の所有者と語られている。阿佐緒は、正巳の「美しい手」によってこそ、その「肌」を「愛撫される」べき存在であったといえる。だが、正巳にそれは許されない。「生身の阿佐緒」（四—1）に対して、己を「観念の世界」で生きるしか術のない、「実体のない」（五—6）存在と意識せざるをえないゆえである。

阿佐緒、と口にしてみるだけで、阿佐緒とのセックスが連想される、と彼は言った。赤ん坊を欲しがる阿佐緒に、休む間もなく何度でも孕ませてやる自分を思い描くと、世界のすべてのことに勝利したような感覚を味わえる——とも彼は言い、阿佐緒の持つ天性のエロティシズムの最後の到達点は、妊娠して臨月を迎えた時のその肉体だろう、と断言した。（五—3）

正巳は阿佐緒を、「精液を飲みこんで、赤ん坊を孕むために生まれてきた女」（同）と評する。けれども、「正巳に赤ちゃんを作ってもらうことにするわ」、「正巳が相手だったら、すぐにできる。それもたった一度でいいんだもの」（六—1）と訴える、阿佐緒の痛切な〈欲望〉を叶えることはできない。正巳は、その幻想の性のなかで、「何度も何度も阿佐緒を孕ませ」（五—3）つづける。しかし、阿佐緒がそれを知る由もない。「生身の阿佐緒」の〈欲望〉と、観念世界における正巳の「出口のない欲望」

（四―1）――。二人の〈欲望〉は合致しているものの、それを現実のものとはなしえない。そこに、両者の断層と悲痛なアイロニーが看取される。

相手は美しく優秀な少年で、その少年は誰が見ても魅力的な阿佐緒に強く惹かれ、阿佐緒を求めていた。阿佐緒もまた、それに応じようとしていた。他にどんな答え方があっただろう。二人は私の目から見ても、お似合いだったのだ。（二―1）

傍目からみても「お似合い」の二人が結ばれなかったのは、逆説的な言い方をすれば「お似合い」であったからだろう。「美しい完璧な肉体」（同）の所有者阿佐緒と同じく、正巳もまた「完璧に美しい青年」（三―3）とされている。『金閣寺』の溝口がそうであるように、美がそれを欠いた人間に属するなら、美と美とは互いにそれを所有しえないというパラドックスが生ずる。さらに、「美の行き着く先は、死」（八―2）というテーゼに従えば、金閣がその美のゆえに焼失を免れえなかったごとく、「美の化身」阿佐緒と正巳の両者もまた、「死」に「行き着く」べき宿命にあったといえる。この小説の終幕に設定される袴田と類子の対面は、そうした今は無き「美」への追惜と鎮魂の場ともみなしうる。

三　肉体と精神の断層

類子と能勢五郎との交際期間は、「一九七八年五月」（三―1）から、翌年の「ゴールデンウィーク」（六―2）直後までのほぼ一年間である。これに対して、八年ぶりに再会をとげた正巳との接触は、「一九七八年十一月十五日」に催された「袴田邸の新築記念パーティー」（三―4）を契機にしている。半年ほど能勢との関係が先行するとはいうものの、その交際期間の後半は重複しており、能勢との「肉のつながり」と正巳との「精神の交合」（五―4）が同時進行していたことになる。

> 能勢との間で肌の疼きを鎮めると、次に意識の中にぽかりと空洞が残されたのがわかる。私はその空洞を埋めるために、再び正巳を求めた。自分が真っ二つに分裂していくのがわかった。（五―4）

「自分が真っ二つに分裂していく」とはいえ、さほど深刻なものではない。類子のなかで、肉体＝性に対する精神＝愛の優位性は始めから明らかだからである。能勢と類子を「結びつけていたものは肉欲だけ」（三―2）にとどまる。能勢および正巳との接触の同時進行は、肉体に対する精神の優位性を実証するためのプロセスといっていい。「能勢に対して言葉は不要だった。能勢は交わる相手であり、語り合う相手、理解し合う相手ではなかった」（四―1）とみえる。一方、類子にとっての正巳はその対極に位置する。それも、ただ反極にあるばかりではない。「言葉」「理解」を媒介にした正巳との「精神の交合」は、官能的な「エクスタシー」（三―2）の域にまで深化される。

> 肌の触れ合いは一切求めていなかったというのに、私は確かに欲情していた。それはまったく恥ずかしくなるほど強烈な欲情で、私は思わず口に手をあて、胸の奥から突き上げてくる甘ったるい湿った喘ぎ声を押さえ込まなければならなかった。（五―4）

右は、類子が勤務する女子学園の図書館で正巳を出迎えた折の反応である。「肌の触れ合いは一切」ないにもかかわらず、類子は「喘ぎ声」を洩らしそうになるほどの「強烈な欲情」を覚える。次いで、

「一ッ木通り」の「コーヒー店」（五―5）で正巳を目にする場面にも、同様な叙述がみいだせる。「その場に座りこんでしまいそうになるほどの烈しいエクスタシーに襲われ」、「それまで経験しなかったような官能的な気持ちに陥」（同）ったとみえる。「それは確かに性的なエクスタシーであった」（同）と類子はいう。「精神の交合」にみる官能的なエロスの発現、あるいは「性的なエクスタシー」への没入――。そうした命題＝〈欲望〉の形象に、小説『欲望』のオリジナリティが認められよう。しかしながら、いかに「精神の交合」が濃密であるとはいえ、肉体による性を超克しうるかどうか。その点に関していえば疑問なしとしない。

砂糖が溶けていく時のような、甘美なとろけるような気持ちが続いた。彼の愛撫は確かに私をそうさせた。私の肉体は、彼の愛撫を受けて、ごく素直に反応していた。だが私はそうされている間中、陶酔からかけ離れた、異様な冷静さの中にあった。（五―6）

ホテルニュージャパンの一室で、「奇跡」（同）の顕現を願い類子は正巳に体を預ける。しかし、「甘美なとろけるような」「肉体」とは逆に、「私はそうされている間中、陶酔からかけ離れた、異様な冷静さの中にあった」。そこに、性的なエクスタシーは生じない。阿佐緒の死後、正巳と旅した小浜島のホテルで愛撫をうけた際も同列である。「深く烈しい不可思議なうねりのような快感」を覚えつつも、「静かで寂しいオーガズムを迎えていた」（七―3）と語られている。「静かで寂しいオーガズム」とは、むろん、それが肉体の結合でなしに「指使い」（同）によるものであったからではない。それまで得てきた「精神の交合」による官能・エクスタシーが、肉体の快楽をはるかに凌駕していたためと推察される。正常な肉体と肉欲を有ちながらあえて「精神の交合」を上位に置く、類子の性のパラドックスをそこにみることができよう。

肉欲にはかられなかった。私は正巳そのもの、正巳の核となっている目に見えない何かと交合しようと試みた。

試みること自体、それは私に素晴らしいエクスタシーをもたらした。実際、能勢とは比べ物にならないほどの……。(三―2)

類子は正巳との「精神の交合」によって、肉体を介した「能勢とは比べ物にならないほどの」、深い「エクスタシー」を得ている。しかしそれは、対象が能勢でなく、かりに正巳と性交が可能であったとしても同断だろう。類子のいう「精神の交合」とは、そうした肉の交合を超越した境域の官能・エロスとして提示されているものとうけとれる。『欲望』における「精神と肉体の乖離《かいり》」の「テーマ」(2)は、正巳と能勢との対照に限定されない。正巳にあっても「肉体」は排除され、その「精神」のみが求められる。別言すれば、類子内部の性と愛の断層もしくは乖離と評しうる。能勢との愛を欠いた性にせよ、肉体を捨象した正巳との「精神の交合」にせよ、現代における性の閉塞の表象と捉えることも不能ではない。

四　正巳と類子

もしも正巳に性の力が甦ったとしたら、という仮定法を使って、私が彼を思うことはなかった。(中略)彼は初めから、私にとって性的存在ではなく、そうではないゆえに、いっそう私を狂おし

い思いに駆り立てたのだった。（五―4）

類子は正巳に「肉体」「性」を求めようとはしない。いい換えれば、正巳が「性的存在ではなく、そうではないゆえに」、「精神の交合」による濃密な官能・エロスを味得しえたといえる。類子の側に、正巳との〈欲望〉の断層は存在しない。正巳も、「きみとこういう話をしているのは楽しい」（四―5）と述べ、「きみが好きで好きでたまらない」（五―3）と類子への愛を口にしている。正巳にとっても、「言葉」「理解」を媒剤にした「精神の交合」は魅力あるものであったに相違ない。だが、それを以て、類子とのあいだの断層を埋めることは不可能であった。

「類子。僕たちみたいに若い男と女が、肉体と精神を分けて考えることはきっと、とても不幸なことなんだと思うよ。健康な人間なら、その二つは自然に連動していくものなんだ。それが当たり前なんだよ」（五―5）

「私は分けて考えるし、そうすることができるのよ」（同）と主張する類子に、正巳は、「若い男と女が、肉体と精神を分けて考えることは」「不幸」だと言う。むろん、これは単純な男女の性差の問題ではない。肉体による性を奪われ、「言葉を使ってしか自分を語ることができない」正巳にとって、「言葉は空しい」（同）。「言葉なんか交わし合わずにきみを知ることができたら、どんなにいいか」（同）、「きみを抱ければ、どんなにいいだろう」（五―4）。肉体を伴った性の抱合に、正巳の類子に対する〈欲望〉がある。類子の愛人能勢を念頭においた、「彼とのセックスはいい？」「ふうん。妬《や》けるな」（四―2）といった言説も、その意味で軽視できない。なろうことなら、「言葉」「理解」を失ってでも、正巳は能勢と入れ代わりたかったであろうと察せられる。

阿佐緒は僕の観念が作り上げた幻で、僕自身も、自分が作り上げた幻みたいなものだけど、きみは確かにここにいる。きみだけが生身の人間なんだ。僕はね……そんなきみを愛せる男でありたかった。（五—5）

性の機能を失った正巳の目に、類子は「生身の人間」「現実の人」（同）と映る。「現実の人」類子は、「観念の世界」に身を置く正巳の幻想の性の対象になりえない。もっとも、「阿佐緒は僕の観念が作り上げた幻」とはいえ、「生身の人間」であることに違いはない。なぜ、阿佐緒だけが観念の性愛の対象となりうるのか。中学生時代からすでに「成熟しきった性的存在」であった阿佐緒は、正巳に無限の性的魅惑と刺激とを供給してきた。そのような、「存在そのものが性器」（五—3）かつ「官能の女神」（六—4）たる阿佐緒に、類子はなり代わることはできない。

類子は、「正巳と同じ、観念の性、幻としての性を知り始めた」（七—1）と称する。たしかに、官能的な「精神の交合」も、「観念の性、幻としての性」の一種といえるだろう。けれども、その「観念の性」の内実は、「阿佐緒と会うたんびに、僕は全身をペニスにして中に入っていくんだ」（五—3）という、正巳の「幻の交合」（六—1）とは次元が異なる。正巳の場合、「幻の交合」とあるものの、形而下的な「肉体」を離れることがない。等しく「観念の性」といっても質的落差は否定しえず、そこに両者の断層が認められる。だが、それにしても、なぜ正巳は自らを消去しなければならなかったのか。

自分と正巳が結婚し、夫婦になった時のことも思い浮かべてみた。そうなったら多分、自分は性器の存在を忘れて正巳を愛することになるだろう、と私は思った。（中略）一切の性の匂いは自分たちの暮らしの中から省かれることだろう。（七—1）

正巳は、肉体を捨象した「精神の交合」による愛を十分に理解していたであろうし、自身もまたそうした「結婚」生活に自足しえたと想像される。しかしながら、類子を「ごく普通の、健康的な人生を送ることが約束されている女の子」（二―3）とみる正巳には、その「健康的な人生」を剝奪するにしのびなかったものと思われる。正巳が死を選ぶ要因として、類子への愛は疑えない。

しかし、おそらくそれだけではない。「僕の愛する性器が死んでしまった。僕は肉欲の対象を喪った」（六―4）とある。阿佐緒という名の「愛する性器」「官能の女神」の喪失が、その死の背後に想定される。「観念の世界」に生き、「幻の交合」に耽溺してきた正巳の、〈欲望〉の空隙を埋めることは阿佐緒以外の誰にもできない。正巳の死には、阿佐緒への殉死の意も内蔵されていると考えられる。

五　三島作品のデフォルメ

『欲望』では、『仮面の告白』『金閣寺』『潮騒』『禁色』のほかに、〈豊饒の海〉四部作から『春の雪』『天人五衰』の二作品への言及がなされている。これらの三島文学を借景に用いつつ、時には小説本文をも取り込みながら『欲望』は物語られる。上記の三島文学は、『欲望』のプロット、人物造型、さらにモチーフの形象にまで影を落としていると察せられるが、とりわけ『仮面の告白』と『春の雪』の投影が濃厚であるように思われる。

時折、私はこんなことを考える。私と正巳、そして阿佐緒は初めから何かの目に見えない糸で結ばれていたのだろうか、と。（中略）何故なら、その後の私たち三人の再会には、常に怖いような偶然が作用していたからだ。まるでそうなることが、あらかじめ決められていたかのように。

（二―2）

上掲にみる、「まるでそうなることが、あらかじめ決められていたかのように」との一文は、『仮面の告白』の「私」がいう「アウグスティヌス風な予定説」、「私の生涯」の「献立表」（一）を類推させる。事実、中学校の教室で「苗字が『ア行』」（二―1）のため机を接していたにすぎない正巳・阿佐緒・類子の三人は、その後、「偶然」と表記される「目に見えない糸」に引きよせられるように屈曲した「三角関係」を形成し、「人生のドラマ」（三―5）を生成していく。

ついでにいえば、「雷鳴が轟」く「生徒会室」（二―1）で『仮面の告白』を読む正巳の描出にしても、その「生涯」の「献立表」の一つに数えられよう。その後間もなく、交通事故により正巳は、『仮面の告白』の「私」にみる「性倒錯」（二）にも擬せられる「性的不能」（一―3）に陥る。その折、「稲妻」を浴び「底知れないほど深い青」に染められた教室の一角で「青い幻と化」（二―1）す正巳の表出もまた、爾後の運命を暗示し予告するものとうけとれる。すなわち、「見渡す限り、青、青、青の世界」（八―1）に身を没していく、その死を示唆した「献立表」「予定説」の一環と解される。

三島作品の投影は、作中人物の造型にもみうけられる。『欲望』作中の袴田亮介と秋葉正巳は、表層的な次元でいえば、『禁色』の檜俊輔および南悠一を彷彿させる。特に、「軟式テニス部の部長」（二―1）であって美少年とされる正巳は、大学の「競技部」で「走高跳《ハイ・ジャンプ》」に励み、「男らしい唇」と「白い歯列」（二）をもつ美貌の青年南悠一との類似点が少なくない。しかし、その内界ということになると、屈折した観念世界を有する『仮面の告白』の「私」に近いといえるだろう。「僕は男であって男ではない」（一―3）。上記の正巳の感懐は、「お前は人間ならぬ何か奇妙に悲しい生物《いきもの》だ」（四）と己を認めざるをえない「私」の嗟嘆と響き合う。また、正巳が耽溺している「幻の交合」にしても、その異様な情熱と過激さにおいて、『仮面の告白』の「私」が耽る「イオニヤ型の青年の裸像」を対象にした、幻想裡の「邪教の儀式」（三）を連想せしめる。[3]

『仮面の告白』に引きつけていえば、さしずめ類子は、「私」のプラトニックラブの対象である園子ということになる。「そもそも肉の慾望にまつたく根ざさぬ恋などといふものがありえようか？ それは明々白々な背理ではなからうか？」（四）。『仮面の告白』での、「肉の慾望にまつたく根ざさぬ」「背理」の恋の担当者は「私」であるが、『欲望』においてはそれが類子に置換される。類子と正巳との肉欲を捨象した「精神の交合」を、園子の側からする「私」への「背理」の恋の変奏と捉えることも可能だろう。

> 私の中には、あの晩、正巳が発した言葉のひとつひとつが、篆刻《てんこく》文字のようにくっきりと刻みこまれていた。正巳が私に感じさせるすべての官能的な風景が幻なら、彼が発した言葉、彼という人間を作っているあらゆるものの総体は、私にとって生々しいほどの現実だった。
> そして私は、その現実をこそ愛していた。（五―6）

ホテルニュージャパンの一室でうけた正巳の「接吻、愛撫」、「身体の感触、指先の動き」、それらを類子は「夢で見た幻、ただの幼い性夢」（同）と表現している。逆に、「彼が発した言葉」こそが「生々しいほどの現実」であると称する。「肉体」を「幻」とし、「言葉」を「現実」とする類子の背理――。「そして私は、その現実をこそ愛していた」という。まさに、「肉の慾望にまつたく根ざさぬ」「背理」の恋と許せよう。「人間の情熱があらゆる背理の上に立つ力をもつとすれば、情熱それ自身の背理の上にだつて、立つ力がないとは言ひ切れまい」（四）。『仮面の告白』にあって「背理」の恋は、「私が園子に逢ひたいといふ心持は神かけて本当である」（同）とされる、「情熱」のうえに成立している。『欲望』においても、類子の「身を焦がすような思い」「烈しく灼かれるような思慕の念」（七—1）が、正巳への肉欲を捨象した「背理」の恋を支えていることに変わりはない。

私はいつも、人生に生じる、幾多のささやかなドラマの中心人物にはなれない人間だった。よくても端役、悪ければ黒子にすぎず、ドラマは私がいてもいなくても、滞りなく進んで終焉を迎えた。（二—3）

類子は自らを、「ドラマの中心人物にはなれない人間」、「よくても端役、悪ければ黒子にすぎ」ないと語る。実際、類子は袴田邸の庭先で車を運転する正巳と阿佐緒の姿から『春の雪』の一シーンを想い浮かべ、「正巳と阿佐緒が、雪を映す光の中、手を取り合い、唇を寄せ合って、そのまま雪の彼方に車ごと疾走していく幻影を見」（四—3）ている。この場での類子は、たしかに『春の雪』の「本多と同じように物語の認識者の位置[4]」にあるといえる。ところが、小説の進展に伴い、また正巳への愛の深化につれて、証言者の位置にあったはずの類子は徐々に「黒子」から「ドラマの中心人物」へと変移していく。

正巳への愛が深まるにつれ、その「幸福感」のなかで、「阿佐緒のことは頭の中から消えていた」（五—5）とある。「正巳は自分の恋人でも何でもなく、ただの幼なじみ、何でも話せる男友達でしかないのだ、と言い聞かせるのだが、うまくいかなかった」（同）。そのあげく、阿佐緒を、「私と正巳の間の重要なキューピッドの役回りを引き受けてくれていた」（六―1）とまで称するにいたる。いつしか類子は、「黒子」から「ドラマの中心人物」へと転位していたといえるだろう。『春の雪』に置き換えるなら、阿佐緒に代わって聡子の位置に転移したといえようし、清顕になり代わって聡子を愛するにいたった本多繁邦とみることも可能である。本多に等しい証言者から、「ドラマの中心人物」への類子の変位――。これは、しかし、小説『欲望』における「精神の交合」という重い命題を担う類子の役割からして、必然的な推移であったと考えられる。

今しがた読みあげたばかりの三島由紀夫の文章と同様、その庭には何もなかった。ただ、生い茂る木と芝があるだけで、蟬しぐれの中、あたりはしんと、寂しくきらめく無垢な光に包まれていた。（八―2）

『欲望』末尾の一節である。いうまでもなく『天人五衰』のラストシーンと重層化されているが、その内実は大きく異なる。『天人五衰』にあっては、老いた本多の問いを前に、聡子は清顕の存在すら記憶にないと告げている。それに対して、『欲望』では、阿佐緒・正巳・類子の間に展開された「宴」を表象する「楓の落葉」の、「瑞々しいほどの美しい色は昔のままだった」（同）と物語られる。両作にみる結末は逆の相を呈しているものの、むろん、こうした相違自体に優劣があるわけではない。ただ、「もし、清顕君がはじめからゐなかつたとすれば」「それなら、勲もゐなかつたことになる」、「その上、ひよつとしたら、この私ですらも……」（三十）と閉じられる『天人五衰』の底知れぬ虚無の深さと対比するとき、『欲望』の末節がそれと拮抗しうる重量をかちえているとはみなしがたい。三島作品の卓越性もさることながら、本歌取りの宿命といえようか。

注

（1）その住居も衣服も洋風から和風へと変貌しているにもかかわらず、小説の最終章で描かれているように、袴田の三島文学への心酔は維持されている。袴田の変貌は表層にとどまるというのだろうか。設定上やや無理があるように思われる。

（2）池上冬樹「解説」新潮文庫『欲望』（平一二・四、新潮社、初版）、四八七頁。

（3）デフォルメの観点からみるなら、阿佐緒も『仮面の告白』における近江の女性版と解してよいかもしれない。クラスの男子生徒の視線を引きつけずにおかない阿佐緒の「美しい完璧な肉体」（二―1）は、「特権的な若さ」に彩られた「見事な体軀」（二）のゆえに級友の讃仰の的となる、近江の圧倒的な存在感を想わせる。さらに、「本も読まず」「精神は不在」（二―1）と規定されている阿佐緒と、「理智に犯されぬ肉の所有者」（二）近江のイメージにも相似性が認められる。そうした肉体的存在阿佐緒に対する正巳の〈欲望〉を、近江に寄せる「私」の「肉の欲望にきずなをつないだ恋」（同）の変奏と捉えることもできなくはない。

（4）（2）に同じ、四九一頁。

『欲望』本文の引用は、『欲望』（平九・七、新潮社、初版）による。

初出一覧

『或る女』——愛と性の特質　『文学論叢』（愛知大学文学会）第百二十六輯（平14・7）
『暗夜行路』——性の暗夜・愛の行路　『文学論叢』第百二十七輯（平15・2）
『仮面の告白』——復讐の性　『文芸研究』（東北大学日本文芸研究会）第一五五集（平15・3）
『ノルウェイの森』——アドレセンスへの遡源　『文学論叢』第百二十八輯（平15・7）
『砂の女』——逃亡・希望の虚妄性　『文学論叢』第百三十輯（平16・7）
『枯木灘』——深層心理と性　『文学論叢』第百三十一輯（平17・2）
『白い人』——サディズムと性　『文学論叢』第百三十二輯（平17・7）

＊本書への収載にあたって、作品の標題の下に作者名を補った。なお、右掲の論稿以外はすべて本書が初出である。

あとがき

人間の人生あるいは生涯において、性は大きな位置を占める。人間存在の種々相を形象する文学が、これまでそのような性を様々な形で描出してきたことも改めて説くまでもない。しかしながら、性表現に対する規制もあって、戦前までの文学においては性そのものをモチーフにした作品はさほど多いとはいえない。のみならず、その表現範囲にも自ずから限度がある。そうした事情から、本書では近代の小説に限定せず、現代文学をも考察の対象に加えた。平成の現在、性の表出はますます多様化しつつあるようにみえる。今後の研究課題として、最も重要なテーマの一つといえるだろう。

本書の課題は、タイトルに示したように性の位相の究明にある。とはいえ、対象とした作品のすべてが、性の表出のみをモチーフにしているわけではない。そうした作品にあっては、性以外のモチーフについてもその検証と考察を試みた。テーマとする性の形象との相関性にとどまらず、作品の全体像を把握するうえで不可欠と考えるゆえである。その点において、前著の『近代文学　弱性の形象』、『近代文学　美の諸相』の視座と異なるところはない。

前記の二著に続き、今回も翰林書房のお世話になった。出版に際してご厚意をいただいた今井肇・静江ご夫妻に深く御礼を申し上げたい。なお、本書は平成十七年度愛知大学学術図書出版助成金による刊行図書である。

平成十七年七月七日

秋山公男

【著者略歴】
秋山公男（あきやま・きみお）
昭和18年新潟県生まれ
昭和46年東北大学大学院修士
現　在　愛知大学文学部教授
著　書『漱石文学論考——後期作品の方法と構造——』（桜楓社）
『漱石文学考説——初期作品の豊饒性——』（おうふう）
『漱石文学論究——中期作品の小説作法——』（おうふう）
『近代文学　弱性の形象』（翰林書房）
『近代文学　美の諸相』（翰林書房）
現住所　〒441-8141　愛知県豊橋市草間町字郷裏6
草間町スカイマンション601

近代文学　性の位相

発行日	2005年10月20日　初版第一刷
著　者	秋山公男
発行人	今井　肇
発行所	翰林書房
	〒101-0051　東京都千代田区神田神保町1-14
	電　話　03-3294-0588
	FAX　03-3294-0278
	http://www.kanrin.co.jp/
	Eメール●kanrin@mb.infoweb.ne.jp
印刷・製本	アジプロ

落丁・乱丁本はお取替えいたします

ISBN4-87737-212-1